포스터
인물

이병선 소설집

도서출판
청어

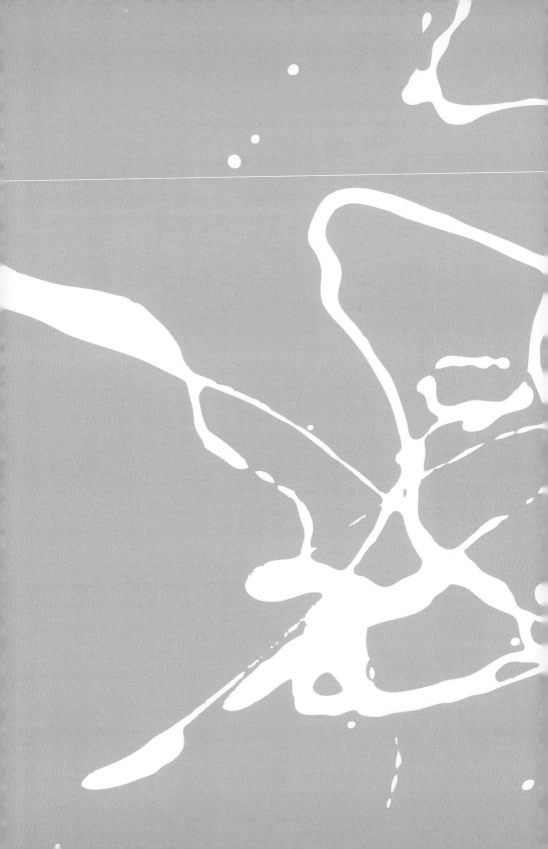

포스터 인물

이병선 소설집

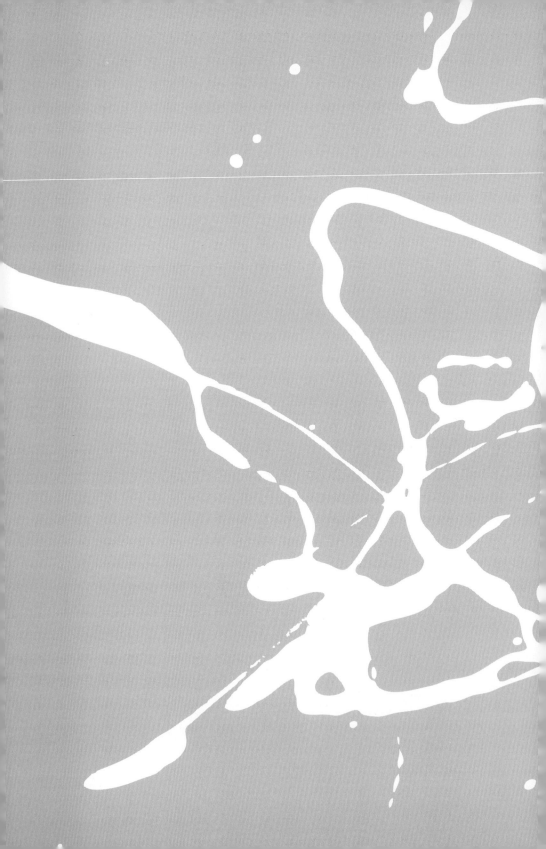

作家의 말

인생
남녀노소 그 누구든
온갖 수단과 방법을 다 동원하여
하늘 높이 날아오른 독수리의 눈길
그 천리안으로 살면서도
때론 실상에 속고
때론 허상에 속으며
그 인생살이
동서남북 그 어디에서나
때론 저 문제로 노심초사 잠 못 이루고
때론 이 문제로 초심고려 골몰하며
때론 이런 사건 저런 사건으로 실성통곡하며
그 인생항로
때론 거친 폭풍우에 휩싸인 일엽편주로 발버둥 치며
때론 쉴만한 물가로 인양된 선박에 누워있는 익사자인 듯 조용하며
그 인생극
때론 용가마에 삶은 개가 멍멍 짖듯 발광하며
때론 아예 저 지옥에 처박힌 듯 보다 더 처참하게 발악하며
그 인생삼락
때론 황홀한 노래에 흠뻑 취한 듯한 황앵의 목소리로 노래하며
때론 벌써 저 천국에 이른 듯 노래하며
때론 그렇게 살며
때론 저렇게 살며

그 어느새 다한
그 인생무상
사시사철 그 언제나
옛 골목대장노릇을 했던 바로 그 시절부터
연속부절 죽어가는 인생들.
또 다른 인생사
또 다른 인생관
또 다른 인생이야기.
고성대호!
할머니!
황조!
포스터인물!

각설하고
대표기도 시간마다 기도해주신 장로님들과
권사님들과 집사님들과 모든 권속들과
그리고 원고를 컴퓨터에 옮겨준 박현숙 전도사님과
출판사 직원들에게
감사천만 감사만만을 표합니다.
특별히
나를 감사도배 해주신 하나님 아버지께 영광!
나의 고삿고기가 되어주신 주 예수님께 영광!
나와 늘 애인여기로 교통해주시는 보혜사 성령님께 영광!
올려드립니다.

끝으로
분에 넘치는
너무도 과분한
한국문인협회 이사장 이광복 소설가님
한국소설가협회 이사장 김호운 소설가님
한국소설가협회 부이사장 김선주 소설가님
한국소설가협회 부이사장 이영철 소설가님
한국소설가협회 부이사장 김영두 소설가님
각위의 승감 그 갈색고미와 같은 옥장의 평
너무 너무 감사합니다.

작은 방 숲속에서
저자 이병선

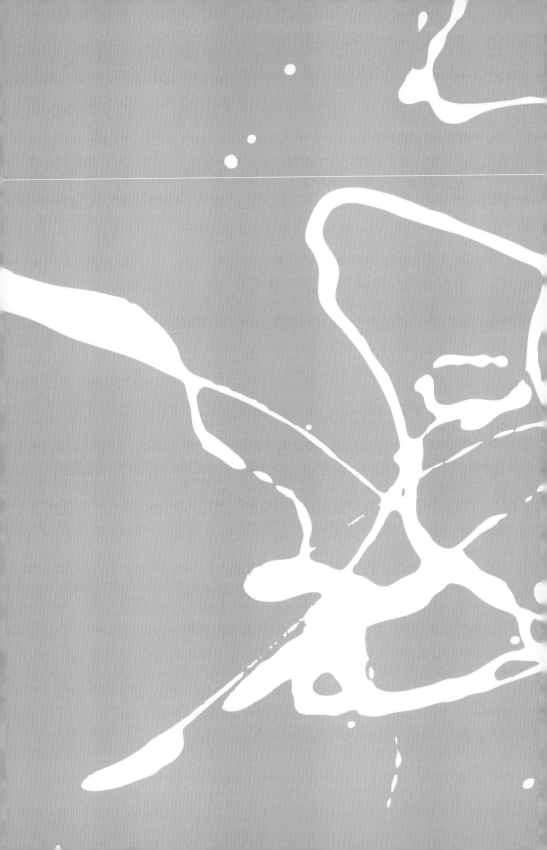

차례

5   작가의 말

11 고성대호
87 할머니
143 황조
213 포스터 인물

315 추천사
    고성대호 ㅣ 김호운(한국소설가협회 이사장)
    할머니 ㅣ 김선주(한국소설가협회 부이사장)
    황조 ㅣ 이영철(한국소설가협회 부이사장)
    포스터인물 ㅣ 김영두(한국소설가협회 부이사장)

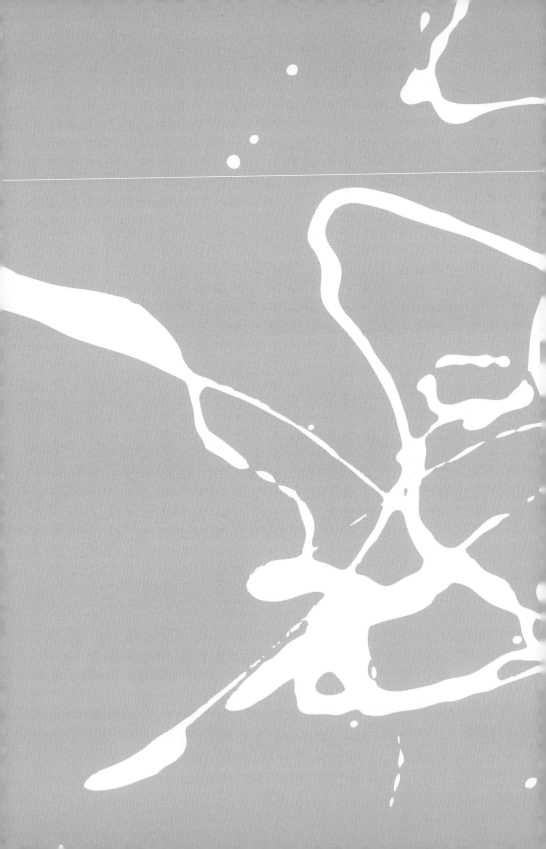

고성대호

고성대호

조선 말기의 재판관 정약용 선생이, 원한을 제기한 원고 아들과 며느리에게 도리어 죄를 묻되, 부모가 맞아 죽는 것을 보면서도 "사람 살려! 사람 살려!"라고 외치지 아니한 점을 큰 죄로 물었다고 했던가.

그런가 하면 옛날 옛날 한 옛날에 성경 시편 107편 6절 13절 19절 28절을 통해서 무려 네 번에 걸쳐 반복적으로 밝혀주시기를, 환난 중에 부르짖으매(!) 하나님께서(!) 그들을 그 고통에서 건져 내시고, 흑암과 사망의 그늘에서 인도하여 내시고, 그들의 그 얽어맨 줄을 끊으시고, 기적적으로 놋 문을 깨뜨리시고, 쇠 빗장을 꺾으시며, 그들을 그 위험한 지경에서 건져 내시는 도다 등등, 그야말로 그 부르짖는 고성대호가 그 모든 절체절명의 위기에서 벗어날 수 있게 해주셨다고 했던가.

바로 이러한 가르침을 잘 알고 있었다는 듯 두 어린 소녀가 목청을 높여 보다 큰 소리로 수없이 부르며 보다 큰 소리로 수 없이 부르짖는 등 그야말로 고성대호 및 고성대규와 천호만환 및 천청만촉을 시작하고 있었다.

「사람 살려! 사람 살려!」

여름 한 나절에 들려오는 소리다.

「사람 살려! 사람 살려!」

사느냐 죽느냐를 알려주는 소리다.

「사람 살려! 사람 살려!」

발을 동동 구르면서 부르짖는 소리다.

「사람 살려! 사람 살려!」

상황이 점점 더 어려워지고 있음을 알려주는 소리다.

「사람 살려! 사람 살려!」

사태가 매우 위급함을 말해주는 소리다.

「사람 살려! 사람 살려!」

결코 죽음으로 끝나서는 아니 될 사건임을 말해주는 소리다.

「사람 살려! 사람 살려!」

시종 촌음 촌각 찰라 순간 일향 등등 실로 초를 다투는 매우 절박한 상황에 처해 있음을 알려주는 소리가 계속된다.

「사람 살려! 사람 살려!」

과연 애고대고, 과연 마구 소리를 지르면서 일향 큰 소리로 울며불며 난리를 친다는 게 바로 이런 것일까?

「사람 살려! 사람 살려!」

과연 촌각을 다투어 쩔쩔매며 숫제 데굴데굴 구르면서까지 울부짖는 다는 게 바로 이런 것일까?

「사람 살려! 사람 살려!」

과연 이렇듯 "사람 살려, 사람 살려, 사람 살려"라는 이 고성대호 외엔 달리 할 수 있는 게 아무것도 없단 말인가?

그러기에 더 큰 소리로 "사람 살려, 사람 살려"라는 고성대호 및 고성대규만을 연발하고 있단 말인가?

「사람 살려! 사람 살려!」

과연 그 언제까지 이처럼 두 다리를 동동 구르면서 외쳐야만 된단 말인가?

역시 매우 위급한 찰나의 절체절명의 문제 앞에서도 내내 아무것도 할 수 없다는 점이 곧 두 다리를 동동 구르게 만드는 것이리라.

분명 상황이 몹시 급박하고 절박한데도 불구하고 시종 아무것도 할 수 없는 자신이 자신을 더 더욱 미치게 만드는 것이리라.

그 누가 뭐래도 역시 아무것도 할 수 없는 자신의 무능함이 자신을 점점 더 미치게 만들며 더불어 대성통곡으로 다만 고성대호에만 목을 매게 만드는 것이리라.

「사람 살려! 사람 살려!」

폐일언하고 과연 그 누가 와서 이 절체절명의 문제를 해결해 줄 수 있단 말인가?

「사람 살려! 사람 살려!」

그런데 왜, 이처럼 사람 살려 사람 살려라고 울부짖어야만 했던가. 요는 계속 찾아와 주는 사람이 없었기 때문이었다. 때문에 어린 두 소녀가 일향 촌음을 다투며 그 어느 인간 구세주가 와 줄 때까지 보다 더 큰 소리로 사람 살려 사람 살려 만을 계속하고 있는 것이다.

「사람 살려! 사람 살려!」

그러나 위급, 절박, 급박. 그러나 계속 아무것도 할 수 없는 무능, 무능력. 결코 물이 빠져나갈 수 있는 물길 및 하천이 없는 무구호. 그 그지없이 드넓은 바다무변대해에 빠져 마구 허우적대며 울부짖는 통곡, 통곡. 밑도 끝도 없는 하소연. 그러나 하소연하여 구원받을 데가 없는 어린 무고지민. 그래서 연속부절 울부짖는 고성대호가 전부였다? 그러기에 내게 능력 주시는 자 안에서 내가 모든 것을 할 수 있느니라는 고백처럼 행복한 고백이 없다?

「사람 살려! 사람 살려!」

벌써 몇 번째 고성대호일까? 연이어 절박함을 말해주는 고성대호가 계속된다. 더 없이 위급한 상황을 알려주는 고성대규가 계속된다.

「사람 살려! 사람 살려!」

그런데 어쩌다가 이런 일이 터지게 된 것일까?

「사람 살려! 사람 살려!」

그런데 그간 이 마을 사람들의 언행심사는 어떠했었던가? "사람 살려! 사람 살려! 애원하는 그 사람을 가차없이 총으로 쏴 죽인 빨갱이 새끼들!"이란 말과, "서양 귀신에게 미친 저주받은 연놈들!"이란 말을 주고받는 등, 모든 언행심사간 욕설로 점철되어 있었던가. 따라서 남의 불행이 곧 나의 행복인 양 그렇게 살고 있는 게 바로 이 마을 사람들이 아닐까. 이 같은 마을에서 이런 일이 터져버렸으니 오죽들 할까. 벌써 그 입방아를 찧는 모습들이 환히 내다보인다. 맛이 약간 간 듯한 얼굴들로 남의 비극을 놓고 내심 환호성을 지르면서 제멋대로 떠들어 댈 반대편 주민들이 밝히 보인다. 차마 입에 담지도 못할 독설을 마구 퍼부으며 횡행하리라 짐작이 된다. 좌우간 종교에 관한 한 집안 형제끼리 에도 소용이 없었다. 이런 일이 터졌다 싶으면 으레 종교의 갈림길에 의하여 효심도 금세 온데간데없어지고 마는 것이었다. 아예 이런 일 저런 일로 종교 전쟁에 끼어들었다 싶으면 금방 부랑아로 변해버리고 마는 것이었다. 마음을 다하여 어버이를 섬기던 효성심도, 자기 주장, 자기 도(道)로 통하지 않는 한 대번 옛말이 되고 마는 것 이었다. 도(道)라는 게 도대체 그 무엇이란 말인가. 사람이 마땅히 가야만 될 길과, 사람이 마땅히 행하여야만 될 참 도리와 이치며 방법과 의와 기예와 생명을 가르치는 것이 아니던가. 그런데 그와는 정반대로 간다? 효성스럽고 유순하기 그지없던 자식이라도 자기 도(道)에 반하면 돌연 마귀새끼로 취급해 버리고 마는 것이었다. 이에 관한 한 가족도 형제도 부모도 자식도 더구나 이웃도 없었다. 매양 봐 주는 게 없었다. 끝내 입에 게거품을 물고 심히 다투는 게 일쑤였다. 그야말로 도 때문에 극단적으로 변해버린 사람들이 한 마을을 이루고 있었다. 바로 이런 동네에서 이처럼 큰 사건이 터져버린 것이다. 이 일을 어찌하면 좋단 말인가. 온갖 도로 가로 긋고 세로 긋고 마구잡이로 찢어발기지 아니하겠는가.

「사람 살려! 사람 살려!」

그러나 현재 어려움을 당한 아이가 모름지기 남산만한 배를 가지고 세상을 등지고 만다? 과연 그땐 이 사건을 가지고 그 어떻게 나오게 될까? 두말할 것도 없이 도가 다른 상대편에서 거의 노골적으로 돌을 던지게 될 것은 물론이요 아예 빨가벗겨 놓고 칼질을 하게 될 것이다. 분명 마구 물고 찢는 게 보통이 아니리라. 서로 간에 함정에 빠뜨리지 못하는 게 한이요, 서로 간에 곤경에 처하지 않는 게 한이었다.

　실제로 그 누구 하나에게 깊은 상처가 생겼다 치면 이내 개떼처럼 몰려들어 자기들이 믿고 있는 도로 그 상처를 더 깊이 찢어발기면서 소금을 뿌리는 등 못할 짓이 없었던 마을 사람들이었다. 한마디로 인정사정 볼 것 없는 이웃들이었다고나 할까. 요컨대 종교가 매번 이렇게 만들고 있었다.

　그런데 정작 종교란 게 그 뭘까? 타 종교를 이기기 위하여 으레 희한한 얘기, 그야말로 흔하지 아니하고 썩 드문 희유하고 신기한 얘기, 자기들만의 기쁨과 즐거움, 그런 희열을 느끼며 만끽하게 만드는 얘기 등등, 정신적으로 심리적으로 신체적으로 히스테리 증세를 보이면서 자기들 나름대로의 희희낙락을 알게 해주는 게 종교다?

　좌우간 이 마을에선 여러 종교인들로부터 과학소설 아닌 온갖 공상소설에 해당되는 별의 별 희한한 얘기가 심심치 않게 만들어지곤 했다. 개중에는 아예 말도 씨도 안 되는 그야말로 허무맹랑한 이야기까지 만들어 내는 것이었다. 실은 그런저런 얘기가 비일비재했다. 아주 심하게는 그런저런 얘기로 남의 혼사마저 깨 버리고 마는 실로 간흉한 자들도 있었다.

　바로 이 같은 마을에서 비절참절? 차마 눈 뜨고 볼 수 없을 정도로 비참하게 죽는다? 절로 사람 살려!라는 고성대호가 나올 수밖에 없었다.

「사람 살려! 사람 살려!」

　그런데 정작 이렇게 울부짖는다고 해서 단 일 프로나마 살아날 길이 있단 말인가? 그래도 사는 길은 역시 소리를 치는데 있었다? 허나 현재 진행 형태로는 아예 현재 진행 완료형에 가까운 제로 상황이 아닐까 싶었다. 고로 이 진행완료형에 가까운 이 일을 어찌하면 좋단 말인가? 그렇지 않아도 타 종교인들이 잔뜩 벼르고 있는 이 판국에 말이다. 과연 이런 판국에 극구 그 얼마나 많은 얘기를 만들어내며 도파니 곧 여러 말할 것도 없이 죄다 몰아서 물고 찢고 하겠는가. 얼마 전 대

살년의 전초전에 해당되는 가뭄 속에서 대판거리로 치고 박고 했던 그 광경만 생각해 봐도 눈앞이 캄캄하다. 그로부터 3일 후 큰 비가 내린 뒤에도 친소간에는 물론 심지어 친사돈 간에도 종교치열 경쟁자들로 주고받던 얘기가 더 우습지 아니했었던가. 간간이 별 문제가 없다 싶은 일까지도 부러 크게 확대생산하며 아예 내쉬는 숨마저 억지로 참으면서 마구 찍어 발기기 선수들이라. 그야말로 이 사건을 가지고 자못 죽음의 소굴로 끌고 들어가 거듭거듭 천참만륙을 할 게 뻔한 일이다. 한껏 그렇게 한 다음에도 못내 아쉬워할 이들이 아닐까 싶다. 아니 죽어라고 지근지근 짓밟아 놓고서도 속 시원하게 여기는 법이 없었던 도생원들이 아니었던가. 사실 죽여 놓고도 연방 분이 채 가시지 않는다는 식으로 식식대며 일을 완전히 끝내는 법이 없지 않았었던가. 세상 말로 거의 다 상대방을 향한 흉악무도한 식인귀 및 그런저런 저승사자들과도 같았다. 실지로 허명무실 그 무엇하나도 시원스럽게 끝내는 법이 없었다. 할 수 있는 한 두고두고 물고 뜯기 일쑤였다. 그렇게 저렇게 의도적으로 코웃음 치는 소리, 비웃는 얼굴, 희롱하는 듯한 눈빛 등등 실로 가관들이 아닐 수 없었다.

그렇다면 그 밑바탕에 그 뭐가 깔려 있는 탓일까? 역시 그 밑바탕엔 종교적으로 남들에 대한 음흉한 모략, 흉악한 계략, 길몽 아닌 흉몽, 불길한 소식, 참혹한 사건만을 은근히 빌고 바라는 몹쓸 심보들이 깔려 있는 등, 그야말로 흉측한 몰골들로 줄곧 흉악한 생각들에 사로잡혀 있기 때문이었다. 그러자니 이런 일이 터졌다 치면 으레 그냥저냥 조용히 넘어가주는 법이 없었다. 한쪽에서는 기다렸다는 듯이 "그것 봐라"는 식으로 흑색선전 및 언중유골로 열을 올리기 일쑤였다. 지나치다 못해 허영무실 온갖 흉문을 만들어 퍼뜨리는데 완전 프로들이라. 따라서 이런 사건이 터진 쪽에서는 입이 백 개라도 할 말이 없다는 듯 속수무책으로 당할 수밖엔 없었다. 사실 너무도 지나치다 싶을 정도로 풍을 떨며 있는 소리 없는 소리로 온갖 말을 다 만들어 내는 데에는 한

마디로 할 말이 없었다. 좌우간 대소사건을 막론하고 그냥저냥 넘어가는 법이 없었으며 흐지부지 그만 두는 법이 없었다. 마냥 온갖 호들갑을 다 떨며 서로 간에 종교적 우위를 차지하고자 하는 심산으로 심심치 않게 별의별 희한한 얘기까지 만들어 내는 기교 및 기괴 또한 끝이 없었다. 그런저런 까닭에 "별 희한한 일도 다 많다"라는 말이 이 마을의 주제곡처럼 되어버린 것이다.

어디 이뿐인가. 만사 승리를 위해 시종 경쟁적으로 살고 있는 이 마을에서 심지어 어린 자식들에게까지 극구 주입시키는 말은 또 어떠했던가.

「연습해야 될 때 연습하지 않는 게 바보요, 공부해야 될 때 공부하지 않는 게 바보요, 특별히 위급할 때도 소리칠 줄 모르는 게 진짜 바보요, 더는 삶의 전쟁터에서 목숨을 내걸지 못하는 게 바보요, 그 목숨이 곧 죽은 목숨이라. 그런 바보에겐 승리도 없다. 그런즉 목숨을 걸고 죽기 살기로 싸우면서 살라. 폐일언하고 이 세상은 목숨을 내건 전쟁터이기 때문이다.」

이를 놓고 예수교인들은 또 그 무어라 했던가.

「그 말도 맞지만, 결국엔 전지전능하신 하나님께서 그 누구 편에 서서 그 누구의 손을 들어 주시느냐에 따라서 그 모든 승패가 결정 나게 되어 있다. 그런즉 전지전능하신 하나님의 백성이 되라. 그런즉 전쟁에 능하신 하나님을 믿으라. 그리고 기도하라. 다시 기도하라. 또다시 기도하라. 쉬지 말고 기도하라. 온 삶을 다하여 기도하라. 온 힘을 다하여 기도하라. 온 삶으로 온 힘으로 기도하라. 그리하면 승리를 안겨 주시리라. 반드시 승리를 안겨 주시리라. 더 큰 승리를 안겨 주시리라. 요는 믿음의 기도가 답이다. 그런즉 그 무슨 일에든 한껏 기도하면서 참고 기다려 보라.」

그런데 정작 이처럼 촌각을 다투는 위급상황 속에서도 참고 기다리면 된단 말인가? 그래봤자 십중팔구 온 동네가 발칵 뒤집혀 다시금 종교전쟁으로 한바탕 몸살을 앓으며 온통 난리법석을 칠 게 뻔하지 않은가. 간혹 이런 일이 없어서 사뭇 심심해했던 이 마을에서의 또 다른 흉풍 흉문 흉상 그 광경 벌써 보지 않아도 훤하지 않은가. 더구나 적들에게 끌려가는 꿈처럼 더러운 꿈이 없고, 적들에게 마구 짓밟히는 꿈처럼 처참한 꿈이 없다라고 말한 이 마을에서, 결국 그리될 것만 같은 이 큰 사건이 터지고 말았으니, 어찌 절로 사람 살려! 사람 살려!라는 말이 나오지 아니하겠는가.

「사람 살려! 사람 살려!」

그런데 정작 어린 고한나와 고마리아가 어찌하다가 이 지경이 되어 이처럼 점점 더 절박한 상황으로 치닫고 있단 말인가. 왜? 연속부절 촌음을 다투며 울부짖게 되었단 말인가?

요는 철부지 누나 고한나와 고모 고마리아가 아기 고요한을 등에 업고 깊은 공동두레우물가로 찾아온 게 큰 문제였던 것이라. 철부지 열한 살 고한나와 열두 살 고마리아가 아직도 몸의 중심을 채 잡지 못하고 뒤뚱뒤뚱과 아장아장으로 겨우 걷기 시작한 어린 고요한을 샘가에 내려놓고 실로 아무 생각 없이 머리를 감기 시작했던 것이다. 아니나 다르랴. 아니나 다를까. 물고기(!)와 우물가(?)하면 궁합이 맞아 떨어진다. 허나 어린 아이와 우물가는 옛말 그대로 고성대호가 될 뿐이다. 그런데 "어린 아이"를 깊은 우물가에 내려놓았다? 어린 아이, 우물가, 고성대호!라는 말이 현실화가 되고 만 것이다.

그런데 아기가 없어졌음을 그 언제쯤에야 알 수 있었던가? 철부지 누나와 고모는 머리를 다 감고 난 후에야 비로소 아기가 없어졌음을 겨우 알 수 있었다. 샘가(!) 분명 깊은 샘 속에 빠진 것이리라(?!) 따라서 가슴 떨림으로 사람 살려! 사람 살려! 만을 계속 연발하고 있는 것이다. 비록 나이 어린 몸으로나마 창조 이전의 혼돈 속으로 곤두박질친 상태로 말이다. 과연 영육간의 대 혼란이란 게 바로 이런 것일까. 두 어린 소녀가 지옥으로 사정없이 곤두박음을 당한 뒤 그러한 자신들의 흉악한 몰골을 똑똑히 보고 있었다. 벌써 온 세상이 온통 흑암의 불길로 활활 타오르면서 자신들의 온몸을 벌겋게 태우고 있었다. 방금 전에 감은 머릿속에서 땀방울이 강물처럼 흘러내리고 있었다. 그런데도 계속 온몸이 백 번 천 번 새까맣게 타는 것만 같다. 벌써 온몸과 온 영으로 스올의 고통을 맛보고 있었다.

「사람 살려! 사람 살려!」

정작 이 일을 어찌하면 좋단 말인가. 세상에 이런 난리가 그 어디에 있단 말인가. 깊은 샘이 원망스러웠다. 아니 보호자로서의 그 한순간의 한눈팔이가 너무도 너무도 원망스러울 뿐이었다. 보호자(!) 보호자(!) 역시 보호자의 한눈팔이가 그 얼마나 무서운 결과를 가져오는지, 그 진리를 여실히 보여주는 사건이 아닐 수 없었다. 분명 보호자의 한순간의 방심이 한 생명을 죽음의 구렁텅이로 빠뜨릴 수도 있다는 점을 극명하게 보여주고 있었다. 뿐만 아니라 보호자의 방심이 보호자 자신마저 크게 망칠 수 있다는 점까지 보다 분명하게 보여주고 있었다. 한마디로 말해서 보호자의 방심, 보호자의 잘못, 보호자의 한눈팔이엔 결국 고성낙일의 큰 환란과 탄환지지의 고성대규와 고성대호가 찾아들 뿐이었다.

「사람 살려! 사람 살려!」

그러나 저러나 이 깊은 두레우물 속에 빠진 아이가 현재 죽었을까 살았을까?

「사람 살려! 사람 살려!」

그런데 왜 사람들이 하나도 보이지 않는 것일까? 시골 동네치고는 꽤 큰 마을이 아닌가. 실지로 도랑 치고 가재 잡을 정도로 아주 작은 실개천 도랑 하나를 사이에 두고 각각 양지바른 곳에 자리 잡고 있는 남촌과 북촌이 한 마을을 이룬 채 살되, 남촌에 50호 정도 북촌에 40호 정도로 꽤 큰 마을이 아닌가. 이에 따라 주민수도 가호 당 평균 5명 꼴로 총 450여 명에 이르고 있지 않는가. 한마디로 말해서 시골 동네

치고는 겁나게 큰 동네가 아닌가.

　이밖에도 조금 떨어진 곳에 서촌 동촌 등, 주막집도 있고 빵집도 있으며, 한쪽에는 다방도 있고 면사무소도 있고 중학교도 있지 않는가. 며칠 만에 한 번씩 서는 장터도 제법 크지 않는가. 소를 사고 파는 우시장 곧 쇠전도 상당히 유명하지 않는가. 게다가 비교적 넓은 편에 속한 농토와, 간혹 산삼과 송이버섯 등 누에 농사로 목돈을 만질 수 있는 거대한 산이 좌우 앞뒤로 수천수만 겹을 이루고 있으며 이곳 수박과 참외도 그런대로 유명하지 않은가. 그런데 사람 한 명이 안 보인다?

　「사람 살려! 사람 살려!」

　더구나 그 어느 때에 아기 고요한이 이 깊은 두레우물에 빠졌단 말인가? 이 마을에는 두 개의 공동우물 곧 북촌 두레우물과 남촌 두레우물이 있다. 북촌 두레우물은 삼봉 끝자락에 자리 잡고 있으며, 남촌 두레우물은 오봉 끝자락 큰길가에 자리 잡고 있다. 이중 북촌의 두레우물 깊이는 무려 9㎝에 물의 차오름의 깊이만도 자그마치 6m에 이르며, 이와 달리 남촌의 두레우물 역시 깊이 8m에 물의 깊이 또한 5m 정도에 이르고 있었다. 허나 이 같은 여름 장마철엔 더 많은 물이 차오르는 것이었다. 그 어느 해엔 물이 넘쳐흐른 적도 있었다. 그처럼 현재 엄청나게 많은 물이 솟구쳐 오르는 두레우물인 것이다. 그런데 이 두 샘물을 먹고 마시며 살고 있는 이곳 주민 450여 명이 그 어디로 다 가버리고 없단 말인가?

　「사람 살려! 사람 살려!」

　그런데 과연 이 고성대호가, 소위 빨갱이 새끼들이란 말을 듣고 있는 이들이 먹고 마시는 북촌 두레우물가에서 들려오는 소리인가, 아니면 저 예수쟁이 새끼들이란 말을 듣고 있는 이들이 먹고 마시는 남촌 두레우물가에서 울려 퍼지는 소리인가?

　「사람 살려! 사람 살려!」

　그러나 북촌 남촌 공히 일손이 달리는 여름 한나절에 일손을 놓고

낮잠을 자거나 한가하게 샘을 찾는 이가 없었다. 주로 아침밥을 짓는 시간과, 저녁밥을 짓는 시간에만 여러 주민들이 찾을 뿐이요. 그 외에는 어쩌다가 한 번씩 철부지 아가씨들이 이처럼 무더운 여름 낮 시간에 이 찌는 듯한 무더위를 이길 겸 머리를 감기 위하여 한두 명씩 찾아들 뿐이었다. 그게 바로 오늘의 고통자 고한나와 고마리아라 하겠다.

「사람 살려! 사람 살려!」

그런데 그간 남촌과 북촌의 두 두레우물과 더불어 그 어떠어떠한 일들이 있었던가? 왜, 그 무엇 때문에 귀신 얘기까지 나오게 된 것일까? 역시 그럴만한 이유가 있었다. 이른바 북촌 샘과 남촌 샘에 공히 수신 아닌 곧 사람을 잡아먹는 그런 그 무서운 귀신이 살고 있다는 비화, 곧 그런 그 흉흉한 소문 때문이었다.

그렇다면, 그 언제부터, 그렇고 그런 귀신이 살고 있는 샘이라고 불리게 되었던가? 대답컨대 북촌 샘과 남촌 샘, 공히 이 두 샘에 몸을 던져 자살한 며느리들, 샘가에서 농약을 마시고 자살한 놀음 꾼, 샘가 백일홍 나무에 목을 매달아 죽은 머슴, 샘 입구 틀에 목을 매어 죽은 노총각 등등, 양쪽 샘에서 돌연 세상을 등지고 목숨을 끊은 주민들이 꽤 많았기 때문이었다. 그 어느 때엔, 한꺼번에 네 명의 아이들이 몽땅 빠져죽은 적도 있었다. 이런 일들이 적어도 몇 년에 한두 번 꼴로 일어나는 것이었다. 하여 마을 사람들이 해가 저문 밤 시간에는 특별한 일이 없는 한 공히 양쪽 샘을 찾는 이가 거의 없었던 것이다. 특히 한낮과 달리 한밤중에는 샘에 사는 귀신들의 흉계와 귀신들의 흉특이 아주 흉악하게 흉행하는 시간이라 하여 어른들도 심히 꺼리는 것이었다. 특별히 교회를 매우 적대시하는 북촌 사람들 중 남촌 사람들과 정반대로 이를 신앙처럼 여기는 이들도 많았다. 개중에는 "샘 금기시간"에 샘을 찾으면 반드시 귀신의 장난에 빠질 그럴만한 원인과 이유와 동기 등 여러 모양의 충분한 흉조 및 그런 상황이 제공된다고 말하면서 그 점을 거의 절대적인 신앙심으로 우겨대는 이들도 있었다.

허나 그런 북촌 사람들과 달리 교회생활에 적을 두고 있는 남촌 사람들은 그 모든 게 그저 웃길 얘기일 뿐이라고 여겼다. 그러했던 가운데 철부지 고한나와 고마리아가 어린 아이를 데리고 와 이 샘가에서 머리를 감기 시작했던 것이다.

「사람 살려! 사람 살려!」

　그러나 저러나 요는 달려오는 사람이 없다는 게 큰 문제였다. 그러니 이 일을 어찌하면 좋단 말인가. 더구나 물의 깊이만도 5m가 넘은 이 남촌 두레우물 속에 어린 아이가 빠졌으니 말이다. 더군다나 그간 이 남촌 샘에 빠진 자 치고 거의 살아난 자가 없었다고 말했는데 말이다.

　더욱 기가 막힌 것은 종교전쟁이 계속되고 있는 이때에 하필 예수님을 믿는 가정의 아이가 빠졌다? 정작 이 뜻밖의 사건으로 말미암아 여러 타종교인들이 그 어떻게 나오겠는가. 비로소 되잡아 대반격을 가할 때가 왔다! 이윽고 마음껏 공세를 펼칠 수 있는 기회를 잡았다! 모처럼 하후하박의 진면목을 숨김없이 보여줄 수 있는 때가왔다! 심히 좋아하며 대대적인 공격에 합류할 것이다. 진짜 남의 이목 따위에는 아랑곳 없이 여러 사람의 만류에도 불구하고 공공연하게 종교전쟁을 펼칠 게 뻔한 터라. 이점이 그 무엇보다도 더 기가 막힐 일이었다. 다시 말하지만 타종교인들의 비극이나 진사건의 불행 따위에 배려나 인간 최소한의 도리마저 없는 게 종교전쟁이라. 그래저래 타종교인들의 사건 진상 규명에 관한 한 그 어떠한 경우에도 아예 긍정적으로 봐주는 법이 없는 게 종교인들의 심보라. 무조건 말도 씨도 안 되는 소리라며 부정적으로 일관, 할 수 있는 한 타종교인의 비극에 관해서만은 의도적으로 확대 재생산하는데 최대한 열을 올릴 뿐이다. 아예 처음부터 끝까지 타종교에 관한 한 역시 폭력적인 언사와 만어와 악매와 악설과 위언을 서슴지 않는 게 다반사라. 좌우간 자기 자신이 믿고 있는 종교만이 참 종교요 그 외의 모든 종교는 다 거짓 종교라고 서로 간에 극구 우겨대며 죽기 살기로 주장하기 일쑤였다. 바로 이러한 종교인들로 말미암아 한 마을에 숫제 천국과 지옥으로 나누인 큰 구렁이 끼어 있었다.

이를 보다 구체적으로 말할 제 수살 곧 마을 입구에 서 있는 나무거목을 신으로 섬기는 주민들, 수살 곧 마을 어귀에 서 있는 왕바위를 신으로 섬기는 주민들, 고산 팔봉의 용굴 당골네가 영이한 신으로 섬긴다는 그 사람형상의 홍상석을 천하제일의 신으로 섬기는 주민들, 심지어 집 구렁이를 신으로 섬기는 주민들, 그리고 우물에 산다는 수신을 신으로 섬기는 주민들, 숫제 동구 밖 효자문에 새겨놓은 용사비등의 용트림을 신비한 길몽과 흉몽의 신으로 섬기는 주민들, 다분히 하늘의 일월성신을 섬기는 주민들과, 우상 및 조상을 신으로 섬기는 주민들 등등, 이 한 마을에선 불교, 유교, 호랑교, 정방신교에 자못 여러 모양으로 미치고 반한 이들이 예수교를 상대로 하여 오직 자기가 믿고 있는 신의 우월성과 참신성과 신령성과 유일성과 기적성을 주장하기 위하여 대놓고 못할 말이 없었다. 서로들 이에 관한 한 희한한 얘기를 꾸며대는 등 그야말로 온갖 수단과 방법을 가리지 아니했다. 심하게는 타종교인들을 완전히 죽여 고기 맛으로 잘근잘근 씹고 씹으며 아예 삼켜 버려야만 속이 시원해 하는 사람들도 적지 않았다.

그런데 늘상 이 종교인들 저 종교인들로부터 공히 공공의 적으로 공격을 받고 있던 바로 그 예수교인의 아이가 샘에 빠졌다(?) 앉아서 삼천리요, 서서 구만리라. 안 보고도 뻔한 일이었다. 이 모든 것을 두 눈으로 똑똑히 보면서 성장해온 누나 고한나와 고모 고마리아의 두 눈에 보이는 게 그 무엇이었겠는가. 그래저래 한눈팔이들에겐 이 시간 샘에 빠진 아기 고요한을 너무 너무 사랑했던 어머니와 아버지의 사나운 얼굴, 그 통곡하는 얼굴이 보다 더 크게 보일뿐이었다. 동시에 샘에 빠진 아기로 인하여 연일연야 너무 너무 행복해 하셨던 할아버지의 불호령도 들려온다. 이래저래 사람 살려! 사람 살려!라는 소리가 더 크게 울려 퍼진다.

「사람 살려! 사람 살려!」

폐일언하고 이 한눈팔이 사건을 부모님들이 알게 될 경우 그 언행심사 어떠할까? 대번 까무러치고 말 것이다? 급기야 외마디 대성통곡을 하면서 정신을 잃어버리고 말 것이다? 그렇게 기절하는 부모님의 모습이 성난 파도로 연방 덮쳐온다. 연거푸 덮쳐오는 성난 파도가 더 큰 악마의 매질로 연상된다. 잇대어 몰매를 맞더니 끝내 그 자리에서 까무러치고 마는 자신이 보인다. 그러한 몸뚱아리가 계속 수많은 발길에 인정사정없이 걷어차인다. 그런 그 극한 상황까지 상상된다. 온통 피투성이가 되어버린 몸뚱아리가 이미 초점을 잃어버린 자신의 눈앞에서 연신 오락가락한다. 그런데도 계속 발길질을 당한다? 그런 부모님이 보인다? 재삼 정신이 가물가물하여지는 자신의 상태가 느껴진다. 그쯤해서 급기야 부모님들마저 의식불명 상태에 빠져 겨우겨우 목숨을 연명하다가 만 일이 년 만에 가까스로 깨어남이 연출된다. 그리하여 또다시 얻어터지는 자신이 각본 된다? 아예 한 평생 죽도록 얻어맞는 신세로 전락한 자신이 엿보인다.

「차라리 그 지경에 이르기 전에, 그래 그래. 지금 당장 죽어 버리는 게 훨씬 더 낫겠지? 역시 그렇게 그렇게 맞아 죽느니보다 지금 당장 죽는 게, 역시 그렇게 안 맞아 죽으려면 지금 당장 내 스스로 목숨을 끊는 게, 역시 천 배나 만 배나 더 낫다고! 역시 이쯤에서의 최선의 방법은, 역시 요한이와 함께, 이 깊은 우물 속으로 뛰어들어 죽는 길밖에 없다고. 누가 뭐라 해도 죽는 게 최고라고. 그래. 더 좋은 방법은 없어. 그래. 죽자!」

이렇게 독백하던 누나가 다음 순간 비극적인 무대로 뛰어들며 비현실적인 이야기를 만들고 있었다. 이때껏 샘 곁에서 발만 동동 구르면서 죽어라고 고성대호를 앞세우며 줄곧 벌벌 떨고 있던 누나 고한나의 그림자마저 가뭇없이 사라지고 마는 것이었다. 이내 흔적이 없다. 그야말로 홀연히, 눈 깜빡할 사이에 벌어지고만 일이었다. 순식간에, 미처 손쓸 겨를도 없이, 뜻하지 아니한 순간에, 엉겁결에, 엎친 데 덮친 일이 눈앞에서 펼쳐진 것이다. 이처럼 불행한 일들이 한꺼번에 생길 수 있단 말인가. 눈 깜빡할 사이에 샘 속으로 몸을 던진 고한나의 마지막 몸부림이 풍덩 소리를 내며 사라지고 만 것이다. 이리하여 순식간에 두 사람이 깊은 두레우물 속으로 사라지고 말았다? 아— 이 일을 어찌하면 좋단 말인가!?

「아이고, 이게 뭔 소리야!? 한나야! 한나야?! 아이고 아이고 이젠 한나 너까지!? 아이고 아이고 사람 살려! 이젠 두 사람이요! 이젠 두 사람이라고요! 아이고 아이고 두 사람이나 빠졌다고요! 두 사람! 두 사람!」

이 시간 마리아가 아예 모든 것을 완전히 포기한 채 마지막 영별 곧 영이별을 고하듯 있는 힘을 다하여 고성대호를 앞세우면서 더 큰 소리로 악을 바락바락 쓰기 시작한다. 돌연 없던 힘과 없던 악까지 생겨나는 모양이다. 새삼 정신이 바짝 드는 모양이다. 순간 폭발해 버리고 마는 것이었다. 그러나 다음 순간 이내 아득해진다? 그런 중에서도 거의 반사적으로 입을 더 크게 벌리고 있었다. 반사작용, 반사운동에 의하여 절로 고함소리에 발동이 걸린 것이리라. 계속 미쳐 버린 듯한 고성대호의 울부짖음이 마구 터져 나온다. 이 시간 고함치는 고성대호 외엔 별다른 묘수가 없었다. 역시 사느냐 죽느냐하는 묘수는 일단 고함을 치고 보는 고성대호밖엔 없었다. 사실 고함치기 고성대호 외엔 아예 다른 방법이 없었다.

「사람 살려! 사람 살려!」

단 몇 초의 흐름이 그야말로 몇 천 년의 세월로 이어지는 것만 같다. 시종일관 1초 1초가 천년만년처럼 느껴진다. 허나 거자일소라. 역시 죽은 사람에 대해서는 날이 가면 갈수록 점점 소원해지며 잊어버리게 되기 마련이라고 했던가. 고로 차라리 물속으로 뛰어든 한나가 순간 더 행복하게 여겨진다. 그러자니 숨이 더 턱턱 막힌다. 이런 가운데에서도, 돌연 샘가에 홀로 남게 된 고마리아가, 실로 어린 나이로 감당하기엔 너무도 무거운 혼돈의 짐에 깔려, 천 배 만 배의 짓눌림에 의해 더 큰 소리로 고래고래 소리치며 연속부절 울부짖는다.

「사람 살려! 사람 살려! 샘 속에 두 사람이나 빠졌어요! 지금요!」

이러다가 급기야 이 마리아마저 이 깊은 샘 속으로 풍덩 뛰어들지 않을까 싶다? 그리되면 모든 게 끝장이다! 그런데 돌연 빈곤망상이 머리와 가슴 속에서 흉흉하게 파도친다?

철부지 고모 고마리아가 일단 우물가에 털썩 주저앉고 만다. 이런 가운데에서도 단 1초나마 가만히 있을 수가 없다는 듯 소리친다. 좌우간 죽을 땐 죽을지라도 우선 당장 소리치는 일만은 결코 멈출 수가 없다는 얘기였다. 숫제 퍼대붙이고 앉아 더 큰 소리로 울부짖는 고성대호를 계속한다. 본격적으로 울기 시작한 고성대호의 울음인가 싶다. 이젠 정말 죽음밖에 없다는 식의 고성대호의 울음인 것이다. 이젠 아예 죽일 테면 죽여보라는 식의 울음인 것이다. 그런데 과연 이 같은 울음소리를 그 누가 듣고 달려올 수 있단 말인가? 아직도 듣는 이가 전혀 없지 아니한가. 그러기에 계속 소리를 치고 있는 것이리라.

「사람 살려! 사람 살려! 두 사람이나 된다고요! 두 사람! 두 사람!」

끝끝내 이 소리를 들은 이가 없다면, 결국 이 마리아 역시 어찌할까? 역시 물속으로 풍덩 뛰어드는 길밖에 다른 도리가 없지 않겠는가? 그리고 보면 물이 돌 틈에서 졸졸 흘러나오는 돌샘이 최고로 좋은 모양이다. 돌샘에서 이 같이 빠져죽을 일은 아예 없을 테니까 말이다. 다시 말해서 바위나 돌이 많은 돌산에서 물이 돌돌 흘러나오는 그 옹달샘이 이 세상에서 최고로 좋은 샘이 아닐까 싶었다. 사실 이처럼 깊은 샘이 아니었더라면 그간 이 샘에 빠져 죽은 사람이 단 한 명도 없었을 게 아니었겠는가.

「사람 살려! 사람 살려! 지금, 지금, 나도 죽을 수밖엔 없다고요! 아, 아, 이러다간 다, 다 죽는 길밖엔 없다고요! 정말로 다, 다, 다요!」

홀로 남은 자의 울부짖음은 더욱 애절했다. 그러나 그 무엇보다도 더 중요한 문제 하나가 남아 있었다. 요컨대 지금껏 아기를 찾아보지도 아니했다는 얘기다. 다만 지레짐작컨대, 지레짐작하여, 틀림없이 이 깊은 샘 속에 빠졌을 것이라는 가정이 전부였을 뿐이었다. 분명 그렇게 되었을 것이라고 인정하며 확정한 가설이 전부였던 것이다.

사실 이 남촌 샘 바로 옆에 붙어 있는 아랫집 뒷문으로 뒤뚱뒤뚱 걸어가 지금 이 시간 그 마당에서 재미있게 놀고 있는 줄도 모를 일이었다. 앞서 아랫집 강아지들이 마루 밑에서 복복 기어 다니는 것을 구경하다가 이 샘가로 옮겨 왔으니 말이다.

허나 아이가 이 샘가에서 없어졌는데 이제 와서 새삼 그 무슨 말이 더 필요하겠는가. 역시 조금도 의심할 여지가 없지 않겠는가? 더구나 샘 입구에 통나무 세 겹으로 쌓아올린 정사각형 벽이 전부가 아닌가. 더군다나 정사각형 샘 입구 벽 역할을 하고 있는 통나무 밑으로 어린 아이 하나쯤은 족히 빠져 들 수 있을 만큼의 틈바구니가 무려 세 군데나 있지 아니한가.

막다른 상황, 극한 상황에 처하게 된 사실을 재삼 알게 된 마리아가 재차 대성통곡을 한다.

「사람 살려! 사람 살려! 지금 두 사람이나 빠졌어요! 여기 남촌 샘이라고요! 아— 이러다간 나도 죽겠다고요! 정말로요!」

그러나 촌각을 다투는 촌음이 너무 많이 흐른 것 같다. 하긴 일향 초를 다투는 시간인지라, 불과 몇 초가 그새 몇 천 년처럼 느껴졌을 게 뻔하다. 사실 이런 상황에 처하게 되면 역시 그 누구든 불과 몇 초가 몇 천 년처럼, 아니 그 몇 몇 초가 마치 영원처럼 느껴질 수도 있을 것이다. 실로 촌각을 다투는 시간이기에 그러하리라. 정작 눈 깜빡할 사이가 그야말로 몇 천 년, 혹은 몇 만 년처럼 여겨질 수 있는 게 실로 이 샘가가 아닐까 싶었다.

아기를 잘못 봤다는 죗값이 이처럼 혹독하기만 했다. 정말 한순간의 한눈팔이의 고난이 마치 천 년 만 년 음부를 헤매이게 만드는 것만 같다. 완전히 끝장을 내버린 것처럼 여겨진다. 아— 아기보기! 한눈팔이!

이게 정녕 한 인생을 영 망쳐놓고 말 것인가?

「사람 살려! 사람 살려! 죽으면 안 돼요. 죽으면 안 된다고요!」

재차 여러 모양의 타종교의 열성분자들이 눈앞에서 오락가락한다. 그러나 아예 할 말이 없게 된 부모님들이 어쩔 줄을 모른다. 이런저런 상상 속에서 나이 어린 마리아가 다시금 정신을 못 차린다. 그러나 더 큰 소리로 울부짖는다.

「사람 살려! 사람 살려! 죽으면 안 된다고요! 정말로요! 정말로요!」

내내 촌음과 촌음 사이에 연출되는 종교전쟁으로 말미암은 다른 한 편에서는 느닷없이 염라대왕이라는 소리까지 들려온다. 이미 염불삼매의 끊김까지 보인다. 호랑교의 염장 지르는 소리도 들려온다. 그런가 하면 며칠 후 며칠 후 요단강 건너가 만나리-라는 예수교인들의 만가 찬송소리까지 떠오른다. 천국에서 만나보자 그날 아침 거기서-라는 찬송까지 생각난다. 괴로운 인생길 가는 몸이 평안히 쉬일 곳 아주 없네-라는 만가까지 들려온다. 세월이 흘러가는데 나그네 된 나는 괴로운 세월 가는 것 금할 길 아주 없네. 요단강가에 섰는데 내 친구 건너가네. 저 건너편에 빛난 곳 내 눈에 환하도다-라는 찬송가가 숫제 머리채를 쥐어뜯는다. 잠시 세상에 내가 살면서-라는 찬송만가가 거듭 통곡의 고성대호를 하게 만든다. 하늘가는 밝은 길이-라는 만가에 영구차까지 나타나 보이며 가슴을 쥐어뜯게 만든다. 이런 가운데서까지 식구들이 타종교인들에게 속수무책으로 당하는 모습이 상상된다. 나무를 신으로 섬기는 이들의 엽기적인 제2의 살인극이 집안 어른들을 상대로 무섭게 펼쳐짐도 각본 된다. 여기저기서 종교열전이 펼쳐진다. 처음부터 도를 넘는 험악한 싸움이다. 맹렬한 싸움이다. 도를 넘는 종교전쟁에 어른들은 물론 어린 동무들까지 나서서 죽으려든다. 남의 불행이 곧 나의 행복이요, 남의 행복이 곧 나의 불행이라는 어른들의 종교전쟁에 매몰된 어린 친구들까지 나서서, 아나 예수! 아나 예수! 할 것만 같다. 왜냐, 신께서 친히 말씀해 주신 종교는 유일하게 우리가 믿고 있는 우리 예수교 하나밖에 없다며 그간 사생결단식으로 우겨댔기 때문이다. 한마디로 우리 예수교 외에 다른 종교는 다 사람들이 만든 종교이기에, 전적으로 타락하고, 전적으로 부패한 그 모습 그대로 살다가, 결국 죽어 지옥으로 떨어지게 될 뿐이라고, 극구 죽기 살기로 공격을 가하곤 했기 때문이다. 그러니 이 일을 어찌하면 좋단 말인가. 당연히 차마 못들을 소리까지 다 들어야만 되지 않겠는가.

그런데 과연 이 마을 어른들이 만든 종교의 "신 섬기기 예법"은 어떠어떠 했던가? 먼저 극에 달한 고행을 앞세우는 게 중요하다? 이어 최고의 정성을 다 쏟는 게 그 특징이다? 그 한 예를 이 마을에서 찾아보자. 이 마을 어귀에 수령 300여 년 이상으로 추정되는 일명 "남근 짝 정자나무"가 있다. 왜 남근 짝 정자나무라고 부르는가. 역시 이 정자나무 뿌리 부분에 여자의 그것과 똑같은 모양을 가지고 있는 것 때문이었다. 이래저래 신령한 나무, 신령한 수살 및 신령한 목살, 또는 신령한 조왕신, 곧 부엌의 길흉화복을 맡아보는 나무 신으로까지 섬김을 받고 있었다. 게다가 크기로도 신격화하기에 충분했다. 둘레뿐만 아니라 높이 또한 대단하다. 따라서 이 나무를 신으로 섬기고 있는 마을 주민들 중에는, 이 나무를 두렵고 떨리는 신앙심으로 잘 섬길 때 이 나무처럼 후손들이 대성하여 대성가문을 이루게 될 것이라고 믿고 있었다. 그런 까닭에 이 나무를 신으로 섬기는 사람들의 정성과 예법 또한 대단했다. 그도 그럴 것이, 그들 말대로 말하면, 심지어 이 정자나무의 죽은 가지를 주어다가 불을 피운 사람이 돌연 등창이 나서 죽었다느니, 또 이 정자나무 밑에 지어놓은 정자 한쪽으로 이 나뭇가지가 뚫고 들어가는바람에 그 어느 한 사람이 그 가지를 잘랐는데 그 벌로 밤마다 악몽에 시달리다가 돌연 그 어느 날 갑자기 오토바이를 타고 나가 그만 즉사하게 되었다느니 등등 여러 말이 많았다. 다시 말해서 그누구든 이 나무에 손을 대면, 이 마을을 수호하는 수살이 돌연 목살 곧 나무에 붙어있는 흉한 귀신으로 돌변하여 가만두지 않는다는 것이었다. 그런 까닭에 저들 나름대로 세운 제사법에 따라 제사를 지내되 당연히 두렵고 떨림으로 제사를 지내는 것이었다. 그리고 이 정자나무를 신으로 섬기는 그들의 말에 의하면, 이 정자나무의 서쪽 가지에서 새 순이 먼저 나면 그 해에 풍년이 들고, 달리 동쪽 가지에서 새순이 먼저 나면 그해에 흉년이 든다고 믿고 있었다. 그런 이유에서 그들이 제사를 지낼 때마다 서쪽 가지를 향하여 막걸리를 부으며 예를 다 하는 것이었다. 그러면서 타종교에 대해선 심히 배타적이요 은근히 적대시 하며 그중에서도 예수교를 노골적으로 싫어하며 욕을 퍼붓곤 하는 것이었다. 역시 그 누가 뭐라고 해도 수살 곧 정자나무 신이 신중의 신이라는 것이었다. 저들 나름대로 대단한 우월감에 빠져 있었다. 하여 아무라도 이 정자나무 수살에 접근하거나 근접하지 못하도록 일삼아 온갖 새끼줄로 나무의 위아래를 칭칭 감아 놓는 일도 잊지 아니했다. 그런데 수살 곧 나무 신을 섬겨야만 자손이 번창 하며 자못 대성가문을 이룰 수 있다고 입버릇처럼 노래하던 그들을 향해, 진짜 미친 것들이 따로 없다며 내심 온갖 욕설로 깡그리 무시하곤 했던 예수쟁이들, 바로 그런 예수쟁이들의 가정에서 두 아이가 한꺼번에 샘에 빠져 죽었다? 가히 그 우월감에 찬 공격성이 극에 달하지 아니하겠는가.

더구나 수신, 곧 우물 신을 섬기는 이들의 공격적인 언사는 또 어떠했던가? 더 심각하지 아니했던가. 다시 말해서 자신들이 섬기는 수신 곧 우물 신을 노골적으로 부정하면서 자신들을 송두리째 무시하며 업신여기는 예수교인들이 시종 잘못되기만을 빌고 바랐으며, 행여 예수님을 신으로 섬기는 예수쟁이들에게 질세라, 그 예법, 그 섬김, 그 정성 또한 여간 복잡한 게 아니었다. 제사법을 복잡하게 꾸미면 꾸밀수록 더 대단한 종교로 보이기 마련이라는 식이었다. 우물 신을 섬기는 마을 사람들은 벌써 100일 전부터 고행을 앞세운 정성을 모아 매년 정월 초하룻날 제사를 드리곤 했다. 그러한 자들에게 이처럼 사람이 샘에 빠질 때마다 이 샘을 당장 메워버리자고 말하면 돌연 심장이 멎을듯한 눈초리로 죽일 듯이 노려보면서 마구 덤벼드는 것이었다. 그러했던 까닭에 그때마다 우물을 메우지 못했던 것이다. 그리고 시종 예수교인들을 더 못 잡아먹어 안달이었다. 그런데 바로 그러했던 예수교인의 두 아이가 샘에 빠져 죽었다? 이런저런 까닭에 홀로 남아 있는 마리아가 이미 두 번 세 번 초죽음이 되어버린 가운데서도 전혀 지칠 줄 모르고 더 큰 소리로 대성통곡을 하면서 연해연방 울부짖고 있는 것이다.

「죽으면, 죽으면 안 된다고요! 절대로, 절대로요! 죽으면, 믿음의 행진이! 소망의 행진이! 사랑의 행진이! 오— 그러니, 누가 와서 좀 살려달라고요! 누가 와서! 누가 와서.」

그런데 시간상으로 볼 때 지금쯤 두 아이가 목숨이 어찌되었을까? 이미 샘 속의 시신들로 변해버린 상태가 아닐까? 아니, 처음부터 촌각을 다투어 사람 살려! 사람 살려!라고 외친 횟수가 실은 그리 많지 않은 편이다? 그래저래 촌음의 흐름을 계산해 보면 불과 몇몇 초밖에 안 될 것 같다? 허나 이는 어디까지나 희망사항일 뿐이리라? 아무튼 고 마리아에게 있어선 1초 1초가 사뭇 천년보다도 더 길게만 느껴질 뿐이었다. 그러기에 점점 더 빠른 속도로 쉼 없이 악을 바락바락 쓰고 있는 것이리라.

「사람 살려! 사람 살려! 아이고, 아이고, 두 사람이나 죽으면 안 된다고요!」

그런데 죽었다? 더구나 이 마을 어귀에 열녀문이 있는데, 그들의 공격이 한층 더 극에 달하지 않겠는가. 왜냐? 그들이 소위 우상숭배를 놓고 말하기를 쓸모없는 제사가 없고, 탓할 제사가 없고, 복 못 받을 제사가 없고, 쓴맛을 볼 제사가 없고, 쓴 웃음을 칠 제사가 없으며, 그래저래 하잘 것 없는 제사가 없다면서, 그중에서도 조상신을 섬기는 제사가 최고라. 그런즉 조상신을 잘 섬겨보라. 그래야만 자손들이 복을 받을 수 있을 것이리라. 이렇게 말하는 그들의 그 절대적인 신앙심을 노골적으로 공격, 또 공격, 또 또 공격한 게 바로 예수교인들이 아니었던가. 그런저런 이유로 아예 예수교인들과는 상종도 아니 하며 가장 무섭게 적대시하던 그들이 아니었던가. 그래저래 예수교에 다니는 사람들이 잘못 되기만을 그 얼마나 학수고대하며 기다렸을까싶다. 그래야만 "그것 봐라! 뭐 예수교가 복 받아? 에라이 이 천벌을 받을 것들아!" 하며 대반격을 가할 수 있기 때문이요, 그래야만 실컷 큰소리를 치면서 가진 품세를 다 보일 수 있기 때문이요, 그래야만 조상님을 명당에 모셔놓고 함구무언 잘 섬겨드릴 때 자손들이 복을 받고 자손들에게 우환이 없고 자자손손에 이르기까지 번창하게 될 것이라며 자못 큰소리를 칠 수 있기 때문이요, 그래야만 우상숭배의 도를 보다 더 강력하게 내세울 수 있기 때문이리라. 한번은 열녀문에서 제를 올리기 위해 내심 우리의 저력을 보라는 듯이 군수와 면장과 면 유지들을 다수 불러 모아놓고, 심지어 효 교육이라는 미명하에 초등학교 학생들까지 동원시킨 뒤 한바탕 자기들만의 신앙 잔치를 꽤 걸판지게 베푼 적도 있었다. 자기들만의 신앙심에 만복과 만사형통이 뒤따르는 법이라고 떠벌리면서 말이다. 바로 그러했던 자들 앞에서 돌연 두 아이가 깊은 샘에 빠지는 일까지 벌어졌다? 그야말로 한바탕 종교전쟁으로 큰 열병을 앓게 되지 않겠는가!

그러나 저러나 현재 샘 속에 빠져 있는 두 아이의 목숨은 지금껏 붙어 있기나 할까? 이미 죽어 비절참절한 상황에 처해 있을 거라? 으레 그리 말할 수밖엔 없을 것이다?

만에 하나 이 일이 정작 죽음으로 끝난다? 생각만 해도 눈앞이 캄캄할 뿐이다. 그러기에 홀로 남아있는 마리아가 연속부절 더 큰 소리로 울부짖고 있는 것이다.

「사람 좀 살려줘요! 사람 좀! 사람 좀! 지금 이 근방엔, 이 근처엔, 이 근동엔, 정말 아무도 없어요? 아무도 없느냐고요? 지금 당장, 저보고 뛰어 들어가 보라는 얘기냐고요? 저 보고? 저 보고?」

그러나 야속하게도 계속 찾아와 주는 이가 단 한 명도 보이지 않는다. 이러다가 정말 마리아까지 샘 속으로 뛰어들게 되는 게 아닐까? 좌우간 이 일이 절대로 죽음으로 끝나면 아니 된다? 더군다나 마리아마저 죽게 된다는 건 아예 말이 안 된다. 왜냐? 그 이유인즉슨 해마다 야소교인들의 벼농사가 더 잘 되는지, 반대쪽 우상숭배자들의 벼농사가 더 잘 되는지, 또는 수살 곧 나무 신을 섬기는 자들의 벼농사가 더 잘 되는지, 또는 우물 신을 섬기는 자들의 벼농사가 더 잘 되는지, 그 결과 또한 큰 관심거리요 대단한 화젯거리였으며, 특별히 그 어느 종교의 자손들이 더 잘 되는지, 진짜 그 어느 종교의 자손들이 더 크게 출세하는지, 반대로 더 잘못 되는지, 이를 늘 염두에 두고 이에 의해 모든 이가 하나처럼 살고 있기 때문이다. 그래저래 자식들에 대한 학구열 역시 그 어느 마을에서도 찾아 볼 수 없을 정도로 대단했다. 편언 심각할 정도였다. 바로 이러이러한 마을에서 예수교 자녀들이 샘에 빠져 죽었다? 벌써 마리아의 귓전에 상여꾼들이 부르는 구슬픈 만가 상엿소리가 들려오는 것만 같다. 이래저래 샘가에 앉아있는 고마리아로서는 한마디로 죽을 맛이었다. 이래저래 죽으면 절대로 안 된다는 말이 연해연방 절로 나올 수밖에 없었다. 만약 죽으면 타 종교인들의 혀의 칼에 천번만번 토막 나 죽게 될 게 뻔했다.

「뭐, 예수교가 진짜 종교라고? 뭐, 예수교 외에는 다 가짜 종교요, 다 죽은 종교라고? 누가 뭐래도 그 예수교에만 기사와 이적과 표적이 있다고? 그럼 어디 한 번 그렇게 다시 살아나 보시지! 그리고 뭐 예수교에만 구원이 있고 천국이 있다고? 그래? 그래? 그럼 어서 빨리 죽어 그 천국으로 가보시든지! 그리고 뭐 예수가 죽었다가 3일 만에 다시 살아났다고? 아 그래? 아 그럼 그렇게 한번 살아나보시든지! 구경 한 번 해보게! 그 무덤에 가서 박수까지 쳐주면서! 그게 아니면, 아예 지금 당장 죽어, 그 천국으로 가는 게 좋을 것이라고! 아이고– 진짜 종교가 그 모양 그 꼴이냐? 아니, 산 종교가 그 모양 그 꼴이냐고? 미친것들! 미친것들! 산 종교 좋아하시네.」

연속부절 이런저런 상상의 예고편이, 이런저런 상상의 날개가, 이런저런 예편의 언행심사가, 잇달아 정신을 못 차리게 만든다. 세상에 이런 비극이 그 어디에 있을까?

「저 쳐 죽일 놈들 같으니라고.」

「그래 그래.」

「한마디로 말해서, 저런 놈들은 다 죽어야만 된다고!」

과연 종교전쟁이라는 게 바로 이런 것일까? 하기야 희극 아닌 비극이 종교전쟁에서 나온 것이라고 말했던가. 허긴 종교전쟁으로 말미암아 천하 만민의 유일신 곧 예수님께서 그 십자가에 못 박혀 죽으심을 당했다가 다시 살아나신바 되셨다고 했던가. 나아가 그러하신 예수님을 전파하기 위하여 세계 도처에서 계속 순교를 당하고 있는 이들도 적지 않다고 했던가. 그처럼 유일신! 바로 그런 전도자의 삶 때문에, 바로 이 마을에서까지, 실로 극에 달한 종교전쟁이 계속 되고 있다?

「사람 살려! 사람 살려!」

그런데 이게 정작 몇 십 몇 백 번째에 해당하는 소리일까? 이를 계산해 볼 때 과연 지금껏 흘러간 시간이 일괄 몇 몇 초나 될까? 이 시간 고마리아는 완전히 실성한 사람처럼 움직이고 있었다. 과연 차에 치어 버르적 버르적 몸부림침이 사뭇 이러할까? 연거푸 거대한 폭발물에 의하여 온몸이 두 번 세 번 날아간 직후의 그 순간순간의 목마름이 이러할까? 보통 사람들 같으면 벌써 실신해 버리고 말았을 것이다. 그러나 이 같은 일에 있어선 실로 실신 직전에도 차마 실신만은 할 수 없을 것이라는 말이렷다? 몇 백번 정신을 잃고 실실 웃어 보일 것만 같은 상황 속에서도 결코 그럴 순 없다는 얼굴이다. 그러기에 고마리아는 통나무로 된 샘 벽과 실랑이질을 하면서 연속 실성한 모습으로 울부짖고 있는 것이다. 허나 고마리아는 점점 더 심하게 미쳐가고 있었다.

이러하던 차, 마침내, 갑자기, 느닷없이, 샘 속으로 풍덩 뛰어드는 사람이 있었다? 그는 과연 그 누구일까? 그는 다름 아닌 곧 이 고을에서 온갖 멸시천대를 받으면서 살고 있는 촌촌걸식 거지였다. 다시 말해서 한평생 떳떳하지 못하게 뒷거래를 하며 사는 그런 사람들과 달리 아예 그런 사바사바를 모른 채 이 마을 저 마을로 발걸음을 옮기면서 빌어먹고 사는 거지 촌로였던 것이다. 참으로 예상밖의 걸작이 아닐 수 없었다. 한평생 사모관대 한번 써 본 적이 없었다던 그 촌촌걸식 거지가 이날도 빌어먹기 위하여 남촌을 찾았다가 때마침 고마리아의 울부짖는 고성대호를 듣고 달려와 곧장 이 깊은 두레우물 속으로 풍덩 뛰어든 것이다. 거의 반사적으로 말이다. 허나 과연 이 촌로 거지가 살아날 수 있을까? 더구나 초짜 수영선수 및 초짜 물개가 아니겠는가? 결국 이 거지의 목숨마저 날아가 버리고 마는 게 아닐까?

그런데 과연 이 거지는 그 어떠한 사람이었던가? 어렸을 적, 그 소싯적에 그 어느 이상한 사람에게 사로잡혀 겨우 몇 달 만에 제 나름대로의 초현실주의에 빠져 내내 소승적 세계관 곧 자기만의 작은 일에 얽매여 대승적 곧 대국적인 면을 보지 못하고 마냥 소소곡절 자질구레한 여러 가지 좁고 비근한 시야로 세상을 바라보면서 결국 초행노숙자로 전락하여 한때 산이나 들에서 자며 때론 깊은 물속으로 뛰어들어 맨손으로 고기를 잡아먹는 등 그렇게 산 적도 있었던 사람이라. 그러나 오늘날에 와서는 기껏해야 늙고 병든 촌로에 지나지 않을 뿐이라. 더구나 간혹 잔칫집에 들러 으레 고주망태가 될 때까지 먹고 마시는바람에 일언가파 진짜 고려장 깜이라는 말까지 듣곤 했던 노인이 아니었던가 싶다. 더불어 차라리 소식불통 인이 되면 자신도 좋고 남도 좋고 다 좋은 판인데 왜 저렇게 계속 살고 있는지 모르겠다는 말을 들으면서 살고 있는 노인이라고 말하면 되겠다. 그렇듯 이곳 남촌과 북촌에서 뿐만 아니라 이 고을 전체에서 공공연히 멸시천대를 받으면서 살고 있는 자칭 서토끼라는 노인에 불과할 뿐이다. 그런데 촌촌걸식하며 살아온 이 거지 노인을 그간 가장 못마땅하게 여기면서 최고로 무시하며 최고로 업신여겼던 인물은 과연 그 누구였던가? 바로 이 두레우물

저 깊은 곳에 빠져 있는 고요한 고한나의 할아버지였었다.

　과연 이들의 전날 대화 내용은 그 어떠했었던가?

　「하여간 장로님 같이 나를 무시하고 업신여기는 사람도 드물 것입니다.」

　「그 말도 아닌 소리. 아 다 똑같지 왜 나만 그래!」

　「그래도 장로님이, 나를 최고로 멸시 천대하는 것만 같더라고요!」

　「저 저 서토끼! 저 저 하는 소리 좀 보게. 그리고 그 그 이름이 그 뭐냐고? 오늘이래도 당장 그 이름부터 고치라고!」

　「왜요? 서토끼가 어때서요? 좋기만 한데요?」

　「좋아? 서토끼가? 차라리 서돼지라고 해라!」

　「아이고– 저 저 장로님까지 돼가지고서! 아이고 저 저 하는 소리 좀 들어보게. 아 진짜 돼지가 되라니. 아 진짜 해도 해도 너무하는구먼. 아 지금 누구 보고 말야.」

　「뭐가!? 그 토끼라고 하니까 그렇지!」

　「아 글쎄, 이 세상 천지에 우리 토끼 똥처럼 깨끗한 똥이 그 어디에 있겠느냐고요! 그 크기와 모양도 거의 똑같고요. 진짜 예술적으로 쏟아지는 똥골똥골한 똥! 그 예술적인 똥에서 냄새도 안 나고요! 세상에 그런 똥이 그 어디에 있느냐고요? 언제 어디서나 전혀 냄새가 없는 똥. 그런 똥을 싸면서 사는 게 토끼라고요! 바로바로 그런 토끼로 살아보고자 하는 게 이 서토끼라고요! 그래서 서토끼라고 지었고요! 그런데 뭐 뭐 서돼지라고 해보라고요?」

　「아니, 그럼!? 아니, 그런 사람이 저저 산에 올라가, 그 그 토끼를 잡아먹겠다고, 그 토끼 올무까지 놓아? 그 토끼 올무까지!」

　「아니, 그게 왜요? 그게 어때서요? 깨끗한 토끼를 잡아먹는데요. 게다가 그 얼마 전에 우리 권사님한테까지 한 마리 가져다 줬고요. 그때 이 서토끼 덕분에, 그 얼마나 맛있게 드셨을까 싶은 판국에 말입니다요!」

「아─ 허긴 그랬었지? 거지가 가져다 준 산 토끼? 역시 그때 그 토끼 고기하나만은 진짜 맛이 있더구먼. 거지 서토끼처럼 구질구질한 냄새도 안 나고 말야. 하하하!」

「그걸 지금 말이라고 해요! 어디 나처럼 냄새가 나겠느냐고요? 맛있는 냄새밖에 없는 게 고긴데.」

「뭐가 그려! 그 언젠가 푹 쉰 토끼 고기 국물을 먹었다가, 진짜 죽을 뻔 알았다고 해 놓고서! 그래서 동냥도 못하고!」

「아아, 그땐 또 그랬었지요?」

「그러니까 아껴 먹을 것 없다고. 그렇게 아껴 먹다가 죽는 수가 있으니까! 그리고 그 여름엔 독사도 삶아먹곤 한다면서? 그러면서까지 그 아껴 먹을 게 뭐가 있겠느냐고? 더구나 거지도 손 볼 날이 있다고, 전날 올무로 노루까지 잡아가지고서, 그 거지들을 불러 모아 큰 잔치까지 베풀었다면서!」

「아, 그때요? 그땐 정말 고생 끝에 낙이 온다고, 배가 터지라고 먹었었지요. 고생주머니를 짝짝 찢어발기면서 말입니다. 진짜 고생살이도 끝이라는 듯, 온갖 고성방가로 노래를 부르면서 말입니다. 오늘도 걷는다마는 정처 없는 이 발길! 허긴 그날도 곧장 고석낙일에 처한 듯, 그 어느 틈에 고상 고상 곧 잠이 오지 않아 누운 채로 이 생각 저 생각에 빠져들며 애태우던 그렇고 그런 인생이 되고 말았었지만 말입니다.」

「그런데, 내가 백 번이고 천 번이고 만날 듣기 싫은 소리만 하는데도, 그때 그 토끼는 왜 잡아온 거야?」

「아, 그때 그 토끼요? 아 그야 이 집안의 복덩어리 중의 복덩어리가 되시는 우리 권사님께서, 저에게 교회에 발을 잘 붙여보라면서 그 귀한 사과 한바구니를 담아주시는바람에, 그 은혜에 보답해 보겠다는 생각으로 가져다드렸던 거지요. 장로님 갚으면, 아예 국 말국도 없었을 판인데 말입니다.」

「저런 저런!」

「뭐가 저런 저런입니까? 사실이지요!」

「그래도 그래도!」

「아이고 아이고!」

「좌우간 거지는 없어지는 게 좋겠다고! 모든 사람에게 일언지하 아무 유익을 주지 못하는 거지! 아무런 유익이 없는 거지!」

「또˙또 그런 소리!」

「그럼 거지가 무슨 유익을 줄게 있냐고? 사람들에게?」

「왜요! 있다고요!」

「있어?」

「있지요!」

「무슨 유익? 힘들이지 않고 만날 거저먹으려 드는 거지가?」

「바로 거기에서부터, 사람들에게 주는 유익이 있다고요!」

「뭐라고!?」

「글쎄 들어보시라고요! 우리 거지들이 주는 유익이 그 무엇 무엇인지. 먼저 그 힘들이지 않고 거저먹으려 든다며 마구 욕을 퍼부으면서, 나는 죽어도 저렇게는 살지 않겠다며, 그렇게 복된 결심을 하게 만들어 주는 유익. 그런 식으로 참 노동의 중요성을 일깨워주는 유익. 그뿐 아니라 많은 사람이, 우리 거지들을 가지고 이렇게 저렇게 멸시천대를 하면서 매양 희희낙락 스트레스를 풀게 해주는 유익. 뿐 아니라 거자막추 곧 떠나가는 사람은 뒤따라가 붙잡지 말고 그냥 내버려 두라는 식의 삶을 가르쳐 주는 유익. 뿐 아니라 저런 거지발싸개 같은 인생으로 사는 사람도 있는데 내가 왜 죽느냐며 앞으로 더 나아갈 수 없는 그 막다른 골목에서까지, 한 번 더 막능당의 힘을 과시하게 만들어 주는 유익. 뿐 아니라 거침없이 몰아세우면서 내심 삶의 통쾌함을 맛보게 해주는 유익. 뿐 아니라 저런 비렁뱅이가 되지 않은 것만으로도 한없이 감사한다며 실실 웃게 만들어 주는 유익. 뿐 아니라 우리 집안에 저런 상거지가 없는 것만으로도 크게 감사할 일이라며 희희낙락하게 해

주는 유익 등등, 여하간 저희 같은 거지들이 주는 유익이 그 얼마나 많은 줄 모른다고요. 이밖에도요!」

「아— 그리고 보니까, 이 세상 모든 피조물 중에 쓸모없는 피조물은 없다? 단 하나도?」

「그렇지요! 남녀노소, 지위고하, 빈부귀천을 막론하고, 다 서로가 서로에게 유익을 줄 게 있는바 말입니다. 어때요? 더 이상 할 말이 없지요?」

「그렇네 그려. 허나 아무리 그래도, 그 거지 생활만은 좀 그렇지 않냐고? 허니 그 거지 생활을 청산하고, 좀 힘이 들어도, 그래도 소도 키워보고, 돼지도 키워보고, 염소도 키워 보고, 그래 보라고. 그게 백배나 낫지 않겠느냐고? 참외를 키워야 될 때엔 참외도 키워보고. 그럼 나 같은 사람에게, 이 거지같은 인간아!라는 욕도 안 먹게 될 것이고 말야. 그래가지고 참외 수박도 팔고! 우리 같은 집에 와서.」

「아이고, 그 수박 참외를 팔아, 그 돈을 제가 다 가져가면, 그땐 또 어떻게 나오실려고요?」

「저저! 그 거지 노릇에, 이젠 아예 그 도둑놈 노릇까지 해보겠다는 거야?」

「아 그건 절대 아니더라도요! 하여간 난 그냥저냥 거지 노릇이나 하면서 살랍니다. 그 언젠가 목사님께서 설교하시기를, 마귀 새끼는? 제 욕심을 채우기 위하여 제 욕심대로 행하는 자요, 마귀 새끼는 제 욕심을 채우기 위하여 처음부터 살인한 자라, 그 마귀새끼 속엔 진리가 없고, 나아가 제 욕심에 의해 살고 있는 그 마귀새끼는 시종 진리 위에 서지 못할 것이며, 시종 제 욕심을 채우기 위하여 거짓을 말할 것이라. 그처럼 아귀는 거짓을 말할 때마다 제 것으로 말하는 거짓말쟁이요, 거짓의 아비라고 말씀하시지 않았었습니까? 바로 그 모든 욕심을 버리기 위해서 제가 지금 이렇게 거지로 살고 있으니까 말입니다.」

「욕심을 버리기 위해서 거지로 살고 있다?」

「하나 더요. 더 겸손해지기 위해서 거지로 산다고요! 잘나지도 못한 게 잘난 체하며, 잘나가지도 못한 게 우쭐대며, 잘되지도 못한 게 꽤나 뽐내는 등, 한마디로 벌거벗은 게 뻥을 떠는 등등, 그런 뻥쟁이가 되기 싫어서라도 그저 그냥 거지로 살고 싶다고요. 자아, 이만하면 할 말이 없겠지요?」

「하하하, 그래 그래. 그나저나 밥을 얻어먹으려고 거의 매 주일마다 우리 교회엔 오는데, 그 밥을 얻어먹으러 저 고산 팔봉에 있는 절간엔 자주 안 가나?」

「아이고, 나를 지금 그 뭘로 보고 그렇게 말씀하십니까!? 아니, 겨우 그 밥 한 그릇 얻어먹자고 그 높은 데까지 올라갑니까? 미쳤다고? 나도 그렇게는 못 산다고요. 내 아무리 거지지만이요. 곧 죽어도요. 진짜 굶어죽는 한이 있더라도 말입니다. 구경 가는 사월 초파일이라면 또 몰라도요.」

「아직도 배가 덜 고프고만.」

「아무튼 간에요! 더구나 하루에 한 마을씩만 돌래도 힘이 든다고요. 그런 판국에 무슨 절간까지냐고요.」

「그러니까 아직도 그 배가 덜 고픈 모양이라고.」

「그래서 도둑질도 안한다고요! 배가 덜 고파서요! 다 이놈의 배 때문에 도둑질을 하고 안하고 하니까 말입니다요.」

바로 이러했던 거지가 샘 속으로 풍덩 뛰어든 것이다.

그런데 거의 반사적으로 뛰어든 이 거지 할아버지가 정작 이 깊은 두레우물 속에서 빠져나올 수 있을까?

과연 이 거지가, 과연 이 마을의 여러 모양의 종교전쟁사에, 과연 그 어떠한 극본을 만들어내게 될지 모르겠다.

아니 그간 이곳 종교전쟁터에서 여러 모양의 종교전쟁으로 말미암아 도리어 덕을 톡톡히 보면서 살아온 인물이 있었다면 그는 과연 그 누구였을까? 역시 단 한 사람 곧 이 거지가 아니였었던가 싶다. 한 예로 해마다 찾아오는 대학수능시험을 앞두고 이렇게 하든 저렇게 하든 좌우간 선한 일로 천지신명께 도움을 받을 수 있어야만 결국 좋은 결과를 얻을 수 있을 것이라는 믿음, 바로 그런 믿음을 굳게 믿고 있는 여러 종교인들에게 마음껏 대접을 받을 수 있었음이 그러했다. 다시 말해서 신령한 신비의 바위 곧 소원성취의 바위로 일컬음 받고 있는 수살을 거의 절대적인 신으로 섬기고 있는 학부모들의 수능 100일 특별 수살 발원제며, 또 마을 어귀에 서 있는 수살 정자나무를 역시 거의 절대적인 신으로 섬기고 있는 학부모들의 수능 100일 성찬 성원제며, 또한 수신 곧 우물 신을 거의 절대적인 신으로 섬기고 있는 학부모들의 수능 100일 기도라는 이름하에 이른 새벽마다 온 정성을 다하여 정한수와 더불어 각종 음식물을 차려 놓는 등, 바로 그러한 음식물 제물이 동네 개들과 까마귀들과 더불어 이처럼 촌촌걸식하며 살고 있는 이 거지에게있어서 더 없는 진수성찬이 아닐 수 없었던 것이다.

허나 단 한 곳 평상시에 무시로 기도하며 무시로 더 열심히 공부하라라고 말하는 교회에서만은 특별히 먹을 게 없었다. 역시 교회에선 매 주일 낮 점심시간에만 거저 대접을 받을 수 있는 게 전부였다고 했던가. 그밖의 단 한 사람 곧 샘 속에 빠져있는 고요한의 할머니에게 조금 색다른 대접을 받아본 게 특별한 대접이었다고나 할까.

그런데 과연 그 특별한 대접을 몇 번 받을 수 있었던 그 연유가 어디에 있었던가?

고 장로님의 안식구 곧 마리아의 엄마가 말한다.

「거지 어른. 성경에 나오는 거지 나사로처럼 예수님을 좀 잘 믿어보십시다. 그렇게 예수님 없이 거지꼴로 살다가 죽으면, 사후 더 참혹한 지옥으로 떨어지지 않겠소? 그러니 예수님을 믿고 살아보시자고요. 그리하여 죽은 후엔, 아무쪼록 그 거지 탈을 벗고, 그야말로 세세토록 영묘한 빛 그 성스러운 광채가 흘러넘치는 그 영광스런 왕복으로 갈아입고, 그 좋은 천국에서, 세세토록 왕 노릇을 하면서 살아보게요. 그게 안 좋겠느냐고요! 그야말로요!」

이른바 이처럼 전도를 한답시고, 남들보다 조금 나은 대접을 몇 번 했었던 것이 전부였었다. 어쩜 "전교인 1인 1명 전도대회"가 실시되던 바로 그 기간이 아니었던가 싶다.

그러나 저러나 촌촌걸식하며 살고 있는 이 거지가 평소 즐겨 부르던 노래는 어떠했던가? 간혹 술에 취할 때마다 자기 자신도 모르게 상여를 메고 가는 시늉을 하면서 만가를 부르곤 했었다. 마치 만단설화 곧 가슴에 서리고 맺힌 온갖 이야기를 말해주듯 그야말로 듣는 이들로 하여금 그 가슴 속에서 만감이 교차할 뿐만 아니라 사뭇 착잡한 심정에 처할 정도로 아주 구슬프게 아주 애절하게 아주 애련하게 잘도 부르는 것이었다.

빈손으로 왔다가 빈손으로 돌아가는 인생들이여
국화 송이 만개한 가을에만 만가가 있는 줄 아뇨
봄날에도 있으며 춘하추동 언제나 만가뿐이라
동서남북 어디나 하늘 밑 땅 어디나 만가뿐이로다.

만만진수 먹어도 때가 되면 떠나갈 인생들이여
금은보화 많다고 자랑하며 살자고 온 줄 아는가
너도나도 한순간 대문 밖이 저승길이라 하던가
너도나도 한세상 한숨 지며 가는 길 만가뿐이로다.

누구이든 언제든 빈손으로 떠나갈 인생들이여
그 돈밖에 모름이 일만 악의 부리가 된다 했던가
먹을 것과 입을 것 있사오면 족한 줄 알 것이니라
돈 많다고 큰소리치지 말라 온 땅엔 만가뿐이로다.

부 하려고 애쓰는 자들이여 그것이 큰 고초로다
가난하려 애쓰는 자들이여 그것이 큰 복이로다
나를 보라 상거지 나를 보라 내게는 욕심 없노라
그러기에 내게는 삶이 다른 춤결의 만가뿐이로다.

　이게 바로 잔칫집을 빌려 술에 취했다 치면 이내 줄기차게 부르던 거지의 18번 가사였다. 그러했던 거지가 사람을 건져내 보겠다고 깊은 두레우물 속으로 뛰어든 것이다. 그러나 이 행동으로 말미암아 드디어 그 만가를 진짜로, 진짜로, 진짜로 부르게 되었단 말인가?
　「아니, 거지가 다 사람을 건져내다니, 참으로 오래 살고 볼 일이구먼.」
　결국 이런 말이 나올 수 있도록 살아 움직이게 될 것인지
　「아이고 저 저 꼴 좀 보게. 평생 그 거지로 살다가 죽었구먼!」
　아니면 결국 이런 말을 들을 수밖에 없도록 죽음으로 끝날 것인지
　「아니, 그 사지육신이 멀쩡해가지고서! 끝까지 그 거지로 살겠다는 거야? 정 그렇게 살고 싶거들랑 차라리 죽으라고. 그 말 같지 않는 철학이고 뭐고간에! 좌우간 일하기 싫어하는 인간들에겐 밥 한 술도 줄 수 없으니까! 내 귀신에겐 몰라도.」
　다시금 고요한 고한나의 할아버지 곧 고성호 장로에게 이런 말을 듣는 등
　「아니 귀신에겐 몰라도요? 장로님이? 점쟁이들처럼? 진짜 고수레를 뿌리는 점쟁이처럼?」
　이런 말을 하면서 계속 살게 될 것인지
　「말이 그렇다는 거지! 이 귀신만도 못한 이 거지 인간아!」
　또 이런저런 말을 듣기 위하여 이 깊은 샘 속에서 기어이 살아나오게 될 것인지, 좌우간 고요한 고한나 할아버지에게 그저 만날 때마다 진짜 듣기 싫은 소리만 듣곤 했던 거지가, 오늘날 너무도 고맙게시리, 고요한 고한나를 건져보겠다고 샘 속으로 뛰어들었다? 사실 이보다

더 고마운 일이, 이보다 더 고마운 사람이, 이 세상천지 그 어디에 있겠는가?

그러나저러나 이 거지가 샘 속에 빠져있는 고요한과 고한나의 할아버지가 곧 적수 고성호 장로인 줄이나 알고 있을까? 그런데도 이 샘 속으로 뛰어들었단 말인가?

아니었다. 고 장로의 손자 손녀인 줄은 꿈에도 모르고 있었다. 다만 "사람 살려! 사람 살려!"라고 울부짖는 고마리아의 다급한 고성대호와 고성대규에 그만 거의 반사적으로 거의 돌발적으로 이 깊은 샘 속으로 풍덩 뛰어든 게 전부였었다. 다시 말해서 때마침, 정말 때맞추어, 아닌 말로 우연히, 시쳇말로 공교롭게 이곳을 지나가다가 그만 이 깊은 두레우물 속으로 풍덩 뛰어들게 된 것이다.

그러나저러나 술만 마시면 어김없이 상여를 메고 갈 때 부르는 그 만가밖에 모르던 이 거지가 정녕 두 아이를 건져낼 수 있을지? 한번은 술김에 그만 혼인잔치 집에서까지 그 만가를 부르다가 한 대 얻어터진 적도 있었던 거지가 아니였었던가. 바로 그러했던 거지가 사람을 살려낼 수 있다? 도리어 진짜 만가를 만들고 있는 게 아닌가 싶다.

고마리아가 연해연방 "사람 살려! 사람 살려!" 하면서 샘 속을 들여다본다.

허나 큰 돌로 쌓아올린 이 깊은 두레우물 한쪽 벽에, 위에서 아래로 길게 드리워져 있는 생명줄 사다리 곧 30㎝정도의 간격마다에 한 매듭 한 매듭 지어놓은 굵은 밧줄 사다리만 가물가물 보일 뿐이었다. 온갖 두려움이 가물가물 보이게 만드는 것이었다.

그러나 연이어 한 가닥 두려움을 몰아내는 다음 세계가 펼쳐진다. 거지 할아버지가 마침내 한 아이 곧 어린 요한이를 한 손으로 거머쥔 채 마치 밝은 태양처럼 물 위로 떠오르는 것이었다.

때맞추어 이곳을 지나가던 거지가 정말 생각지도 않게끔, 너무도 큰 일을 한 건 올리게 된 것이다.

그러나 마리아가 소리친다.

「하나 더 있어요!」

거지가 입으로 물을 토하여 내면서 묻는다.

「어디? 그럼 그것도 사람이었어!?」

「예예! 한 명 더 있어요!」

「그럼 자자! 이 아이부터 받고!」

거지가 생명줄 사닥다리를 숨 가쁘게 타고 올라와 내내 숨이 턱까지 차오르는 소리를 내면서 아기 고요한을 마리아의 손에 인수인계한 뒤 다시금 물속으로 곧장 뛰어든다.

아기를 인수인계 받은 마리아가 아기를 안은 채 숨죽이며 샘을 꿰뚫어 본다.

곧바로 거지 할아버지가 고한나의 머리채를 거머쥔 채 다시금 물위로 떠오른다. 역시 숨넘어가는 소리를 내면서 생명줄 사닥다리를 타고 오른다.

이때서야 마을 사람들이 여기저기서 몰려온다. 모두 숨을 헐떡거린다.

「웬일이야!? 웬일이야!?」

「글쎄! 글쎄!」

이 마을 남촌과 북촌 사람들이 공히 멸시천대하며 한없이 업신여겼던 거지를 놓고서 하는 말이다.

「그리고 보면 때에 따라선 저런 거지도 쓸모가 있다고! 안그려? 아 진짜 거지도 쓸모가 있었다니? 참으로 놀랄 일이구먼.」

「누가 아니랴, 누가 아니랴! 세상에 거지에게도 큰 일, 큰 일할 수 있는 기회가 주어지다니, 정말 사람 한번 오래 살고 볼 일이고만. 정말 인간 만사 모를 일이라고.」

「그러기에 평소 거지 중에 거지라고 해도, 무조건대고 무시하거나 업신여기거나 아무 생각 없이 함부로 대하면 아니 된다고 말했었던가 보제?」

「그러게 말여!」

어느 사이에 두 아이의 배를 꾹꾹 누르는 사람들이 보인다. 두 아이의 입에서 음식물과 함께 물이 꾸역꾸역 쏟아져 나온다.

이를 보면서 다른 한편에서는,

「저 거지를, 평소 저 요한이네 할머니가 그 오죽이나 잘 거둬줬었냐고.」

「글쎄 누가 아니람. 결국 그 보답인 것 같여.」

「허나 아직은! 저 두 아이가 살아나야만 보답이고 뭐고 가 돼지. 안 그려?」

「그건 그려. 그런데 저 어린것들이 살아날 수 있을까? 난 도통 그걸 모르겠네. 저 불룩한 배들 좀 보라고. 거의 남산만한 게. 아무래도 못 살 것 같여. 내 생각엔. 내 눈으로 봐선.」

「그건 그려. 더군다나 이 샘에 빠졌던 자 치고, 그간 살아난 사람이 그 어디 하나나 있었느냐고. 진짜 말여. 다 죽었지.」

「그래도 한번 두고 보자고.」

「그려 그려. 더구나 거지가 큰일을 했는데, 하나님인들 가만히 계시겠느냐고?」

「아, 그건 그려. 그러니까 한 번 두고 보자고. 좌우간 속으로 기도나 하면서.」

「아, 그려 그려.」

다른 한편에서는,

「그나저나 저 더러운 거지가 샘 속으로 들어갔다 나왔으니, 아이고 저 샘물을 그 어떻게 먹는대? 더러워서?」

침을 퉤퉤 뱉는다. 허나 이런 마당에 이런 소리가 나올 수 있을까? 역시 개중에는 거지만도 못한 사람도 있었다.

그런데 갑자기 큰 도를 깨달은 도인이라도 되었단 말인가. 거지가 큰 도인의 도복을 걸쳐 입은 뒤 그 도복을 툭툭 털 듯 자기 옷을 툭툭 털면서 소리친다. 한마디로 사람을 살려보고자 하는 심정하에 진짜 너무도 답답해서 못 보겠다는 듯 소리를 치고 있는 것이다. 마치 조선 시대에 승전원의 으뜸인 정삼품 벼슬아치 도승지가 그 누군가를 향하여 큰 소리를 치고 있는 것만 같다.

「그 배를 좀 더 힘 있게 쿡쿡 눌러보라고! 힘껏! 더 더 사정없이! 아예 인정사정 볼 것 없이! 그 조금도 인정사정 볼 것 없다고! 아 그리고 그래야만 살 수 있다고! 아 그래야만 살든지 말든지 한다고!」

사실 샘 속에서 건져 낸 아이 고요한의 배며 고한나의 배가 마치 금방 터질듯한 풍선처럼 크게 부풀어 올라 있었다. 이러한 두 아이를 몇 겹 옷자락 위에 뉘어놓고 비로소 불룩불룩한 배를 좀 더 힘 있게 꾹! 꾹! 누르기 시작한다. 그러자 뱃속에 가득 차 있는 물이 좀 더 많이 콸콸 쏟아져 나온다. 역시 코와 입으로 가득가득 쏟아져 나온다. 어쩜 배를 마구잡이로 사정없이 누르면 누를수록 뱃속의 물도 그대로 응답하듯 마구 쏟아져 나오는 것이었다. 누군가가 앞뒤 헤아리지 않고 마치 죽은 짐승의 배를 누르듯 닥치는 대로 함부로 두 아이의 배를 콱콱 눌러댄다. 어쩜 뱃속의 물을 다 빼는데도 상당한 시간이 걸리지 않을까 싶다. 허나 병원으로 가자고 말하는 사람은 단 한 사람도 없다. 이미 그런 상황이 아니라는 것을 다 알고 있는 듯한 눈치들이었다.

그러나 이대로 그냥 물러설 수만은 없지 않겠는가. 좌우간 해볼 수 있을 때까지 해보겠다는 것이리라. 샘에서 건져낸 두 아이를 우물가에 뉘어놓고 모두가 무언중에 초를 다투며 너도나도 기계처럼 움직이고 있었다.

특별히 주여! 주여! 하면서 보다 절절히 기도하는 이들도 보인다. 저들 나름대로 특별 기도를 하고 있는 게 아닌가 싶었다.

허나 그런다고 해서 이 두 아이가 깨어날 수 있을까?

예상보다 빠른 시간에 마을 사람들 모두가 동서남북에서 몰려와 있었다. 솔직히 말해서 마을 사람들 모두에게 큰 구경거리가 아닐 수 없었다.

「과연 저 두 아이가 다 살아날 수 있을까?」

그야말로 모든 이들에게 있어서 반신반의의 흥미진진한 시간이 아닐 수 없었다. 모든 이들이 마치 흥분제를 복용한 듯한 상태로 내내 흥분을 가라앉히지 못한다. 특별히 반쯤만이라도 믿어보려고 애쓰는 자들의 심령 속에서 더 큰 고해의 파도가 보다 더 흉흉하게 일렁이고 있나 싶었다.

과연 흥분의 도가니라는 게 바로 이런 것일까? 숫제 반신반의 속에서 연속부절 보다 더 절절히 기도를 하고 있는 이들 모두가 아예 온몸으로 부들부들 떨고 있었다.

「주여! 주여!」

「제발! 제발!」

폐일언하고 두 아이가 속히 살아나 주기만을 그 누구보다 더 더 더 절절히 바라는 두 아이의 엄마 아빠는 물론, 친할머니, 친할아버지를 비롯하여 모든 식구들이 내내 엉엉 울고 있었다. 더불어 요한, 한나, 마리아와 함께 예수님을 믿고 있는 예수교인들의 심정 또한 거의 비슷하지 않을까 싶었다. 행여 하나님의 영광을 가리며, 그리하여 전도의 문이 더 굳게 닫히지나 아니할까봐, 역시 온몸으로 벌벌 떨면서 숨죽여 계속 주여! 주여!를 찾고 있었다.

그러나 이 시간 다른 종교인들의 언행심사는 거의 대부분 어떠한가? 역시 넋을 놓고 구경만 하고 있는 듯싶었다. 이것이 지금까지의 내력이요 이 마을의 제반사였다.

심지어 무슨 능력 같은 것이 나타나지 않기를 바라는 심보들도 뒤섞여 있었다? 그간 예수교를 죄악시하며 주도적으로 반대하며 노골적으로 적대시했던 바로 그 타 종교의 열성분자들 모두가 그들이 아닐까 싶었다.

그러나 이 시간 홀로 살아남아 있는 고모 마리아의 심정은 어떠할까? 한쪽 끝 구석으로 밀려나 고개를 푹 처박은 채 온몸으로 벌벌 떨고만 있었다. 오직 살아주기만을 소리 죽여 눈물로 간구하고 있었다. 마리아에겐 현재 살아 있다는 게 고통이요 현재 살아있다는 게 지옥이었다. 전날 천국을 말하곤 했던 그의 영과 맘과 몸은 숫제 지옥을 헤매고 있었다. 이 일을 어찌하면 좋단 말인가? 이러다간 줄초상이라도 나지 아니할까? 이런저런 생각이 숨통을 콱콱 막는다. 이미 지옥 아랫목으로 곤두박질쳐진 인생으로 오락가락 하고 있는 듯 보인다. 참으로 불길한 생각과 괴이한 생각, 그런저런 느낌들이 어린 마리아의 몸을 옥죄이며 괴상한 사람으로 만들고 있었다. 이것이 살아있는 자의 액자소설 및 괴기소설이란 말인가? 어린 마리아가 쓰고 있는 괴기소설 및 액자소설 내용은 오로지 살아나주기만을 바라는 것이었다. 그러기에 초를 다투어 기적! 기적! 하면서 내내 바싹바싹 타들어가는 입술로 기도를 하고 있는 것이리라.

바로 이즈음에, 앞서 긴급전화를 받고, 마치 북망산천을 향해 부랴부랴 달려온 듯한 도도한 목사님이 겹겹이 둘러싸여 있는 마을 사람들을 거침없이 헤치고 앞으로 나아와 마리아 앞에 등장한다.

마리아가 순간 천군만마를 얻은 기분을 느낀다.

뒤따라 그 누군가 세 사람이 가마때기와 담요를 어깨에 둘러메고 들어와 가마때기를 두 겹씩 깔고 그 위에 담요를 편 뒤 어느 사이에 뱃속에 가득 차 있던 그 물이 거의 다 빠져나왔다 싶은 두 아이를 나란히 누인다. 담요 한 장이 더 배달된다. 그 담요로 두 아이의 몸을 덮어준다. 그러한 다음에 두 아이의 엄마 아빠가 연속부절 입을 통해 공기를 불어넣으면서 가슴 부위를 주기적으로 움직이며 멈춘 호흡을 돌이켜 보고자 하는 심정으로 인공호흡을 계속한다.

이러한 가운데 목사님이 아이들 발치에 무릎을 꿇고 앉는다. 이 시간 순식간에 쫙악 퍼져나간 소문 탓에 온 동네 타종교인들까지 우르르 몰려와 좁은 길목을 가득 메운 채 지금 뭐하자는 짓이냐는 듯한 눈초리로 바라본다. 목사님이 살려 달라는 내용의 짧은 기도를 한 뒤 소리친다.

「자자! 조용조용! 우리 모두, 우리 하나님께서, 우리 한나와 요한이를 이 깊은 잠에서 깨워주실 때까지, 그리하여 우리 한나와 요한이가 다시 살아날 때까지, 삼시세판! 아니, 우리 성경전서에 기록되어 있는 그 일곱 번의 기도를 해보도록 하겠습니다. 일곱 번의 기도!」

순간 왁자지껄이 사라진다. 옥신각신도 사라진다. 예수교인들 모두가 죽음의 올가미를 벗기고자 하는 심정으로 옷깃을 여민다. 너나없이 돌연 좁은 감옥에 갇힌 듯 옴짝달싹 못하겠다는 심정들로 임한다.

그런데 이게 도대체 무슨 말인가? 목사님이 소리친다.

「자자! 우리 먼저, 우리 한나와 요한이를 살려낼 수 있도록, 우리 한나와 요한이를, 이 깊은 샘 속에서 건져내주신 우리 저 서토끼 어르신에게 박수 한번 쳐드리십시다.」

이게 도대체 무슨 말인가? 지금 상황에 맞는 말인가? 허나 이는 분명 자기 나름대로 그 어떤 믿음의 확신 및 자신감 속에서 나온 말이로다. 모두 지금 상황엔 맞지 않지만, 그래도 박수로 응해준다. 순간 맨 앞자리에 앉아 있던 거지가 어찌할 바를 모른다. 심히 당황하는 모습이 진짜 더 웃기게 보인다. 그야말로 거지 본인으로서는 생전 처음으로 받아보는 만장의 박수 소리에 내내 몸 둘 바를 모르겠다는 얼굴이다. 그러나 그 얼굴은 이미 거지의 얼굴이 아니었다. 역시 만장의 박수갈채에 돌연 그의 얼굴은 이미 천사의 얼굴처럼 밝게 빛나고 있었다. 그리고 보면 역시 박수처럼 크고 놀라운 명약도 없는 모양이다.

거지가 밝은 얼굴로 엉거주춤 일어서서 두 손을 좌우로 마구 흔들면서 소리친다. 실은 그게 아니라는 소리다.

「아이구 아이구! 아닙니다 아닙니다! 저보다는, 이 샘가에서, 계속 사람 살려! 사람 살려!라고 울부짖던 저 꼬마에게 박수를 쳐도 박수를 쳐 주셔야만 됩니다. 저 꼬마 때문에 제가 이 샘 속으로 뛰어들었고, 이 두 아이를 건져낼 수 있었으니까요. 그런즉 박수는 저 꼬마에게 쳐 주시라고요! 예예, 그게 좋겠다고요!」

이는 곧 뒤쪽에서 숨을 죽이고 있던 마리아를 가리키며 하는 말이었다. 그러나 이 시간 마리아는 앞서 함께 죽지 못한 죄인의 참혹한 모습을 보여주고 있을 뿐이었다.

그래도 모두가 마리아를 향해 일제히 박수를 쳐 준다. 순간 현재 상황과 전혀 상관없이 마리아의 온몸이 후끈 달아오른다. 돌연 벌거벗김 당한 듯 순간 얼굴까지 벌겋게 달아올라 있었다.

목사님이 소리친다.

「아― 그럼 자자! 앞서 사람 살려! 사람 살려!라고 울부짖던 우리 마리아처럼, 이젠 우리 모두가 사람 살려! 사람 살려! 하는 식으로 기도를 해보십시다. 뭐니 뭐니 해도, 이 세상에서, 사람 살려! 사람 살려!라는 소리보다 더 값진 소리는 없을 테니까 말입니다. 진짜 진짜 이 세상에서, 가장 값진 소리, 가장 복된 소리는, 역시, 역시, 사람 살려! 사람 살려!라는 소리일 것입니다. 그런즉, 이 시간, 우리 모두, 아까 참에, 우리 마리아의 그 심정으로, 사람 살려! 사람 살려! 하면서 기도해 보자는 것입니다. 그러할 때, 우리 하나님께서 응답해 주실 줄 믿습니다. 그럼 지금 곧바로 일곱 번의 기도 중 그 첫 번째 기도를 시작하도록 하겠습니다.」

도도한 목사님이 절체절명의 궁지에 몰린 듯한 목소리로 보다 더 간절히 기도를 시작한다.

「하나님 아버지. 예수님을 절대 구세주로 믿고 따르는 성도들의 편이 되어 주시는 하나님 아버지. 정녕 이 일을 어찌하면 좋겠나이까? 예로부터 전쟁소설을 쓴 소설가들이 그 어느 편에 서 주느냐에 따라서 그 소설 속의 전쟁 승패가 결정 나게 되어있다고 했습니다. 그처럼 오늘 이 큰 문제의 승패 및 최악의 희비극 역시 전쟁에 능하신 하나님 아버지께서, 우리 인간들의 생사화복과 흥망성쇠를 홀로 주장하사 절대 극작가가 되시는 하나님 아버지께서, 지금 그 어느 편에 서 주시느냐에 달려 있음을 믿습니다. 오- 예수님을 절대 구세주로 믿고 따르는 성도들의 편이 되어주시는 하나님 아버지! 오- 가히 헤아릴 수 없이 많고 많은 기사와 이적과 표적으로 편이 되어 주시는 하나님 아버지! 오늘도 이 사건으로 말미암아, 그야말로, 그야말로, 저희들 편에 서서, 승패 및 그 모든 희비극의 대 승리를 안겨 주실 줄 믿습니다.」

이게 바로 큰 문제 앞에 선 도도한 목사님의 제일성이었다.

일제히 아멘! 아멘! 한다.

도도한 목사님이 이렇게 제1차 기도를 마치고 일단 눈을 뜨고 말한다.

「그럼 이제, 그 많고 많은 기적을 믿고, 찬송가 474장, 의원되신 예수님의 찬송을 부르도록 하겠습니다. 모두 절대적인 믿음으로, 보다 더 간절히, 보다 더 절절히, 보다 더 애절하게, 시종 더 애걸복걸, 시종 더 애고지고, 시종 그렇게 애간장을 태우는 심정으로 부르시기 바랍니다. 다시 말해서 기적을 원하는 심정으로 기적! 기적! 하면서 찬송가를 부르면 좋겠습니다. 가사는 제가 불러드리도록 하겠습니다. 우리 두 아이를 살려내야만 됩니다.」

목사님 바로 앞에 자리를 잡고 앉아있는 고요한 고한나의 엄마 아빠는 물론, 할머니 할아버지 역시 이 참극의 현장에서 시종 천참만륙을 당하고 있는 듯한 심정으로 찬송가를 부르기 시작한다.

목사님이 찬송가 474장의 가사를 더없이 절절한 심정으로 불러준다.

   1.   의원되신 예수님의 크신 은총 믿사오며
        예수님의 병 고치심 그 은총을 믿습니다.
        예수님의 은총으로 모든 죄를 사하시고
        예수님의 권능으로 모든 질병 고치시네

2. 의원되신 예수님의 크신 능력 믿사오며
   예수님의 병 고치심 그 능력을 믿습니다.
   예수님의 능력으로 눈먼 자도 눈을 뜨고
   예수님의 권능으로 못 고칠 병 없으시네.
3. 의원되신 예수님의 크신 이적 믿사오며
   예수님의 병 고치심 그 이적을 믿습니다.
   예수님의 이적으로 죽을병도 물러가고
   예수님의 권능으로 모든 고통 씻어주네.

　이상 찬송가 한 소절 한 소절마다에 간절함과 절절함을 점점 더하는 가운데 끝내 주님의 핏빛으로 물들어 가는가 싶었다.

　도도한 목사님이 애달픈 사연, 애달픈 사랑이야기, 그 현장에서 내내 애달아 어쩔 줄을 모르는 심정으로 말한다.

　「이어 두 번째 기도를 시작하도록 하겠습니다. 이 시간 오직 기적! 기적! 기적이 없으면 다 끝장입니다. 그런즉 끝판까지 애면글면! 이 힘에 겨운 일을 이루려고 끙끙대며 온 힘을 다하여 울부짖어 보십시다.」

　다시금 모두 눈을 감는다. 절절한 마음가짐으로 기적을 바라면서 돌연 뇌 혈전 증세를 보이듯 눈을 감는다. 그러나 타종교인들은 눈을 감기도 뭐하고 또 뜨기도 뭐하다는 듯 잠깐 혼란스러운 심정을 보일 뿐이다. 허나 도도한 목사님이 강요하지 않는다. 모른체 해주며 기도하기 시작한다.

　「전지전능하신 하나님 아버지. 하나님 아버지의 절대적인 사랑과, 예수님의 절대적인 은혜와, 성령님의 절대적인 교통하심으로, 우리 고요한과 고한나를 살려주실 줄 믿습니다.」

　도도한 목사님의 기도소리는 여느 때와 달리 더더욱 간절하기만 했다. 금세 눈물바다를 이룰 것처럼 눈물을 줄줄 쏟는다.

　「살려주실 줄 믿습니다! 이 비극을 희극으로 바꿔주실 줄 믿습니다!」

일제히 아멘! 아멘! 한다. 개중에는 간절함을 이기지 못하여 아예 울부짖음으로 아멘 아멘 한다.

「하나님의 영광! 하나님의 영광을 가리지 않도록! 하나님 아버지! 살려 주시옵소서! 살려 주시옵소서! 눈물로, 눈물로 간구합니다. 이대로 잠들면 아니 됩니다. 반드시 깨어나야만 됩니다. 반드시, 반드시!」

일제히 아멘! 아멘! 한다. 숫제 엉엉 울면서까지 아멘 아멘 하는 이들도 보인다. 특별히 어린 마리아가 천둥 번개로 일어나는 뇌화를 맞은 듯 가슴을 쥐어뜯으면서 아멘! 아멘! 한다.

「하나님 아버지. 오− 하나님 아버지. 전도. 전도! 전도의 문이 막히지 않도록 살려주시옵소서. 아니, 이 일로 도리어 전도의 문이 더 넓게 활짝 열릴 수 있도록, 이 깊은 잠에서 깨워주시옵소서. 아무쪼록 깨어나게 해주셔야만 됩니다.」

모두 전심치기 전심전력을 다하여 아멘 아멘 한다. 다른 때와는 완전히 다른 모양의 아멘 아멘이 절로 나오는 모양이다. 그러나 여러 타종교인들에게 있어선 괴상한 소리, 괴이한 소리, 괴상야릇한 소리, 실로 괴악망측한 소리로만 들릴 뿐이었다. 허긴 죽은 두 아이를 놓고 기도를 한답시고 연속부절 괴상한 소리를 마구 질러대는 예수교인들이 그 어찌 괴상한 사람들로 보이지 아니하겠는가. 분명 괴상하게 생긴 딴 세상 사람들로 보이기 마련이었을 것이다. 허나 이러한 가운데서도 내심 괴이한 전율 같은 것을 느끼고 있는 듯 보였다.

도도한 목사님의 기도가 계속 된다.

머리를 쥐어뜯듯 울부짖는다. 어쩜 쥐새끼들이, 자기 마음대로 쥐락펴락하는 고양이 목에 방울을 달고자 하는 심정으로 울부짖고 있는 것만 같다.

「하나님 아버지, 남들에게 비웃음거리가 되지 않도록, 우세 거리가 되지 않도록, 망신거리가 되지 않도록, 놀림거리가 되지 않도록, 그렇게 저렇게 부끄럼을 당하지 않도록, 그렇게 저렇게 야반도주하는 신세가 되지 않도록, 우리 야소교의 이름으로, 예수님의 이름으로! 살려 주시옵소서. 살려주시옵소서. 살려주시옵소서. 야속한 세상입니다. 피도 눈물도 없는 세상입니다!」

도도한 목사님이 이 대목에 와서는 아예 고성대규로 피를 토하듯 울부짖는 것이었다. 그러자 모든 성도들도 덩달아 울부짖다가 이내 대성통곡으로 아멘 아멘을 하고 나서는 것이었다. 말 그대로 초상집은 저리가라다. 사실 기적을 원하는 초상집이기에 더욱 큰 난리가 아닌가 싶었다.

「살려주실 줄 믿사옵고! 살려주실 줄 믿사옵고! 살려주실 줄 믿사옵고! 예수님의 이름으로 기도합니다.」

일제히 아멘! 하면서 눈을 뜬다. 그러나 다음 순간 최고조의 분위기에서 최저하의 분위기로 급강하하고 만다. 요는 두 아이에게 아무런 반등도 아무런 움직임도 없기 때문이었다. 이때 어린 마리아는 아예 쥐구멍을 찾고 있었다.

그러나 도도한 목사 왈 아직 포기하기엔 너무도 빠르다는 듯 소리친다.

「다시 말씀드리겠습니다. 오늘 이 시간, 지금 이 자리에, 우리 전도대상자들까지 다 모여계신바, 분명, 우리 하나님께서, 우리 한나와 우리 요한이의 하나님께서, 반드시, 반드시, 그 전지전능하심으로 응답하사, 우리 요한이와 우리 한나를, 반드시, 반드시, 반드시, 살려주실 줄 믿습니다. 그런즉 이 자리에 모인 온 동네 분들과, 특별히 전도대상자가 되시는 분들께서는, 삼시세판! 아니 우리 성경전서의 그 일곱 판의 기도가 끝날 대까지, 간절한 심정으로, 보다 더 절절한 심정으로, 함께 해주시길 바랍니다. 분명, 분명, 분명, 기적이 일어나게 될 것입니다. 그럼 이어서 삼시 세 판의 기도를 시작하도록 하겠습니다. 아무튼 도중에 가지 마시고, 끝까지 함께 해주시기 바랍니다.」

이 시간 모든 이들의 얼굴과 눈동자엔 가라고 해도 가지 않겠다는 미소와 더불어 반신반의가 가득 담겨있었다. 이게 도대체 그 어떤 구경거리인데 도중에 자리를 뜰 사람이 있겠느냐는 듯 연신 미소를 띠며 중얼거리는 이들도 여기저기서 보인다.

특별히 마리아가 한 번 더 긴 한숨을 내쉬면서 다시금 큰 소망 중에 눈을 감는다.

도도한 목사님이 숫제 위급한 중환자가 되어버린 심정으로 하나님의 바짓가랑이를 붙들고 늘어지듯 매달리며 마치 망극지통 곧 그지없이 큰 슬픔을 토하여 내듯 소리치면서 그지없이 큰 은혜 망극지은을 요구한다.

타종교인들의 귀가 더 넓게 열린다.

「하나님 아버지. 옛날 하나님의 사람 엘리야가, 오늘날 우리와 성정이 같았던 엘리야가, 당시 우상숭배자들의 핍박이 도를 넘을 제, 결국 하나님의 살아계심을 보여주기 위하여, 기도하되, 그가 비가 오지 않기를 간절히 기도한즉 무려 삼년 육 개월 동안이나 땅에 비가 오지 아니하였고, 그가 다시 기도한즉 하늘에서 비가 내려 땅에서 다시금 열매를 맺게 되었다고, 야고보서 5장으로 밝혀주셨습니다. 또 한 번은 그가 하나님께 기도를 일곱 번 하자 역시 비를 내려주셨다고, 왕상 18장을 통해서 밝혀주셨습니다. 그래서 오늘 우리도 일곱 번의 기도를 해 보고자 합니다. 그리할 때 역시 기적으로 응답하사, 이 두 아이를, 이 깊은 잠에서, 분명, 분명, 깨어나게 해 주실 줄 믿습니다!」

일제히 아멘! 아멘! 한다.

「그뿐만 아니라, 엘리야의 제자 엘리사가, 자기 자신에게 찾아온 나병환자 나아만 장관에게, 요단강에 들어가 네 몸을 일곱 번 씻으라. 그리하면 네 살이 회복되어 깨끗하리라. 이에 나아만이 요단강에 몸을 일곱 번 잠그면서 일곱 번 씻는 기도를 하자, 그의 살이 어린 아이의 살같이 회복되어 깨끗하게 되었더라라고, 왕상 5장으로 밝혀 주셨습니다. 그런 뜻에서, 오늘 우리도 일곱 번까지의 기도를 해보고자 하온

즉, 예예, 기적으로 역사하여 주시옵소서. 벌써 세 번째 기도입니다.」

일제히 아멘! 아멘! 한다. 허나 타종교인들은 진짜 웃긴다는 식이다. 그래도 도도한 목사님이 기죽지 아니하고 계속 믿음의 소리를 발한다. 기적의 노래를 부른다. 사람의 힘으로는 절대로 이룰 수 없는 실로 기기묘묘한 일도, 그처럼 신기한 일도, 하나님 안에서는 그 얼마든지 기적으로 가능하다라고 굳게 믿는다는 어조라. 그러자니 기운이 솟구치는 모양이다. 너무도 기세가 당당하다. 너무도 당당함에 타종교인들까지 압도당한 채 숨을 죽이고 있다. 기도하면 뭔가가 금방 일어날 것만 같은 분위기가 조성되고 있었다. 도도한 목사님의 목소리에 더욱 힘이 붙는다.

「기도에 기적이 있다라고 말씀해 주신 하나님 아버지. 지금 이 시간 예수님의 이름으로 기도하는 저희들의 기도에 분명 놀라운 기적이! 기적이! 일어나게 될 줄로 믿습니다. 왕하 4장에서 보면, 엘리사가 죽은 아이를 침상에 눕혀 놓고 기도한즉, 그 아이의 살이 차츰차츰 따뜻해지더니, 끝내 그 아이가 일곱 번 재채기를 하면서 눈을 떴다라고 밝혀 주셨습니다. 그처럼 오늘 저희들의 기도에도, 우리 고요한과 고한나가 일곱 번 재채기를 하면서 이 깊은 잠에서 깨어나게 해 주실 줄 믿습니다!」

일제히 하늘이 획획 날아갈 정도로 아멘 아멘 한다. 순간 순간 하늘 문이 활짝활짝 열릴 것만 같다.

그러나 이 시간 타종교인들은 어찌하고 있었던가? 여름 한낮의 찌는 듯한 찜통더위 속에서도 자못 차신차의에 얽매인 얼굴들로 내내 꼼짝달싹도 않고 줄곧 점점 더 깊어만 가는 호기심에 완전히 함몰당한 채 역시 함몰지진 상태로 구경만 하고 있었다. 한마디로 함구무언, 기도 분위기에 완전히 압도당한 상태들을 감추지 못하고 있었다.

그러나 저러나 일곱 번의 기도 도중에 정말 죽어 있는 고요한과 고한나가 살아날 수 있을까? 이 시간 큰 구경거리를 만난 타종교인들의 눈빛이 더 밝게 빛나고 있었다.

특별히 마리아가 샘가에 뉘여 있는 조카 고요한과 고한나를 연해연방 내려 다 보고 있었다. 다시 말해서 착가엄수 곧 지난 날 목에 칼을 단단히 씌워 놓은 바로 그 대역죄인이라도 된 듯한 눈초리로 바라보고 있었다. 한편 척수고진 곧 도움을 받을 데가 전혀 없는 그런 군대라도 된 듯한 성도들과 목사님이 제발 살려 달라고 애원에 애원을 더하기 하면서 통사정에 통사정을 더하기 한다. 그러면서 연속부절 처절한 목소리로 울부짖는다.

「하나님 아버지. 하나님 아버지. 우리 예수님의 말씀의 대 주제, 우리 예수님의 삶의 대명제가 그 무엇이었습니까. 오로지 전도! 모든 언행심사간 전도! 시종일관 전도! 가 아니였습니까? 다시 말해서, 우리 예수님께서 이 땅에 오신 목적도 전도요, 그 수많은 기사와 이적과 표적을 행하신 목적도 전도요, 그 마지막 유훈도 전도요, 더불어 목숨을 다하여, 물질을 다하여, 있는 힘을 다하여, 땅 끝까지 전도하라는 말씀이 아니였습니까. 그런즉, 그런즉, 제발 더 힘있게 전도할 수 있도록 도와주시옵소서. 특별히 금년 10월 11일 1인 1명 전도대회를 앞두고 있지 않습니까. 그런데 정말 이 일을 어찌하면 좋겠습니까? 만에 하나, 이 일이 잘못되면, 저희들이, 전도! 전도! 전도! 하면서 그 무슨 말을 한들, 저들의 귀가상에 들리기나 하겠습니까? 좌우간 저희들이 전도해야만 될 전도대상자들이 그 어떠한 분들인 줄 잘 알고 계시지 않사옵나이까. 역시 기적! 기적! 기적!이 아니면, 언행심사간 아무것도 통하지 않는 분들입니다. 그런즉 기적으로 응답하여 주시옵소서. 기적! 기적! 기적! 으로 응답하사, 할렐루야 감사하며 전도할 수 있도록 도와주시옵소서.」

모두 아멘 아멘 한다.

그러나 전도대상자들은 그저 웃기만 한다.

그런데 이 시간 어린 마리아는 그 무슨 생각을 하고 있었던가? 내내 미동도 하지 않는 한나와 요한을 눈여겨보면서 이제라도 남몰래 샘 속으로 뛰어들면 어떨까 하는 생각을 하고 있었다. 이러한 가운데 도도한 목사님의 고성대규가 계속된다.

「시편 118편을 통해서, 여호와는 내 편이시라. 여호와는 내 편이되사 나를 돕는 자 중에 계신다고 말씀해 주신 하나님 아버지. 시종일관 우리 인생들의 생사화복과 흥망성쇠를 홀로 주장하시면서, 때론 그야말로 우리 믿음의 권속들에게, 극 중의 극, 기적 중의 기적으로 새로운 극본을 써주곤 하시는 하나님 아버지. 지금 이 자리에 수많은 관객들이 입추의 여지가 없이 모여 있습니다. 이 많은 관객들 가운데 수살나무를 신으로 섬기는 이들도 있고, 수살 바위를 신으로 섬기는 이들도 있고, 이 샘을 수신으로 섬기는 이들도 있고, 하늘의 일월성신을 신으로 섬기는 이들도 있고, 조상을 신으로 섬기는 이들도 있습니다. 이래저래 이 세상 사람들이 신으로 섬기는 신의 수가 몇 만 가지가 넘는다고 하지 않습니까. 바로 그런 신들을 섬기는 사람들을 전도대상자로 삼아, 개종시켜, 예수님을 구세주로 믿게 만들려면, 바로 이러한 사건을 통해서, 전화위복, 하나님의 특별한 능력, 하나님의 특별한 기적을 보여주셔야만 됩니다. 오― 고전 4장 20절을 통해서, 하나님의 나라는 말에 있지 아니하고 오직 능력에 있음이라고 말씀해 주신 하나님 아버지. 지금 이 시간, 예수 그리스도의 이름으로 능력을 보여 주시옵소서. 제발 이 대 사건을 통해서 도리어 더 힘있게 전도할 수 있도록 기적으로 도와주시옵소서. 기적으로! 기적으로! 기적으로!」

모두 목이 터져라 아멘 아멘 한다.

그러나 너 지금 뭐하는 짓이냐는 듯 아무런 반응도 아무런 변화도 없다.

순간 마리아가 마치 석탄가루를 얼굴에 흠뻑 뒤집어 쓴 채 저 깊고 깊은 탄광 그 막장에 홀로 갇혀 있는 듯한 몰골로 요한 아빠, 하나 아빠, 곧 오빠의 옆모습을 물끄러미 바라본다. 연속부절 망사지죄 곧 용서받을 수 없는 큰 죄를 지고 착가엄수 곧 목에 칼을 씌워 옥에 단단히 가두어 놓은 바로 그런 그 죄인의 몰골로 한숨만 푹푹 쉰다. 후회막급한 한눈팔이. 그에 따른 긴 한숨이 절로 나오기 마련이라는 눈빛이다. 애가 타 죽겠다는 얼굴이다.

목사님이 울부짖는다.

「좌우간 전도대상자들은 백 번 천 번 기적으로만 강권하여 데려올 수 있는 분들입니다. 역시 전도 방법에 관한 한, 그 어떠한 경우에도 전도대상자들과 다투거나 싸우거나 속상해할 일을 하거나 마음상할 일을 하거나 하면서 전도할 수 없음은 물론이요, 그렇다고 오늘 이 시간 그저 믿음과 사랑을 앞세우면서 끝까지 참고 인내해야만 될 일도 아니요, 또한 사랑 희락 화평 오래 참음 자비 양선 충성 온유 절제 등 성령의 아홉 가지 열매로 지금 당장 어떻게 될 법한 일도 아니요, 어디까지나 지금 당장의 기적! 지금 당장의 기적! 지금 당장의 기적으로만 이 일이 잘 될 수 있겠사오니, 기적! 기적! 으로 도와주시옵소서. 그런데, 그런데, 어떻게, 어떻게, 기적으로! 기적으로! 아니 되겠나이까? 예에 하나님 아버지?! 기적! 기적! 기적!」

이 시간 마리아가 어느 틈에 샘가로 바짝 다가와 있었다. 만에 하나 기적이 일어나지 아니하면 그땐 아무도 모르게 이 깊은 샘 속으로 풍덩 뛰어들 작정을 하고 있었다. 이를 아는 듯 도도한 목사님이 결국 죽음의 막다른 골목으로 내몰린 듯한 심정으로 울부짖는다.

「하나님 아버지. 정말 이 일을 어찌하면 좋겠습니까? 다 죽습니다! 정말 이 일이 잘못되면, 너나를 막론하고 다 죽습니다! 나아가 그저 더 높은 자리로 올라가고자 하는 이 세상 전도대상자들이, 더 더 높은 데로 올라가, 언행심사 간, 당장 하나님까지 업신여기면서 필경 하나님까지 마구 짓밟으려 들 것입니다. 좌우간 더 높은 자리를 차지하고자 몸부림치는 세상 사람들을 향해, 교회 안에 더 높은 자리를 비워두어도, 역시 기적 외엔 그 무엇으로도 딱히 인도할 길이 없을 것입니다. 역시 천이 천 마디를 하고 만이 만 마디를 해도 오직 하나 지금 당장의 기적으로만 한 권속이 될 수 있다 하겠습니다. 그런즉 지금 곧장 기적으로 응답하여 주시옵소서. 기적이, 대 혼인잔치가 되어 저 높은 곳을 향하여 너도 나도 보다 더 낮은 자리로 내려앉게 해 줄 것입니다. 그런즉 이금 이 시간 기적으로 역사하여 주시옵소서.」

모두 아멘 아멘 한다.

「정말이지 이 일이 잘못되면, 서로 간에 비방하기를 좋아하며 판단하기를 좋아하는 사람들에게 전도는커녕 그야말로 그 전도대상자들에게까지 온갖 야만적인 만어와 온갖 상스러운 악매와 온갖 비방을 앞세우는 악설 악언 악구와 온갖 난잡하고 막 되먹은 난언으로 마구 칼질을 당하게 되는 등, 시종 고성준론으로 온갖 난도질을 당하게 될 것입니다. 그런즉 기적! 기적! 기적! 으로 응답하여 주시옵소서.」

모두 더 큰 소리로 아멘 아멘 한다.

「분명 이 일이 잘못되면, 만일 서로 물고 먹으면 피차 멸망할까 조심하라라는 말씀과 달리, 그저 서로 물고 찢으며, 그저 남의 눈 속의 티만 보면서 온갖 악매와 악설로 비판하는 등, 툭하면 물고 뜯으며 찢어발기기를 좋아하는 사람들이 아예 저희들은 물론이요, 심지어 전지전능하신 하나님 아버지까지 마구잡이로 찢어발기게 될 것입니다. 그런즉 전지전능하신 하나님 아버지. 그 전지전능하심으로 살려주시옵소서. 그 전지전능하신 기적으로 살려주시옵소서. 그 전지전능하신 기적으로!」

모두 울며불며 아멘 아멘 한다.

「뇌물을 받음이 곧 낚시 바늘을 입에 묾과 같다는 그 사실 못지않게, 오늘 이 시간 기적으로 응답해 주시지 아니하시면 곧 세상 사람들이 저희를 거대한 갈고리로 꿰어 이리저리 끌고 다니면서 온갖 말로 업신여기는 등, 그 입에서 줄곧 욕설밖엔 안 나오게 될 것입니다. 그런데 정녕 그런 상황에 처하게 되면, 저희들이 그 무슨 재주로 전도를 할 수가 있겠습니까. 좌우간 이 모든 문제를 능히 해결할 수 있는 방법은 오직 하나 기적밖엔 없습니다. 오- 그런즉 기적! 기적! 기적! 오- 사랑하는 자여, 네 영혼이 잘됨 같이 네가 범사에 잘되고 강건하기를 내가 간구하노라!라고 말씀해 주신 하나님 아버지. 기적으로! 기적으로! 기적으로! 응답하여 주시옵소서. 진짜 오늘 이 시간, 기적으로 응답해 주시지 않으면, 저희 모든 권속들은, 지금 바로 이 자리에서, 또 한 번, 또 한 번, 다 죄인중의 괴수들이 될 수밖에 없답니다. 그런즉 기적으로! 기적으로! 기적으로! 응답하여 주시옵소서. 기도의 기적! 기도의 기적을 보여 주시옵소서.」

모두 더 큰 소리로 울고불고 난리를 치면서 아멘 아멘 한다.

그러나 역시 한나와 요한에겐 아무런 반응이 없다.

이 시간 마리아에게 있어선 앞서 샘 속으로 뛰어들었던 한나가 한없이 행복하게 보일 뿐이었다. 정말 천 배나 만 배나 더 부러워 보인다는 얼굴로 눈물을 연거푸 훔친다. 이러한 가운데 연속부절 한숨을 푹푹 쉬면서 내내 목사님의 기도 소리를 시름없이 듣고 있는 것이다. 허나 순간 순간 아멘 아멘 만은 그 누구보다도 더 간절하고 절절했다.

그러나 저러나 목사님의 세 번째 기도가 계속되고 있는데, 과연 그 몇 번째 기도에 깨어나게 될까? 만일 일곱 번째 기도가 다 끝난 뒤에도 살아나지 못한다면, 과연 이 일이 어찌될까?

샘 곁에 바짝 달라붙어있는 마리아가 샘 틀을 부여잡고 부절여루 분극화현상을 보여주며 주여! 주여! 한다.

목사님의 기도 소리가 더욱 더 간절하게 들려온다.

「강도 만난 이웃이 되라고 말씀하신 하나님 아버지. 그 무엇으로 강도 만난 이웃 우리 마리아의 이웃이 될 수 있겠사옵나이까? 오직 기적으로만! 오직 기적으로만! 현재 강도 만난듯한 우리 마리아!의 이웃이 될 수 있겠나이다. 그런즉 현재 강도 만난듯한 우리 마리아를 위해, 우리 요한이!를, 우리 한나!를, 기적으로! 기적으로! 살려주시옵소서. 우리 요한이! 우리 한나를! 이대로 잠들게 하시면 아니 됩니다. 그런즉 지금 이 시간, 기적으로! 기적으로! 이 깊은 잠에서 깨어나게 해 주시옵소서. 이 시간, 이 시간, 기적으로 깨워주지 아니하시면, 그저 마귀들만 좋아할 뿐이옵니다. 그런즉 기적으로! 기적으로! 기적으로!」

이쯤에서 도도한 목사님이 아예 대성통곡을 하듯 울부짖는다. 그러자 순간 타종교인들까지 내심 크게 감동을 받은 듯 얼굴들이 붉어진다.

「하나님! 하나님! 오— 하나님 아버지! 우리 한나! 우리 요한이!」

도도한 목사님과 더불어 모든 성도들이 입으로 피를 토하듯 울부짖는다. 목사님이 계속 지옥을 헤매듯 울부짖는다. 어쩜 목에 칼을 차고 내내 지옥을 헤매고 있는 마리아의 심정과 그 고통을 대변해 주는 듯 그렇게 울부짖고 있는 것만 같다.

「하나님 아버지. 지옥! 지옥! 그곳에서는 구더기도 죽지 않고 불도 꺼지지 아니하며, 그곳에 한 번 빠지면 영원히 죽지 못하고, 그곳에 빠진 사람마다 불로써 소금 치듯 함을 받으리라!라고 말씀해 주셨는데, 지금 저희들의 심정이 바로 그 지옥에 떨어져 불로 소금 치듯 함을 받고 있는 심정이랍니다. 아니, 그 옛날 한 부자가 지옥으로 떨어져 밤낮 그 뜨거운 불꽃 가운데서 너무도 끔찍한 고난 고통을 받으면서, 당시 지구촌에 살고 있던 다섯 형제들만이라도 예수님을 믿고 이 참혹한 지옥으로 떨어지지 않게 전도해 달라고 애원했던 바로 그 심정으로 애원하오니, 이제 그만 우리 요한이와 우리 한나를, 이 깊은 잠에서 깨어나게 하여 주시옵소서. 제발 눈동자에 빛을 주시옵소서. 제발 눈두덩이를 어루만져 주옵시사 지금 이 시간 눈을 뜨게 하여 주시옵소서. 눈 뜬장님이 다 뭡니까. 눈을 뜨고, 눈을 맞추며, 눈웃음을 치게 하여 주시옵소서. 계속 눈을 감고 있으니, 눈앞이 너무너무 캄캄합니다. 내내 눈을 감고 있으매, 우리 모두 눈물을 삼키고 있습니다. 오— 하나님 아버지. 오— 눈에 넣어도 아프지 않을 우리 요한이와 우리 한나를 살려 주시옵소서. 그리하여 지금 이 시간 눈웃음을 치며 일어나게 하여 주시옵소서. 오— 눈도 깜짝 않고 있습니다. 지금 많은 이들이, 눈이 뒤

집힌 듯, 눈에 불을 켜고, 눈에 쌍심지를 켜고, 지켜보고 있습니다. 그런즉 눈을 뜨고, 자리를 툭툭 털고 일어서게 하여주시옵소서. 제발 눈망울이 살아 움직이게 하여 주시옵소서. 이대로는 절대로 절대로 아니 됩니다. 정말 이대로 눈을 감으면, 우리 마리아는 물론, 우리 모두 눈물이 앞을 가려 진짜 미쳐버릴 수밖엔 없습니다. 오- 하나님 아버지. 눈감으면 코 베어 가는 세상입니다. 아니 눈뜨고도 도둑맞는 세상입니다. 그런즉 눈을 뜨고, 눈을 부라리면서 살 수 있도록 도와주시옵소서. 언제 깨워주실지, 모두 모두, 눈이 빠지도록 기다리고 있습니다. 그런즉 이제 그만 좀 애를 태우시고, 이제 그만 좀 눈을 뜨게 하여 주시옵소서. 그리하여, 눈치 빠른 아이들로 살게 하여 주시옵소서. 일어나, 눈싸움을 하면서 놀게 하여 주시옵소서. 일어나, 세상 끝까지 그리스도를 아는 냄새를 풍기면서 살게 하여 주시옵소서. 일어나, 사망에 이르는 냄새가 아닌 곧 생명의 냄새를 온 세상 여기저기서 보다 더 아름답게 풍기면서 살게 하여 주시옵소서. 일어나, 진짜 진짜 예수그리스도의 편지노릇을 하면서 살게 하여 주시옵소서. 일어나, 그리스도의 편지! 제2의 예수님들로 살게 하여 주시옵소서. 좌우간 죽음에 이르는 심판! 죽음을 말해주는 심판! 지금은 아니 됩니다. 지금은 죽장망혜! 이처럼 아주 간편한 차림으로 먼 길을 떠날 때가 아니 옵니다. 설령 죽을병이 들었다 해도, 설령 천 번 만 번 죽을죄를 지었다 해도, 지금은 절대로 안 됩니다. 다만 하나 죽을힘을 다하여 살려내야만 될 시간입니다. 그런즉 우리 한나! 우리 요한! 지금 이 깊은 잠에서 깨어나게 해 주시옵소서. 설령 하나님과 무슨 원수 맺은 일을 했다 해도, 예예, 지금은 아예 아니됩니다. 아니 원수까지 사랑하라!라고 말씀하신 하나님 아버지. 아니 네 원수가 주리거든 먹이고 목마르거든 마시게 하라!라고 말씀하신 하나님 아버지. 그 사랑! 그 사랑의 손길! 그 사랑의 손길로 살려 주시옵소서. 그 사랑의 손길로, 우리 한나와 우리 요한이를 살려 주사, 교회 안에서나, 교회 밖에서나, 더 없이 귀한 인물들로 사용하여 주시옵소서. 오- 하나님 아버지. 오- 하나님 아버지. 살려 주시옵소서. 살려주시옵소서.」

이 시간 도도한 목사님의 두 눈에서 눈물방울이 툼벙툼벙 떨어지고 있었다. 타종교인들까지 눈물을 훔치는 이들이 보인다. 이래저래 기도의 분위기가 점점 더 뜨거워지고 있나 싶었다. 아니 불행하게도 이 시간 목사님과 한나 엄마 아빠 등 몇몇 성도들 외엔 거의 모든 성도들이 내심 서서히 지쳐가고 있지 않나 싶었다.

앞서 타종교인들은 벌써 몇 번째 포기 상태로 접어들고 있었던가?

끝내 한나 엄마 아빠 할아버지 할머니가 심히 애통해 하는 가운데 그저 도도한 목사님 홀로 땅을 치며 울고불고 하는 것만 같다.

그런데 이렇게 기도를 한다고 해서, 과연 두 아이가 이 깊은 잠에서 깨어날 수 있을까? 과연 깨어나게 된다면, 과연 그 언제쯤 깨어날 수 있단 말인가?

「하나님 아버지! 하나님 아버지! 신앙생활을 하다보면, 간혹 시험에 빠질 수도 있다 하나, 그래도, 아무리 그래도, 이건 정말 아니옵니다. 모든 시험이 모든 인생을 복되게 만들어 준다 해도, 이건 정말 아니라고요. 그야말로 시험이 인생에게 주는 최고의 선물이라고는 하나, 이건, 이건, 아- 이건 정말 정말 아니라고요! 아니, 이 시험이 우리 인생에게 주는 최고 선물이 되려면, 역시 우리 요한이와 우리 한나를 살려주셔야만, 살려주셔야만, 비로소, 비로소, 최고 선물이 될 수 있지 않겠습니까? 그런즉 지금 이 시간 손을 한 번씩 대 주시옵소서. 호흡을 불어 넣어 주시옵소서. 간증거리로 만들어 주시옵소서. 이대론 믿음이 흔들릴 수밖에 없습니다. 비틀거릴 수밖에 없습니다. 요동할 수밖에 없습니다. 실족할 수밖에 없습니다. 이 시험의 거센 파도에 전복될 수밖에 없습니다. 그리하여 죄를 지을 수밖에 없습니다. 오- 그런즉, 제발, 제발, 그리되지 않도록 살려주시옵소서. 살려주시옵소서. 기적! 기적! 기적으로 살려주시옵소서.」

모두 아멘 아멘 한다.

서로 자기 종교와, 자기 종교인들만 잘 되고, 타 종교와 타 종교인들은 이유 없이 잘못 되기만을 바라던, 소위 종교전쟁이 계속되고 있는 이 마을에서의 기도라. 역시 도도한 목사님의 절절한 기도에 붉은 피가 묻어나고 있었다.

「하나님 아버지. 전지전능하신 하나님 아버지. 왜, 그 무엇 때문에, 그 옛날부터, 그토록 많은 사람들이, 그 언제 어디서나, 우리 주 예수님을 절대 구세주로 믿고 따르는 우리 예수교인들을, 그야말로 온갖 기상천외한 기복신앙으로 미워하며 원수시합니까? 특히 우상숭배에 독보적인 사람들이 더 미워하되, 과연 그 어느 정도로 미워하는 줄 아시나이까? 한마디로 말해서, 매우 공격적이라고 하겠나이다. 그런 이들을 향해 우리 함께 예수님을 믿어 보자고 말하면, 돌연 귀면을 뒤집어 쓴 듯한 그 귀신의 몰골로 당장 귀싸대기를 한 대 올려붙일 것처럼 노려보는 이도 있습니다. 어떤 이는 그저 예수님 얘기만 나오면 이내 귀신 씻나락 까먹는 소릴랑 그만 집어치우라고 소리칩니다. 어쩜 이슬람 극단주의자들이 전 세계 예수교인들을 죽어라고 미워하며 공격하는 것을 보는 것만 같습니다. 어쩜 극렬분자에 해당되는 곧 천국 백성 아닌 지옥 백성으로 택함 받은 이단자들의 극언을 듣고 있나 싶은 때도 있습니다. 어쩜 자기 자신에게 큰 손해, 큰 해를 끼칠 사람으로, 더는 자기 자신을 그 무슨 극렬지옥으로 끌고 들어갈 사람으로 여기는 이들도 있습니다. 숫제 극렬지옥! 무간지옥!에 처할 놈들이란 말까지 앞세우면서 말입니다. 그런데 우리 예수교인들을 공공의 적으로 여기면서 공격하는 이유가 그 어디에 있습니까? 그 이유는 사동행전 4장 12절의 말씀 때문이 아니겠습니까. 예수 외에 다른 이로써는 구원을 받을 수 없나니 천하사람 중에 구원을 받을 만한 다른 이름을 우리에게 주신 일이 없음이라! 바로 이 절대적인 진리에 관한 한, 절대로, 죽어도, 천 번 만 번 죽었다 깨어나도, 시종일관, 단 한 치도, 단 일점

일획도 양보하거나 타협할 수 없기 때문이었습니다. 바로 이 절대적인 언행심사 때문에 기타 여러 타종교인들에게 공공의 적이 된 것입니다. 아니, 바로 그런 분들을 구원하기 위해 저희를 부르시되 곧 사람을 낚는 어부로 불러주신 하나님 아버지. 과연 사람을 낚는 어부로 성공할 수 있는 비결이 무엇입니까? 역시 예수님의 향기가 물씬물씬 나는 미끼! 곧 능력이 많으신 예수님! 더러운 귀신들을 물리치는 예수님! 모든 병을 고치시는 예수님! 온갖 기사와 이적과 표적으로 응답해 주시는 예수님! 이 아니옵니까? 그런즉 지금 이 시간, 전도의 가장 좋은 미끼, 그 기사와 이적과 표적으로 응답하여 주시옵소서. 그래야만, 그래야만, 사람을 낚는 어부로 성공할 수 있겠나이다. 오- 사람을 낚는 어부! 사람을 낚는 어부! 사람을 낚는 어부로 성공하고 싶사옵나이다. 모쪼록 이 모든 분들이 예수님을 영접할 수 있도록, 지금 이 시간, 지금 이 시간, 기적으로! 이적으로! 표적으로! 응답하여 주시옵소서. 그리하여 이 모든 분들이, 천국잔치에 참예하여, 주님과 함께 춤을 출 수 있도록 도와주시옵소서.」

역시 촌음이 더해갈수록 점점 더 절절해지는 게 기도가 아닐까 싶었다. 역시 기도엔 기가 넘칠 뿐 기가 꺾기거나 의기소침이란 게 없는 모양이다.

「좌우간 이 일을 이대로 끝장내버리신다면, 진짜 사람을 낚는 어부는 고사하고, 인간 이하의 취급, 개 취급, 그야말로 영적 거지중의 거지로 취급을 받게 될 판인데, 그리되면, 그 무슨 재주로 전도를 할 수가 있겠나이까. 그런즉 지금 이 시간 이 문제를 해결하여 주시옵소서. 정말 이 일을 이대로 끝내버리시면 아니 됩니다. 정말 죽도 밥도 아니 됩니다. 정말 큰일 납니다. 그런즉 기적! 기적! 기적!」

허나 도도한 목사님으로서도 더 이상 어떻게 해볼 수가 없다는 듯 숫제 엉엉 울어 붙인다. 이 심정 이 사실을 아는 듯 모르는 듯 수군거리는 소리가 들려온다.

타종교인들이 주고받는 말이다.

「과연 저 죽은 두 아이가, 과연 그 몇 번째 기도에 살아날 수 있을지? 진짜 그 일곱 번 째 기도가 끝나기 전에 살아날 수 있을까?」

「그건 나도 모르겠어. 허지만 이미 다 틀린 것 같애.」

「그려제?」

「그려! 헛짓여! 저 죽은 애들을 그 무슨 재주로 살려!」

「그려. 그려.」

그러나 도도한 목사님의 기도는 점점 더 뜨겁게 이어지고 있었다.

「하나님 아버지! 하나님 아버지! 입도 안 아픈지, 종일 시부렁거린다!라는 말을 듣곤 하는 그런 그 사람의 그 모든 말까지 단 하나도 빠짐없이 다 기억하사, 심판 날에 이르기까지 다 계산해 주시겠다고 말씀해 주신 하나님 아버지! 다시 말해서, 내가 너희에게 이르노니, 사람이 무슨 무익한 말을 하든지, 심판 날에 이에 대하여 심문을 받으리니, 네 말로 의롭다함을 받고 네 말로 정죄함을 받으리라!라고 말씀해 주신 주 하나님. 역시 주 하나님께서는 우리 인간들의 무슨 무익한 말 한 마디라도 건성으로 넘겨짚거나 가볍게 여기거나 하지 아니하시며, 시종 단 한 마디도 놓치지 아니하시고, 그 후 건성으로 넘겨 버리거나 그냥저냥 흘러 넘기는 법이 없으시며, 반드시 그 무익한 말 한 마디 한 마디에 이르기까지, 가부간 다 응하여 주시리라는 말씀, 그 모든 말씀을 의심 없이 믿습니다. 하물며 지금 이 시간 저희들의 이 눈물의 간구, 이 눈물 기도를, 가볍게 여기거나, 건성으로 듣고, 건성으로 대답하는 식으로 그냥저냥 흘러 넘기는 법이 없으시리라 믿습니다. 특별히 마가복음 9장의 말씀 곧 할 수 있거든이 무슨 말이냐. 믿는 자에게는 능치 못할 일이 없느니라. 이르시되 기도 외에 다른 것으로는 이런 유가 나갈 수 없느니라!라는 말씀에 아멘 아멘입니다. 그리고, 그리고, 그리고, 하나님의 명령이 곧 영생인 줄 아노라!라고 말씀해 주신 주 하나님. 매사에 상관의 명령이나 그 지시사항을 건성으로 듣고 건성으로 대답하며 건성으로 일하고자 하는 사람이, 동료들에게까지 일을 거꾸로 하게 만들며, 그리하여 일을 배로 힘들게 만들며, 아예 전쟁터에서까지 큰 사고를 치게 만들며, 그리하여 많은 군사들로 하여금 죽을 고생을 하게 만들며, 그 외의 모든 일로 헛고생을 하게 만드는 등등, 그처럼, 그처럼, 앞서 아기를 데리고 물가에 가지 말라!라는 말을 건성으로 듣고, 이렇게 큰 사고를 친 죗값, 이 죗값을 곧이곧대로 묻거나 곧이곧대로 끝내버리신다면 이 일이 정말 어찌되겠나이까? 이 일이 그리되면 절대로 절대로 아니 됩니다. 그런즉 이 일 저 일 다 다 다 용서! 용서! 용서로 마무리해 주시옵소서. 일찍이 용서해 주되, 일흔 번씩 일곱 번까지라도 용서해 주라고 말씀해 주셨던 그 말씀대로 말씀이옵니다. 나아가 요한복음 12장 24절로, 한 알의 밀이 땅에 떨어져 죽지 아니하면 한 알 그대로 있고 죽으면 많은 열매를 맺느니라!라고 말씀해 주셨는데, 허나, 허나, 이런 일로는, 결코 한 알의 밀이 땅에 떨어져 죽음으로 끝나버리면 아니 되겠사오니, 그런즉, 그런즉, 살려주심으로 이 일을 마무리하여 주시옵소서. 예에? 예에!?」

도도한 목사님이 울고 불고를 계속한다. 고성대규를 계속한다.

따라서 모든 성도들 역시 울고 불고하며 결코 건성으로 하는 게 없다. 허나 타종교인들에게 있어선 그야말로 큰 구경거리일 뿐이었다. 실로 생전 처음 보는 광경이라. 개중에는 자기 심령 속에서 흥분의 파도가 한층 더 드높이 출렁이고 있다는 눈빛으로 고갤를 젓는다. 달리 심술궂은 시어머니를 닮은 양 속 시원한 꼴을 원치 않고 있다는 눈빛도 보인다. 이러다가 정말 살아나기라도 한다면 그땐 정말 여러 타종교인들이 너도 나도 예수쟁이들로 돌변하지 아니할까 싶어 조마조마하며 마음을 졸이는 이들까지 보인다. 그래서인지 그들에겐 계속 이어지는 도도한 목사님의 절절한 기도에도 내심 등을 돌린 채 응당 넘어져도 같이 넘어지고 망해도 같이 망한다는 공도동망이란 게 없었으며, 심지어 부모로서 자식을 사랑하는 애자지정마저 없었으며, 그리하여 당연지사 마음으로 서로 돕고 힘을 합하는 등의 결심육력도 없었다. 그러한 가운데 매우 재미있어 하며 숫제 비웃는 반응을 보이는 이들까지 엿보이기 시작하는 것이었다. 이 시간 자못 크게 실패하기만을 바라는 타종교의 열성분자도 한두 명이 아니었다. 종교가 그렇게 무괴어심 곧 마음에 조금도 부끄러울 것이 없는 무도막심한 악인들로 만들고 있었다. 그런 심보를 가지고 있는 이들의 손이 숫제 부들부들 떨리고 있었다.

허나 도도한 목사님은 전혀 그런 것에 개의치 않고 있었다. 그들로 말미암아 조금도 동요하거나 흔들림이 없었다. 그러면 그럴수록 더 더욱 간절함에 절절함을 더할 뿐이었다.

「전지전능하신 예수님. 능치 못할 일이 없으신 예수님. 일찍이 말씀하시기를, 너희 중에 두 사람이 땅에서 합심하여 무엇이든 구하면 하늘에 계신 내 아버지께서 그들을 위하여 이루게 하시리라. 두세 사람이 내 이름으로 모인 곳에는 나도 그들 중에 있느니라. 아멘! 아멘! 오— 이는 곧 땅에서 두세 사람이 합심하여 예수님의 이름으로 그 무엇이든 구하면 다 응답해 주시겠다는 말씀이라. 오— 그런데, 지금 이 자리에 두세 사람만 모였습니까? 벌써 우리 예수님을 믿는 권속들만도 수십여 명에 이르고 있습니다. 따라서 우리 모든 권속들의 기도에, 기적으로! 기적으로! 응답해 주시리라 믿습니다.」

모든 성도들이 두 손을 번쩍번쩍 들어 올리면서 아멘 아멘 한다. 어떤 성도는 마치 천참만륙을 당하는 듯 괴로워하며 주여! 주여! 한다. 이러한 가운데 도도한 목사님의 부르짖음이 계속된다.

「주여! 주여! 말씀대로 부르짖어 강청합니다. 다시 말해서 내가 너희에게 말하노니, 비록 벗됨으로 인하여서는 일어나 주지 아니할지라도, 단 하나 그 강청함을 인하여서만은 일어나 그 요구하는 대로 주리라!라는 말씀을 믿고, 고성대호! 고성대규! 천호만환! 천청만촉! 그러나 삼가 부드럽고 순한 말씨 온언순사로 강청! 강청! 강청합니다. 이뿐만 아니라, 내가 또 너희에게 이르노니, 구하라, 그러면 너희에게 주실 것이요. 찾으라, 그러면 찾을 것이요. 문을 두드리라, 그러면 너희에게 열릴 것이니라!라는 말씀을 믿고, 구하고 찾고 두드리며 강청합니다. 다시 말해서 얘들이 죽은 것이 아니라, 깊은 잠에 빠져있는바, 이 깊은 잠에서 깨워 달라고 천호만환 곧 수없이 여러 번 크게 부르며, 천정만 촉 곧 수없이 거듭하여 청을 넣고 강청하고 있사옵니다. 그런즉 지금 이 시간, 아이들이 이 깊은 잠에서 깨어날 수 있도록 역사하여 주시옵 소서. 시간 상, 더 이상 만리장서를 쓸 시간이 없지 않사옵나이까?」

모두 강청이란 말에 가슴을 두드린다. 통곡을 한다.

도도한 목사님의 통곡이 계속된다.

「하나님 아버지! 전도로, 전도로, 예수님을 99배로 기쁘시게 해드릴 수 있다!라고 말씀해 주시지 않으셨습니까. 그런즉! 전도할 수 있도록, 전도할 수 있도록, 그리하여 예수님을 99배로 기쁘시게 해드릴 수 있 도록, 지금 이 시간, 지금 이 시간, 기적으로! 기적으로! 이 일을 해결 하여 주시옵소서. 고요한의 재 고고지성! 고한나의 재 고고지성! 이것 만이 살길입니다. 고요한의 유구무언! 고한나의 유구불언! 절대로 아 니됩니다. 우리 고요한과 고한나의 현하구변! 현아구변!」

모든 성도들이 더 큰 소리로 울고불고 난리를 친다.

그러나 역시 타종교인들에게 있어선 시종일관 흥미진진한 구경거리 일 뿐이었다. 연방 비웃는 얼굴들만 보일 뿐이었다. 마냥 웃기는 짓들 을 하고 있다는 표정들로 웃어넘길 뿐이었다. 그러면서 계속 진지하게 구경을 하고 있는 것이다. 이것이 바로 종교전쟁이 아닌가 싶었다.

그런데 결국 어떻게 될까? 감사하게도 저들이 원하는바와 달리, 첫 번째 기적이 일어나 버리고 마는 것이었다. 이른바 뒤늦게 자살하려고 샘 속으로 뛰어 들었던 누나 고한나에 앞서, 먼저 샘에 빠졌던 아기 고 요한이 억! 억! 하는 구토소리와 함께 커다란 재 고고지성을 터트리면 서 그야말로 그 깊은 잠에서 깨어나는 것이었다. 정말이지 엄마 뱃속에서 쑤욱 빠져나올 때처럼 그렇게 고고지성의 큰 울음보를 터트리면서 깨어나는 것이었다. 그야말로 온몸에 땀을 흠뻑 뒤집어 쓴 채 덮어놓은 담요를 헤치면서 살아나는 것이었다. 연방 재채기를 하면서 아직 뱃속에 남아있던 그 물을 마저 토해내는 것이었다.

그야말로 모두의 기쁨이 아닐 수 없었다. 순간 장내가 난장판이 되고 만다. 특별히 타종교인들이 더 난리를 친다. 타종교인들의 기웃거림이 더 요란스럽다. 그런데 지금 이 시간까지 내심 살아나지 않기만을 바라고 있었던 타종교의 열성분자들의 현시점의 얼굴빛은 어떠할까? 역시 혁연히 악한 빛 같은 것이 더 역력하게 빛나고 있었다. 미안하지만 기적이 그자들에겐 "빌어먹을 것!"이었다. 심히 못마땅해 죽겠다는 얼굴들이다. 이는 곧 그 옛날 예수님께서 죽은 자를 살려내며, 또 38년 된 병자를 고치자, 그때 그 예수님을 심히 대적하며 시기하던 유대인들의 현상, 뒤이어 예수님을 더욱 싫어하며 아예 죽이고자 했던 그 발로와도 같다 할까.

아기 고요한을 가슴에 끌어안고 있는 엄마가 사뭇 어찌할 바를 모른다. 이때 거의 대다수 타종교인들마저 노골적으로 큰 흥분을 가라앉히지 못한다. 도도한 목사님이 다시금 분위기를 다잡고 나선다.

「오– 하나님 감사합니다! 오– 하나님 감사합니다! 허나 자자! 아직도 한 명이 더 남아 있습니다! 마저 깊은 잠에서 깨워야만 합니다! 그리고 감사한 것은, 먼저 물에 빠졌던 우리 요한이를 우리 하나님께서 깨워주셨으니, 당연지사 뒤늦게 빠진 우리 한나를 마저 깨워주실 줄 믿습니다. 이점 조금도 의심하지 마시기 바랍니다. 그럼 다시금 기도를 시작하도록 하겠습니다! 이제 네 번째 기도가 되겠습니다.」

도도한 목사님의 튀는 목소리가 이내 분위기를 다잡는다. 분위기를 완전히 장악한다. 입추의 여지없이 모여든 타종교인들도 첫 번째 기적에 매우 상기된 얼굴들로 계속 함께 한다. 돌연 모든 이들이 도도한 목사님이 이끄는 대로 이끌리고 있었다. 이는 곧 첫 번째 기적의 힘이 아닌가 싶었다. 역시 놀라운 기적이 이렇게 만들고 있었다.

도도한 목사님이 기도에 앞서 하는 말이다.

「우리 하나님께서, 우리 전지전능하신 하나님께서, 애인여기의 심정으로, 생명을 사랑하고, 좋은 날 보기를 원하는 자는, 혀를 금하여 악한 말을 그치며, 그 입술로 거짓을 말하지 말고, 악에서 떠나 선을 행하고, 화평을 구하며, 그것을 따르라. 주의 눈은 의인을 행하시고, 그의 귀는 의인의 간구에 기울이신다,라고 밝혀주셨습니다. 고로 이 시간, 일찍이 의롭다 칭함을 받은 우리들의 기도에, 또 한 번 기적으로 응답해 주실 줄 믿습니다. 아멘! 아멘! 아멘!」

잠시 장내를 둘러본다. 그러면서 웃어 보인다. 다시금 입을 연다.

「우리 모두 눈을 감읍시다. 그리고 다시금 죽기 살기로! 죽기 살기로! 우리 함께 기도해 보도록 하십시다!」

순간 타종교인들이 주마간산 좌우고면 어찌할 바를 모른다. 허나 앞뒤를 재고 망설임도 잠깐이다. 바삐 서둘러 대강대강 보고 지나칠 수 없는 이 흥미진진한 구경거리를 놓고서, 아니 즐거운 일이 다하면 슬픈 일이 온다는 이 흥진비래의 종교예술을 뒤로 한 채, 막상 자리를 박차고 휙 떠나갈 수도 없는 일이 아닌가. 그래저래 잠꾸러기들이 잠꼬대를 하듯 하면서 너도나도 별수 없다는 얼굴들로 눈을 감는다. 까딱하면 좌충우돌하던 여러 종교의 열성분자들까지 꼼짝 못하고 고개를 수그린다. 끝까지 구경을 하자면 별 수 없다는 얼굴들이다. 그런데 갈수록 산이다?

「이번에는 우리 모두, 주여! 주여! 주여!를 삼창한 뒤 함께 기도해 보도록 하겠습니다. 그리하여 우리 한나 마저 깨워 보도록 하십시다. 좌우간 이번에는 타종교인들까지 나서서 주여 주여 해주시면 감사하겠습니다.」

그래도 감히 의의를 제기하는 사람이 없다. 정신문명의 세계에서의 기적의 힘이란 게 바로 이런 것인가 싶었다. 아니 이 시간 여러 종교인들 모두가 내심 정신노동을 하고 있나 싶었다. 죽을 맛이라는 얼굴들이다. 결국 예수교인들처럼 주여! 주여! 하는 이들도 보인다.

「주여! 주여! 주여!」

그런데 이 네 번째 기도 시간이 몇몇 초나 더 흘러갔을까.

「기적! 기적! 기적!」

그러나 내내 아무런 반응이 없다. 아직 아무런 조짐도 아무런 응답도 없다. 하자 도도한 목사님이 추궁하는 식의 말씀을 앞세우면서 기도한다.

「성령님! 성령님! 기적을 가로막는 자가 없도록 역사하여 주시옵소서. 그런데 그 어떤 자들이 기적을 가로막을 수 있다고 말씀해주셨습니까? 마태복음 13장에서 말씀하여 이르시되, 고향 사람들이 예수님을 배척하는지라, 예수님께서 그들에게 말씀하시되, 선지자가 자기 고향과 자기 집 외에서는 존경을 받지 않음이 없느니라 하시고, 그들이 믿지 않음으로 말미암아 거기서 많은 능력을 행하지 아니하시니라. 이를 놓고 마가복음 6장으로 한 번 더 말씀해 주시기를, 예수님께서 고향으로 가시니, 고향 사람들이 말하기를, 이 사람은 마리아의 아들 목수가 아니냐? 야고보와 요셉과 유다와 시몬의 형제가 아니냐? 그 누이들이 우리와 함께 여기 있지 아니하냐? 하며 예수님을 배척하는지라! 예수님께서 그들에게 이르시되, 역시 선지자가 자기 고향과 자기 친척과 자기 집 외에서는 존경을 받지 못함이 없느니라 하시며, 거기서는 아무 권능도 행하실 수 없어 다만 소수의 병자에게 안수하여 고치실뿐이었고, 그들이 믿지 않음을 이상히 여기셨더라,라고 밝혀주셨습니다. 그런데 지금 이 자리에서까지 감히 예수님을 배척하면서 기적을 가로막을 자가 그 어디에 있겠습니까? 언행심사간 추호도 없으리라 믿습니다. 단연코 지금 이 자리에서 예수님을 배척하거나 예수님의 능력을 의심하거나 예수님을 업신여기는 자는 추호도 없을 것입니다. 그런즉, 앞서, 우리 요한이를 깊은 잠에서 깨워주신 예수님. 이제 우리 한나 마저, 마저 깨워주시옵소서. 그 전지전능하신 힘을 보여주시옵소서. 예로부터 힘이 없는 민족은, 비참하게 죽임을 당하곤 했습니다. 그런데 저희를 힘없는 백성으로 만들어, 비참하게, 너무도 비참하게 짓밟히도록 가만 두시겠나이까? 저희를 힘 있는 백성! 능치 못할 것이 없으신 절대자 하나님의 백성! 만왕의 만의 백성임을 이곳 전도대상자들에게 증명하여 주시옵소서. 이를 위해, 우리 한나를! 우리 한나를! 이 깊은 잠에서 깨워 주시옵소서. 힘! 힘! 힘 있는 백성! 만왕의 왕의 백성들로 승리하고 싶사옵나이다.」

　도도한 목사님 대신 현시 분위기를 조용히 살펴보는 이들이 등장한다. 이들과 눈길이 마주치는 순간 깜짝깜짝 놀라면서 고개를 떨구는 이들이 여기저기에서 보인다. 투덜대며 쑤군대는 이들도 보인다.

「구경 좀 하자니 정말 더럽구먼.」

「글쎄 말야. 세상에 공짜는 없다더니, 정말 그렇구먼.」

「그러나저러나 그 언제쯤, 또 한 사람이 깨어날 수 있다는 거야?」

「글쎄 말야. 내 생각엔 더 이상 그 기적이고 뭐고 간에 없을 것 같은데. 더 이상은.」

「실은 내 생각에도.」

　사실 네 번째 기도가 끝났다 싶은데도 감감무소식이다. 잇대어 수군거리는 소리가 여기저기서 되살아난다. 이를 놓고 도도한 목사님의 지도급 목소리가 가차 없이 이어진다. 당장 수군거리는 소리가 수그러들고 만다. 역시 분위기를 다잡는 데엔 주여! 주여!라는 고성대규가 최고 능력의 무기인 모양이었다.

「그런데 정말 저 주여 주여 한다고 해서 저 고한나까지 살아날 수 있을까?」

「글쎄 말여. 하여간 다섯 번째 기도에 동참해보자고」

　역시 모든 이들이 지대한 관심을 가지고 끝까지 참고 인내하며 다음 다섯 번째 기도에 동참하고 있었다.

허나 세 분류의 사람들 곧 다시금 기적이 일어나 주기만을 바라는 사람들과, 과연 또 한 번의 기적이 일어날 수 있겠느냐는 반신반의에 매몰된 사람들과, 숫제 인간의 힘으로는 절대불가능한 일이라며 내심 그런 기정사실화의 불신앙으로 더 이상 기적이 없기를 은근히 바라는 인면수심 및 인귀상반에 가까운 사람들이, 제 각각 제자리에 서서 함께 하고 있었다.

　이러한 가운데 도도한 목사님이 또 한 번 성경 말씀으로 울부짖는다.

「하나님을 믿으라! 내가 진실로 진실로 너희에게 이르노니, 누구든지 이 산더러 들리어 바다에 던져지라하며 그 말하는 것이 이루어질 줄 믿고 마음에 의심하지 아니하면 그대로 되리라! 아멘! 아멘! 아멘!」

　모든 성도들도 아멘 아멘 아멘한다. 그러나 타종교인들은 더욱 흥미진진한 얼굴로 과연 그렇게 될까(?) 생각하며 계속 정신교육을 받고 있다. 개중에는 그 어떠한 말에도 일정한 거리를 둔 채 내내 성공 실패에 관해 덧셈 뺄셈만 하고 있다. 허나 이러한 사람들과 달리, 도도한 목사님은 아예 목숨을 걸고 더 큰 소리로 울부짖는다. 그런데 이번 다섯 번째 기도 결과는 어떠할까? 과연 무슨 징조 같은 게 나타날 수 있을까?

「하나님 아버지, 사느냐 죽느냐 하는 문제입니다. 세상천지에 이보다 더 큰문제가 그 어디에 있겠습니까? 그런즉 기적으로! 기적으로! 또 한 번의 기적으로! 응답하여 주시옵소서.」

　허나 이런저런 내용의 기도로 다섯 번째 기도가 끝난 뒤에도 털끝만 한 조짐도 미동도 없다? 또 한 번 기진맥진 한 상태로 하늘만 바라본다? 과연 기적이라는 게 뭘까? 목사님을 비롯하여 모든 성도들의 속이 점점 더 새까맣게 타들어가고 있었다. 한마디로 죽을 맛이요 죽을 지경이라. 당연지사 심한 갈증으로 목이 바싹바싹 타는 모양이다. 이 점 도도한 목사님이 더욱 심했다.

　그래도 또 한 번의 기적에 목말라하면서 여섯 번째 기도를 시작한다.

　또 한 번의 기적을 바라보며 있는 힘을 다하여 기계처럼 살아 움직이면서 기도에 기도를 더하기해 본다. 기적이 일어나지 아니하면 모든 게 끝장나고 만다는 분위기가 계속된다. 분위기가 마치 화산폭발 직전과 같다. 계속되는 종교전쟁의 분위기에 도도한 목사님은 물론 모든 성도들까지 부들부들 떨고 있었다. 심한 목마름으로 연속부절 마른 침을 꼴깍꼴깍 삼킨다. 그러면서 울부짖는다.

「하나님 아버지. 하나님 아버지. 벌써 여섯 번째 기도로 접어들었습니다. 그런데 이 일을 어찌하시겠나이까? 전날 억조의 기적! 아니 극조의 기적! 그보다 더 많은 기적! 과연 우리 주 예수님께서 행하신 그 기사와 이적과 표적의 수가 그 얼마나 많은지, 그 기적의 수를 능히 헤아릴 수가 없으며, 그 많은 기적을 책에 다 기록할 수도 없으며, 만일 그 많은 기적을 낱낱이 기록한다면, 그 기록된 책을 이 세상이라도 다 두기에 부족할 줄 아노라!라고 밝혀주셨습니다. 오- 하나님 아버지. 그 많고 많은 기사와 이적과 표적 중, 오늘 이 시간 하나만 더 행하여 주시옵소서. 그리하여 우리 한나를 마저 깨워주시옵소서. 지금 이 시간. 지금 이 시간. 지금 이 시간.」

그러나 내내 아무런 기척이 없음에 모두 심히 답답해하면서 마치 기찻길에 뻗어놓은 다리가 잘리운 듯 몸부림치며 아멘 아멘 한다.

특히 살아난 아기 요한이를 가슴에 안고 있는 엄마를 비롯하여 모든 식구들이 연거푸 또 다른 고통 속으로 말려들고 있었다. 다름 아닌 곧 이미 살아난 아기 요한으로 말미암아 돌연 샘 속으로 풍덩 뛰어들었던 딸 고한나에 대한 보다 더 애절한 애자지정과 애착심이 연속부절 정신을 못 차리게 만들고 있기 때문이었다. 이래저래 엄마가 마냥 괴로워하면서 살아난 요한이와 살아있는 고모 마리아를 간헐적으로 힐긋힐긋 흘겨보는 것이었다. 그러면서 누워있는 한나에게 자꾸만 눈이 간다는 듯 연해연방 내려다본다. 벌써 막바지를 향해서 여섯 번째 기도도 거의 다 끝나가고 있지 않는가. 역시 기도의 횟수가 더하여 갈수록 모든 이들의 기도 소리가 더욱 절절하기만 했다. 허나 여러 타종교인들의 심령 속은 어떠했던가? 두말할 것도 없이 매우 복잡한 액자소설 속의 또 다른 종교가 꿈틀거리고 있다는 얼굴들이다.

「헌데 정말, 이번 일곱 번째 기도엔 살아날 수 있을까?」

「글쎄. 좌우간 두고 보자고. 마지막 일곱 번째 기도이니까.」

역시 불신간의 모든 이들이 이 마지막 기도에 일괄 목을 매고 있었다.

하물며 도도한 목사님의 심정은 어떠하겠는가. 아예 이 마지막 기도에 목숨을 걸고 있었다. 그런데 정작 이 마지막 기도에 있어선 왜 아무런 기도 내용이 없을까? 더 이상 할 말이 없다는 듯 처음부터 끝까지 하나님 아버지만 찾을 뿐이었다. 아니 액란 곧 껍데기를 깨뜨려 땅바닥에 쏟아 놓은 달걀 신세라도 된 듯 그 모양 그 꼴로 슬피 울며 뜨거운 눈물을 마구 쏟는 그 애호체읍이 전부일 뿐이었다. 이를 좀 더 쉽게 말할 제, 어쩜 성경 여호수아 6장에 나오는 그 여리고 성벽을 무너뜨리기 위하여 이스라엘의 모든 군사가 그 여리고 성을 엿새 동안 매일 한바퀴씩 돈 뒤 이어 일곱째 날에는 일곱 바퀴를 돌고 나서 드디어 큰 소리를 질러대듯 하는 거와 같다고나 할까? 그리하여 그 견고했던 여리고 성벽이 와그르르 무너져 내렸다!? 바로 그때 그 장면을 재현해 보이고자 함일까? 도도한 목사님과 더불어 예수교인 모두가 마치 총, 포 및 그 어떤 무기의 잠금장치를 풀어달라는 듯 하나님 아버지를 부른다.

「하나님 아버지!」

「하나님 아버지!」

「하나님 아버지!」

그런데 이게 정말 사실일까? 마침내 고한나의 몸을 덮고 있던 담요가 크게 한번 움직이는 것만 같았다. 역시 한나가 억! 억! 구토를 하면서 깨어나는 것이었다. 역시 담요에 덮여있던 한나의 얼굴에 땀이 흠뻑 젖어 있었다.

「한나야! 오오-!」

아버지가 와락 끌어안는다.

「아이고 내 새끼! 아이고 내 새끼!」

모두 박수를 치면서 난리법석을 떤다.

한나가 금방 정상적으로 호흡을 한다.

곁에서 이를 보고 있던 어린 고모 마리아가 그야말로 촌각을 다투는 실로 긴긴 세월동안 자못 마음고생이 너무도 컸었다는 뜻으로 끝내 실성통곡을 하고 만다. 다시 말해서 스스로 목을 매어 죽는 액사 및 정반대로 남들에게 목을 죄어 죽임을 당하는 듯한 참살 등등 참으로 여름방학 한번 너무도 끔찍했다는 얼굴로 웃고 또 웃으면서 실성통곡을 하고 있는 것이리라.

더불어 도도한 목사님이 견인불발 곧 굳게 참고 견디는 등 끝까지 흔들리지 아니하며 마냥 기도에 기도를 더하기 하던 중 마침내 큰 응답을 받게 된바 결국 눈물을 줄줄 쏟으면서 소리친다.

「자자! 우리 모두, 응답으로! 응답으로! 기적으로! 기적으로! 감감무소식을 물리쳐주신 우리 하나님께, 감사천만! 감사만만! 감사무지의 박수를 올려드리십시다!」

모두 하늘을 우러러보며 박수를 친다. 박수! 박수! 박수갈채! 역시 하나님께서 응답해 주심이라는 게 바로 이런 것인가 싶었다. 이 시간 모든 성도들이 마치 견위치명 곧 나라가 위태로울 때 자기 나름대로 나라를 위해 목숨을 바쳤다는 기분으로 박수를 치고 있는 것만 같다.

그런데 과연 응답이란 게 뭘까?

역시 행복을 맛보게 해주는 게 응답이요, 비극을 몰아내며 비극을 물리쳐 주는 게 응답이요, 감사하도록 만들어 주는 게 응답이요, 찬양하도록 만들어 주는 게 응답이요, 모두 큰 소리를 치면서 축하하도록 만들어 주는 게 응답이요, 믿음을 보다 더 견고하게 만들어 주는 게 응답이요, 확신을 가지고 증명하며 간증하도록 만들어 주는 게 응답이요, 더 잘 믿도록 만들어 주는 게 응답이요, 기도에 불가능이 없다는 사실을 보여주는 게 응답이요, 초자연적인 세계가 있음을 말해주는 게 응답이요, 마음을 되돌리게 만들어 주는 게 응답이요, 진짜 진리를 알게 해주는 게 응답이요, 또 다른 세계가 있음을 경험 및 체험하도록 해주는 게 응답이요, 의심을 버리고 믿음의 뿌리를 더 깊이 박도록 해주는 게 응답이요, 믿음 위에 굳게 서서 만세를 부르게 해주는 게 응답이요, 새로운 세계를 보면서 손에 들고 있던 돌을 내려놓게 만들어주는 게 응답이요, 영적 잠에서 깨어나 하나님께 영광을 돌리게 해주는 게 응답이요, 또 다른 무덤을 열고 나오게 해주는 게 응답이요, 영적 맹인의 눈을 열어 믿음의 문을 열고 그 안으로 들어서게 해주는 게 응답이요, 그리하여 또 다른 믿음과 소망을 갖게 해주는 게 응답이요, 그리하여 결코 망하지 않게 해 주는 게 응답이요, 더 나아가 진짜 약 그 신비로운 약이 어떠한 줄 알게 해주는 게 응답이요, 진짜 종교의 능력을 알게 해주는 게 응답이요, 우리 인간의 생사화복과 흥망성쇠가 진짜 그 누구의 손에 달려있는지를 알게 해주는 게 응답이요, 그렇게 저렇게 죽음에서 벗어나게 해주는 게 응답이요, 그러나 자칫 잘못하면 거만하게 처신하며 잘난 체하며 으스대며 뽐내며 자신의 마음을 부풀게 만들며 자신을 스스로 높이는 일까지 저지를 수 있는 등 삼가 그리되지 않도록 일깨워 주는 게 응답이라.

「자자! 우리 요한이 한나 마리아! 한 번 더 하나님께 영광의 박수를!」
모든 이들이 감사합니다! 감사합니다! 하면서 박수갈채를 쏟아낸다.
「감사합니다! 감사합니다!」
이상 응답에 대한 그 모든 세계를 가감 없이 잘 보여주고 있는 현장이 아닌가 싶었다.
마리아의 아빠 곧 한나의 할아버지 고성호 장로가 소리친다.
「먼저 하나님께 영광의 박수를 올려드렸은즉, 이번에는 우리 모든 식구들이, 지금 이 자리에서, 우리 두 아이를 건져내주신 우리 서토끼 어르신께와, 뒤이어 기도해 주신 우리 모든 권속들을 대표해서 우리 목사님께, 큰 절을 한 번 올려드리도록 하겠습니다.」

　모두 박수를 쳐 준다

　그러나 거지 서토끼와 목사님이 이게 뭔 소리냐는 듯 크게 놀라면서 극구 사양하겠다는 시늉을 한다.

　그러나 이미 큰절을 올릴 자세를 갖추고 있는 식구들과 함께 서 있는 고성호 장로님이 말한다.

　「구구하게 말할 것 없습니다. 여러 말씀드릴 것 없다고요. 좌우간 저희들의 큰절부터 받고 나서, 예예 하실 말씀이 있으시면 그때 가서 하시면 됩니다. 얼마든지요. 그러니 자아— 큰절!」

　엉겁결에 목사님과 나란히 앉아 큰절을 받게 된 거지 어른이 엉덩이를 엉거주춤 들어 올린 채 아직 무릎을 꿇고 앉아있는 마리아를 향해 말한다.

　「좌우간 네가 만일 벙어리였었다든지, 네가 만일 벙어리 노릇을 했었다든지, 네가 만약 그랬었었더라면, 이 두 아이는 영락없이 죽고 말았을 판이었다고. 그런데 네가 벙어리 노릇을 하지 않고, 죽기 살기로, 고막이 찢어질 정도로, 귀청이 터질 정도로, 그렇게 고래고래 소리를 쳐준 바람에, 이 두 아이가 살아날 수 있었다고.」

　모두 아멘 아멘 하며 재차 박수를 쳐준다.

　목사님이 뒤이어 마리아 한나 요한이를 향해 말한다.

　「그러기에 시편 107편에서 무려 네 번에 걸쳐 말씀하시기를, 여호와 하나님께 부르짖으매 하나님께서 그들을 그들의 고통에서 건지시고 부르짖은 그 인생에게 행하신 그 기적으로 말미암아 찬송하게 하시고, 또 흑암과 사망의 그늘에 앉아 죽음의 곤고와 죽음의 쇠사슬에 매인 바 여호와 하나님께 부르짖으매 그들을 그들의 그 고통에서 구원하시되 그 흑암과 그 사망의 그늘에서 인도하여 내시고 그들의 그 얽어 맨 줄을 끊으셨으며, 또 사망의 문에 이르자 여호와 하나님께 부르짖으매 그가 그들의 고통에서 그들을 구원하시며 그 위험한 지경에서 건져 내

시사 부르짖은 그 인생으로 하여금 찬양하며 감사하게 만들어 주셨으며, 또 큰 광풍에 이리저리 구르며 취한 자 같이 비틀거리며 모든 지각이 혼돈 속에 빠진바 그 고통 때문에 여호와 하나님께 부르짖으매 하나님께서 그들을 그들의 고통에서 인도하여 내시고 그 죽음의 광풍을 고요하게 하사 물결도 잔잔하게 하시는 도다. 그리하여 평온함을 되찾게 해주신다라고 밝혀 주셨던 것입니다. 그런즉 앞으로도 계속 부르짖음으로 살아보자는 것입니다. 특히 부르짖는 기도와 더불어, 감사, 봉사, 전도를 앞세우면서 말입니다. 신앙생활 중에서 기도, 전도, 감사, 봉사를 빼면 아무것도 아니니까 말입니다.」

모두 아멘 아멘 한다.

「좌우간 마리아 네 부르짖음이 다 살렸다고!」

이는 어디까지나 거지 양반 서토끼 어르신네가 한번 더 곱씹는 일컬음이었다.

이때 한나 아빠가 아멘 아멘 하면서 동생 마리아의 등을 한 번 어루만져 준다. 다시 말해서 마리아 네가 끝까지 고성대호의 삶을 살아준 덕분에 요한이와 한나가 살아날 수 있게 됐다는 뜻으로 동생 마리아의 등을 어루만져주고 있는 것이리라.

곧이어 이번에는 정반대로, 아직 머리빡에 피도 안 마른 것이 왜 죽을 생각부터 했느냐는 뜻으로 딸 한나의 머리와 등짝을 한 대씩 때린다.

그러나 이때 딸 한나가 아빠 손을 고옥 잡는다.

서로 바라보면서 웃어준다.

그런데 이후 거지 서토끼 할아버지는 어떻게 되었던가? 과연 그 어디서 살고 있었던가? 역시 전과 마찬가지로 송가쟁이 절벽 굴속에서 거지로 홀로 살고 있었다. 그 옛날 그 누군가가 살다 나간 듯한 그 굴속엔 세 평 남짓한 방 한 칸과 아궁이 하나와 봉창 하나에 문짝 하나가 전부였다.

매년 구정 때 세배 차 찾아가는 15세 고마리아와 14세 고한나와 6세 고요한이 세 번째 나들이를 하고 있었다.

「서토끼 할아버지한테 갔다 와야지! 생명을 구해준 은인이라고!」

할아버지의 이 같은 명령에 음식 보따리를 들고 찾아간 것이다.

「할아버지! 할아버지!」

아무런 대답이 없다. 작년에만 해도 반가이 맞이해 주시되,

「아이고 아이고 어서 와라! 춥구만 뭣허러 왔어?! 어서들 들어와라!」 라고 말씀했던 할아버지였었다. 그런데 아무런 기척이 없다.

「할아버지! 할아버지 없어요? 어디 갔어요?」

역시 아무런 기척이 없다. 반사적으로 비닐 문짝을 열고 부랴부랴 방 안으로 뛰어 들어가 본다. 방문을 열자 역시 고약한 냄새가 문 밖으로 왕창 밀려나온다.

방바닥이 냉골이다. 어둠침침한 방 안쪽을 들여다본다. 어두컴컴한 곳에 누워있는 할아버지가 보인다. 애들이 놀라 소리친다.

「할아버지! 저희들이 왔다고요! 일어나 봐요!」

그러나 이미 이 세상 사람이 아니었다.

「죽었어!」

아이들이 문밖으로 굴러 떨어지듯 정신없이 도망쳐 나온다.

어른들이 찾아왔다. 서로 보고 하는 얘기다. 아마도 헐벗고 굶주리다가 얼어 죽은 게 분명하다는 얘기였다.

곧장 지서와에서 달려왔다.

바로 옆 고개 너머에 있는 공동묘지에 무덤을 만들어준다. 고성호 장로님이 묘비를 세워준다.

《사람을 살린 거지 서토끼 묘》

이것이 묘비 내용이었다.

그런데 이게 도대체 뭘까?

언론들이 거지 소굴을 소독하던 중 방바닥에 깔려있는 장판을 들추

어 보게 되었다.

「허얼−! 이게 다 뭐야? 이거 다 돈 아냐!?」

「아, 진짜 방바닥에 맨 돈이네!?」

「우리 순사 나리께서 한 번 세어보시지요!」

「아, 알았습니다!」

장판 밑에 동전 10원짜리와 100원짜리와 500원짜리가 좌악 깔려 있었다. 가장 큰 돈이 천 원짜리였다.

「전부 얼마야? 총액이 얼마냐고요?」

「삼백사십오만 육천칠백팔십일 원!」

「이게 바로 상거지 영감이 일생동안 모은 전 재산이라는 거야?」

「그러게 말입니다. 한마디로 말해서 거지주머니란 게 바로 이런 것 인가 싶군요.」

「그런데 저 종이엔 또 그 뭐라고 써 있는 거야?」

「아− 나보다 더 어려운 이웃을 위하여 모은 돈!?」

「아아! 바로 이를 두고 거지가 도승지를 불쌍히 여긴다는 말이 나왔 던가 보지요? 다시 말해서 불쌍한 처지에 있는 사람이 도리어 자기보 다 나은 사람들을 동정한다는바로 그런 말 말입니다.」

「그러니까 말일세. 아무튼 이러한 삶에 기쁨도 있고 이러한 삶에 감 사도 있었겠지?」

장판 밑 머리맡에 놓여있던 곧,

《나보다 더 어려운 이웃을 위하여 모은 돈》

이라는 종이쪽지가 다음 해 그 다음 해에도 계속 장판 밑 머리맡에 그대로 깔려 있었다.

그러나 그 다음 다음 다음 해에는 이 굴속에서 그 누가 살고 있었던 가? 소위 왕머리라는 거지가 들어와 강아지 한 마리와 함께 살고 있었다.

「뭐, 나보다 더 어려운 이웃을 위하여 모은 돈?」

웃고 있었다.

강아지를 걷어차고 있었다.

강아지가 하늘을 올려다보고 있었다.

할머니

할머니

90여 년 전에 태어나
중학교를 졸업한 신식 할머니.
그러나 결혼 후 10여 년 만에 아들 셋 딸 둘을 낳고
그 젊은 나이에 돌연 남편과 영 이별을 했던 청산과부 할머니.
그 후로부터 불철주야 여닫는 문을 가슴에 끌어안고
스스로 사람 축에 들지 못한 불치인류로 생각하며
모름지기 학식 지위 나이 따위가 자기보다 아래인 사람에게까지
묻고 배우는 일을 결코 부끄러워하지 아니하며
그 불치하문으로 살아오신 청산과수 불초자제 할머니.
그처럼 처음부터 마음을 돌려먹고
끝까지 청산과부로 수절하며
연속부절 자기만의 올바른 신앙으로
아들 딸 다섯을
죄다 대학까지 가르쳐낸 억척빼기 할머니.
때때로 부러 남자와 같은 재주와 기질을 가진 여인처럼
그렇게 그렇게 살아온 여량 할머니.
그렇듯 청산과수 댁으로 청솔가지 땔감을
밤낮 머리에 이어 나르면서도
더할 나위 없이 맑고 아름다운 피리소리처럼
그렇게 그렇게 살아오신 청절한 할머니.
그러나 때로는 다 타버린 청솔가지 재처럼
그렇게 사그라진 그 고요한 마음으로
때로는 보다 더 실의에 찬 마음으로

때로는 기력과 사기와 의기가 다 꺾인 그 저상한 마음으로
그렇게 그렇게 힘겹게 살아오신 할머니.
때로는 잘못을 뉘우치는 마음으로
때로는 흐뭇한 마음으로
때로는 회심의 미소로 자식들을 바라보며
그렇게 그렇게 살아오신 불측지변의 할머니.
때로는 형제자매 그 일가친척들까지 나서서
부러 착한 행실을 권하려는 심정으로 들려주나 싶었던
그 서투른 장단으로
그 어색하기 짝이 없고 그 어설프기 짝이 없는 가락으로
춤을 추며 불러주던 그 회심곡에도
내심 눈물을 삼키시던 할머니.
그러면서 자기 자신의 삶이
자기 마음에 쏙 드는 회심작이 아니라며
연속부절 고개를 좌우로 절레절레 젓곤 하셨던 할머니.
허나 만날 죽기를 작정하고 저항하듯
실제로 그렇게 처절하게 살아오신 현 저사위한의 할머니.
그러나 이제는 여러해살이 풀처럼 점점 쇠약해져서
간신히 허울만 남아 있는 듯한 여맥 할머니.
모쪼록 마음 편히 쉴 수 있는 나의 회심처가
과연 그 어디에 있을꼬(?)하며
이윽고 남편이 묻혀있는 무덤 그 추향 구묘지향을
말없이 바라보며 한숨을 내쉬는 할머니.
한평생 청산과부로 여보시오! 여보십시오! 외에
단 한 번도 여봐란 듯이 여보시게! 하며
그렇게 그렇게 살아본 적이 없으셨던 여색 할머니.
다시 말하건대 오직 하나 여닫는 문

그 문빗장을 가슴으로 단단히 걸어 잠근채
늘 그렇게 사셨던 순애보 수절 할머니.

그런데 과연 이러하신 할머니에게 또 그 무슨 사연이 있으며 또 그
무슨 일로 또 그 무슨 삶을 살아보란 말인가?

이 할머니를 잘 알고 있는 이들이 이렇게 말하고 있었다.
「하여간 참! 진짜 참!」
「그래 그래. 진짜 별의 별 삶을 다 살고 있다고. 도대체 그 어느 시대
사람이 이런 삶을 살겠느냐고.」
「그러게 말여. 진짜 그 어느 사람이 이런 삶을 살지? 진짜 이해가 안
간다고.」
「글쎄 누가 아니란가.」
「진짜 그 어느 할머니가 이런 삶을 살겠느냐고?」
「진짜 진짜!」
그런가 하면 청산과부로 수절하며 다섯 아들딸들을 전부 대학까지
졸업시킨 점을 놓고 이렇게 말하는 이들도 있었다.
「한마디로 대단한 청산과수댁이었어.」
「아 그럼 그럼. 그 머리에 청솔가지를 이어 나르면서까지 그 청산과
부로 살아남기가 그 어디 쉬운 일이었겠느냐고. 한마디로 죽을 맛이었
었겠지. 말은 안 해도 말여. 심지어 마을 머슴들까지 넘보기 마련이었
을 판국에 말여.」
「그건 그려. 허지만 또 그 어디 보통 청산과부였어. 앗사리 말해서.
그 감히 말도 못 붙이게 똑똑하고 앙칼지고 사나운 등 말여. 한 번 잘
못 걸렸다 치면 그 길로 대번에 난리 난리를 피우면서 그야말로 거반
죽여 놓고 말았었으니까. 여지없이.」
「진짜 진짜. 좌우간 타고난 아름다움, 타고난 미모, 그런 여질은 없

어도, 웬지 또 고상한 데가 있어 보이며, 보다 더 고고하게 보이는 등, 진짜 태고순민의 순애보답게 말여. 하여간 그렇든 저렇든 내가 알고 있는 한, 진짜 여중호걸에 천상 여장남수라. 어디 내 말이 틀렸어? 어디 내 말이 틀렸냐고?」

「맞제! 진짜 그 성격 한번 대단했었고. 그야말로 청절한 피리소리처럼 맑고 깨끗한 과수댁이라는 칭송을 받기에 충분했었고. 또 그렇게 그렇게 고고하게 살았고. 이 근동 근처에서 다 알고 있다 싶이.」

「진짜 진짜. 하여간 근래에 보기 드물 정도로 그 홀로 세속에 초연하여 진짜 티 없이 고운 꽃 중의 꽃 화중화라는 말까지 들었으니까. 그래 그래 그 행실 또한 더 더 말할 것도 없었으니까.」

「진짜 맞는 말이제. 아 오죽하면 이 지역 사람들이 말하기를, 단 한 분 그 할머니께 큰절을 올리며 예를 다하고자 함에 관한 한 한 점 부끄러움이 없다고 말했겠어. 진짜 꽃 중의 왕 화중왕이라고 불러주면서까지.」

「진짜 진짜. 그리고 태막 그 태아 기관에서 쑥 빠져 나오면서 생전 처음으로 우는 그 고고지성을, 훗날 남편이 죽어 묻힌 그 무덤가에서 단 한 번 더 한 뒤, 아예 그 후로는 그 어떠한 고난을 당해도 그저 소리 없이 눈물만 흘릴 뿐, 진짜 그렇게 이빨을 악물며 그 고절 그 고고한 절개를 앞세우면서, 지금껏 그 자식들을 먹이고 입히고 가르쳤다고 봐야만 되겠지. 좌우간 대단한 할머니라고. 그 마음이 외곬으로 곧은 고정배기답게 말여.」

「맞제 맞아. 진짜 고정배기가 맞다고. 자기 나름대로 고정불변의 규칙을 세워놓고 사는 듯 했던 삶. 그 고의적삼에 청솔가지 땔감을 머리에 이어 나르면서까지 말여.」

「진짜 진짜. 그 청솔가지를 머리에 이고 나르면서 살 수밖에 없었던 청산과부로서, 마치 남자육상 경기 종목의 한 가지인 그 고장애물경주 선수로 빨리 뛰어넘기를 하듯 하면서 살아오신 분이라고 말할 수밖에.」

「그래 그래. 저 구묘지향에 묻힌 고인의 명복을 빌면서, 겨우 목숨만 근근이 이어 나가듯 그렇게 구차하게 살아온 할머니라고 말할 수밖엔 없겠고. 틀림없이 말여.」

「진짜 진짜. 아무튼 입으로는 달콤한 말을 하면서 뱃속에는 칼을 지니고 사는 뭇 사내들의 그 구밀복검을 죄다 물리치면서 그처럼 고고하게 살 수 있었다는 게 진짜 진짜 놀랄 노자라. 그 삶이 결코 쉬운 게 아니었을 판인데 말여. 한마디로 그 하루하루를 진짜 구사일생으로 목숨을 건지듯 그렇게 사셨을 거라.」

「그럼 그럼. 그런데 자식들이 그 종이나 알고 있을까? 다 말여?」

「다는 뭔 자여! 감사하게도 큰아들 내외만은 그렇게 알고 있는 것 같더라고. 그 중놈이 되어가지고 저 혼자 산속에 처박혀 행복하게 살아보겠다고 나선 그놈과는 달리.」

「그런데 그 어떻게 아들놈이 그 중놈이 되도록 가만 두고 있었는줄 모르겠어? 진짜 그 성격에?」

「뭘 가만둬! 진짜 진짜.」

「허긴 그러고도 남았겠지?」

「그럼 그럼! 허나 자식 이기는 부모 없다고. 결국 쓰러져 앓아눕는 등, 결국 포기를 할 수밖에 없었다고 하지 않던가베. 그리고 그 무슨 재주로 말릴 수가 있었겠느냐고. 그 힘없는 여인으로서.」

「그 처죽일 놈같으니라고.」

「진짜 진짜. 하여간 오죽하면 남편 죽은 이후 그 자식을 놓고 울부짖기를, 내 대학까지 가르쳐 놓았더니, 겨우 중놈이냐?! 너 하나 살자고! 하면서 몇 날 며칠을 울었다고 했겠어. 다 듣고 아는바. 좌우간 청산과부로 어렵게 어렵게 살면서 그 죽어라고 대학까지 가르쳐 놓았더니, 겨우 그 중놈이 되고만 그놈이 진짜 진짜 나쁜 놈이었지. 어디 난행고행이 그렇게밖엔 할 수 없냐고.」

「그려 그려.」

「좌우간 그 자식이 나 몰라라 하며, 맹세코 중놈이 되겠다고 떠날 때, 그 오죽했으면, 그 온몸이 돌연 구명부표가 된 듯 그렇게 둥둥 떠, 그 온 세상을 정처 없이 떠도는 것만 같았었다고 했겠느냐고. 남편이 죽어 무덤에 묻힐 때보다도 더 말여.」

「진짜 부모고 형제고 다 소용없고, 그저 저 하나밖에 모르는 놈이었구만. 아, 진짜 그런 쳐 죽일 놈이 그 어디에 있을까?」

「진짜 진짜. 피도 눈물도 없는 놈이라. 지 에미가 쓰러져 식음을 전폐하며 끝내 피골이 상접한 몸으로 그렇게 애원하면서 급기야 그 피가 거꾸로 솟는 소리로 울부짖으며 매달렸다는 데도 말여.」

「좌우간 저 하나밖에 모르는 놈들은 다 그래. 다 똑같다고. 그래서 그 옛날부터 말하기를 저 하나밖에 모르는 놈들은 다 피도 눈물도 없는 놈들인즉, 좌우간 저 하나밖에 모르는 놈과는 아예 상종도 하지 말라고 말했던거라. 진짜 저 하나밖에 모르는 놈은, 모든 이에게 비협조자로, 모두의 방해꾼, 모두의 공공의 적, 모두를 해치는 자, 모두에게 손해를 끼치는 자, 그래저래 모든 이들에게 아무짝에도 쓸모없는 놈이라고 말여. 좌우간 이 세상에 그보다 더 나쁜 놈들은 없을 것이라고.」

「진짜 진짜. 바람에 병들고 더위에 상하는 등, 세상살이에 시달리고 쪼들린 그 병풍상서! 그런 그 청산과부로 살아오신 어머니에게까지 그럴 수가 있었을까? 진짜 저사위한! 그 죽기를 작정하고 저항하듯 그렇게 살아오신 어머니께? 진짜 만단애걸! 극구 그 온갖 말로 사정하며 빌고 빌었을 그 어머니께? 진짜 그런 어머니가 불쌍치도 않았던가보지? 만달! 그 덩굴손으로 얽히고설키며 죽어라고 들어 엉겼을 그 어머니의 손을 뿌리치면서까지? 허긴 기장지무! 이미 벌어진 춤이요 이미 시작한 일이라, 중간에 그만둘 수가 없다고 말하면서, 더 당당하게 나왔겠지?」

「아- 그러고 보니까 만단설화가 따로 없구만그려!」

「진짜 진짜. 아- 날마다 진수성찬을 차려드려도 시원찮을 판국에,

아— 저 하나 잘 먹고 잘 살아 보겠다고 떠났으니, 아— 그게 진짜 가슴에 서리고 맺힌 만단설화가 아니고 그 무엇이겠느냐고.」

「맞아 맞아. 지독지정! 지독지애! 어미 소가 송아지를 핥아주며 그 지극 정성을 다하여 사랑으로 보살펴주듯, 그렇게 온갖 정성과 사랑을 다하여 길러주신 어머니의 손을 뿌리치고 끝내 제 갈 곳으로 가버렸다? 진짜 그게 바로 비극 중에 비극이 아니고 그 무엇이었겠느냐고. 한 마디로 그 죽기를 작정하고 저항하듯 그렇게 그 저사위한으로 길러주신 어머니의 손을 뿌리치면서, 이제야말로 청산과부의 그 진짜 외로움과 그 깊은 뜻을 제대로 한번 알아보라는 식이었으니, 그 언행심사, 그 불효막심, 그 비극, 그에 따른 기진맥진, 그에 따른 기절초풍, 다 만단설화에나 나올 법한 얘기라.」

「진짜 진짜.」

그런데 이런 할머니에게 또 그 무슨 일이 생겼단 말인가?

몇몇 4촌 조카 형제들끼리 주고받는 말이다.

「그나지나 대학을 다니던 큰손자가 죽었으니, 좌우간 할머니에게 그 무어라고 말을 해야 될지?」

「일단 급히 유학을 떠났다고 말했다니까.」

「허지만 그게 벌써 몇 년 전의 얘기냐고?」

「그렇다고 이제 와서 그 큰손자가 교통사고로 죽었다고 알려주면?」

「그건 그래. 실은 그래서 지금껏 말도 못하고 있었고. 진짜 큰일 날까 봐서.」

「허지만 그 언제까지 속일 수도 없겠고?」

「하여간 갈 데까지 가보는 수밖에. 지금으로선. 그리고 할머니의 편지에, 형수씨의 손길을 통해 답장이 오고가고 있다니까. 그 뭐라고 편지를 주고받고 있는 줄은 몰라도. 하여간 죽은 자식을 대신해서 편지를 써야만 되는 형수나, 죽은 사실을 알게 되면 큰일 날 할머니나, 다 거시기 하고만. 하여간 가 볼 때까지 가보겠지만 말야.」

사실 큰손자가 죽었다는 사실을 알게 될 경우, 그 순간 대번 대성통곡에 이어 연일 실성통곡을 앞세우면서, 내내 구미가 동하는 음식까지 전폐하며, 아니 구미를 돋우는 음식을 연방 들이밀어도 연해 다 소용없다며 결국 그 성격에 굶어 죽고 말게 뻔했다.

그런데 이 할머니가 전날 죽은 큰손자에게 들려주었던 그 자장가는 어떠했었던가?

「눈에 넣어도 아프지 않을 내 새끼야. 꿈속에서까지 눈에 밟히고 눈에 선한 내 새끼야. 정말 내 눈에 흙이 들어갈 때까지 밤낮없이 보고 싶을 내 새끼야. 제발 날이 날마다 눈이 빠지도록 기다릴 이 할미 곁을 떠나지 말아다오. 오오 자장자장. 오오 자장자장.」

그렇다면 중학생 때엔 그 뭐라고 말씀하셨던가?

「눈을 딱 감아야만 될 때까지 늘 눈을 부릅 뜨고 살거라. 눈 감으면 코 베어 가는 세상이요, 눈 뜨고 도둑맞는 세상이니까 말이다. 그리고 그 무엇보다도 눈을 떠야만 별을 딸 수가 있을 테고. 이 할미 말이 그 무슨 뜻인지 잘 알겠지?」

그럼 고등학생 때엔 그 뭐라고 말씀하셨던가?

「세상 사람들에게며, 특별히 도와 도리와 사랑과 진실을 가르치는 선생님의 눈 밖에 나지 않도록 조심혀. 나아가 남녀노소, 지위고하, 빈부귀천을 막론하고, 선악 간에, 언행심사 간에, 삼가 사람들의 눈에 거슬리는 행동을 하지 말고. 더군다나 남의눈을 속이는 일, 그렇게 눈 가리고 아웅 하는 삶만은 절대로 금하고. 좌우간 그런 삶을 멀리하라고. 시종일관 진실해야만 되니까. 결국 진실만이 살 길이니까. 좌우간 이 할미는, 다 봐도, 그 감옥 가는 것만은 못 보니까. 공부고 뭐고 간에. 내 말뜻이 뭔 줄 알겠지?」

나아가 대학생 때엔 그 뭐라고 말씀하셨던가?

「오— 내 새끼가 벌써 대학생이 되다니. 그것도 일류 대학생! 오— 정말 장하다, 내 새끼! 허나 이제부터는 혼자 사는 법을 배워야만 될 것이라고. 혼자서도 살아남을 수 있는 법! 그럴라매, 앞으로 눈이 뒤집힐 일이 생겨도, 만에 하나 눈앞에 캄캄한 일이 생겨도, 이내 눈에 쌍심지를 켜고, 눈이 시퍼렇게 살아 있는 인생이 되어야만 될 것이라고. 특별히 아무 여자한테나 눈이 삐지 말고. 아무 여자한테나 눈길을 주지 말라고. 네 엄마처럼 좋은 사람을 만날려면. 혹여 눈부시게 아름다운 절세미인이라 해도 순간 홀딱 반하지 말라고. 어쨌든 여자는 속이 좋아야만 하니까. 그리고 한창 젊은 나이 적엔 그 누구를 봐도 다 눈부시게 아름다운 법이라고. 아무튼 이 할미 눈에 쏘옥 들 여자에게 장가를 가면 결코 눈물 날 일은 없을 것이라고. 난 네 눈에서 눈물 나게 만드는 여자! 네 눈에서 눈물 빼는 여자! 그러면서 너와 눈싸움을 하는 여자! 나는 그런 꼴, 그런 여자만은 못 본다고. 세상에 유례가 없을 만큼 뛰어난 그 만고절색이 아니라 그보다 더한 여자라고해도 말이다. 그래서 난 치마양반 곧 지체 낮은 집에서 지체 놓은 집과 혼인함으로서 행세깨나 하게 될 그렇고 그런 행세꾼 양반도 바라지 않는다고. 어쨌든 그 만고절색이고 뭐고 간에, 그 치마양반이고 뭐고 간에, 역시 가화만사성이 최고라고. 집안이 화평하면 만사가 다 잘되게 되어 있다고. 여하간 가정이 잘될 라면 여자가 잘 들어와야만 된다고. 한마디로 말해서. 여하간 몸과 마음을 닦아 수양하고 집안을 잘 다스리는 수신제가 다음에, 나라를 잘 다스리고 온 세상을 편안하게 할 수 있는 치국평천하도 있다고. 그런 가운데 진짜 동량지재도 있는 법이고. 좌우간 눈에 보이는 게 다가 아니요, 귀에 들리는 소리가 다가 아닌 세상이라고. 그런즉 삼가 명심하라고. 살다보면 진짜 더 깊은 세계! 진짜 모르는 세계가 더 많다고! 그러니까 일류대학생이 되었다고 해서, 행여 건너짚거나 건너 뛰지 말라고. 내 건들건들하는 그런 대학생도 여럿 봤으니까. 꼭 술에 취하여 건드렁 타령을 부르듯 말여. 심지어 술주정뱅이가 되어가지고 그 자가용인가 뭔가를 끌고. 그러다가 사람까지 치어 죽이고. 결론적으로 건들팔월이라는 말을 기억하라고. 건들건들하는 사이에 한 달이 휙 지나가고 만다는 뜻이라고. 모든 인생, 내가 아는 한, 진짜 건들건들하는 사이에 휙 지나가버리고 마니까.」

바로 이렇게 말해주곤 했던 그 손자가 죽어버렸다?

그래서 급히 유학길에 올랐다고 말할 수밖에 없었다? 좌우간 손자가 죽었다는 말은 곧 할머니에게 있어서 가슴을 미어지게 만들 수밖에 없는 말은 물론이요, 돌연 그 가슴에 대못을 박는 말이 될 것이요, 그리하여 내내 그 가슴팍을 쥐어뜯으면서 그렇게 살다가 끝내 그렇게 죽게 만들 말일뿐이다? 그래서 계속 죽었다는 말만은 말해 줄 수가 없다?

그런데 명절 때마다 묻는다?

「애비야. 그나지나 우리 유학생, 그 언제쯤에나 온다냐? 아직도 멀었다냐?」

큰아들이 유구무언, 입이 있으나 할 말이 없다는 뜻으로 웃기만 한다. 속에서 피눈물이 줄줄 쏟아지는 가운데 웃고 있는 것이다.

「어머니. 유학 공부가 좀 어려운가 봐요.」

세상에 이런 효자가 그 어디에 있을까.

「아무래도 그건 그렇겠지? 때론 나한테 답장해줄 시간도 여유도 없었다는 등 그렇게 시간이 빡빡하고 빠듯하다는 말까지 하는 걸 보면?」

「아무리 그래도 할머니한테만은……!」

세상에 이런 효자가 그 어디에 있단 말인가.

또 다른 명절날이다.

「에미야. 그나지나 우리 유학생, 그 언제 올지, 아직도 잘 모른다냐? 우리 유학생이 좋아하는 이 음식상만 보면, 내 보고 싶어 미치겠는데 말이다. 금방 또 저 산비탈에 버섯이 나고, 금방 또 저 산속에 있는 그 산뽕나무에 오두개가 주렁주렁 열리곤 할 텐데. 그땐 정말 더 보고 싶고 그럴 판인데 말이다. 우리 유학생이 따다주곤 했던 그 새까만 오두개. 허나 그놈의 공부? 끝이 없는 게 공부인데? 실은 공부만 하자고 태어난 인생도 아니고? 좌우간 우리 유학생과 함께 심어 놓은 산수유 꽃도 내일 모래면 또 활짝 필 텐데. 벌써 몇 년째냐고.」

그러나 큰며느리 역시 유구무언이다. 입이 있으되 할 말이 없다는 얼굴로 웃으며 주위를 살펴본다. 역시 속에서 피눈물이 솟구치는 데도 불구하고 행여 그 누가 말실수라도 할까 봐 주위를 둘러보고 있는 것이다. 참으로 효부 중의 효부가 아닐 수 없었다.

「어머니. 어서 드셔요. 그래야만 다들 먹을 수 있을 테니까요. 그리고 조금만 더 참으세요. 그 연구원에서 최고라고 하지 않아요. 그래서 좀 더 늦어진다고요. 그리고 세계 제일이 된다는 게 그 어디 쉽겠느냐고요.」

형제분들에게 재차 눈치를 한다. 모두 알았다는 뜻으로 웃으며 수저를 든다.

실은 앞서 4촌 형제들에게까지 죽었다는 말만은 절대로 하지 말라고 신신당부를 하곤 했던 터였다.

산수유 꽃이 활짝 핀 봄날 할머니의 조카 곧 친언니의 아들딸이 찾아왔다. 조카딸이 할머니와 주고받는 말이다.

「이모. 요즘은 어때? 어떻게 지냈느냐고?」

「아 그냥저냥 신선놀음을 하면서 지냈지. 성경도 읽고.」

「대단하네. 이모. 구십이 된 나이에도 성경을 읽고. 그런데 그 성경 말씀이 잘 보여?」

「너그들 나이도 내일모레면 칠십이라고!」

「허긴 그렇네, 이모?」

「그려! 그나지나 이놈의 세월이 왜 이렇게 빠른 줄 모르겠다. 진짜 우리 유학생이 다 장가 갈 나이가 되고. 그런데 그놈의 공부만 한다고. 종종 편지도 보내오지만.」

「편지!? 무슨 편지?!」

「왜? 편지가 오면 안 되냐? 그렇게까지 깜짝 놀라게?」

「아, 내가 그만 깜빡했네!」

「깜빡했다니? 그건 또 무슨 말여?」

「아니!! 좌우간 그 편지라도 오는 게 그 어디냐는 말이지. 지금 내
말은.」

「싱겁기는. 좌우간 편지라도 보내오니까 내 살 것 같다고. 진짜 보고
싶어 죽겠는데 말이다. 허나 그 언제까지 그놈의 편지만 보낼 것인지?
공부도 공부지만 말이다.」

그렇다. 이미 앞서 밝힌바 큰며느리가 죽은 자식을 대신하여 간혹
편지를 보내주곤 했던 것이다.

「하지만 이모. 그 바쁜 중에, 그 편지라도 보내준다는 게 그 어디냐
고? 진짜 효손 중의 효손이지. 진짜 그 효심, 그 효행, 그 효열, 자랑할
만하지 않냐고?」

「그건 그려. 그리고 한없이 고맙고. 진짜 그 옛날 같으면 벌써 두 번
세 번 고려장을 당하고도 남았을 법한 이 늙은 할미에게, 늘 잊지 않고
편지를 보내주고. 진짜 고맙고말고. 어느 때엔 너무 고마워서 내 눈물
까지 흘린 적도 있었고.」

「아, 정말. 그렇게까지 고마워? 손자가 보내준 편진데?」

「손자도 보통 손자냐. 내 죽어도 빠이빠이 할 수 없는 손잔디. 좌우
간, 너그들, 그 편지 한번 읽어볼래? 죄다?」

「그래. 줘봐, 이모.」

방에서 편지를 한 뭉치 들고 나온다.

그러나 내심 몇 장만 읽어 보겠다고 생각한다.

그런데 과연 큰며느리가 죽은 자식을 대신하여 써준 편지 내용은 어
떠했던가?

−할머니−

그 냄새나는 내 똥아 덩어리를 놓고
매양 향기 덩어리라고 말씀하셨던 할머니.

내 코와 입이 꼭 돌아가신 할아버지를 쏘옥 닮았다며
특별히 내 눈이 더 많이 닮았다며
한없이 좋아하셨던 할머니.
나를 눈에 넣어도 아프지 않겠다며
내 눈에 참 사랑의 미소를 가르쳐 주시던 할머니.
그 눈으로 나만 보면 더할 나위 없이 행복하여
절로 덩더꿍이장단의 노래가 나오며
절로 덩실덩실 춤바람이 나온다고 말씀하셨던 할머니.
그 춤결로 나를 끌어안고
그 격한 감정을 이기지 못해 연거푸 바들바들 떨면서
내 볼에 진한 사랑의 도장
그 뽀뽀 자국을 남겨주시던 할머니.
그러시다가 간혹 몸져눕곤 하셨던 할머니.
그런 몸으로까지 내 입에 별미를 넣어주셨던 할머니.
그러면서 나만 있으면 밥 안 먹어도 배가 절로 부르다고 말씀하셨
던 할머니.
그런 나를 등에 업고 환하게 웃으며
다시금 어화둥둥 춤을 추면서
기어이 참 춤사위를 가르쳐 주시던 할머니.
그렇게 내 귀에 참 사랑의 노래를 들려주시며
내 맘에 참 사랑의 씨앗을 뿌려 주시던 할머니.
그러던 어느 날
드디어 내 발로 아장아장 걷기 시작했을 때
돌연 억만금을 얻은 듯
숫제 억만년의 기쁨으로 환호성을 지르듯
환호작약 박수를 쳐주시던 할머니.
그 후 내 손을 꼬옥 잡고 꽃동산을 거닐며

내 심령에 참 신앙의 도를 심어주며
내 인생길에 사랑 희락 화평 오래 참음
자비 양선 충성 온유 절제의 징검다리를 놓아주면서
내 어깨에 환희의 날개를 달아주셨던 할머니.
그리하여 활개를 펴고
더 큰 걸음으로 당당하게 활보하며
학교에서 백점을 맞아가지고 훨훨 날아올 때마다
환한 미소로 내 엉덩이를 다독이면서
오오 내 새끼! 오오 내 새끼! 오오 내 새끼가 최고여!
하시며 백화제방의 진한 향기를 풍겨주시던 할머니.
연신 행복한 얼굴로 내 머리를 어루만져 주시면서
오오 총명예지! 오오 총명예지!
오오 우리 집안의 동량지재! 오오 내 동온하정!
하시며 백화요란의 동섬서홀의 삶을 사셨던 할머니.
그 후 내 일기장을 읽어보시면서
오오 내 새끼가 벌써 다 컸네! 다 컸어!
하시며 내 입에
그 동섬서홀의 삶의 꿀을 먹여주시곤 하셨던 할머니.
그러나 이젠 먼 유학길에 올라
시시때때로 뵐 수 없는 할머니.
한량없이 보고 싶은 할머니.
요즘 들어 더 보고 싶은 할머니.
요즘 들어 먼 산을 자주 보고 계실 할머니.
오-
내 그림자도 밟지 말라 시던 우리 할머니.

그런데 이처럼 죽은 자식대신 이 같은 편지를 쓸 수밖에 없었던 큰

며느리의 그 심정은 어떠했을까? 역시 자식을 잃은 슬픔, 그 상명지통에 가슴을 쥐어짜면서 소리죽여 울었을 것이요, 머리를 쥐어뜯으면서 소리죽여 울었을 것이요, 그렇게 매번 입을 틀어막으면서 소리 죽여 울었을 것이요, 마치 가새주리를 당하는 듯 두 주먹을 쥐었다 폈다 하면서 내내 그렇게 저렇게 소리죽여 울었을 것이다.

역시 이중고 삼중고 사중고 등으로 온갖 병주머니를 온몸과 온맘에 차고 제 삼부작 제사부작 더는 제 오부작 제 육부작에 이르는 효자 효부의 연기를 해야만 된다는 게 결코 쉬운 일이 아니었을 것이다. 다시 말해서 때론 귀머거리인체 연기를 해야만 하는 그 고난과, 때론 벙어리인체 연기를 해야만 했던 그 고난과, 때론 소경인체 연기를 해야만 했던 그 고난 등등이 보통 어려운 일이 아닐 수 없었을 것이리라.

그러나 그러한 사실을 전혀 모르고 계시는 할머니의 답장이 이어진다.

―할미다―
아직 내 눈에 아무 이상이 없는데도 불구하고
마치 앞이 잘 보이지 않는 눈병 빙예에 걸린 듯
다름 아닌 네가
특별히 네가
주사야몽 내 꿈속에서까지
왜? 왜? 왜?
보일 듯 말 듯 그렇게 가물가물 보이는지 모르겠다.
아직 내 눈을 부릅뜨지 아니해도
세상 모든 사물이 아주 똑똑히 잘 보이는데 말이다.
허긴 너를 너무너무 오래도록 보지 못한 탓이겠지?
아니, 그런데 이건 또 웬일이다냐?
요즘 들어 네 얼굴이 가물가물 보이는 대신

오라질, 뭇 아가씨들이 더 잘 보이곤 하니 말이다.

좌우간 요 며칠 전에

녹빈홍안! 빙자옥질! 빙기옥골! 만고절색!

그야말로 절개가 옥과 같이 순결해 보이는 처자

그런 빙정옥결을 만나볼 수 있었단다.

조금도 흠이 없어 보이더라.

바로 그 천하절색 처자에게

내가 우리 유학생에 대하여

머리가 너무 좋은 천재!

공부를 아주 잘하는 유학생!

늘 백 점만 맞곤 했던 신동!

라고 자랑을 했더니

그 고운 얼굴을 붉히면서

한없이 좋아하더라.

그 순간 우리 유학생의 천생배필이 아닐까 싶더라.

특히 그쪽 할아버지가 한몫 하겠다는 듯 거들고 나서기를

역시 우리 사람에겐

그 뭐니 뭐니 해도 머리 좋은 게 첫째가는 복이요

그 다음 얼굴이 잘생긴 게 둘째가는 복이요

그 다음 목소리가 아름다운 게 셋째 가는 큰 복이라

라고 말할 제

그야말로 그쪽 식구들이 쌍수를 들고

우리 유학생을 너무너무 욕심내더라.

그런데 어떻게 안 되겠냐?

시간을 낼 수 없겠느냐고?

역시 안 되겠지?

그래 그래.

그 언제나 주야겸행 주야골몰 주야불식
그렇게 죽어라고 공부를 하고 있을 우리 유학생에게
이 할미가 그만 빙충맞게 시리
또 헛소리를 하고 있나 보구나.
허나 요즘 들어 사인방상 곧 앞뒤 두 사람씩
모두 네 사람이 메고 가는 상여가 자주 보이곤 하는 게
나도 이만 더 오래 살지 못할 것만 같은 게
영 그렇단다.
아무튼 우리 유학생이
하루속히 그 공부를 다 마치고 돌아와
곧장 그 처자와 백년가약을 맺은 뒤
또 다른 오줌싸개의 고고지성을 위한 신혼여행
그 행복한 신혼여행의 뒷모습을 하루속히 보고 싶은데
그게 지금 내 간절한 소원인데……?
아이고 내가 또 괜한 소리를 하고 있나보구나!
아무튼 몸조심!
또 조심!
특히 요즘엔 그저 그 차 조심이 최고더라.
오—
나의 주사야몽의 주인공
나의 주야장천의 스토리
나의 주야불망의 기도 제목이시여!

이상 조카가 놀란다.
「이걸 진짜 이모가 썼어!?」
「왜? 내가 그렇게 쓰면 안 되냐?」
「아— 너무너무 잘 써서!」

「야! 나도 소시 적엔 독수공방 그 긴긴 세월동안, 꽤나 많은 책을 읽었다고. 주로 소설책을. 수도 없이. 내 그렇게 견디면서 살아온 몸이라고. 내 이래 봐도!」

「소시 적에 그 중학교까지 나오고!?」

「그려!」

「그래 이모. 역시 그렇게 살아왔다고 말했었지. 전에도?」

「그래!」

「그런데 이모. 왜 이모가 쓴 편지는 다 복사본여?」

「아 그야, 내가 쓴 원본은, 다 제미가 우리 유학생에게 붙였으니까 그렇지! 이렇게 복사를 해놓고서 말이다.」

「아, 실은 그랬었구나.」

「그려!」

그러나 저러나 이 편지를 보게 된 아들 내외가 모름지기 소식불통에 대한 소소곡절을 빠짐없이 다 말하면서 그 얼마나 울었을까?

할머니가 소식불통의 참극을 모른 채 또 다른 편지를 쓴다.

–할미다–

교회서 배운 말씀이란다.

가정이 잘되는 법–!–?

먼저 옛 사람과 그 행위를 벗어 버리고

새 사람을 입고

그 무엇을 하든지

말에나 일에나 다

주 예수님의 이름으로 하며

그저 하나님 아버지께 감사하는 자가 되라.

그리고 긍휼 자비 겸손 온유 오래 참음

서로 용납 피차용서

이 모든 것 위에 사랑을 더하라.
연하여 가정 평강을 위하여
아내들아
남편에게 복종하라.
남편들아
아내를 사랑하며 괴롭게 하지 말라.
자녀들아
모든 일에 부모에게 순종하라.
아비들아
너희 자녀를 노엽게 하지 말라.
종들아
모든 일에 눈가림으로 하지 말고
오직 성실한 마음으로 하라.
무슨 일을 하든지 마음을 다하여 하라.
주께 하듯 하고
사람에게 하듯 하지 말라.
서로 간에 종이 되라.
사람을 외모로 취하지 말라.
너희 말을 항상 은혜 가운데서 고르고 골라
소금으로 맛을 냄과 같이 하라.
여기에 가정이 잘되는 법과
가정의 행복이 있다 하리라.
오-
내 새끼가 하루 속히 이런 가정을 이룰 수 있었으면
그 얼마나 좋을꼬?
한량없이 보고 싶은 내 새끼
그지없이 보고 싶은 내 새끼

한고비를 넘기고 나면 또 다시 보고 싶은 내 새끼
그런 내 새끼의 지독지정의 새 가정을 하루 속히 보고 싶구나.
한이 없이 보고 싶은 내 새끼
끝이 없이 보고 싶은 내 새끼
주사야몽 촌음에 촌음 총총 또 보고 싶은 내 새끼
그런 내 새끼의 애자지정의 새 가정을 하루 속히 보고 싶구나.
눈에 넣어도 아프지 않을 내 새끼
늘 눈에 선한 내 새끼
늘 눈에 밟히는 내 새끼
늘 보고 싶은 내 새끼야.
그런데 현재
그 어느 시대 사람으로
그 어느 나라 사람으로
그 누구를 위하여
그 무엇을 심으며
노심초사 그 어떻게 가꾸며
왜 애써 살고 있느냐?
불철주야 학업에만 정진하고 있을 내 새끼야
불철주야 연구에만 몰두하고 있을 내 새끼야
불철주야 그지없이 보고 싶은 내 새끼야
속히 이 불치인류 할미가 죽기 전에
오─
네 지독지정을 보여 다오.

  며느리가 이슬이 맺힌 눈으로 이 같은 편지를 읽고 나서, 역시 눈물
로 범벅이 된 얼굴로, 마치 범인 은닉죄의 고통을 말해주듯 답장을 쓴
다. 과연 범죄소설을 쓰고 있는 심리가 바로 이러할까? 내내 병주머니

를 차고 있는 몸뚱이로 자주 병치레를 하면서 살아온 듯한 곧 바람에 병들고 더위에 상한 그 온갖 병으로 말미암아 마음이 상하여 아예 본성마저 잃어버린 듯한 그 병풍상서 그 병풍상성의 상태로 답장을 쓰기 시작한다. 다시 말해서 아들 대신 할머니(시어머니)께 편지를 쓰되, 할머니를 상대로 아들을 향한 자기 자신의 사랑을 고백하고 있는 것이리라.

　-할머니-
　그간 할머니께서
　이 불충불효한 나를 너무너무 보고 싶어 미치겠다며
　그 길고 긴 편지를 열 번도 더 보내주셨는데
　이 불초손이 이제야 답장을 하게 돼서 죄송해요.
　앞으로는 편지를 쓰시되
　열 번 쓸 것 한 번 정도만 써 보도록 하세요.
　그리고 나도 할머니가 한없이 보고 싶다고요.
　진짜 미칠 정도로 너무너무 보고 싶다고요.
　밤낮없이.
　오늘 따라 더.
　오늘도 풀어야만 될 숙제가 산더미처럼 쌓여 있는데도 말이야.
　아무튼 나도 이 적여구산을 하루 속히 물리치고
　우리 할머니 곁으로 가보고 싶다고.
　허나 재는 넘을수록 험하고
　내는 건널수록 깊다고 했지 않았어.
　그처럼 세상 적자생존의 공부가 갈수록 산이라고.
　그래저래 재기 발랄한 학생들도 다 끙끙 댄다고.
　재간꾼들도 다 운다고.
　진짜 머리 좋은 사람들도
　그 똑똑한 사람들도

어쩜 야무지지 못하고 순진해서 의외로 낭패를 보는등
신기에 가까운 재주를 가지고 있는 사람들도
다 힘겨워 한다고.
더구나 재격 곧 재주와 품격을 갖춘다는 게
그 어디 쉽겠느냐고.
더 어렵다고.
그래서 다 인귀상반으로 살고 있다고.
그런데 벌써 내 인륜대사를 위해
내 대신 맞선 보는 자리에까지 다녀오셨다니
아니 벌써 내 2세까지 보고 싶다고 하신다니
이 인귀 정말 죽겠구먼.
아무튼 우리 할머니의 소원대로
장가도 가고
자식도 낳고
그러면서 우리 할머니의 소원을 풀어드려야만 될 판인데
그게 마음대로 잘 안되네.
그게 생각대로 잘 안된다고.
좌우간 미안해 할머니.
아—
오늘 따라 할머니가 끓여주던 그 보리숭늉 냄새도 나고
온 세상에서 그저 할머니 냄새만 물씬물씬 나는 것 같고
오— 정말 나도 죽겠다!
좌우간 코로 숨을 쉬면서
구수한 냄새
수상한 냄새 등
세상 온갖 냄새를 다 맡을 수 있다는 게
그 얼마나 좋은지 모르겠어!

각설하고

오늘도 할머니 냄새를 맡으면서 잠을 잘게.

할머니도 잘 자.

할머니 냄새를 피우면서.

이런 편지를 쓴 며느리는 간혹 대문 밖에서 먼 하늘을 바라보며 실성통곡을 하고 있었다.

그런데 할머니의 편지 쓰기는 정녕 그 언제쯤에나 끝이 나게 될까? 아들 며느리의 병풍상서 및 병풍상성, 그 효자 효부 노릇을 하기 위한 이중고 삼중고 사중고를 알리 없는 할머니가 또 답장을 쓰기 시작한다.

-할미다-

왜 공부를 하고 있는가?

왜 유학을 갔는가?

왜 그렇게 살고 있는가?

역시 이웃과 더불어 성공 자가 되기 위해서가 아니겠는가?

그런데 이웃과 더불어 성공 자가 되는 법은 어떠할까?

이웃과 더불어 성공 자가 되는 법-!-?

서로 사랑 안에서 가장 귀히 여기라.

서로 화목하라.

약한 자를 격려하며

힘이 없는 자를 붙들어 주라.

모든 사람에게 오래 참으라.

삼가 그 누구에게든 악으로 악을 갚지 말라.

서로 항상 선을 따르라.

쉬지 말고 기도하라.

범사에 감사하라.

성령을 소멸하지 말고
예언을 멸시하지 말고
범사에 헤아려 좋은 것을 취하고
악은 어떤 모양이라도 버리라.
서로 거룩한 입맞춤으로
모든 형제에게 문안하라.
서로 덕을 세우라.
이상의 삶으로 이웃과 더불어 성공 자가 되길 바라노라.

그런데 예수님의 고삿고기!
곧 여러 사람이 저지른 그 많고 많은 죄와 허물을 부러 혼자서 다 뒤
집어쓰고 희생당하신
그 삶을 알고 있는가?
오―
고삿고기!
애인여기!
바로 여기에 이웃과 더불어 성공하는 길이 있다 하여라.

이상 오늘 교회에서 목사님으로부터 배운 말씀이란다.
우리 이렇게 한번 살아보자!

허나 이미 세상을 떠난 손자에게 하는 말이다. 이게 바로 이 세상사
란 말인가? 역시 손자의 죽음을 까맣게 잊은 게 아니라 까맣게 모르고
있는 할머니에겐 이런 삶을 살 수밖엔 없었다.
이상 편지를 읽어본 조카가 묻는다.
「그런데 이모. 어떻게 해서 교회를 다니게 된 거야? 내가 그렇게까
지 교회를 한번 다녀보라고 말할 때마다, 그만 알았으니까 너나 잘 다

니라고. 다 다녀도 나는 안 다닐 거니까. 그렇게 말을 했었는데 말야? 그 무엇보다도 자식 하나가 중노릇을 하고 있는데, 그 어떻게 에미란 것이 교회를 다닐 수 있겠느냐면서 말야. 그런데 정말 그러했던 우리 이모를 그 누가 교회로 인도해 준 거냐고? 도대체 말야?」

자신이 생각하기에도 우습다는 듯 웃으면서 대답해준다.

「중이.」

「중이!? 중이 교회로 인도를 해 주었다고!? 그게 정말야? 정말로? 진짜로? 큰 사위 장로님이 그렇게까지 얘기를 해도 내내 너 뭐라냐 하며, 정말 끄떡도 않던 우리 이모를? 아니 도대체, 아니 정말, 아니 중이, 아니 다른 사람도 아닌 중이 그 어떻게 교회로 인도를 해 주었다는 거야!? 한번 자세히 얘기 좀 해 봐!」

「웃어넘길 일이 아니었다고. 우리 웃 동네에서 큰 굿을 하는데, 그때 전날 지은 죄의 갚음으로 받게 된 온갖 재앙 등 그 온갖 앙화를 말하던 우리 저 안골 중이, 그 어느 순간부터 앙알앙알 하며 자기 앞가슴을 마구 쥐어뜯는 식으로 속거천리를 하다말고, 느닷없이 큰 쇠몽둥이로 머리통을 한 대 얻어맞은 듯, 그렇게 그만 땅바닥에 쭈욱 뻐드러지고 마는 거라. 그 순간 웃돈을 바치던 주인은 물론 다들 놀라 자빠질 수밖에. 아무튼 몇 번 뻐르적뻐르적하면서, 마치 큰 뱀이 앞으로 꿈틀꿈틀 기어가듯 하다 말고, 끝내 쭉 뻐드러진 몸으로 똬리를 틀 듯하더니, 급기야 그 모양으로 숨을 거두고 마는 것이었어. 바로 그때부터 그 다니던 그 절간을 그만 두고, 그 길로 곧장 교회로 오게 된 거라.」

「아아— 그게 정말, 그게 정말이었어? 아아 그런 식으로 인도를 받았다?」

「그려!」

「그나지나 이모. 요즘 교회 가서 그 뭐라고 기도해?」

「요즘이 아니라, 만날 우리 자식들 잘되게 해달라고 기도하지 뭐. 솔직히, 제일로 우리 유학생을 놓고 더 많이 기도하고. 자나 깨나 늘. 요즘에만 아니라.」

허나 이는 그 어디까지나 죽은 자를 위한 기도가 아니겠는가. 고로 이게 바로 헛수고, 헛기도, 헛고생, 헛노릇, 헛걱정, 헛소리, 헛공력, 헛애, 헛짓, 헛심, 헛공동보조, 헛공도동망이 아니고 그 무엇이겠는가. 역시 손자의 죽음에 대해서 아직도 까마득하게 모르고 있는 할머니로서는 계속 헛기도로 헛수고, 헛공동작전, 헛공동전선, 헛공동행위에 헛공력을 다할 수밖에 없었다. 역시 사실을 잘 모르고 산다는 게 바로 이런 것인가 싶었다. 실로 안타까운 일이 아닐 수 없었다.

「그럼 이모. 중이 된 가, 중이 된 아들을 놓고는 기도 안 해?」

역시 웃기만 한다.

「이미 포기해 버렸는데 뭐.」

역시 완전히 포기해 버린 아들을 위해선 아예 그 뭐라 기도할 길이 없다는 말이었다.

「그래도?」

은근슬쩍 말문을 돌린다.

「그나저나 요즘엔 왜들 다 그런다냐?」

「뭐가?」

「그 중노릇을 하는 사람도 아니요, 어디까지나 그 목사가 다, 하나님 너 까불면 나한테 죽어!라고 말하면서, 그 신성모독까지 하는 등, 그 출세타령이나 하고 말여. 진짜 예수님 타령을 해도 시원치 않을 판국에 말이다.」

「글쎄 말여.」

「진짜 제 아무리 가까운 아버지한테도 감히 너 까불면 나한테 죽어! 그런 말을 못 할 텐데. 더군다나 그 어떻게 하나님께까지 그런 몰상식한 말을 할 수 있었는지? 그야말로 상스러운 악매, 오랑캐도 못 할 만 어, 진짜 야만인들도 못 할 악설에 그 악다구니라니, 진짜 내 몸이 다 떨리더라. 저 6·25 때 십자가에 침을 뱉지 않으려고 그 빨갱이들에게

순교를 당한 믿음의 선진들도 있었다고 우리 목사님한테 설교를 들었
는데 말여.」

「그러니까 말여.」

「좌우간 그 목사님이 아닌 그 목사는 천필염지라는 말도 모르는가
보더라.」

「천필염지?」

「글쎄 하늘이 몹쓸 사람을 미워하여 반드시 벌한다는 말씀!」

「아아 바로 그 천필염지?」

「그려! 아무튼 그 목사님 아닌 그 목사는 그 망사지죄를 어떻게 할란
가 모르겠더라. 진짜 그 망사지죄를.」

「망사지죄?」

「그려! 그 용서받을 수 없을 만큼 큰 죄! 마치 도량창옷을 온몸에 두
른듯한 채 말이다.」

「도량창옷?」

「너는 그것도 모르냐! 저 절에서 두루마리를 이르는 말이라고. 하여
간 도량창옷을 두른 무당이 굿에는 관심이 없고 온통 젯밥에만 정신이
팔려있는 듯 그래 보이는 게 영 그렇고. 그놈의 국회의원이 다 뭔지?
목사님이 백 배도 천 배도 더 좋은데 말이다. 내 생각에는 말여. 네 생
각에는 안 그러냐?」

「그러게 말야.」

「게다가 요즘에는 또 그놈의 코로나19로 그 신천지인지 구천지인지
까지 나서서, 누가 말한바 그 누가 이단이 아니랄까 봐서 그 신성불가
침의 구역에까지 들어서서 그 영생불사에 대한 신세타령을 하는 등,
정말 요즘 같아선 그 어디 정신이 사나워서 살겠더냐고. 못살겠지. 한
번 죽는 것은 사람에게 정해진 것이요 그 후에는 심판이 있으리니라고
히브리서 9장의 말씀을 어느 목사님이 방송설교 시간에 강조 또 강조
해 주시더구먼 말이다. 그런데 이 지구촌에서 그 무슨 놈의 영생불사

냐고. 허긴 천국이 없는 사람들이라면 그렇게 믿고 그렇게 말하며 그렇게 살고 싶겠지? 아무튼 그래저래 요즘엔 바로 코앞에 있는 교회도 못 가게 만들고. 진짜 코로나에, 이단에, 하나님 너 까불면 죽어 등등, 진짜 말세가 따로 없다고. 아무튼 우리 동량지재 유학생이 하루속히 박사학위를 받아 가지고 돌아와서 이 나라를 잘 다스려야만 될 텐데? 좌우간 어서 속히 그리 되도록 내 기도를 해야만 되는데 말이다. 새벽마다 교회에 가서. 너도 우리 유학생을 위해서 기도 좀 많이 해달라고. 알았냐? 내 소원이니까.」

「아 알았어, 이모.」

「아무래도 네가 기도하면 응답이 좀 더 빠르지 않겠냐? 아무튼 요즘 들어 더 보고 싶은 게, 정말 보고 싶어 미치겠는거라. 그래서 새벽에 나가 더 많이 기도도 하고 싶고.」

「그래 그래, 이모. 그나지나 이모. 그 나이에 새벽마다 나갈 순 있겠어? 교회에?」

「바로 코앞이니까.」

「그래도 조심해서 다녀.」

「알았어!」

「이모. 벌써 시간이 다 됐으니까, 이제 그만 점심이나 먹으러 가자고. 그런데 요 근방에선 그 어디가 좋아?」

「그새 시간이 그렇게까지 됐다냐?」

「그래. 그런데 이 근방에선 그 어느 음식점이 최고냐고?」

「아무래도 우리 유학생이 좋아하던 그 돼지갈비집이 최고겠지 뭐. 이 근방에선. 그리고 거기가 제일로 맛있고.」

자가용을 타고 곧장 음식점으로 이동한다. 이모가 음식점의 내력에 대해서 말해준다.

「옛날에는 새알심 팥죽집이었어. 팥죽 속에 찹쌀가루를 새알만 한 크기로 둥글둥글하게 빚어 넣은 새알심. 옛날에는 그게 그 얼마나 맛이 있었던지 둘이 먹다가 하나가 죽어도 모를 것이라고 했었고. 다 배가 고플 때였고. 지금이야 별 맛을 모르겠지만. 그 뒤 새엄마의 진수성찬이라고 했었고. 그러다가 오늘날엔 새앙편 갈비집이라고, 그 생강의 즙을 내어 꿀과 검은 엿을 넣고 조려서 반대기를 지은 다음 잣가루를 뿌려서 만든 돼지갈비라고나 할까. 아무튼 그걸 우리 유학생이 그렇게 맛있게 먹곤 했었다고.」

음식집에 도착하자마자 밥상이 금방 완료된다. 각 기도를 하고 먹기 시작한다. 손님들이 많은 가운데서 주고받는 말이다.

「이모, 맛있게 들어.」

「그려, 어서 먹자.」

「그나지나 이모는 왜 갈수록 죽은 우리 엄마를 닮아가?」

「아 그거야 친자매니까 그렇지!」

「그나지나 이모처럼 총기가 좋은 사람도 드물 거야, 이잉? 나이 90에도 옛날 얘기를 줄줄 꾀고 있는 것을 보면 말야. 귀도 눈도 아주 밝고?」

순간 옛 얘기를 시작한다.

「네 엄마가 시집 간 뒤 얼마 못가서 도망쳐 왔더라.」

「왜?」

「왜는 왜야! 지금으로부터 70여 년 전. 꽁보리 한 말이면 삼년을 먹고도 남는다는 말이 있었을 때였으니까 그랬지. 그 염병할 왜놈들 때문에 못 먹고 못 살던 때였으니까. 더구나 엎친 데 덮친 격으로 6·25 전쟁까지 터져가지고서. 그땐 정말 조불식석불식 곧 몹시 가난하여 아침도 굶고 저녁도 굶는 게 보통이였다고. 그런 까닭에 나이 어린 철부지들이 이웃집 어른을 보면, 진지잡수셨어요?라며 인사를 하곤 했었다고. 바로 그런 시절에 너그 엄마가 너무너무 배가 고파 부엌에서 꽁보리밥 몇 알을 입에 집어넣었던가 보더라. 아무도 모르게. 그런데 바로 그때 네 고모가, 시집 안 간 그 시누가 보게 되었던 모양이라. 그 시누가 시어머니한테 곧장 달려가 마치 용가마에 삶은 개가 멍멍 짖

듯 마구 일러바치더란다. 언니가 부엌에서 밥을 쥐어 먹었다고. 그러자 그 사나운 시어머니가 달려와서 마구 악을 쓰더란다. 너 밥 쥐어먹었느냐며. 그때 언니가 쥐구멍을 찾으면서 말하기를, 배가 너무 고파서 그만, 저도 모르게 그만……! 그랬더니, 배가 고프면 찬물을 퍼 마셔야지! 감히 밥에다가 입을 대!? 정 배가 고프면 굶어 죽던지 했어야지! 하더란다. 그때 언니가 펑펑 울면서 대답하기를, 앞으로는 굶어 죽는 한이 있어도 밥 안 먹을게요. 다시는요. 며칠 간 찬물만 마셨더니, 그만 구토가 나서, 그만 구토를 가라 앉혀 볼까 해서, 꽁보리 몇 알을 입에 넣어보았지만, 앞으로는 정말 안 먹을게요. 정말 굶어 죽는 한이 있어도요. 그러니 용서해 주세요. 이번만요. 아무튼 밥 먹어서 죄송해요. 했더니, 좌우간 앞으로는 그 입에 밥 한 톨만 대도 안 되니까, 그런 줄 알아라! 좌우간 밥에 손도 대지 말라고! 내말 알겠어? 하더란다. 그 순간, 예예 어머니! 하면서 그 얼마나 울었는지 모른단. 그런데 더 기가 막힌 것은, 그때 남편이라는 자가, 그 형부까지 새잡이로 나서서, 왜 밥을 먹었느냐며, 언니 등을 때리더란다. 그때 더 눈물이 줄줄 쏟아지더란다. 물론 형부도 울고. 그래저래 더는 못살겠다 싶어, 그 길로 곧장 친정으로 달려온 거다. 우리 언니가. 네 엄마가. 죽은 너희 엄마가. 그날 외할아버지가 언니를 달랬어. 그래도 가서 살 거라. 배고파 죽어도 살아야지 않겠냐? 자식새끼 낳고서. 그리고 그러다 보면, 밥술이라도 먹을 수 있을 날이 올 테고. 그러면서 외할머니가 나를 부르더라. 언니한테 밥 좀 많이 해서 먹이라고. 그때 언니가 자맥 곧 자기 자신의 맥을 짚어보면서, 내 몸에 힘이 하나도 없어!라고 말하면서 피눈물을 쏟더라. 그때 그런 몸으로 밥 한 그릇을 배불리 먹고 가서, 첫 딸을 낳았는데, 허나 산모가 먹을 것이 없어 굶고 굶자 젖이 안 나오게 되었으며, 그리하여 첫딸은 태어난 지 열흘 만에 굶어 죽었으며, 그 후에 태어난 둘째 딸은, 등에 업고, 하루 종일 머리에 광주리를 이고 빵장사를 하고 집에 돌아와 보니, 그 어린 것이, 등에 업힌 채로 죽어 있더란

다. 한마디로 너무도 처참한 삶이였다고 봐야만 되겠지. 그 후 지금의
너희들을 낳은 거야. 그게 바로 너그들의 엄마였다고. 그렇게 살다가
죽어간 거야. 니미가. 그런데 그때 그 시뉘년은 지금도 살아있다냐?」

「우리 그 고모? 아이고, 벌써 죽었어!」

「잘 죽었다, 그년!」

벌써 70여 년 전의 얘기였다.

「그나지나 이모는 앞으로 몇 살까지 더 살고 싶어? 지금 딱 90인데?」

「왜? 더 살면 안 되겠냐? 네 생각에도? 90이 징그럽냐고?」

「아 그게 아니고! 내 말은 곧 나이로 세계 신기록을 한번 세워 보자
그런 말이지. 기왕 오래 산 것. 앞으로 120세, 130세, 150세까지 살면
서 말야. 유학생도 볼 겸.」

「아이고- 미쳤냐?! 아무리 그래도, 그건 아니지! 징그럽게끔. 아무
튼 우리 유학생이 공부를 마치고 돌아올 때까진, 그 어떻게든, 살고 봐
야 되겠지만 말이다. 그 120세가 되든. 150세가 되든, 아예 그 이상이
되든 간에 말이다.」

「그래 그래, 이모.」

점심을 먹고 나서 이모를 다시 모셔다드린 뒤 헤어진다.

자가용 안에서의 대화다. 지금껏 단 한 마디도 않고 있었던 남동생
이 누나에게 묻는다.

「그런데 누나. 이모네 그 큰손자가 어떻게 죽었다고 했었지? 난, 그
죽었다는 말과, 그 죽은 사실을 이모가 눈치 채면, 그땐 정말 큰일 나
게 될 판이라는 말만 들었을 뿐, 그 이상은 잘 모르고 있었는데 말야.
지금도 자세히는 잘 모르고.」

「술 처먹은 놈한테 치여 죽은 거지. 음주운전! 허나 너도 잘 알고 있
듯이, 그때까지만 해도 술 처먹고 사고를 치곤해도 괜찮다는 법이 있
었으니까. 다시 말해서 술 처먹고 사고를 쳐도 소위 고의성이 없다는
법. 진짜 그 말도 씨도 안 되는 그 악법으로 온 세상을 무법천지로 만

들곤 했던 법. 그런 악법 때문에 그 얼마나 많은 사람들이 대성통곡을 했는 줄 모른다고. 오죽하면 정 사고를 치고 싶거들랑 술 처먹고 치라!는 말까지 회자되었겠느냐고. 좌우간 술을 처먹고 운전대를 잡는 놈들은, 무조건 사형! 무조건 무기징역! 무조건 중형!으로 다스려야만 되는 법, 제발 그런 법이 하루속히 제정되어야만 하는데 말이다. 단 한 명도 빠짐없이 감옥에 가두는 법. 그런데 술 처먹고 사람을 죽였다? 그래도 합의만 하면 감옥에 안 간다? 고의성이 없으니까? 세상에 그런 때려 죽일 놈의 법이 그 어디에 있다냐!? 좌우간 그 고의성이 없다는 그 불법으로 그 얼마나 많은 사람을 죽게 만들었으며, 그 얼마나 많은 사람을 불구자로 만들었으며, 그 얼마나 많은 식구들로 말미암아 대성통곡을 하게 만들었느냐고!? 앞으로는 지금과 달리 술 처먹고 운전대를 잡는 그 행위를 두고 곧 살인행위로 간주하며 그렇게 다스리는 법이 곧 생겨나겠지만 말이다. 천만다행히도 말이다.」

「그런데 그때 그 술 처먹은 놈이 몇 명이나 죽였던 거야? 도대체?」

「8살짜리 초등학생과 그 할머니까지 죽였다고 했어. 게다가 이모 큰손자까지. 그런데도 이쪽에서 합의를 해준 바람에, 그놈은 곧 자유의 몸이 되었고. 그런데 그 뒤에도 또 술을 처먹고 열아홉 살 먹은 아가씨를 처 죽였다고 하더라. 그 놈이. 좌우간 그놈이 부동산을 하는데, 그어쩌다가 한 번씩 큰 건을 올릴 때마다 그 술을 처마시곤 했던가 보더라고. 그놈이. 진짜 정신 못 차리고. 그러다가 또, 불과 요 몇 달 전에, 초등학교 4학년, 그 어린 것을 쳐서 한쪽 불구자로 만들어 놓았다던가? 그런데도 불구하고 역시 그놈의 술이 웬수로다!라는 판결문으로 이내 풀려나게 되었다니? 진짜 이놈의 세상이 그 어떻게 될지? 하여간 그런데도 불구하고 내내 그 고의성이 없었다는 법으로 다시금, 다시금, 활보를 하게 만들어 주었다니, 아— 그 불법중의 불법! 그 연속부절 비극을 만들어내는 법. 그 고의성이 없다는 법. 한마디로 말해서 진짜 진짜 천벌을 받을 놈의 법이 아니냐고!? 아이고, 이 세상에 그런 놈의 법이 다 있다니?」

「그러게 말야!」

「아무튼 지금도 이모 손자만 생각하면 가슴이 터진다고. 내일 할머니 생신이라고 그 꽃다발을 사가지고 오다가 그 큰 사고를 당했다고 했었으니까.」

「아, 그랬었구나. 그럼 그 생일잔치는 어떻게 했대? 그 난리통에?」

「그 죽은 큰아들을 영안실에 놓고, 그 오빠가 이모 생일잔치에 참여하면서, 큰손자는 유학길에 올랐다고 했었대. 바로 그날부터, 오늘날까지. 아무튼 그 웬수놈의 술을 처먹고 운전대를 잡는 놈들은 다 죽어야만 된다고. 그때 그런 얘기를 수도 없이 들었었고.」

「그건 그래. 그런데 술을 그 얼마나 많이 처먹고 그 운전대를 잡았기에, 그때 그날 그 세 사람이나 죽었다는 거야?」

「들은 바, 소위 총알배달원의 오토바이가 그 차 앞에서 곡예를 하는 바람에 그리 되었다고는 하더라만, 아무리 그래도 그렇지. 세 명이나.」

「아무튼 그놈의 술이 웬수요, 그 총알배달원의 곡예가 웬수였고만.」

「아무리 그래도 그 술만 안 처먹었다면, 그런 큰 사고는 없었을 판이라고.」

「좌우간 하루속히 그놈의 음주운전 행위를 일급 살인마의 살인행위로 다스리겠다는 법이 제정되어야만 하는데, 아직도 계속 차일피일 미루고만 있으니? 금방 될듯될듯 하면서 말야.」

「그러게 말이다! 아직도 그 술을 처먹고 운전대를 잡는 살인귀들이 많은데 말이다. 그런 놈들은 아예 지옥에다가 팍 가둬버려야만 되는데. 진짜 그 간덩이가 부은 놈들을.」

「오죽하면 성경말씀으로까지 술을 먹는 것은 고사하고 아예 술을 보지도 말라고 말씀 하셨겠어.」

「그게 바로 내 말이지! 그게 바로 내 말이라고.」

「그나지나 누나. 우리 이모는 그 언제부터 술을 끊었다는 거야? 죽은 이모부가 보고 싶을 때마다, 그처럼 외로울 때마다, 또는 이중고, 삼중고, 사중고에 처할 때마다, 또는 뭔가 기쁜 일이 생길 때마다, 으레 그 술을 즐겨 마셨다고 했었는데 말야?」

「그렇지 않아도, 내가 그 점에 대해서 물어본 적이 있었다고. 그 즐겨 마시던 술을, 그 언제, 그 어떻게 끊을 수가 있었느냐고. 그때 대답하기를, 우리 유학생. 그 큰손자가 술 좀 그만 마시라면서, 성경 말씀을 읽어주던 바로 그 모습과 그 음성과 그 말씀이 꿈속에서까지 생생히 떠오르되, 염념불망 왠지 통곡하는 듯한 소리로 떠오른다 싶어, 결국 그 바람에 더는 술을 마실 수가 없었다고 했어. 그런데 지금도 그 성경말씀이 떠오르느냐고 물었더니, 고개를 끄덕이면서 이내 눈을 감더라고. 그래서 내가 기다려 주었지.」

잇대어 할머니의 눈과 귀에 손자의 모습과 더불어 그 음성으로 읽어주는 성경 말씀이 들려온다.

「술을 즐겨 하는 자들과 고기를 탐하는 자들과도 더불어 사귀지 말라. 술 취하고 음식을 탐하는 자는 가난하여질 것이요 잠자기를 즐겨 하는 자는 헤어진 옷을 입을 것임이니라. 재앙이 뉘게 있느뇨? 근심이 뉘게 있느뇨? 분쟁이 뉘게 있느뇨? 원망이 뉘게 있느뇨? 까닭 없는 상처가 뉘게 있느뇨? 붉은 눈이 뉘게 있느뇨? 술에 잠긴 자에게 있고, 혼합한 술을 구하러 다니는 자에게 있느니라. 그런즉 너는 그것을 보지도 말지어다. 술! 그것이 마침내 뱀 같이 물것이요, 독사 같이 쏠 것이며, 또 네 눈에는 괴이한 것이 보일 것이요, 네 마음은 구부러진 말을 할 것이며, 너는 바다 가운데에 누운 자 같을 것이요, 돛대 위에 누운 자 같을 것이며, 네가 스스로 말하기를 사람이 나를 때려도 나는 아프지 아니하고, 나를 상하게 하여도 내게 감각이 없도다. 내가 언제나 깰까? 다시 술을 찾겠다 하리라.」

이상 잠언 23장의 말씀이다.

「그러고 보니까 누나. 바로 그러했던 그 큰손자가, 그 놈의 살인마

술고래, 그놈의 살인귀 술망나니, 그놈의 살인범 술주정뱅이, 그 술상, 그 술안주, 그 술잔, 그 술타령의 차에 치어, 그만 죽었다 그 말이네?」

「그런 셈이지. 그런데 우리 이모는 그것도 모르고서, 계속 우리 유학생 우리 유학생 하면서 편지를 쓰고 있으니….」

「그러니까 말여. 그나저나 오늘이라도 그 손자의 죽음을 알게 되면, 당장 그 어떻게 될까?」

「당장 뛰다 죽겠지.」

「허긴 그래. 그리고 뛰다 죽는다는 게 바로 그런 거겠지?」

「그래! 분명 이모 성격에, 돌연 성격 배우의 성격이상 상태로 마치 성격극 묘사를 하듯. 역시 그 독특한 성격대로 그저 숨이 붙어 있는 한, 숨이 막혀 못 살겠다며 그 숨구멍으로 지옥을 품어 내듯하면서 말야. 아니 그 목구멍으로 숨넘어가는 소리를 내는 등, 한마디로 지옥이 따로 없을 것이라고.」

「그나저나 이모의 삶도 진짜 온갖 비극으로만 점철되어 있는 것 같아 이잉?」

「왜 아니겠어. 지난 36년간 그 악독하기 짝이 없는 왜놈들에게, 진짜 그 피눈물도 없는 왜놈들에게, 그야말로 피눈물 나는 압박과 설움을 당하면서까지 차마죽지 못해 살아온 인생으로서. 그 당시 우리 민족은 다 거지처럼 헐벗고 굶주리면서 밤낮 지옥으로 내몰리는 삶을 살았다고 했으니까. 게다가 6·25라는 동족상잔에 이모부까지 잃어버렸으니, 그놈의 삶이 오죽했겠느냐고. 오죽하면 한평생 천길 벼랑에 매달린 채 사람 살려! 사람 살려! 하면서 살아온 인생 같았으며, 천길 깊은 물속에 빠져 마구 허우적거리며 사람 살려! 사람 살려! 하면서 살아온 인생 같았으며, 또는 거대한 탱크에 깔려 입에다가 게거품을 물고 뻐르적거리며 사람 살려! 사람 살려! 하면서 살아온 인생 같았다고 말했겠어. 이모가.」

「그러게 말야. 그러고 보면, 진짜 우리 민족처럼 비참하게 살아온 민족도 드물 거라. 늘 입에 게거품을 물고 그 숨넘어가는 소리를 내면서. 진짜 숨이 턱에 닿는 소리며 숨이 턱턱 막히는 삶으로 말야. 마냥 숨표 없이 숨죽이며 내 몰린 민족. 한마디로 그 놈의 힘이 없어가지고서 말야.」

「누가 아니래. 그런 이모에게 한평생 그 어떻게 살아왔느냐고 물었더니.」

「물었더니?」

「한평생 독수공방 그 외로운 방에서 수많은 독사 및 살무사들과 함께 얽히고설키며 그렇게 살아온 듯한 삶이었고, 그런 가운데서도 한평생 살아남기 위해 살얼음판을 걷는 듯한 삶이었고, 더는 살생부에 오른바 마치 화살 끝에 박힌 뾰족한 살밑 그 독살을 맞은 몸으로 고통하며 살아온 듯한 삶이었고, 그래저래 단 한 번도 살맛나게 살아본 적이 없었던 삶이었고, 그저 살인극에 출연한 주인공의 그 울부짖음으로 살아온 듯한 삶 같았다고 말하더라고. 감사하게도 그 옛날 중학교를 졸업한바, 독서삼매, 독서상우 등등, 그 긴긴 세월 동안 그 많은 책을 벗 삼아서 말여.」

「누나는 그런 얘기를 어떻게 그렇게 다 꿰고 있어?」

「이모가 써 놓은 그 일기장을 내게 보여 주더라고. 내가 그런 이모에게 다른 얘기는 없느냐고 물었더니.」

「물었더니?」

「몇 장을 더 보여 주더라고.」

「뭐라고 써 있었어?」

「먼저, 내 인생사 자체가 극한 전쟁여행이었던가.」

「아— 인생사 자체가 극한 전쟁여행과도 같았다?」

「한마디로 항상 무거운 짐을 지고 끙끙대며 가장 빠른 지름길을 찾곤 했던 내 인생이었다. 그렇게 써 있더라고.」

「그 다음은?」

「이 세상에 인격 장애인, 사랑 장애인, 언어 장애인, 소망 장애인, 계산착오 반복 장애인, 인내 장애인, 노력 장애인, 삶의 장애인 등등이 아닌 사람이 그 어디에 있겠는가? 그래저래 지상낙원에도 흩날리는 낙오자 가랑잎이 있고, 심지어 어린이들의 낙원에도 낙화 낙영이 있는 법이라. 그래저래 마지막 숨을 거둘 때까지 시종일관 회개할 것밖에 없는 게 이 세상 삶의 인생들이라 하겠네.」

「아— 그래 그래. 진짜 맞는 말씀이네. 그리고 또?」

「왜라는 글이었는데, —왜 우는가? 가을이 올까봐 웁니다. 왜 웃는가? 가을이 와서 웃습니다. —왜 사는가? 봄날이 올까 봐 삽니다. 왜 죽는가? 봄날이 와서 죽습니다. —왜 서는가? 겨울이 올까 봐 섭니다. 왜 앉는가? 겨울이 와서 앉습니다. —왜 깨는가? 여름이 올까봐 깹니다. 왜 자는가? 여름이 와서 또 잡니다. 이런 시도 있었어.」

「아 뭔가가 있는 글 같네? 진짜 그 언제 적 글인 줄은 몰라도.」

「역시 그렇지? 아마 왜정 말기에나 6·25전쟁 직후에 쓴 시가 아닐까 싶더라고. 실은 이모의 한평생의 삶이 다 왜정 말기에 처한 듯한 삶이 아니었겠는가 싶지만 말여. 그런데 근래에 쓴 일기 한 장만 더 보면 이런 글도 있더라고. 참 사랑. 전지전능한 진인의 진의! 그 사랑이 참 사랑입니다. 만왕의 왕으로 대신 죽어주신 고삿고기! 그 사랑이 참 사랑입니다. 그 언제 어디서나 애인여기! 그 사랑이 참 사랑입니다. 그 무엇보다도 마음을 다하고 뜻을 다하고 힘을 다하여 목숨까지 줄 수 있는 천은망극! 그 사랑 그 도가 참 사랑입니다.」

「그 글은 아마도 교회에서 들은 얘기 같구먼.」

「그렇다고 봐야 되겠지.」

「좌우간 우리 이모가 다 교회를 다닌다는 게, 진짜 놀랄 노 자라!」

「허지만 택함 받은 백성이라 그렇겠지. 제 아무리 착하고 선한 사람이라도, 제 아무리 참되고 어진 선남선녀라도, 제 아무리 바른 도리를 다하는 진인진충보국이라도, 제 아무리 이웃과 사이좋게 지낸 선린이라도, 제 아무리 잘나고 똑똑한 사람이라도, 제아무리 돈 많고 권세 있는 사람이라도, 제아무리 좋은 책 선서를 많이 읽은 진인이라도, 제 아무리 모든 벼슬을 다해본 벼슬아치 진신장보라도, 제 아무리 선행을 많이 베푼 선인이라도, 역시 창조주 하나님으로부터 택함 받지 못한 사람은 여하간 교회를 못 다니게 되어있고, 정반대로 악하기 그지없는 살인강도라도, 진짜 제아무리 끔찍한 살인극을 벌인 살인마라도, 역시 창조주 하나님으로부터 창세전에 너는 내 것이다라고 택함 받은 사람은 다 교회에 다니다가, 사후 천국으로 이사를 가게 되어있으니까.」

「아– 택함 받았다는 게 그렇게까지 중요하구먼.」

「그래!」

이로부터 며칠이 지났을까.

이모가 많이 아프다는 말을 듣고 조카가 달려갔다.

「왔냐?」

「이모. 몸이 안 좋아?」

「나이가 있으니까. 그래도 오늘은 좀.」

「뭘 먹고 싶은 게 없어?」

「그렇지 않아도 전복죽이 좀 먹고 싶어서 좀 먹었더니, 이젠 아무것도 먹고 싶은 게 없어.」

「그래도? 누워 있어!」

일어나려다가 다시 눕는다. 정말 기력이 없는 모양이다.

「그런데 이모. 그 옛날 중학교를 다니던 때가 생각 안나?」

「마냥 그립제. 그땐 새벽 한 시에 일어나 백 리도 더 되는 길을 걸어와 그 중학교 시험을 보는 학생들도 있었으니까. 과거 보러 한양 천리 길을 걸어갔다던 그때와 별반 다를 게 없었던 때였으니까. 그땐 정말 시내에 차 한 대도 없었다고. 길도 다 비포장도로였고. 시골길은 다 논두렁 길이였으며. 그때 쑥 캐러 다니던 동무들도 다 죽고.」

「그런 때에 이모가 중학교에 다녔다는 게 꿈만 같지 않아?」

「정말 그러제. 그때 이 지역에선 중학교에 다니는 사람이 겨우 나 하나밖엔 없었으니까. 그때 동네 총각들이 나를 말도 못하게 부러워했었고. 그래서 더 꿈만 같고. 그리고 내가 외할머니만큼만 예뻤었다면 더 큰 일이 날 뻔 알았고.」

「이모도 예쁜 얼굴이야! 그런대로.」

「외할머니한테 비하면 깸도 안되제.」

「그랴? 허긴 외할머니는 진짜 예뻤었으니까.」

「진짜 예뻤지. 내가 봐도. 그런데 그 딸들은 별반 안 예뻤던거라. 허나 미워도 한세상, 못 배웠어도 한세월, 못 살아도 한순간이었던 것만 같은 게, 영 그렇더라. 내 한 생전이 다.」

「그건 그려. 내가 벌써 70을 향해 가고 있으니까.」

「그러게 말이다.」

「그나지나 이모. 그때 이모부는 어떻게 만난 거였어?」

「모르냐? 아직도? 엄마 아빠가 말 안 해주데?」

「뭐라고?」

「역시 그랬었구나. 그때 외할아버지가 아무에게도 말하지 못하게 했었으니까.」

「왜?」

「왜는 왜야! 내가, 이 미친년이, 우리 집에서 머슴을 살던 그 떡꺼머리 총각한테 그 짓을 했었으니까 그렇제.」

「그랬어!?」

「그려!」

「그러니까 떡꺼머리 총각한테 떡꺼머리 처녀가 그렇고 그런 사이가 됐던가 보네?」

「아니! 나는 떡꺼머리 처녀가 아니었지. 노처녀 아닌 새파란 처녀였다고.」

「좌우간 그래가지고 어떻게 됐었어?」

「어떻게 되긴 뭘 어떻게 돼! 나는 창고에 갇히고. 그 떠돌뱅이, 그 떡꺼머리 총각은 그 길로 쫓겨나 떨꺼둥이가 되고 말았지.」

「떨꺼둥이? 그게 뭔 말여?」

「아, 의지하고 지내던 곳에서 쫓겨난 사람!」

「아아. 그래서?」

「그래서는 먼 그래서여. 한번 총각 눈에 처녀 눈에 남자로 보이고 여자로 보였는데. 그러고 보면 총각 눈에 처녀 눈에 남자로 보이고 여자로 보이기 시작할 시기에 과연 그 옆에 그 누가 있었느냐가 그처럼 중요하더라는 말이 되겠지. 배우고 못 배우고 간에. 있고 없고 간에. 그런데 내가 벌써 이렇게 되고 말았으니, 진짜 세월 한번 빠르지 않냐? 이젠 우리 유학생을 기다리는 할미. 우리 유학생을 한없이 그리워하는 할미. 우리 유학생을 한량없이 보고 싶어 하는 할미. 우리 유학생을 그지없이 보고 싶어 하는 할미. 한 고비를 넘기고 나면 또 보고 싶고. 이젠 정말 한없이 보고 싶고, 이젠 정말 끝이 없이 보고 싶고. 이젠 정말 금방 죽을 것만 같은 게 말이다. 한식에 죽으나 청명에 죽으나 죽는 건 마찬가지인데. 그래도 우리 유학생을 보고 나서 죽고 싶은데, 연일 추모 행렬이 한없이 이어지는 것만 같고. 내 나날 속에서 말이다.」

조카가 떠나간 뒤, 할머니가 TV 뉴스의 교통사고를 보고 나서 한숨을 푹푹 쉬면서 하는 말이다.

「왜 그 술을 처먹고 사람을 저렇게 처 죽이는지 모르겠네. 저저 처 죽일 것들이. 그 맑은 정신에 운전대를 잡아도 힘들 판인데, 그놈의 술을 처먹고 운전대를 잡다니. 아예 사람을 죽일라고 작정을 한거라. 그렇지 않고서야 그 어떻게 음주운전을 헐 수 있겠느냐고. 이제 겨우 32살밖에 안 먹은 사람을 처 죽이고, 또 다른 10대와 30대를 불구자로 만들고. 참 잘하는 짓이다! 저 처 죽일 놈 같으니라고. 오- 30대 엄마와 초등하교 1학년 아들이 차량에 치어 죽었다?! 아니 또 출생 3개월밖에 안 되는 그 어린 첫 딸을 그렇게도 사랑했다는데, 그런 딸을 놓고 눈을 감게 했다니, 그 눈을 제대로 감을 수가 있었을까?! 그 술 취한 놈의 차에 치어가지고서. 게다가 결혼식을 바로 코앞에 두고 있었다는 그 아가씨까지 한쪽 발을 못 쓰게 했다니. 그것도 모자라서 두 명이나 더 쳤다니. 좌우간 술 취한 놈들이 운전대를 잡는 것만은 절대 사형 법으로 다스려야만 된다고. 이 90이 넘은 노파의 생각에는. 아이고 하루 속히 저 세상으로 가야만 저 술 취한 놈들을 더 이상 볼 수 없을텐데? 하여간 술을 마시는 거야 제 자유지만, 그 운전대를 잡는 것만은 절대 노! 노! 노! 라고. 하여간 남의 가정을 망쳐 놓고서도 살고 싶을까? 그래도 온갖 변명을 다 늘어놓으면서 극구 살고 싶어 그 고성준론을 앞세우겠지? 그리고 한쪽에서는 고의성이 어쩌고저쩌고 하면서 돈을 받고? 하기야 오죽하면 우리 예수님께서 다 네 손이나 네발이 범죄 하거든 찍어버리고, 네 눈이 범죄하게하거든 빼어 내버리라고 말씀하셨겠느냐고. 그런데도 그 놈의 술을 처먹고 운전대를 잡는 그놈의 손목댕이, 그 놈의 술을 처먹고 비틀비틀 하면서 그놈의 운전석에 오른 그 처죽일 놈의 발목댕이, 좌우간 그 놈의 술을 처먹고 운전석에 앉아있는 놈들은 다 저 지옥 불에다가 던져버려야만 된다고. 그래야만 남의 귀한 식구들을 죽이지 않을 판이고. 썩어죽일! 만에 하나 우리 유학생을 쳤다면, 이놈의 세상이 그 어떻게 되겠느냐고? 아예 죽고 못 살지. 당장 나부터 말여. 진짜 못 산다고. 더는.」

　며칠이 지난 뒤에도 그곳 사고 현장에는 계속 꽃다발이 놓이는 등 추모 행렬이 연일 TV에 펼쳐지고 있었다.

　그런데 뉴스에 펼쳐지는 추모 행렬에 등장하는 메모지들은 어떠했던가? 요약해서 정리해 보면 이러이러했다.

　「만취음주 사고로 끔찍하게 숨져 가신 고인들의 명복을 빕니다.」

　「하소연하여 구원함을 받을 길이 없게 된 백성. 그 무고지민을 어찌 할꼬?」

　「자녀가 돌아오기만을 초조히 기다리고 계셨을 노모의 마음, 그 의려지정을 어찌할꼬?」

「용서할 수 없는 큰 죄, 그런 망사지죄를 짓고도 당당할 수 있는 이 세상을 어찌할꼬?」

「하늘이 몹쓸 사람을 미워하여 반드시 벌한다는 말씀, 그 천필염지가 참말일까?」

「그 망사지죄를 저지른 인간에게, 그 천필염지의 법으로, 지난날 죄인에게 칼을 씌워 단단히 가두어 두었던 그 착가엄수의 감옥은 없단 말인가? 진짜 만취음주 사고 후 재차 거리를 활보하고 다녀도 된단 말인가? 진짜 그놈의 꼴을 그냥 보고 있어야만 된단 말인가?」

「애인여기! 남을 자기 몸같이 아끼고 사랑했다면, 그 어찌 만취상태로 운전대를 잡을 수 있었을까?」

「능지처참! 지난 날 대역 죄인에게 내리던 극형 곧 머리 몸 손 팔다리를 도막쳐서 죽이던 권한, 천참만륙! 수없이 동강내어 끔찍하게 죽이던 그 권한을, 그 언제 만취음주 운전자에게 주었더란 말인가? 역시 만취 음주 운전자에게는 더할 나위 없이 마음씨가 좋은 무등호인까지도 대역 죄인으로 보인단 말인가?」

「모든 일에 두루 능소능대한 수완가 한 젊은 가장을 죽여 놓고서도, 앞날이 구만리 같은 어린 아이를 죽여 놓고서도, 극구 고의성이 없었다고 말할 수 있단 말인가?」

「과연 음주 운전자에겐 아무 제재도 받지 않고 그냥 통과하게 되어 있는 그런 절대 무사통과의 길밖엔 없단 말인가? 과연 음주 운전자에게 그 언제부터 인간 바리게이트 검문소마저 무사통과할 수 있는 그러한 특별법까지 주어져 있었단 말인가? 그런데도 국회에선 무사태평 세월만 보내면 된단 말인가? 아직도 좌사우고! 이리저리 생각하며 좀더 곰곰이 헤아려 보고 있는 중이란 말인가? 아직도 좌고우면! 앞뒤를 재며 망설이는 중에 있단 말인가? 동량지재! 한 집안과 한 나라의 기둥이 될 만한 인물이 음주 운전자의 차에 치어 허망하게 죽어 갔는데도? 천청만촉! 좌우청촉! 온 국민이 갖은 수단을 다하여 청탁을 하는 데에도 역시 무불간섭하지 말라? 무사안일! 마땅히 해야 할 일을 하지 않고 편안함을 누리면서? 아— 무물불성! 돈이 없이는 아무것도 이루어지지 않는 세상이 바로 이런 세상이란 말인가? 애인휼민! 사람을 소중히 여기고, 가난한 백성을 불쌍히 여기며 도와주는 그 애인휼민과 그 천은망극은 다 그 어디로 가버렸단 말인가? 정녕 죽은 자만 억울할 뿐이라는 말인가?」

「애자지정! 부모로서 자식을 사랑하는 정, 그 가슴 아픔, 그 기다림을 어찌할꼬? 아예 지독지정! 어미 소가 송아지를 핥아주며 귀여워 해주듯 하셨던 그 부모님의 실성통곡은 어찌되어도 아무런 상관이 없단 말인가? 음주운전! 단속기준! 처벌수준 강화 가중처벌법이 아직도 멀었단 말인가? 보행자가 음주운전 차량에 치어 숨졌다! 30대 엄마와 초등학교 1학년 아들이 치어 죽었다! 출생한지 3개월밖에 안 되는 첫 딸을 뒤에 두고 죽임을 당했다! 결혼식을 바로 코앞에 두고 있던 30대 아가씨가 한쪽 발을 못 쓰게 되었다! 이게 내 식구라도 가만있겠는가? 깨어날 지어다! 깨어 날 지어다! 그 술기운에서, 그 음주운전 중에서, 깨어날 지어다! 그 고의성에서 깨어날 지어다!」

「음주운전! 단속 기준 강화! 처벌 기준 강화! 지난해부터 계속 말뿐이라. 그래저래 계속 음주운전 사고라! 페일언하고 아예 음주 운전자를 사형에 처할 수 있는 법은 없단 말인가? 자신을 위해! 이웃을 위해!」

「매일같이 지나다니는 길에서, 없어서는 아니 될 그 누군가의 가족이었고 그 누군가의 이웃이었던 분들이 돌연 허망하게 떠나가셨다니! 이젠 제발 음주운전자가 당당한 세상이 아니라, 바이오리듬 곧 인간의 생명 활동에서 신체, 감정, 지성 등에 주기적으로 나타나는 일정한 현상 그 생체 리듬을 술로 박살내지 않는 실로 극히 정상적인 사람들이 마음 편히 다닐 수 있는 길이 생겼으면 좋겠도다. 요컨대 마귀는 사람을 추악한 짐승으로 만드는 것이라면, 술은 사람을 무자비하게 죽이는 살인귀로 만드는 것이라고 했던가.」

「술! 그래도 마시자! 그게 사람이다?」

이상 시민들이 사고 발생 지점에 꽃과 메모지를 놓고 가는 등 사고 피해자에 대한 추모 행렬이 계속되고 있었다.

그런데 할머니는 이와 더불어 이윽고 생의 마지막 글을 대형 일기장에 그 무어라 쓰고 있었던가.

「천하보다 귀한 내 새끼!
한 집안은 물론 한 나라의 큰 기둥이 될 만한 인물
우리 유학생 동량지재시여!
언제나 차 조심!
어디 가나 차 조심!
누가 뭐래도 차 조심!
그 어떻게든 차 조심!
오—
그래야만 꿈을 이룰 수 있고
그래야만 무슨 일이든 할 수 있고
그래야만 만나볼 수도 있으니까.
오늘날 음주 운전자들로 말미암아
호천통곡!
너무도 애통하여 하늘을 부르며 소리쳐 우는 이들이
그 얼마나 많은 줄 모른단다.
호천고지!
불치인류!
그 사람 축에도 들지 못할
그 술주정뱅이들 때문에 말이다.
오—

염념불망!
자꾸 생각이 나서 잊지 못할 내 새끼야!
그 어떠한 경우에도, 네 말마따나
술!
술!
술만은 입에 대지 말지어다.
개과천선!
잘못을 고치어 착하게 됨은
술! 술! 술을 끊는 데서부터 시작되어
개개승복!
죄를 낱낱이 고백하는 데 있다고 했던가.
심량처지!
깊이 헤아려 처리할 줄 모름도
술에 있으며,
회빈작주!
남의 의견
또는 주장하는 사람을 제쳐 놓고
제 마음대로 처리하거나
방자하게 행동하는 일 역시
술 때문이며,
연미지액!
돌연 눈썹에 불이 붙듯
아주 절박하게 닥친 재액 역시
그놈의 술 때문이라고 했던가.
초망착호!
썩은 새끼로 천지를 뒤흔드는 진천동지의 범을 잡으려 함도
그처럼 무모한 짓을 꾀함도

그처럼 엉터리없는 짓을 꾀함도

다 술에 먹힌 자의 삶이라고 했던가.

상토하사!

위로는 토하고 아래로는 쏟음이며

그런 개가 됨도

다 술에 있다고 했던가.

그런데도 상태감정!

불안, 초조, 권태, 활기, 희망 따위의 감정이 일 때마다

술을 마시겠는가?

호천망극!

하늘이 넓고 끝이 없다는 뜻으로

부모님의 은혜가 크고 끝이 없음을 알고

술로 사고를 치는 일만은 아예 없기를 바라노라.

술에 관한 한

불필장황!

말을 길게 늘어놓을 필요가 없으며

불필다언!

더 이상 여러 말로 말할 필요가 없으며

불언가상!

말을 하지 않아도 그 화와 사를 능히 짐작할 수 있을 것인즉

불언가지!

말을 하지 않아도 그 내력 능히 알 수 있을 것인즉

더 이상 술은 보지도 말지어다.

허희탄식!

한숨 지으며 한탄함도

다 술을 깬 뒤에 있게 되며

전라!

발가벗은 알몸뚱이가 되었음도
적각선인!
알몸으로 이곳저곳 돌아다닌 신선놀음역시도
다 술을 깬 뒤에야 알 수 있으며
패가망신!
가산을 다 탕진하고 몸을 망친 뒤
부귀공명마저 다 잃어버린 그 부끄러움도
다 술을 깬 뒤에야 알게 되며
전락!
비참한 세계로 굴러 떨어짐도
다 술을 깬 뒤에야 알게 되며
부절여루!
실처럼 가늘면서도 끊어지지 않고 계속 이어지는
그 삶을 엉망진창으로 얽히고 설키게 만듦도
다 술을 깬 뒤에야 알게 되며
지독지정!
지독지애!
어미 소가 송아지를 사랑스레 핥아 주듯
어버이가 자식을 지극 정성으로 사랑함을
순간 다 잃어버렸음도
다 술을 깬 뒤에야 알게 되며
마구발방!
분별이 없이 함부로 말하며 행동하는 삶도
다 술을 깬 뒤에야 알게 되며
전심갈력!
마음과 힘을 다함과 달리
그간 헛되이 살았음도

다 술을 깬 세월 뒤에야 알게 되리라 했던가.

그런즉 그 언제 어디서나

술!

술과

통양상관!

서로 이해가 일치하는 썩 가까운 관계가 되지 말고

수화상극!

서로 어울릴 수 없는 상극

그처럼 원수같이 대함이 좋지 않겠는가?

술!

수화상극!

거기에 살 길이 있고

거기에 행복한 가정이 있고

거기에 남을 내 몸과 같이 여기는 이웃 애인여기가 있다 하리라.

잠언 23:32!!!

술!

보지도 말지어다.

에베소서 5:18!!!

술 취하지 말라.

이는 방탕한 것이니

오직 성령 충만함을 받으라.

이는 그 어느 90대 노파의 마지막 절규리라.」

　이로부터 정확히 44일 후 돌연 할머니의 몸 상태가 급속도로 나빠져 곧장 예수병원 중환자실에 입원했다.

　이틀 후 큰며느리, 큰아들, 막내딸이 지켜보는 가운데 마지막 유언을 하고 있었다.

　「너희 모두, 예수님을 잘 믿는 태고순민들이 되어다오.」

태고순민이란 아주 오랜 옛날의 순하고 선량한 백성을 말한다.

두 번째 말씀이다.

「절간에 가 있는 우리 막둥이가, 제일로, 제일로, 불쌍하다. 오- 내 새끼가 너무너무 불쌍해서 더 죽겠다!」

마지막 눈물을 줄줄 쏟는다. 이어 지난 날 죄인을 다루던 형벌의 한 가지 곧 두 다리를 동여매고 그 정강이 사이에 두 개의 주릿대를 꿰어 가위다리처럼 벌려가며 잡아 젖히던 그 가새주리 형벌을 받은 후 마지막 유언을 하듯 말한다.

「우리 유학생. 우리 집안의 동량지재. 부디 크게 성공한 인물로 살다가, 먼 훗날, 세세토록 왕 노릇할 저 천국에서 만나보자고 전해 줘. 진실로 진실로, 영원하여 다함이 없는 그 영원무궁한 왕 노릇이, 영세무궁한 왕 노릇이, 영원불멸의 세계 저 천국에만 있으니까. 내가 믿는바 정말여. 정말이라고. 지금 내 말이.」

이렇듯 있는 힘을 다하여 태령 그 높고 험한 고갯길을 단숨에 뛰어오른 듯 자못 숨이 몹시 차고 가빠 더 이상 말을 잇지 못하겠다는 얼굴이다. 따라서 잠시 말을 멈춘 뒤 마지막 말을 잇는다.

「우리 유학생이, 우리 집안의 동량지재가, 내 영정사진을 들어주었으면, 참 좋을 판인데……」

그리고 잠시 후 태막 곧 태아를 싸서 보호하고 호흡 작용을 맡은 그 태반 기능과 조직이 완전히 무너지고 있다는 듯 그처럼 가쁜 호흡으로 절대한계 상황 및 절체절명의 세계에 이르렀음을 보여주기 시작한다. 참으로 몸도 목숨도 다 되었다는 상태를 보여준다는 게 바로 이런 것인가 싶다. 이렇게 10여 분 후 영이별을 위해 눈을 감고 마는 것이었다.

그런데 이게 도대체 무슨 얼굴일까? 지난 90 평생 자식, 아내, 특히 에미가 된 사람으로서 마땅히 해야 할 바른 도리를 끝까지 지키며 그 도리를 다하기 위하여 때론 고개를 좌우로 절레절레 흔들곤 했던 그 무거운 짐, 그 몸부림, 그 절의에서 마침내 완전히 해방된 듯한 얼굴을 보여준다. 과연 모든 희망이 끊어짐과 동시에 비로소 그 많고 많은 절망의 구렁텅이에서 완전히 빠져나오게 된 상태가 바로 이런 것이란 말인가?

이윽고 모든 현상 및 모든 경험을 초월하여 영구히 변하지 않을 그 절대적 진리의 세계로 입성한 상태라는 듯 얼굴이 너무도 평화롭게 보인다. 마침내 천하의 절색 절세미인을 보고 있는 것만 같다. 지금 막 더할 나위 없이 아름다운 낙원 그 절미한 세계에 입성하여 결국 행복의 절정 그 클라이맥스를 보고 있다는 얼굴이다. 아니 바로 지금 이 시간 바로 그 세계에서 세세토록 왕 노릇을 하면서 쓰게 될 바로 그 왕관이 자신의 머리에 씌워지고 있다는 얼굴이 아닌가 싶다. 더할 나위 없이 아름다운 얼굴이 바로 이러할까? 지난 90 평생 한쪽을 잃어버린 절름발이왕의 삶으로 밤낮 중병을 앓거나 중상을 입은 중환자의 상태에서 완전히 벗어나 드디어 절대 안정을 되찾게 되었다는 얼굴이다. 분명 아무것에도 제약받음이 없고 아무것에도 의존하지 않으면서 오직 절대 행복의 근원이 되신 바로 그 절대 신랑 그 절대자를 보고 있다는 얼굴이다. 다시 말해서 고개를 절레절레 젓곤 했던 그 옛날의 얼굴이 아니다. 요컨대 그 옛날 한쪽을 잃어버린 뒤 절망의 구렁텅이에 빠져 대성통곡을 했던 그때 그 얼굴이 아니라는 말이다. 내내 더없이 환한 얼굴로 영영 마귀 대적이 없는 세계, 정신병자가 없는 세계, 정신이상자가 없는 세계, 정신장애자가 없는 세계, 그런 단환지지가 없는 세계, 그런 고성낙일이 없는 세계, 그런 만사휴의가 없는 세계, 그런 타기술중이란 게 없는 세계, 그런 절체절명이 없는 세계, 그런 연미지액이 없는 세계, 오직 만사형통밖에 없는 세계, 그저 전은망극밖에 없는 세계, 끝까지 전필염지가 없는 그런 세계를 속속들이 보여주고 있는 것만 같다.

그런데 이건 또 그 무슨 꿈일까? 꿈속에서 깨어난 큰며느리가 실로 수 년 만에, 특히 명절 때마다 연이어 되살아나는 눈(시각), 귀(청각), 코(후각), 혀(미각), 피부(촉각)으로 내심 울고불고 했던 그 오관의 눈물겨운 삶에서 비로소 벗어나고 있었다.

장례를 치른 밤이다.

장면 전환이 홀현홀몰하는 꿈이다.

눈부시게 황홀한 빛이 반짝반짝 빛나는 진녹색 옷을 입은 두 천사가 하늘에서 내려와 어머니의 산소와 아들의 산소를 두 팔로 얼싸 안아준다.

홀연히 장면이 바뀐다.

옛날 그 어느 초라한 예배당이 보인다.

그 예배당 안에서 두 남녀의 목소리가 들려온다. 다름 아닌 시어머니와 아들의 목소리가 분명했다.

「오— 할머니! 어떻게 된 거여?」

「뭐가?」

「어떻게 왔냐고?」

「왜? 내가 오면 안 되냐?」

「그게 아니고! 내 말은, 글쎄 내 말은, 그간 내가 예수님을 믿어보자고 그렇게까지 얘기를 했었는데, 실은 그때마다 내 머리를 쓰다듬으면서, 제발 그 예수님 얘기만은 그만 그만 그만 좀 하라고. 다른 얘기는 몰라도. 바로 그러했던 우리 할머니가 왔으니까 그렇지.」

「그땐 그랬었지? 내가?」

「그래! 그런데 누가 교회로 인도해준 거야? 내 말도 안 듣던 우리 할머니를.」

「중이.」

「중이?」

「글쎄 굿을 하던 중에 돌연 즉사한 중이.」

「즉사한 중이!? 그게 도대체 뭔 소리여?」

「글쎄 굿마당에서, 부귀공명을 말하면서 노래하고 춤을 추며 그 귀신에게 지성을 드리던 안골 중이, 그 뭔가 궁지에 몰린 대적을 끝까지 추격하는 소위 궁구막추 속거천리를 하다가, 급기야 필사적으로 발악을 하는 그 대적에게 도리어 궁구물박의 대역전극에 해당되는 그 발길질에 그만 걷어차인 듯 돌연 땅바닥에 푹 쓰러지고 마는 거라. 바로 그길로, 마치 벼락을 맞은 듯 그렇게 새까맣게 타버린 몰골로, 그 몸을 두어 번 더 움직이되, 마치 뱀이 꿈틀꿈틀 기어가듯 하다가, 이내 뱀이 똬리를 틀 듯 하더니만 끝내 숨을 거두고 마는 거라. 바로 그 광경을 보고, 그 길로 곧장, 교회로 달려온 거라. 이 할미가.」

「아-! 그럴 수도 있구나?」

「그려! 이 세상에는 놀라지 말라는 뜻으로 사용하는 말, 그 물경이 수도 없이 많다고. 온갖 난리 속에서도 말여.」

다음 순간 황홀난측한 세계로 이어진다. 다시 말해서 눈부시게 아름다운 행성의 무리 곧 항하사의 1만 배의 수, 그 아승기의 수, 아니 나유타의 수보다 더 많고 많은 실로 셀 수 없이 많은 불가승수의 은하수를 천 번 만 번 뿌려놓은 듯, 아니 극 번 그 이상 뿌려놓은 듯, 그야말로 눈부시게 아름다운 은하계가 펼쳐지고 있는 것이다.

잠시나마 창조주께서 눈부시게 아름다운 세계, 그야말로 황홀난측한 세계를 자못 입체 및 환상적으로 보여주고 계시는 게 분명했다. 생각건대 두 글자로 "낙원" 네 글자로 "하늘나라"를 입체적으로 보여주고 계시는 게 아닐까 싶었다.

보다 구체적으로 어떠한 세계인가(?)에 대하여 말할 제, 불가사의한 세계, 불가지론의 세계, 불가해 불가 형언할 수 없이 아름다운 세계, 절대불가침의 영원한 세계, 고로 불가항력의 사건 사고 사태도 없는 세계, 그리하여 불로불사 불로불소 불로장생 불사영생의 세계, 더불어 불망지은밖에 없는 세계, 진짜 춥지도 아니하고 덥지도 아니하며 마냥 알맞게 따뜻한 불한불열의 세계, 그러한 나라에서 세세토록 왕 노릇할 일밖에 없는 세계, 그리하여 행복한 얼굴들밖에 없는 세계, 그리하여 감사 찬송밖에 없는 세계, 그리하여 행복하게 춤을 추며 살고 있는 불세례 인들의 세계라.

달리 말하면 무엇 무엇이 없는 세계인가(?)에 대하여 말할 제, 불가능 불가물 불결 불건전 불견공포 불경 불경지설 불공정 불평등 불공평 불균형 등 불모지 불길 불구경 불구덩이 및 불에 달군 쇠꼬챙이로 살을 지지는 옛 형벌 같은 불침질이 없는 세계요, 불궤지심 불길지조 불길지사 불면불휴 불분주야 불철주야 불휴의 고행 등 병으로 누운 채 다시 일어나지 못하고 죽는 불기가 없는 세계요, 불편 불평불만 불황 불만족 불행 불쾌 불쾌감 불쾌지수 불친절 불화 등 집안이나 형제끼리 서로 사이가 좋지 아니한 불목과 서로 사이가 나빠 다투는 그 보기 사나운 불호광경이 없는 세계요, 불법 불통 불문곡직 불호령 불안초조 등 남모르게 혼자 하는 근심 그 은우가 없는 세계요, 독한 시기 편견 거짓 다툼 감옥 채찍질 형틀 형장 고문 사형 파멸 등 열린 무덤이 없는 세계요, 불벼락 일이 뜻대로 잘되지 않는 불여의 몹시 가난하여 옷차림이 허술한 불성모양 불성공 등등, 다시는 아픔 고통 사망 애통 애곡 저주 밤이 없는 하늘나라라.

달리 말해서 과연 그 어떠한 자들이 살고 있는 사후 세계인가(?)에 대하여 말할 제, 깨닫는 은혜를 입은 자, 그리하여 옛사람을 벗어버리고 새사람을 입은 자, 곧 그렇게 거듭난 자, 요는 의롭다 칭함을 받아 평강의 길을 아는 자들이 입성한 하늘나라다. 지구촌에서 사는 동안 이방인 가운데로 쫓거나 여러 나라에 흩어져 각각 세상에 속하되 거기서 모든 미운 물건과 모든 가증한 것을 제거하며 더불어 결코 그 세상에 물들거나 동화되거나 될 대로 되라는 식으로나 자포자기한 식으로 살지 아니하고 시종 새 영에 사로잡혀 돌 같은 마음을 제거하고 살처럼 부드러운 마음으로 하나님의 예언의 말씀을 받아먹으면서 내내 세상과 구별되어 세상 음행 더러운 일 호색 우상숭배 주술 원수 맺는 일 분쟁 시기 분 냄 당 짓는 일 분열 이단 투기 술 취함 방탕한 세상을 변화시키기 위하여 살았던 자들이 입성한 하늘나라다.

달리 과연 그 어떠한 자들이 없는 사후 세계인가(?)에 대하여 말할 제, 모든 불의 추악 탐욕 악의가 가득한 자, 시기 살인 분쟁 사기 악독이 가득한 자, 수군수군하는 자, 비방하는 자, 하나님께서 미워하는 자, 능욕하는 자, 교만한 자, 악을 도모하는 자, 우매한 자, 무정한 자, 무자비한 자, 혀로 속임을 일삼는 자, 입술에 독사의 독이 가득한 자, 그 입에 저주와 악독이 가득한 자, 그 발로 피 흘리는 데 빠른 자, 부모를 거역하는 자, 배약한 자, 교활한 자, 겉 다르고 속 다른 이중인격자, 속임수로 취한 자 등등, 끝까지 회개하지 못한 자들이 없는 세계라. 불계지주 불구대천 불륜행위 불량배 불량분자 불순분자 등 특히 폭식 폭음의 불섭생이 없는 세계. 불성인사 곧 인사불성 등 사람 축에 들지 못하는 불치인류가 없는 세상. 세상과 벗이 되고자 하는 삶 곧 하나님과 원수 되는 삶을 산 자들이 없는 하늘나라라.

달리 말해서 과연 그 무엇밖에 없는 사후 세계인가(?)에 대하여 말할 제, 성결 화평 관용 양순 긍휼 등 하늘이나 남을 원망하지 아니하는 불원천불우인밖에 없는 세상. 사랑 희락 화평 자비 양선 온유 겸손 등 요컨대 은총 은혜 은휼 은정 은전 은의 은영 은애 은사 은우 은광 은공 은덕 은택 은금 은급 은록 은산덕해 은중태산 등 특별히 아끼고 사랑하며 돌보아 주는 은고밖에 없는 세상. 달리 더 구할 필요가 없이 넉넉한 불필타구에 그저 감사 찬송밖의 세상.

한마디로 모든 이들이 눈부시게 아름다운 은하수 그 은하계를 날아다니듯 살고 있는 하늘나라. 모든 이들이 상상할 수 없을 정도로 행복한 그 얼굴 및 그 언행심사로 춤을 추면서 살고 있는 하늘나라다.

바로 그러한 하늘나라에서 살고 있는 시어머니와 아들을 일향 몇몇 장면의 환상적인 영몽으로 홀현홀몰 보게 된 며느리가 감히 소리를 내지 못할 불감출성으로 소리친다.

「오– 감사합니다! 오오– 감사합니다! 감사합니다!」

이렇게 소리치면서 꿈속에서 깨어난 것이다. 그 꿈 속에서 깨어난 뒤에도 계속 감사합니다를 연발하고 있었다. 그러면서 옛날 학교 국어 선생님으로 첫 출근을 하던 그때 그 모습 그 얼굴 그 마음가짐으로 새 출발을 하기 시작한다. 비로소 마음의 평안함과 영육간의 새 힘을 얻게 된 것이다. 영몽이 그간의 그 참극 그 참사 그 참담 그 참렬 그 참불가언 그 참불인견 그 참상 그 참절비절 등등 매양 그로 말미암은 그 많고 많은 언행심사간의 온갖 그 무거웠던 짐과 그 불행했던 기억을 비로소 툴툴 털어버리되 그야말로 남김없이 툴툴 털어버리게 만들어 주는가 싶었다.

그런데 이런 영몽은 그 어떠한 사람들이 꾸게 되는 것일까?

정작 효를 하며 산다는 게 이렇게 어렵더란 말인가. 효엔 역시 배나 존경, 오래 참음, 벙어리 냉가슴 앓듯 함이 최고란 말인가. 역시 효는, 왜정 36년간의 그 악독한 칼질보다도 더 무서운 음주운전, 그 음주운전을 멀리하는 자들로부터 시작된다 했던가.

폐일언하고 그 음주운전자로 말미암은 삼중고, 그보다 더한 어두움, 말못함, 그러나 내심 말로 다 형언할 수 없이 큰 소리로 울부짖는 대성통곡, 끝없이 이어지는 분노, 정녕 그 삶의 고통이 어떠했겠는가?

황조

황조

읍내 장날이다. 좁은 시장통 골목 곳곳에 장돌림 장삿길에 나선 장사꾼들이 보인다. 장사치 곧 장삿속이 밝은 장돌뱅이들과 더불어. 이 고을의 순박한 상점 주인들도 바쁘게 움직인다. 이런저런 장사꾼들을 상대로 이곳 거대 태산준령 아래 천암만학의 품에 안겨 살고 있는 천촌만락의 천진무구한 태고순민들이 장사진을 이루고 있다. 어쩜 시장통 골목마다에서 줄을 길게 잇는 등 인해전술에 참전한 용사들처럼 움직이고 있나 싶다. 오늘은 특별히 수단 좋은 장사치들과 저마다 타고난 장사꾼들이 빠짐없이 몰려든 것만 같다. 어떤 장돌뱅이는 확성기처럼 큰 목소리로 요란스럽게 떠들어 댄다. 그야말로 입담이 남다르다 싶다. 마치 입에 화학조미료를 친 듯 아주 귀에 쩍쩍 들어 엉길 정도로 말을 자못 맛깔스럽게 잘도 한다.

「아주 아주 귀한 물건입니다. 아주 아주 아주 값진 물건입니다. 감히 쳐다보지도 못할 물건입니다. 감히 손 댈 엄두도 내지 못할 정도로 값이 나가는 물건입니다. 그야말로 불감생심! 불감앙시! 그러나 단 오늘 하루만은 아주아주 헐값으로 팝니다. 아예 똥값으로 드립니다. 진짜 반에 반의 반값으로 드립니다. 거의 공짜배기나 다름없습니다. 그런즉 어서 빨리빨리 와서 하나씩 골라잡으시길 바랍니다. 아— 싸구려, 싸구려! 아 정말 싸구려판입니다. 그런즉 골라! 골라! 아— 정말 이번 기회에 못 고르면, 크게 크게 후회하게 될 것입니다. 후회! 후회!」

역시 입담에 많은 사람들이 몰려든다. 금새 새까맣게 에워싼다.

그러나 장날마다 줄기차게 더 많은 손님들로 한바탕 북새통을 이루곤 하는 곳이 그 어디였던가? 다름 아닌 "시장통고유중화요리중궁전"이었다. 오늘도 마찬가지였다.

그런데 이 중화요리 중궁전의 집 구조는 어떠한가? 앞문을 열고 들어서면 긴 홀 통로가 나타난다. 이 긴 홀 통로 좌측에 20여 명 정도와 30여 명 정도가 앉을 수 있는 손님 방 두 개가 있고, 통로 우측에 50여 명 정도가 앉을 수 있는 긴 방 하나가 있다. 그리고 홀 통로 안쪽 끝에 주방이 있고, 주방 좌측에 주인이 사용하는 방 하나와 아이가 사용하는 방 하나가 나란히 붙어있다. 나아가 주인 방 앞으로 뒷문 밖에 있는 남녀 화장실로 통하는 복도가 나 있다. 바로 이런 구조로 지어진 꽤 긴 창고 형태의 음식점이라고 하면 되겠다.

그런데 50여 명 정도가 앉을 수 있는 긴 방 안쪽 벽 곧 "낙서 이어 달리기 벽"엔 그 무슨 말들이 가득 담겨 있었던가? 〈무거운 짐을 질 때에야 비로소 가장 빠른 지름길이 보인다.〉〈학문이나 기예 등 헤아릴 수 없이 깊은 현오도, 남의 눈을 어지럽히고 정신을 아뜩하게 하는 현인안목도, 눈이 부시고 눈이 빙빙 도는 현목도, 깊고 미묘한 그 현묘한 이치도, 다 뜻밖의 현몽 및 영몽에만 있는 게 아니요, 다 현실 밖에만 있는 게 아니다.〉 등등, 소위 "낙서 이어 달리기 벽"이란 이름하에 실로 수많은 명언과 이해하기 어려운 난어와 본 받을 만한 가언이 작은 글씨로 거의 빈틈없이 빼곡히 새겨져 있었다.

바로 이런 낙서 이어 달리기가 더 많은 손님들을 불러 모으고 있는 게 아닌가 싶었다.

그런데 과연 낙서 이어 달리기의 볼거리는 어떠했던가? 잠시 몇몇 가언 및 난어들을 읽어본다.

〈포기하면 기도 줄을 놓게 된다.〉〈기도 줄을 놓으면 모든 게 망가지고 만다.〉〈망가지면 말이 안 되는 소리를 하게 된다.〉〈말이 안 되는 소리를 하는 자가 이웃을 힘들게 만든다.〉〈그리하여 외톨이 신세가 되고 만다.〉

〈10년이건 20년이건 30년이건 먼 앞날의 희망 곧 원망 원맨쇼로 오로지 한 우물을 파기 위해 그야말로 최선을 다하는 인생에겐 결코 허송세월이라는 게 없다.〉〈나아가 그 원망을 포기할 때 마음 편안함 보다는 절망의 골이 더 깊이 패이는 법이요, 그 골에 눈물의 땜이 생기는 법이며, 그 사방팔방에 한숨의 늪이 생기는 법이다.〉〈고로 안 된다! 할 수 없다! 불가능하다!라는 말이 곧 인생 모두에게 있어서 최고로 악한 말이요, 반대로 믿음으로 하면 된다! 믿음으론 할 수 있다! 믿음 안에는 결코 불가능이 없다!라는 말이 있으니 이는 곧 인생 모두에게 있어서 최고로 선한 말이요 최고로 복된 말이다.〉〈그러나 살 가망이 없는 돌은 속히 버리고 달리 선수를 잡으라는 기자쟁선은 비단 바둑에만 있는 게 아니다.〉〈그런데도 이미 벌어진 춤 중간에 그만 둘 수 없다는 기장지무가 곧 우리네 인생사랴?〉〈그러면서 기왕 내친걸음 그냥 가 보리라?〉〈바로 그러한 인생들에게 으레 고개를 갸우뚱해 볼 심각한 문제와 그에 따른 들것이 있다고 했던가?〉〈그런데도 어차피란 말을 앞세우면서 살아 보겠다?〉〈벌 나비도 꽃이 필 때에만 꽃 속에서 꿀을 딸 수 있다!〉〈역시 버림, 돌이킴, 회개에 살길이 있다!〉〈대 지진을 생각하면 천막촌의 천막집이 최고다!〉

〈득소실다 중 자식을 잃어버린 가정에 의려지정과 지독지정의 지옥이 있다.〉〈은혜를 원수로 갚는 자들이 득세하는 세상이 곧 지옥이다.〉〈기도 제목을 걷어차며 짓밟는 불신앙 인들이 살고 있는 곳이 지옥이다.〉〈설교자를 걷어차며 찢어발기는 악인들의 머릿속과 그 심령 속에 지옥이 있다.〉〈하나님의 사람 곧 어린 목동 다윗을 대적하던 사울 왕의 심령 속에 악령이 함께 하는 지옥이 있었다.〉〈창조주 곧 절대 구세주 하나님을 등지고 제 갈 곳으로 간 가룟 유다처럼 그렇게 사는 자들에게 영원한 지옥이 있다.〉〈속 다르고 겉 다른 이중인격자의 입맞춤에도 지옥이 있다.〉〈거짓 도를 전파하는 이단자들의 전도 열매마다엔 영원한 지옥이 있다.〉〈돈에 의한 욕심 등이 눈을 가리며, 급기야 용가마에 삶은 개가 멍멍 짖는 듯한 지옥이 있다.〉

〈오묘한 이치를 깨닫는 득도에도 한이 없는 욕심 득롱망촉이 있고,

싫증이 나지 아니하는 욕심과 물릴 줄 모르는 욕심 곧 무염지욕이 있고, 자기만의 욕심 일기지욕이 있다. 그러나 얻은 것은 적고 잃은 것은 많은 득소실다에 이어 실패와 죽음의 음영화법이 전 인류에게 이어지므로 끝이 없다. 그런데도 불구하고 매양 만족할 줄 모르고 시종 싫증이 나지 아니하는 욕심과 물릴 줄 모르는 욕심 등 바로 그런 그 무염지욕과 일기지욕과 득롱망촉으로 화와 사를 스스로 자초하면서 살겠는가?〉〈역시 매양 만족할 줄 모르고 연속부절 그 무염지욕과 그 일기지욕과 그 득롱망촉에 사로잡혀 살게 될 때 결국 지옥 그 궁지에 몰린 자신을 발견할 수 있을 것이라.〉〈뿐 아니라 갑자기 갑부가 된 그 사람에게 또 다른 도깨비장난과 또 다른 도깨비놀음이 있다고 했던가.〉〈그러기에 매양 만사에 만족할 줄 알면서 살라고 했던가.〉〈바로 그 만족할 줄 아는 삶이 가장 큰 복이라고 했던가.〉〈그리고 기자감식 곧 굶주린 사람에게 음식을 가리지 않고 달게 먹는 더하기 감사가 있다고 했던가.〉

〈또 다른 언생심사의 기저귀를 차고 있는 남녀노소가 한 맘 한 몸이 될 때 얄궂은 냄새와 역겨운 냄새와 성질이 괴상한 냄새 및 역정이 날 정도로 이상야릇한 냄새가 나기 마련이라고 했던가.〉

〈그러나 그 역로를 순로로 바꿔, 역경, 그 봄 여름 가을 겨울 없이, 동서남북 그 어디에서든, 남녀노소 그 누구이든, 역시 향기의 근원이 되신 창조주와, 신망애의 시와 찬미로 한 맘 한 몸이 될 때, 비로소 신비로운 참 향기를 발할 수 있다고 했던가.〉

〈미래의 생사화복과 흥망성쇠의 명암은 저마다의 기도 제목과 저마다의 약속에 달려있다고 했던가.〉〈그런데 현재 그 누구와의 그 무슨 약속을 믿고 그 무슨 기도제목으로 그 어떻게 살고 있는가?〉〈만에 하나 거짓 신 거짓 인의 거짓 약속을 믿고 까다로운 욕례로 살고 있지는 않는가?〉

등등 수많은 난어와 일구난설 등이 새겨져 있었다.

그런데 벽 한쪽에 걸려있는 세로 긴 시액에 담겨있는 이 글은 그 누가 그 무어라고 써 놓은 글인가?

「실질적 가장들이시여

부모님께 효에 효를 더하고 싶은가.

나아가 아내 또는 남편을 사랑하며

자녀들을 사랑하고 있는가.

그리고 형제들을 사랑하며

자못 종들을 사랑하며

더는 이웃 원수와 특별히 화해하고 싶은가.

그럼 불언실행

설령 욕교반졸이 반복된다 해도

그래도 몇몇 번 더 등을 떠밀며

이 중궁전으로 왕림하시어

이 진수성찬의 산해진미를 맛보게 할지어다.

이곳 이 중궁전의 산해진미에

화해가 있고 웃음이 있고 사랑이 있고 행복이 있으며

더는 옛 초창기에

사람을 잡아먹는다는 식인귀가

사람을 잡아먹는다는 식인종이

이 궁중전의 산해진미를 맛본 뒤

다시는 사람을 잡아먹지 않게 되었으며

더불어, 금강산도 식후경이다!

이 말 역시 이곳 이 중궁전의 산해진미를 맛 본 뒤

바로 그 식인귀의 입에서 나온 말이라고 했던가.

그런데도 아직껏 이 중궁전의 산해진미를 맛보지 못했다면

아예 조선팔도의 음식 맛을

아예 조선팔도의 팔경을

그 입으로 논하지 말라 하겠노니
아무쪼록 모든 식구들과 시끌벅적
아무쪼록 많은 이웃들과 인성만성
이곳 이 중궁전으로 왕림하시어
천하보다 귀한 왕들이 되어볼지어다.
앞서 이곳 이 중궁전의 산해진미를 만드는 요리사여
전과 마찬가지로 모든 음식 재료에
극상품 극상등 재료만 더할지어다.
만에 하나 눈가림이 없도록 할지어다.
그러면서 도리도리며 죄암죄암 하는 손님들까지 큰 왕으로 모시고
변함없는 마음으로 정성에 정성을 다하여 크게 섬길지어다.
특별히 이곳 "시장통고유중화요리중궁전"에는
결코 빈부귀천이 따로 없으며
다 왕손들뿐이요
다 신선들밖에 없기 때문이니라.
단골손님 12인 백.」

그런데 갑자기 이 무슨 난리란 말인가?
도대체 그 어디로 갔단 말인가?
시간을 두고 충분히 의논하며 숙의할 수 없는 난만상의 사건이 터진 것이다.
그런데 정작 그 무슨 난만 곧 두고두고 잊기 어려운 일, 아니 죽어도 잊지 못할 일, 아니 백번 죽었다 깨어나도 결코 잊을 수 없는 일이 벌어진 것일까?
주방에서 연속부절 난도질을 하고 있던 아내가 갑자기 무슨 생각이 났는지 주방 밖으로 뛰쳐나온다.
이 방 저 방을 정신없이 두리번거린다.

「아까까지만 해도 이 방에 있었는데, 이게 그새 그 어디로 간 거야?! 진짜 오늘 같은 날에는 꼼짝도 하지 말고 그저 방 안에서만 놀라고 했건만?! 그런데 이게 지금 그 어디로 가서 안 보이냐고?」

우선 남편과 손님들이 눈치 채지 못하도록 혼자서 조용히 밖으로 빠져나간다.

「주현미-! 주현미-!」

대답이 없다. 대번에 눈앞이 캄캄하다. 땀방울이 송골송골 솟구친다.

더 더 큰 소리로 큰 기침까지 하면서 불러본다. 돌연 없던 사랑이 더 큰 사랑으로 보다 더 세차게 솟구친다. 이내 눈물까지 쏟는다.

「주현미-! 주현미-! 엄마여! 어딨어? 대답해봐!」

허나 계속 장사꾼들의 소리만 와자지껄 들려올 뿐이다.

「아이고 아이고! 이게 방 안에 가만히 앉아 있으랬더니, 이게 언제 나갔단 말야? 아이고 아이고, 이게 정말 그 방에 꼼짝 말고 앉아 있으랬더니, 이게 그 어디로 갔단 말야? 주현미-! 주현미-!」

돌연 깊은 지옥으로 빠져든다. 이내 잃어버린 딸을 찾아 지옥을 헤매기 시작한다. 이젠 아예 엉엉 울면서 시장 바닥을 헤맨다. 이 사람 저 사람에게 물음표를 들이밀며 대답을 구한다.

「혹시 우리 애기 못 봤어요? 우리 주현미? 우리 주현미?」

허나 모든 이들이 고개를 흔들며 스쳐갈 뿐이다. 야속하기 짝이 없는 세상이다.

「그럼 정말 우리 애기가 그 어디로 갔단 말여? 아가! 아가!」

또다시 정신이 아득해진다. 재차 눈앞이 캄캄해진다. 다시금 미친 듯이 소리친다.

「주현미-! 주현미-!」

그러나 역시 그 어디에서도 얼굴을 쏙 내밀지 않는다. 흔적도 없다.

「주현미-! 주현미-!」

이미 확 뒤집힌 눈을 가지고 온 장터를 두 번 세 번 뒤지고 다닌다.

숨이 턱까지 차오른다. 그래도 또 뛴다.

「주현미-! 주현미-! 어딨어? 나와 봐!」

그러나 영 감감무소식이라는 듯 귓가에 아무런 소리도 들려오지 않는다.

아이고 아이고 하면서 자리에 털썩 주저앉고 만다.

동시에 딸내미의 울음소리와 딸꾹질 소리가 여기저기서 들려오는 것만 같다. 반사적으로 자리에서 벌떡 일어난다. 뒤안길로 뛰어든다. 사람들이 뒤엉켜 뭐라고들 한다. 그 속으로 뛰어든다.

「누가 우리 애기 못봤어요!? 우리 주현미-! 우리 주현미-?」

어느 결에 목소리까지 잠긴다. 마치 장터 쇠전 곧 소를 사고 파는 우시장에서 남의 손에 팔려간 사랑하는 새끼 송아지와 영원한 이별을 고하고 끌려온 어미 소가 외양간에 갇혀, 지독지정 곧 어미 소가 송아지를 핥아 주며 귀여워 해주던 그 혀를 연방 길게 빼물며 음매 음매 하듯, 그렇게 연속부절 어찌할 바를 모른 채 울부짖는다.

「주현미-! 주현미-! 대답 좀 해 봐!」

시장통에서 하는 일 없이 한가롭게 유유자적 세월을 보내고 있는 우유도일 인들이 우유불박 전혀 급할 게 없다는 듯 바라본다. 그리고 보면 우유불박, 우유도일, 유유자적, 그렇게 사는 사람들처럼 행복한 사람들도 없는 모양이다.

「아이고 아이고, 너 어딨어? 나와 봐! 나와 보라고!」

허나 역시 많은 사람들이 구경꾼 노릇만 할 뿐이다.

「주현미? 주현미?」

다시금 길바닥에 털썩 주저앉고 만다.

이때서야 남편이 이 모든 소식을 듣고 달려온다.

「도대체 뭐가 어떻게 됐다는 거야?! 우리 애기가 없어졌다니? 이게 도대체 무슨 소리냐고? 우리 애기가 언제 없어졌다는 거야? 내내 집에 있었는데? 도대체 그 누가 데려갔단 말야?」

사색이 된 아내가 창백한 얼굴로 대답한다.

「아이고 아이고 나도 몰라요. 방에 꼼짝 말고 가만히 있으라고 내 그렇게까지 신신당부, 신신부탁을 했었는데, 이게 지금 안 보이는 거요. 이제 겨우 네 살배기가.」

「그래 어디어디 찾아 봤어?」

「시장통 전체를, 열 번도 더 찾아봤어요.」

「그런데도 안 보인단 말야? 지금껏 이런 일이 단 한 번도 없었는데?」

「글쎄 누가 아니래요! 우리 애기가.」

「좌우간 다시 찾아보자고! 찾을 때까지!」

「제발 그려요, 여보!」

「당신은 그쪽으로 가 봐. 나는 이쪽으로 뛸 테니까. 세상에 우리 애기가 다 없어지다니. 우리 애기가. 우리 애기. 우리 애기.」

엄마 아빠가 이쪽저쪽으로 돌고 돌아 다시 만난다.

「없어? 그쪽에도?」

「없어요!」

「이쪽에도 없는데? 그럼 이게 지금 그 어디로 갔단 말야? 다시 돌아보자고!」

「예, 알았어요!」

돌고 돌아 다시 만난다.

「없지?」

「없당게요!」

한숨을 푹푹 쉬면서 말한다.

「그럼 이번에는 장터 구석진 곳들을 좀 더 세밀하게 찾아보자고. 한 구석도 빠짐없이. 죄다 구석구석! 그쪽에서 이쪽에서. 아이고 이놈의 새끼가 지금 그 어디로 가가지고서!?」

아이를 잃어버린 엄마 아빠의 눈길은 잠시도 머무름이 없다.

발길 역시 잠시도 머뭇머뭇 머무적거림이란 게 없다.

몸과 맘 전체가 으레 장터 모든 구석구석으로 정신없이 굴러다닌다.

「주현미−! 주현미−!」

그러나 역시 그 어디에서도 안 보인다. 장터를 빠짐없이 샅샅이 뒤지고 난 엄마 아빠가 다시 만난다.

「없어!?」

「아이고 아이고! 그럼 우리 새끼가 그 어디로 갔단 말여요? 정말로?」

엄마 아빠가 끝내 시장 바닥에 털썩 주저앉아 울기 시작한다. 아는 사람들이 모여든다.

「왜 그러는 거여?」

「우리 애기가 없어졌어요!」

「애기가? 그럼 우리 모두 나서서 한 번 더 찾아보십시다!」

「아, 그래 봅시다들! 지금쯤 그 어디에 나와 있을 줄도 모르고. 그러니까 다들이요.분명 우리 모두가 나서면 찾을 수도 있고요.」

「자자, 이쪽저쪽으로!」

아는 사람들이 이쪽저쪽으로 달려 나간다. 시장 바닥에 털썩 주저앉아 있던 엄마 아빠도 어느새 또다시 뛰고 있었다.

파출소에서 근무하는 경찰관이 마을 사람들과 함께 달려온다. 엄마가 경찰관을 향해 소리친다.

「순경 아저씨. 우리 애기가 없어졌어요! 낮에요. 집에서요. 이름은 주현미인데요. 어떻게 좀 찾아주세요. 몇 시간이나 찾아 봤지만, 이 시장 바닥엔 없는 것 같아요. 아예요. 그 어디로 갔는지 모르겠어요. 어떻게 하면 찾을 수 있을지 모르겠어요. 우리 애기를.」

간혹 중화요리 집에 들르곤 했던 순경 아저씨가 어금니를 몇 번 탁탁 치며 어금닛소리를 들려준다. 그러면서 눈을 끄먹거린다.

「시장을 한 번만 더 뒤져보십시다.」

모두 흩어진다. 이리저리 달려간다. 그러나 역시 찾을 길이 없었다. 순경 아저씨가 말한다.

「오늘은 이만 집으로 돌아들 가세요. 내일부터 본격적으로 찾아보는 수밖에 없겠으니까요. 지금으로써는 아무래도요. 그리고 애기 엄마 아빠는 저와 함께 집으로 가보십시다. 혹시 집에 와 있을지도 모르겠으니까요. 지금쯤요.」

모든 사람들과 함께 집으로 부랴부랴 달려간다. 집으로 돌아가는 길에도 동서남북 이곳저곳을 두리번두리번 훑어보면서 달려간다.

많은 사람들이 "시장통고유중화요리중궁전" 안으로 뛰어든다. 너도 나도 이 방 저 방을 두 번 세 번 훑어본다. 엄마가 재차 울며불며 이 방 저 방 그 모든 곳을 빠짐없이 뒤져본다.

「없어요! 없어요! 우리 애기가! 우리 현미가!」

엄마가 방바닥에 털썩 주저앉고 만다. 대성통곡을 한다. 팔딱팔딱 뛰면서 울부짖는다.

「아이고 아이고! 내 새끼. 너 없는 곳이 지옥이구나. 나 홀로 서 있는 이곳이 지옥이구나. 너 지금 그 어느 곳에 있단 말이냐? 어느 누가 너를 데려 갔단 말이냐? 오오 내 새끼! 오- 내 새끼야!」

남편이 밖으로 나가버린다. 다시금 시장 바닥을 샅샅이 뒤지고 다닌다.

「이놈 새끼가! 이놈 새끼를?」

파출소에서도 아무런 연락이 없다.

「이 어린 것이, 지금 그 어느 구석에 쪼그리고 앉아 울고 있을 판인데. 캄캄한 밤이 되면 더. 그땐 정말. 무서워서. 그땐 정말 벌벌 떨면서.」

엄마도 어느 사이에 밖으로 달려 가고 있었다. 재차 장터 구석구석을 샅샅이 굽어보고 다닌다.

「주현미-! 주현미-! 여기도 없냐? 여기도 없어? 있으면 대답 좀 해봐. 어디 있으면 대답 좀 해보라고! 제발! 제발! 엄마야! 엄마 죽겠다! 엄마라고!」

남편이 달려온다. 아내에게 소리친다.

「지금 또 당신까지?!」

「밤중이 오기 전에요! 한 번 더 찾아보고 싶어서요!」

「알았어 알았어! 좌우간 한 번 더 찾아보자고!」

「그래요 그래요! 당신은 그 쪽에서. 나는 이쪽에서요.」

이내 이쪽저쪽으로 헤어진다.

「주현미ー! 엄마야.」

「주현미ー! 아빠야.」

그러나 그 어디에도 주현미는 없었다.

「그만들 하시고 이제 그만 집에 가서 기다리고 계시라니까요들.」

다시 나타난 순경의 손길에 떠밀려 억지로 집 안으로 들어선다. 순경 아저씨가 말한다,

「내가도 지금껏 찾아볼만한 곳은 다 찾아봤다고요. 샅샅이요. 한 군데도 빠짐없이요. 그러니 자아 이만 내일 만납시다.」

그러나 다음 날도, 그 다음 다음 날에도, 잃어버린 네 살배기 딸은 찾을 길이 없었다. 엄마가 마치 정신 나간 사람처럼 말한다,

「아이고 아이고, 내 새끼가. 너 없는 나날이 지옥이구나. 너 잃은 밤낮이 지옥이구나. 내 행복 내 사랑 너를 못 잊어 이 날도 이렇게 울고 있단다. 아이고 아이고 내 새끼야. 너 지금 어디서 울고 있느냐? 너 지금 어떻게 하고 있느냐? 나 네가 보고파 울고 있단다. 나 지금 널 찾아 헤매 인단다. 아이고 아이고 내 새끼야. 나 지금 식음을 전폐한 채로 널 찾아 널 찾아 헤매 인단다. 나 지금 퀭하니 뚫린 눈으로 널 찾아 떠돌며 살고 있단다.」

이 모든 게 사실이었다. 그런데 정작 딸을 잃어버린 뒤 이내 식음을 전폐한지 벌써 몇몇 날인가. 어느새 얼굴에 광대뼈만 걸려있는 듯 보인다. 정말 눈만 퀭하니 뚫려있는 것 만 같다.

이러한 가운데 숫제 헛소리를 하듯 또다시 중얼거린다. 거의 실성한 상태를 보이는 것만 같다.

「아이고 아이고, 내가 죽으면 안 되지! 우리 새끼를 찾을 때까진. 어떻든 정신을 바짝 차려야만 된다고. 더 건강해야만 된다고.」

주방으로 뛰어든다. 때도 모르고 밥을 입에 꾸역꾸역 몰아넣는다. 눈물이 줄줄 쏟아진다.

「너도 잘 참으라고! 나도 참을게. 너도 잘 이겨. 나도 이길게. 이이 험난한 세상 길에서. 정말 다시 만날 그날까지. 그 누가 뭐래도 우린 꼭 만나야만 되니까. 다시, 다시, 꼭 만나야만 되니까. 그럴라매 먹으라고. 나도 먹을게. 너도 잘 살라고. 나도 그럴게. 좌우간 그 언제 어디서든, 우리 꼭 만나야만 되니까. 꼭 만나야만 되니까.」

상명지통! 과연 자식 잃은 슬픔이란 게 바로 이런 것일까. 사실 엄마에게 사랑하는 자식을 잃어버린 이 큰 슬픔 외에 그 뭐가 또 있을까. 만날 여기저기서 죽음의 소리가 들려오는 것만 같다. 두 눈에서 눈물이 그칠 날이 없다. 불철주야 흘러나오는 눈물이 두 눈에 가득가득 차고 넘친다. 불쑥불쑥 이어지는 애통으로 가슴이 미어진다. 미어지는 가슴속엔 연속부절 슬피 울부짖곤 하는 애호체읍밖에 없다.

딸을 잃어버린 아빠의 심정은 또 어떠할까? 입이 포도청이라고 쉬임없이 주방장 노릇밖엔 할 수 없는 자신의 신세를 놓고 크게 한탄하며 내내 중얼거린다.

「아침에 나갔다가 저녁이 되면 돌아오곤 하는 조출모귀가 비단 사람에게만 있는 것이 아니요 모든 짐승들에게까지 있다고 했건만, 이건 왜 안 돌아오는 거야. 이제 겨우 네 살밖엔 안 먹은 것이 벌써 집이 영 싫다며 집을 나간 것도 아닐 테고. 정말 그러했을리도 만무하고. 아이고 아이고 이놈의 새끼가 날마다 배는 안 곯고 있는지? 이놈의 새끼가, 이놈의 새끼가, 내 속에서, 내 속에서, 마치 죽은 이를 애도하듯 그놈의 조종 노릇만 하고 있으니. 아이고 아이고 나 정말 못살겠구먼!」

이러한 가운데 벌써 한 두 달이 흘러가고 있었다. 허나 날이 가면 날이 갈수록 아내의 헛보기 헛소리 등이 더 심각해져 가는가 싶었다. 분명 남편보다 열 배 백 배 더 심각한 것 같았다. 자나 깨나 자신도 모르게 잃어버린 딸의 이름을 부르면서 일 년을 흘려보내고 있었다. 그러면서 도리도리며 죄암죄암을 할 줄 아는 어린 손님들이 찾아들 때마다 자신도 모르게 생겨난 버릇을 앞세워 행여 잃어버린 딸이 아닐까 싶어 속속들이 눈 여겨 보는 것이었다. 그러면서 잃어버린 딸을 생각하며 어린 손님들에게 더 많은 신경을 쓰면서 특별 대접을 하고자 최선을 다하는 것이었다. 역시 천하보다 귀한 딸을 잃어버린 부모의 삶이 아닐까 싶었다. 벌써 이런 세월로 몇 년째일까. 어느 날 아내의 또 다른 친구가 찾아왔다. 다름 아닌 고아원에서 함께 자란 친구가 찾아온 것이다. 점심시간이 지난 뒤 잠시 짬을 내어 주고받는 말이다. 실로 오래간만에 만나 잃어버린 딸 얘기에 이어 또 다른 얘기를 하고 있는 중이다.

「나도 권사가 된지 꽤 오래 됐지만, 며칠 전에 다녀간 숙희는 나보다도 훨씬 먼저 권사가 됐다고. 그런데 순옥이 너만 아무것도 못되고. 우리들이 고아원에 있었을 때엔 순옥이 네가 우리들보다 백 배나 천 배나 믿음이 더 좋다고 했었는데 말야. 원장님한테 믿음 최고 순옥! 이란 말까지 들으면서.」

현미 엄마 김순옥이 눈물을 훔치면서 말한다.

「그땐 그랬었지. 그리고 보면 그때가 더 좋았던 것 같고.」

「그리고 순옥이 네가 짜장집 아저씨한테 시집을 간다는 말에 그때 우리 친구들이 그 얼마나 부러워했었는 줄 모르고. 이제 밥 굶을 일은 없겠다면서.」

「허나 교회 다니는 일만은 처음부터 그게 아니였었다고. 남편이란 자가 날마다 눈만 뜨면 점심 장사 준비, 점심시간이 지나면 이내 저녁 장사 준비 등등 만날 그 죽어라고 일만 시킬 줄 알았지. 그밖에 일이며. 특히 교회 가는 것만은 죽어라고 싫어하면서, 그야말로 집요하게 가로막는 등, 진짜 마귀는 저리가라할 정도로. 그래저래 한 달에 한두 번 정도도 아니요, 아예 어쩌다가 한 번씩 교회에 출석하는 꼴이 되고 말았으니…… 그것도 이 눈치 저 눈치를 보면서 말야. 그러니 내 믿음이 어디 더 클 수가 있었겠느냐고. 도리어 점점 더 쪼그라들 수밖에. 그래서 이 모양 이 꼴이 됐고. 좌우간 내게 현재 털끝만한 믿음이라도 남아있다는 게 실은 기적 중에 기적이라고.」

「실은 그러했었구나. 역시 그랬었어.」

「게다가 우리 교회 목사님 설교까지 오락가락에 횡설수설이라. 그래 저래 진짜 무슨 말씀인지 도무지 알아들을 수가 없더라고. 게다가 밑도 끝도 없이 고함까지 치곤 하는바람에 은혜가 더 떨어지고. 은혜를 더 받기는커녕. 하여간 뭐가 뭔 줄 모르게 설교를 하면서 그처럼 느닷없이 고함을 친다면 어찌되겠느냐고? 물론 다 내 탓이겠지만 말여. 진짜 어쩌다가 한 번씩 교회에 나가게 되는 내게 더 큰 문제가 있지만 말여. 그러나 저러나 역시 더 큰 문제는 어쩌다가 한 번씩 고함을 치고 야단을 치고 난리를 치고 그러는 건 몰라도, 아예 그게 아니라 거의 매시간마다 그렇게 고함을 치고 난리를 치는 건 영 아니지 않냐? 내 생각엔 말여? 좌우간 그게 영 이해가 안 되더라고. 좌우간 그 강단에서 조용조용 보다 더 조용히 깨달음을 주면서, 마치 양털 위에 내리는 이슬비 같고, 연한 순 연한 잎사귀 위에 내리는 가는 단비 같고, 진짜 연한 채소 위에 내리는 이슬비 같아야만 되는데 말여. 진짜 그런 식으로 은혜를 끼치면 그 얼마나 좋겠느냐고.」

친구가 몹시 안타깝다는 듯이 바라본다. 남의 잘못이나 흠 따위를 책잡아 거침없이 비난을 퍼붓는 듯한 친구가 너무도 안쓰럽게 보이는 모양이다.

「아무리 그래도 기억에 남는 말씀이 있을 것 아니야?」

「그야 물론이지. 특히 목사님에 대해서, 목사는 하나님 앞에 보다 더 겸손히 무릎을 꿇는 자요, 목사는 설교를 듣는 성도들 앞에서도 겸손히 무릎을 꿇는 자이며, 특별히 전도를 위해 나라와 민족과 전 세계와 천하 만민을 사랑으로 너그럽게 포용하며 그 모든 것을 믿음과 소망으로 감싸 안고 무릎을 꿇는 자이다!라는 말씀 등등 말야.」

「아이고— 듣고 보니까 진짜 훌륭하신 목사님이시구만! 또?」

「또? 그래. 믿음의 코로 숨을 쉬며, 믿음의 눈으로 이생과 내생을 똑똑히 보며, 믿음의 귀로 말씀을 들으며, 믿음의 입으로 아멘하며 찬양하며 기도하며 전도하며, 그러면서 믿음의 뼈, 믿음의 심줄, 믿음의 살, 믿음의 근육을 말씀 훈련과 기도 훈련으로 단단하게 만들어, 늘 예수님과 동행해 보라는 것이었어.」

「아이고 아이고, 진짜 훌륭하신 분이시구먼! 진짜 훌륭하신 목사님이시라고!」

「그건 그려. 내 생각에도. 싫어도 싫은 내색 한번 안 하시고.」

「그리고 그 고함을 치는 것은, 더 큰일 더 많은 일을 해보고자 하시는 욕심 때문이요, 또는 성도들의 신앙생활이 너무너무 답답하게만 보이기 때문일 거라고. 그런즉 다시금 맘을 가다듬고 한 번 더 열심히 다녀 보라고. 당장 내일부터라도. 그러다 보면 지금껏 안 좋았던 일들이 모조리 물러가고, 진짜 가슴 아픈 일들까지 다 풀리고, 그밖에 감사할 일들만 생겨나고, 더는 상상 밖의 더 좋은 일들까지 찾아오게 될 테니까 말여. 분명 말여. 그리고 목사님과 안 좋으면 모든 만사가 다 거시기할 뿐이라고. 그러니까 목사님부터 사랑해 보라고. 그리고 믿음으로 말씀에 귀를 잔뜩 기울여 보라고. 더는 소망을 앞세우면서 말씀에 아멘 아멘 하며 그 모든 말씀마다에 심혈을 좀 더 기울여 보라고. 그러다 보면 자기 자신도 모르게 믿음의 기저귀를 벗어던질 때가 올 것이고. 이어 상식적으로 생각할 수 없는 기적, 내내 간절히 바라던 기적, 그런 기적까지 체험할 수가 있을 것이니까. 우리 인간들의 힘으로는 아예 불가능한 일! 오직 우리 성령님을 힘입은 사람들만이 맛볼 수 있는 기적! 그런 기적 중의 기적 말여. 좌우간 목사님부터 사랑하면서 말씀에 귀를 기울여 보라고. 그러할 때 비로소 그 큰 고함소리에도 아멘 아멘 하면서 깨닫는 은혜를 맛보게 될 것이니까. 그때 목마름이 풀리고,

그때 어둠의 세계가 밝아지고, 그때 신앙의 법을 알게 될 것이고. 실은 이게 다 목사님한테 배운 얘기지만 말야. 성경공부 시간에. 하여간 은혜를 받으려면 기자감식! 곧 배가 고파야만 된대. 기자감식! 다시 말해서 굶주린 사람은 음식을 가리지 않고 달게 먹게 되어있다는 거야. 이건 식당을 하고 있는 네가 그 누구보다도 더 잘 알게 아니냐고. 진짜 이점만은. 좌우간 목사님을 향해 공대말을 앞세우고. 그러면서 목사님과 넘어져도 같이 넘어지고 망해도 같이 망한다는 한 운명체적인 공도동망을 앞세워 보라고. 이런 말을 거듭해서 곱씹어 보면서. 그러할 때 믿음의 고운 목소리, 믿음의 고운 마음씨, 믿음의 고운 살결, 믿음의 고운 빛깔이 나올 수 있다는 거여. 역시 이 말씀도 다 성경공부 시간에 배운 얘기지만 말여. 그러한 다음에 우리 함께 잃어버린 딸을 놓고 기도해 보자고. 그리고 천하 없는 일이 있어도 교회생활, 믿음생활, 신앙생활만은 등질 수도 중단할 수도 없는 일이고! 또 그러면 안 되고. 절대로 절대로.」

「그건 나도 잘 알고 있지. 그 누구보다도. 고아원에서부터.」

「그런데 저 천장 구석에 놓여 있는 건 뭐여? 저 신줏단지 같은 것 말여?」

친구의 물음에 순옥이 순간 천진무구한 아이처럼 웃으면서 실로 어리석은 여자였음을 시인하듯 말한다.

「진동항아리.」

「진동항아리?!」

「실은 우리 집안 할머니가 당골네 무당이었거든. 다시 말해서 저건 무당이 제 집에 모셔 놓는 신위의 한 가지라고나 할까. 다시 말해서 집안의 평안을 위하여 정한 곳에 모셔두고, 돈과 쌀을 담아 두는 항아리라고 하면 되겠지.」

친구가 너무도 어이가 없다는 듯 웃는다. 두 번 세 번 크게 놀란다.

「그러니까 저걸 쭈욱 모셔놓고 교회를 다녔단 말여? 지금껏? 진짜로? 그래!? 아이고– 진짜였나 보네!」

순옥의 얼굴이 친구의 놀람에 화끈화끈 달아오른다. 내내 화끈거리는 얼굴로 아주 겸연쩍게 웃는다. 역시 보기에 좀 미안하고 부끄러운 느낌이 든다는 듯 두 손 바닥으로 얼굴을 점직스럽게 쓰다듬으면서 대답한다.

「실은 그랬었다고 봐야 되겠지.」

친구가, 하늘이 몹쓸 사람을 미워하여 반드시 벌한다는 그 천필염지를 말해주듯 소리친다.

「아이고 아이고, 당장 저것부터 집어 치워버리라고! 저것부터! 저것부터!」

「아이고 아이고, 그건 안돼! 나 맞아 죽어! 우리 남편한테.」

「그래도! 좌우간 저런 걸 두고 천지망아라고 해! 하늘이 저절로 망하게 하는 것!」

친구의 말에 순옥이 천장에 모셔 놓은 일명 진동항아리를 몇 번 더 바라보면서 입맛을 쩍쩍 다신다. 그러면서 역시 좀 부끄러운 느낌이 든다는 듯 점직하게 말한다.

「그건 나도 알고 있지. 그건 나도 알고 있다고. 그래서인지 딸을 잃어버린 뒤 별의별 생각이 다 들었고. 그런 내 머릿속도 내 가슴속도 내게 속한 이 집안도 다 지옥이 되어버리고 마는 등 말야.」

「그러니까 지금이래도 당장 치워버리라고!」

「아이고, 내 그럴 수만 있다면 그 얼마나 좋겠냐고. 네가 지금 내 남편을 몰라서 하는 얘기야. 진짜 내 남편 때문에 못해 본다고. 그간 몇 번 맞아죽을 뻔 했었고. 눈에 불을 켜고 날 금방 잡아먹을 듯이 노려보는 등, 진짜 그 눈을 보면, 진짜 그 눈에 살기가 등등하고, 진짜 진짜 꼭 흉악한 악마 눈을 보는 것만 같은 게, 진짜 그럴 때마다 마치 천적 앞에 선 기분이랄까. 꼭 뱀에 물린 개구리의 심정이 되는 등 말야.」

「그럼 어떻게 하냐? 남편이 그렇게 무서워서?」

「나도 몰라. 그저 나만 안 섬기면 될 뿐.」

「그럴라면 어서 속히 교회에 다시 나가라고! 그리고 사랑하는 우리 주현미를 놓고 함께 기도해 보자고. 동서남북 그 어디에 있든지 오늘도 눈동자처럼 지켜주시옵소서! 그 누구도 손대지 못하도록 보호하여 주시옵소서!라고 말여. 좌우간 고아원에 있었을 때 그 믿음 최고 순옥! 그 믿음을 되찾아 보자고.」

친구 권사가 다녀간 뒤 밤을 지새운다.

6·25전쟁 당시 행방불명이 되고 마셨다는 아버지 어머니. 끝내 고아원 아이가 될 수밖에 없었던 자신. 그 신세. 그때 그 헛잠. 그때 그 헛헛증.

눈보라가 치는 그 어느 날 밤잠을 이루지 못한다.

이를 놓고 원장님이 묻는다.

「너희들 왜 잠을 못자고 계속 뒤척이고만 있는 거야?」

한 고아원생 곧 김순옥이 대답한다.

「오늘은 어떻게 먹었지만, 내일엔 또 먹을 게 없어 배가 고파 죽을까 봐서요. 실은 그게 걱정이 돼서요. 제가 살아 있어야만 우리 엄마 아빠를 만날 수 있다고 했거든요. 전쟁이 끝나고 통일이 되면요. 그래저래 잠이 안 와서요.」

다른 애들 역시 그렇다고 응해 준다.

원장님이 말한다.

「그래저래 걱정이 돼서 잠이 안 온다? 그래저래 잠을 잘 수가 없다? 그럼 이렇게 하자.」

원장님이 건빵을 두 개씩 나누어 준다.

「자자! 이제 두 개씩 나눠준 그 건빵을 가슴에 곡 끌어안고 잠을 자도록! 그 건빵이 내일 먹을 약식이니까. 미리 먹으면 안 된다? 자자, 이제 그럼 됐지?」

아이들이 비로소 푸른 초장 쉴만한 물가에 이른 듯 편안하게 눈을 감는다.

원장님이 그 언제나 마찬가지로 기도를 해준다.

「우리들에게 늘 먹을 양식을 미리미리 준비해 주시는 여호와 하나님 아버지! 우리들과 늘 함께 해주시는 임마누엘 주 하나님! 우리들을 늘 눈동자처럼 보호해 주시는 보혜사 성령 하나님! 이 밤에도 하나님 아버지의 절대적인 사랑으로, 주 예수님의 절대적인 은혜로, 보혜사 성령님의 절대적인 교통하심으로, 평안하게 잠을 자면서 단꿈을 꾸게 해주세요. 특별히 속히 전쟁이 끝나고 통일이 되어, 헤어진 엄마 아빠를 다 만나볼 수 있도록 도와주세요. 예수님의 이름으로 기도합니다. 아멘!」

아이들이 하나 둘 깊은 잠에 빠져든다. 가슴에 안고 있던 건빵이 하나 둘 옆으로 떨어진다.

이렇게 성장했던 고아 김순옥이 자신의 과거사를 재차 뒤돌아본다. 과연 그때 그 기도 제목은 어떠했었던가? 그 무엇보다도 배 골치 않고 배불리 먹고만 살 수 있다면(?) 해서 식당 아저씨와 결혼하게 해달라고 기도했었다. 특별히 그 어릴 때 먹어 본 짜장면 맛에 미치고 반해 숫제 크면 짜장 집 아저씨와 결혼을 할 수 있도록 도와 달라고 하나님께 기도에 기도를 더하기 했었다. 말하자면 그 기도의 응답이 오늘의 삶이 되었다는 뜻이리라.

「주방장에게 칭찬하면, 더 맛있게 해주고 싶고, 더 많이 주고 싶다고 했던가?」

그러나 오늘날 엄마가 된 여인으로 벌써 몇 년 전에 잃어버린 딸을 생각해 보면서 또다시 울기 시작한다.

「그게 어디 가서 굶어 죽지는 않았겠지? 오늘도 굶지는 않았겠지? 지금 이 시간에도 편히 자고 있겠지? 자니? 자네 보네. 아무 대답이 없는 걸 보니. 잘 자! 다시 만날 때까지 잘 지내라고!」

주일날이 다가왔다. 다시 교회에 나가 보겠다고 나선다. 남편이 소리친다.

「진짜 또 그 어딜 가려고?」

「교회!」

「교회?! 아니, 미쳤어?! 갑자기 또 그 무슨 놈의 교회냐고!? 정말 새삼스럽게! 그리고 전에 그놈의 교횔 다녀가지고, 진짜 좋은 꼴을 뭘 봤다고? 그러니 당장 그만두라고! 그리고 지금 교회를 다시 들먹일 때냐고?! 진짜 새삼스럽게?! 영영 그만두라고!」

「아이고– 저 저! 저 저 하는 소리 좀 보랑개! 그리고 내가 그간 교회를 다니되, 그 어떻게 다녔었는 줄이나 아냐고? 당신의 그 집요한 핍박에, 만날 있는 눈치 없는 눈치를 다 보면서, 그렇게 겨우겨우 다녔었다고! 교회를! 진짜 단 한 번도 맘 편히 다녀본 적이 없었다고! 진짜 단 한 번도!」

「그래도 그만 두라고! 내 좋게 말할 때!」

「그만 두라고? 좋게 말할 때? 아니!? 그간 교인들이 그 무슨 손해를 끼쳤어?! 단 한 번이라도? 그런 적이 단 한 번이라도 있었느냐고? 만날 우리 쪽을 도와주고 도와주는 쪽이었지! 진짜 우리 쪽에서 도움을 받곤 했을 뿐이라고! 그러니 이제 좀 그만 하라고! 제발 좀! 나도 이제부턴 우리 새끼를 위해 기도하러 다닐 테니까. 우리 주현이! 우리 새끼! 내 새끼!」

돌연 울고불고 난리를 친다.

남편이 눈을 흘기면서 돌아선다.

「아이고 아이고!」

「좌우간 이제부턴 손 못 댄다고! 그땐 아예 팍 죽어버리고 말테니까!」

「저 저!」

바로 이때부터 교회를 다시 다니되 사뭇 자기 나름대로 죽기 살기로 다니기 시작했다. 심지어 심한 몸살감기로 열이 사십 도 가까이 오르내리는 새벽에도 딸을 위해 예배당을 찾는다.

「하나님 아버지! 오늘도 우리 주현미! 눈동자처럼 보호하여 주시옵소서. 오늘도 그 어디에 있든지 제발 아무런 일도 없게 하여 주시옵소서. 오늘도 지혜와 총명과 명철과 그 모든 능력에 능력을 더하여 주시옵소서. 오늘도 각양 좋은 은사로 승리하게 하여 주시옵소서. 그리하여 결국 그 누구나 다 알아 볼 수 있는 인물! 그처럼 유명한 인물로 만들어 주시옵소서. 그리하여 만나 볼 수 있게 하여 주시옵소서.」

날마다 이렇게 기도한 뒤 집으로 돌아와 이내 쓰러지고 마는 것이었다. 이를 놓고 남편이 혀를 차며 혼잣말로 하는 소리다.

「저게 저러다간 결국 죽지. 해도 해도 너무 하는구만. 그런다고 해서 잃어버린 딸년이 돌아올리도 만무하고. 그리고 그 어릴 때부터 교회 교회하면서 그놈의 교회를 다니던 중에 돌연 딸까지 잃어버린 주제에, 이젠 그 무슨 놈의 감사할 게 있다고 감사예물까지 들고 다니는지? 저걸 보면?! 진짜 갈수록 산이고만. 전입가경이 따로 없다고! 진짜 전엔 그 아까워서 감사예물 한번 드린 적이 없던 인간이, 딸을 잃어버린 뒤에야 감사? 감사 예물? 아이고 진짜 저놈의 속판을 내 모르겠구만. 내 그렇다고 딸을 찾아 달라는 그 기도제목으로 감사예물을 드린다는데……. 더구나 딸이 그 누구보다도 유명한 인물이 되게 해달라는 기도제목으로 감사예물을 드린다는데, 거기에 대놓고 그 뭐라고 말할 수도 없고. 내 참! 내 원 참!」

남편이 돌연 줄줄 흘러내리는 눈물을 훔친다. 어느 틈에 눈알이 빨개진 눈으로 아내를 바라본다. 주방으로 들어선다. 뭐라고 중얼거린다.

「오늘은 딸년 생일날이라고, 아예 몸져눕고 마는구만. 나도 그놈의 새끼가 보고 싶다고. 진짜 내가 그 무슨 신이든 신만 될 수 있다면 그 무슨 신이라도 되어가지고서, 지금 당장 내 새끼를 찾아내고 싶다고. 이놈의 시장통고유중화요리중궁전이고 뭐고 간에 다 때려치워버리고. 그나지나 점심시간은 다 되어 가는데 그 언제까지 누워 있겠다는 거야? 아이고 이놈의 짜장 장사 한번 지긋지긋하다. 이젠 정말. 아침이 오면 벌써 점심 장사준비. 점심때가 지나면 이내 저녁 장사 준비. 아이고 정말 끝이 없고만. 그런데 왜 왜 그 웬수 놈의 복권 당첨 하나가 안 되는 거야? 매주. 진짜 돈을 버는 대로 사는데도 말야. 좌우간 복권 1 등 당첨만 되면, 그땐 그 당첨금 1억이든 10억이든 100억이든 몽땅 우리 주현미 찾기 전단지를 만드는데 다 써 볼 판인데. 당연히. 두말할 것도 없이. 그리하여 그 전단지를 전주에 광주에 전국 각지에 마구 뿌리고 다닐 판인데. 중궁전에서 엄마 아빠가 찾고 있다고.」

점심시간에 구역 식구들이 찾아왔다. 식사가 끝난 다음에 주고받는 말이다.

「그나지나 집사님. 주방장 남편 사장님이 복권 대장인데, 진짜 그 언제라도 그 복권 1등 당첨이 될시, 그땐 그 많은 돈을 다 그 어디에다 쓴대요? 지금도 돈밖엔 없을 판인데요?」

「아이고 아이고! 뭔 돈밖에 없어요!?」

「호호호. 그나지나 그 복권 1등 당첨이 되면, 우선 당장 저저 다 찌그러든 양철 대문부터 고쳐보라고해요. 그리고 빗물이 새곤 한다는 지붕도 새로 좀 손보고요. 우선 그놈의 색깔부터 환한 색깔로 확 바꿔 버렸으면 좋겠더라고요.」

듣고 있던 아내가 두 번 세 번 크게 놀란다.

「아이고 아이고! 지금 그게 다 무슨 소리다요?! 대문을 고치다니요?! 아니 지붕을 고치라니요?! 지금 개집 하나도 손 못 대는 판에요! 장독대도 우리 주현미! 그게 보면서 자라던 그때 그대로 나둬야만 된다고요. 특별히 우리 주현미! 그게 드나들던 제 방이며 그 책상이며 그 모든 장난감이며 그 어릴 때 적 사진이며 그 베고 자던 베개며, 그 덮고 자던 이불자락 하나까지라도 절대로 절대로 손대면 안 될 이 판국에요! 정말 절대로요! 정말 그대로 나둬야만 된다고요. 그래야만 우리 주현미! 우리 주현미! 그게 찾아와서, 아— 이게 바로 내가 찾던 진짜 우리 집이였구나!라고 말하면서, 진짜 제 집인 것을 확신할 수 있을 테니까요. 나는 지금 저 뒤 안에 있던 그 감나무가 죽어서, 그게 영, 그게 은근히 걱정이 되는 판국이라고요. 진짜 그것까지라도요.」

이 모든 얘기를 듣게 된 구역 식구들이 자못 어찌할 바를 모른다. 갑자기 큰 사고를 치고 말았다는 얼굴들이요 눈빛들이다. 이런 눈으로 다 찌그러든 양철 대문부터 고치라고 말한 여인을 바라보되 마치 걸핏하면 사고를 치곤하는 그 사고뭉치를 바라보듯 한다.

순간 사고뭉치 신세가 된 여인이 용서를 빈다.

「아이고- 그리고 보니까 내가 그만 그 점을 깜빡 했었네요! 죄송해요. 미안해요. 그래요 그래요. 우리 주현미! 진짜 내가 순간 정신 나간 소리를 했네요. 진짜 내가 헛소리를 했다고요. 잠시요. 좌우간 우리 주현미! 그를 생각해서, 그 모든 것을 다 그대로 나누어야만 되는데요.」

다른 구역식구가 나선다.

「하여간 우리 모두 우리 주현미를 찾을 때까지 계속 기도해 보시자구요.」

모두 그래요 그래요로 마무리를 한다.

그런데 이런 세월이 그 얼마나 더 많이 흘러갔을까. 실로 많은 세월이 흘러간 뒤 구역식구들이 특별 간식거리를 먹으면서 TV를 보던 중 갑자기 환호작약 호들갑을 떨기 시작한다.

「저게 누구야?! 주현미!? 저 저 가수 이름이 주현미래!」

「그러게 그러게!」

「한번 자세히 좀 봐 봐요! 혹시 우리 김순옥 집사님을 닮았는지.」

「오- 그리고 보니까 닮았네! 타겼다고! 저 코랑! 저 입이랑! 어쩌면 저 저 닮은 데가, 저 저 한두 군데가 아닌 것 같다고요!」

「오매오매, 진짜 진짜 그러네요! 진짜진짜! 우선 저 입을 한 번 더 봐봐요. 저 저 저럴 땐 영락없지 않냐고요?! 꼭 닮았다고요! 저 웃는 모습까지도요!」

「그러게! 그러게!」

모두 환호성을 지르면서 야단법석을 떤다.

「오오, 드디어 찾았네요! 오오, 드디어 드디어!」

「오오, 그려 그려!」

「하여간 저 입을 한 번 더 봐 봐요. 마치 가슴에 수험표를 달고 시험장 안에 들어가서, 잠시 시험지를 기다리고 앉아 있는 듯한 수험생처럼 저 입을 한 일 자로 꼭 다물고 있는 저 모습이 더 더 영락없다고요! 진짜 영락없는 우리 김순옥 집사님이라고요.」

「그러게 그러게! 그렇게 말하니까 더 더 닮아 보이네. 내 눈에도 더 더!」

「아이고- 그러니 더 의심할 것도 없다고요! 더군다나 저 볼 좀 봐 봐요. 저 볼 양쪽에 쏙쏙 들어가 있는 저저 보조개까지 닮은 게, 더 이상 의심할 것도 없다니까요!」

「그러게 그러게! 진짜 그러게!」

「그려요! 더 이상 따지고 자시고 할 것도 없다고요! 백 프로 우리 김미래 권사님 딸이 맞으니까요!」

「그래 그래. 진짜 우리 김미래 권사님의 딸이 맞아. 진짜 똑 같다고. 저 눈 코 입하며 저저 보조개까지 다 다 다.」

그런데 왜 갑자기 김순옥 집사를 놓고 김미래 권사라고 말해주는 걸까? 이게 도대체 무슨 말일까? 교회 안에는 집사 권사 장로라는 직분이 있다. 그중 하나인 권사 곧 미래의 권사라는 말이었다. 왜냐? 현재로썬 5일장이 서는 날 공교롭게 주일날과 겹칠 경우 주일을 범한 채 장사를 하는 등 아직도 소위 나이롱 집사 및 순 엉터리없는 집사에 지나지 않지만, 앞으로는 주일 성수를 잘하는 등 더 열심히 믿게 될 경우 권사까지 될 수 있을 것이라는 소원 하에서 이렇게 불러주고 있었던 것이다. 나이를 더 먹기 전에 말이다.

「게다가 저저 이름까지 주현미?! 역시 우리 김미래 권사님의 딸 주현미가 맞다고요! 백 프로. 틀림없이요!」

「오오, 그래 그래! 주현미! 저저 이름까지 똑같은 걸 보면 말야.」

「예예. 허나 그 이름자 하나만 가지고서는 좀 그렇고요. 이 세상 천지에 똑같은 이름이 하도 많고 그래서요.」

「그건 또 그려 그려.」

「예예! 좌우간 저 주현미라는 이름도 중요하지만, 역시 저 주현미라는 이름보다 중요한 건, 역시 저 눈 코 입이며, 심지어 저 얼굴 보조개까지 백 프로 지 엄마를 꼭 빼닮았다는 거라고요. 지금 그 무엇보다도요. 그리고 저 얼굴 전체가 꼭 우리 김순옥 집사님과 완전 판박이가 아니냐고요. 그 어린 네 살 때 얼굴 모습은 어떠했는 줄 몰라도요. 하여간 지금은 백 프로 닮은꼴이라고요. 틀림없이 말이요.」

「예예 진짜 그건 그러네요. 하여간 닮아도 닮아도 저렇게까지 닮을 수가 있겠느냐고요? 진짜 너무 너무 많이요. 진짜 진짜 완전 판박이라고요. 진짜 진짜 같은 핏줄이 아니고선요.」

「그래 그래. 우리 주현미가 틀림없어. 백 프로.」

「그러므니요, 그러므니요! 우리 주현미가 틀림없다고요. 모두 안 그래요?」

「아 뭐가 안 그래!」

「예예. 틀림없지요?」

「아. 그렇다니까!」

「그럼 이제 그만, 우리 모두 김순옥 집사님한테로 가봅시다.」

「아, 예예!」

구역 식구들 모두가 더 이상 좀이 쑤셔 가만히 앉아 있을 수가 없다는 듯 자리를 박차고 일어난다. 이내 김순옥 집사님 집으로 우르르 몰려간다.

한 사람이 소리친다. 숨 넘어 가는 소리로 말한다.

「집사님 집사님! 찾았다고요! 우리들이요!」

또 다른 사람이 소리친다.

「예예, 집사님! 그러니까 빨리 나아와 보세요!」

김순옥 집사가 화장실 쪽에서 나타난다.

또 다른 사람이 소리친다.

「집사님 집사님! 찾았어요! 우리들이! 주현미를!」

「예예. 우리들이 봤다고요! 집사님의 딸 주현미를!」

그러나 너무 졸연한 일이라 뭐가 뭔지 모르겠다는 얼굴이다. 아무 소문도 없이 갑작스레 이게 무슨 소리냐는 표정이다. 부정하는 말투로 겨우 말을 한다.

「지금 뭔 소리들을 하고 있대요? 우리 주현미를 봤다뇨? 꼭 미친 사람들이 뭐라고 하는 것만 같아서? 진짜 환장한 사람들이, 진짜 정신 나간 사람들이 하는 말 같아서요? 전에도 이런 일이 몇 번 있었었고 요. 또 그러니까요.」

「아이고 아이고, 이번에는 절대로 절대로 아니라고요! 절대로 절대 로요!」

「아, 예예, 집사님! 절대로 절대로요! 그리고 우리가 절대로 미친것 들이 아니고요!」

「아, 예예, 집사님! 우리가 진짜 진짜 정신 나간 것들이 아니라고요!」

「예예! 우리가 맑은 정신으로 똑똑히 봤다고요! 주현미를!」

「예예! 우리가 진짜 진짜 맑은 정신으로 똑똑히 봤다니까요! 주현 미를!」

「예예! 우리 미래 권사님네 딸 주현미가 맞더라고요!」

「예예. 가수! 가수! 가수더라고요! 우리들이 다 같이 봤다고요! TV에 서요!」

「예예, 집사님! 틀림없는 우리 김미래 권사님 네 딸이더라고요! 틀림 없어요! 진짜 집사님을 꼭 닮았더라고요! 코도! 입도! 입주위도! 다 다 타겼더라고요! 특별히, 특별히 볼에 나있는 그 보조개까지도요. 아무 튼 죄다요! 이젠 권사님이 될 일만 남았다고요!」

「그러니 우리들 모두, 지금 당장 같이 가서, 당장 확인해 보자고요!」

「예예, 그래요 집사님! 지금 당장 그 방송국으로 달려가서요!」

그러나 이때 생각이 좀 깊다 싶은 쪽에서 소리친다. 어느 틈에 주방에서 나온 김순옥 집사님의 남편이 소리친다.

「아아 그게 아닙니다! 예로부터 호사다마라는 말이 있습니다. 좋은 일에는 흔히 탈이 끼어들기 쉬운 법이라는 말 말입니다. 그러니 쥐도 새도 모르게 조용조용히 움직이는 게 좋겠습니다. 그게 진짜 진짜라면 진짜 귀신도 모르게요. 그래야만 호사다마가 낄 수 없을 테니까요. 진짜 진짜로요.」

몇몇이 고개를 끄덕인다.

「그리고 그 무엇보다도 이제 막 가수생활을 시작하는 우리 주현미에게 아무것도 좋을 게 없을 것만 같고요. 우리들이 떠들어 봤자 말입니다.」

모두 주현미 엄마 곧 김순옥 집사님의 눈치를 살펴본다. 그러나 아직도 채 뭐가 뭔 줄 모르겠다는 졸연한 눈빛이다. 그러면서도 왠지 경황이 없다는 얼굴이다. 왠지 손발이 후들후들 떨릴 뿐이라는 모습이다. 왠지 안정이 잘 안 된다는 상태를 보일 뿐이다. 내심 안절부절못한다. 처음부터 눈물까지 줄줄 쏟으면서 연속부절 어찌할 바를 모른다. 벌써 목이 메는 모양이다. 일향 설움 같은 게 복받쳐 목구멍을 막는 모양이다. 몇 번 캑캑거린다.

이를 놓고 구역식구가 소리친다.

「집사님! 정신 좀 차리세요! 그리고 우리들이 한번 만나 보는 게 어떻겠느냐고요? 아무리 그래도요? 지금 집사님 생각에는요? 한 번 만나 봐도 괜찮겠지요!? 좌우간 아무도 모르게요? 정 그렇다면 조용히요? 정말 아무 탈 안 나게요?」

그러나 남편이 재차 끼어든다. 부랴부랴 서둘러 그릇된 생각을 막아 보겠다는 듯 소리친다.

「아아, 그렇든 저렇든 지금은 아니라니까요! 그러다가 진짜 호사다

마라니까요! 그러다가 진짜진짜 이제 막 시작하는 우리 주현미에게, 느닷없이 찬물을 쫙 끼얹을 수도 있고요! 난데없이요! 그런즉 어떻든 조용히 조용히 해보시자고요들. 그게 좋겠다고요! 더요!」

비로소 제 정신이 확 든다는 듯 주현미 엄마 곧 김순옥 집사가 맞장구를 치고 나선다.

「그래요 그래요! 저게 맞는 말 같네요. 그런즉 조용조용히가 좋겠어요. 추호라도 우리 딸의 앞길을 가로막는다면, 도리어 그런 낭패가 없을 판이니까요.」

남편이 더 큰 소리로 말한다.

「아, 그렇다니까! 자칫 잘못했다간 영영 남남이 될 수도 있고! 그리고 그 누군들 지금 당장 안 만나보고 싶겠어요. 지금 당장 가서 만나보고 싶은 생각이야 저희가 더 굴뚝같지요. 진짜 지금 당장 가서 만나보고 싶은 심정이야 더 더 말할 것도 없다고요. 허지만 모든 일엔 순서와 절차가 있는 법. 더구나 이런 일엔 더 말할 것도 없고요. 진짜 이런 일을 놓고서 미리 소문부터 내봤자 좋을 게 없겠고요. 그땐 아예 만나 줄리도 없을 거고요. 그래저래 우리 주현미에게도 좋을 게 하나도 없을 것이라고요. 그러니 일단 조용히 참고 보는 게 수라고요. 그러니 절차를 밟아 보자고요. 그때까진 어떻든 조용조용! 절대로 소문이 안 나가게요! 모두요! 제가 이렇게 간곡히 부탁하니까요.」

이쯤 김순옥 집사가 다시 한 번 더 남편의 말에 맞장구를 치고 나선다.

「그래요 그래요. 제발 들이요. 어떻든 저희가 여러 절차를 걸쳐 꼭 만나 볼 수 있을 때까진, 모두 쥐도 새도 모르게 조용조용 해줘보세요. 제발, 저희를 정말로 정말로 돕는 셈 치고요. 사실 그렇게들 해주시는 게 저희를 정말로 정말로 도와주는 일이 될 것이고요. 좌우간 그렇게들 해주시면 감사하겠네요. 어떻든 조용조용! 제가 이렇게 간곡히 부탁드리니까요?」

남편이 한 번 더 부탁한다.

「좌우간 소문부터 나가면 우리 주현미가 죽기 살기로 우리를 피하게 될 것이라고요. 차일피일 미루면서요. 시간이 없네 있네 하면서요. 진짜 이런 이유 저런 이유를 다 대면서요. 아주 심하면 아예 뱀을 피하듯 할 수도 있을 거고요. 그 인기 때문에요. 만에 하나 잘못될까 봐서요. 그런 즉 벙어리들이 되어 끝까지 도와주세요. 다시 한 번 부탁드립니다.」

모두 찬물을 한 잔씩 마신다.

김순옥 집사가 분위기를 확 바꾼다.

「아무튼 잔치부터 합시다.」

눈물을 훔치면서 주방으로 들어간다.

남편 역시 한편으로는 믿기도 하고 다른 한편으로는 의심하기도 한 듯한 차신차의의 눈빛으로 웃되 한 마디 말로는 다 설명할 길이 없다는 양 일구난설 또 다른 눈물과 또 다른 웃음을 보여주면서 주방으로 사라진다.

곧이어, 뜻밖의 기쁜 소식에 의한 잔치판이 벌어진다. 금새 잔칫상이 휘어진다. 대잔치집이 따로 없다.

「더 드세요! 더 더요!」

「아, 진짜 맛있네요! 오늘은 더 더요!」

모든 이들의 몸에서 좋은 호르몬 샘이 마치 호마유 곧 참깨로 짠 참기름이 줄줄 흘러내리는 것만 같다. 더불어 모든 이들의 얼굴에서 돌연 크고 작은 잔주름살이 다 사라지는 것만 같다. 뿐 아니라 사람들에게 모질게 굴며 해치던 그 악한 잔인해물까지 다 물러가는 것만 같다. 어느새 지옥이 물러가고 천국이 찾아와 크게 출렁이는 것만 같다.

이날 밤 부부가 실로 오래간만에 한자리에 앉아, 낮에 구역식구들이 보기 쉽게 조작해 놓고 간 여러 가지 서비스 곧 제공받는 통신망 곧 인터넷을 통해서 가수 주현미를 재차 보기 시작한다.

아내가 먼저 조불식석불식 곧 어렸을 때 아침도 굶고 저녁도 굶는 식으로 끼니를 늘 거르다시피 하며 살아왔던 자신의 옛날을 돌이켜 보면서, 행여 가수 주현미 역시 그렇게 헐벗고 굶주림으로 살아오지는 않았을까 하는 점을 눈여겨본다. 다행히 얼굴빛이 어둡지 않고 너무도 밝다는 데서 또 웃고 또 웃는다. 내심 두 팔로 힘 있게 와락 끌어안고 얼싸둥둥 춤을 추고 싶은 심정에 연속부절 어찌할 바를 모른다.

남편이 차신차의 곧 한편으로는 믿기도 하고 다른 한편으로는 의심하기도 했던 바로 그 반신반의가 드디어 싸악 가셨다는 듯 말한다.

「틀림없어. 이번에는 틀림없다고. 네 살 때 잃어버린 우리 새끼가 틀림없다고. 저 생김새며, 심지어 저 저 보조개 좀 보라고. 진짜 당신을 꼭 닮았다고. 그 어디 한 곳 안 타긴 데가 없다고. 저 웃는 모습까지. 죄다 말여.」

아내 역시 두 번 세 번 흥분을 가라앉히지 못한다. 연거푸 흥분의 도가니 속으로 빠져든다. 마치 흥분제를 복용한 여인처럼 말한다. 과연 흥미진진한 대화란 게 바로 이러할까 싶다.

「지금 내 생각에도 그래요. 우리 새끼가 맞다고요. 더군다나 저 성씨며 저 이름까지 똑같지 않느냐고요. 주현미! 주현미! 주현미! 어떻게 이름에 성씨까지 똑같을 수가 있겠느냐고요. 한마디로 진짜 우리 주현미가 틀림없다고요. 백 프로요.」

「그런데 그 언제 그 어디서 그 어떻게 그 어떤 식으로 만나 본다지?」

「서둘지 마요. 서둘다가 만에 하나 실수라도 하면 절대로 안 될 테니까요. 흥부전을 보든 심청전을 보든 다 열두 마당이 있다고 안 합디까. 그런데 이제 막 첫 마당에 들어선 판국에 벌써 마지막 마당에 들어선 듯 성급하게 서둘면 되겠느냐고요. 그러면 아예 말이 안 되지요. 그리고 그 무엇보다도 우리 쪽에서 정신없이 서두르다가 그만 저쪽 저 좋은 가수 생활까지 그르칠까 봐 그게 더 조심스럽고요.」

「그래 그래. 역시 서둘러서 좋을 게 없겠지? 누가 뭐래도?」

「그래요! 제발 그래요. 누가 뭐래도 우리 딸이 분명하니까요.」

「그래 그래. 어차피 우리 딸이니까. 이러거나 저러거나.」

「그래요! 그런즉 좀 더 느긋하게 생각해 보면서, 좀 더 차근차근 대처해 보자고요. 아 지금껏 그 긴긴 세월동안도 잘 참고 기다려 왔는데, 그까짓 몇 년인들 좀 더 못 기다리겠어요. 그리고 이제부턴 오직 하나 우리 새끼가 가수로 대승할 수 있도록 해주는 게 더 중요하니까요. 그 누가 뭐래도요.」

「그래 그래. 그런 우리 새끼한테 이상한바람을 불어 넣는 것도 그렇지? 진짜? 부모로서?」

「그러믄요! 그건 진짜 부모로서 할 짓이 아니지요. 어디까지나 부모의 도리가 있는 법인데요.」

「그려 그려.」

이날 이후 가수 주현미가 소개된 잡지란 잡지는 단 한 권도 빠짐없이 다 사다 놓고 으레 두 번이고 세 번이고 읽어보는 것이었다. 뿐 아니라 가수 주현미가 출연한 가요무대를 수도 없이 보는 것이었다. 이러한 가운데 그 언제나 "시장통고유중화요리중궁전"에 들어서면 아예 가수 주현미의 노래 소리가 울려 퍼지고 있었다. 이와 더불어 좀 더 시간이 흐른 뒤 엄마는 "가수 주현미 개인 콘서트" 등에 만사를 제쳐 놓고 단 한 번도 빠짐없이 참여하는 것이었다. 이게 바로 김순옥 집사의 낙이었다.

5월 8일. 102세 호호백발 할아버지가 사회자로 나선다.

「안녕하셨습니까, 안녕하셨습니까? 저는 나이 백 살 하고도 두 살을 더 먹은 사회자 노공입니다. 이 백두 살 먹은 제가 유일하게 소개하고 싶은 가수는? 역시. 오늘 우리들과 함께 할 가수 중의 가수! 트로트의 영원한 여왕! 그야말로 삼라만상, 천태만상, 천하 만민이 다 알고 있는 만고절창! 그야말로 천하제일의 애음 황작! 그야말로 만고불변의 애증 황앵! 그야말로 백 년에 한 명, 아니 오백 년에 한 명, 아니 천 년에 한 명 정도 나올동말동한 만물지영장의 황조! 한마디로 너무너무 신비로운 목소리로, 한층 더 간드러지게, 한층 더 감미롭게, 한층 더 감칠맛 나게, 한층 더 멋들어지게, 매양 더 없는 기교와 애교와 오묘 등, 거의 절대적인 음감, 거의 절대적인 음조, 거의 절대적인 극미, 너무도 기기묘묘한 음전의 감미로움, 너무도 구슬픈 음도의 애절함, 너무너무 감미로운 음운동화의 심오와 오묘, 너무너무 애절한 음운도치의 기교와 음영화법, 그 극에 달한 가창력, 진짜 그 소름이 끼칠 정도의 가창력, 아예 신기를 뛰어넘은 신묘불측한 가창력, 한마디로 너무도 자연스러운 음조의 가창력, 때론 한없이 맑은 음질, 때론 너무도 매혹적인 음색, 때론 한 맺힌 목소리로 눈물을 자아내는 음전, 그야말로 극에 달한 감탄사로 모든 이들을 자지러지게 만드는 노래, 그야말로 숨 막히는 감탄사로 경기를 일으키게 만드는 노래, 그야말로 연속부절의 감탄사로 경악하게 만드는 노래 노래 노래로, 그야말로 천하 만민을 간단없이 감동시키면서, 그 입에서 흘러나오는 노래마다 빠짐없이 다 대히트가 되고 마는 현대판 대 히트송 제조기! 바로바로 그 주인공! 주, 주, 주현미 양이 되겠습니다. 그럼 이제 우리들의 영원한 황조 주현미 양이 이 무대 위로 등장하겠습니다! 모두 환호성! 모두 모두 환호작약! 모두 모두 모두 더 큰 박수로 맞이해 주시기 바랍니다!」

드디어 황조 주현미 양이 무대 위로 등장한다.

박수! 박수! 그야말로 난리도 아니다.

사회자가 다시 나선다.

「자자! 백두 살 먹은 제가, 어릴 때 부모님을 잃고, 여기까지 살아오면서 듣고 배우고 아는바, 우리들의 영원한 황조 주현미 양이 부르는 노래 한 곡 한 곡마다에는, 우리 모든 사람들의 인생사, 바로 그 간절함 절절함 애절함 처절함 애잔함 애틋함 애통함이 있고, 처량함 허무함, 흥함 망함, 성함 쇠함이 있고, 서글픔 구슬픔, 생과 사와 화와 복, 기쁨 분노 슬픔 즐거움이 있고, 경쾌함 무거움 간드러짐 멋들어짐 산드러짐 감칠맛이 있고, 애교 비애 애고대고 애걸복걸 등으로 구곡간장을 찢음이 있고, 애련 애모 애면글면 애달픔 애끓음 등으로 애간장을 녹이는 목메임이 있고, 애락 애별 애사 애상 애석 애소 애송 애수 애열 애옥살이 애원 애읍 애증후박 애지중지 애착 애처로움 애친경장 애인 여기 애인휼민 애자지정 애이불비 애정 애향 애호체읍 애호 애환 애화 온갖 만단설화 등으로 모든 사람들의 감정은 물론 그 영혼까지 극구 건드리곤 하는 언즉시야가 있고, 그런 그 불협화음이 전혀 없는 절대 신비로운 음색, 더없이 감미롭고 더없이 매혹적인 음성, 타고난 불실 척촌의 불연속 박자 관리, 타고난 그 기기묘묘한 창법, 참으로 달고 오묘한 예술의 참맛, 예술의 절정, 예술의 혼, 예술의 극치가 다 들어있다고 하겠습니다. 바로 이러한 황조 주현미 양의 노래를 듣기 위해 친히 왕림해 주신 여러분! 모두, 모두 참 잘 오셨습니다.」

열화와 같은 박수갈채가 터져 나온다.

「그럼, 5월 8일을 기해, 실로 멀고 먼 인생길을 간단없이 돌고 돌아 오늘 이곳까지 달려오신 여러 어르신들을 위해, 꿈에 본 내 고향! 나그네 설움! 이 두 곡을 먼저 불러 드리도록 하겠습니다!」

마치 김순옥 집사를 향해 특별히 준비한 노래가 아닐까 싶었다. 반주가 시작되면서 벌써 김순옥 집사의 두 눈에서 눈물이 비 오듯 쏟아지기 시작한다. 전날 잃어버렸던 딸이 이 큰 무대 위에서 노래를 부른다는 게 그야말로 꿈만 같은 모양이다.

이내 노래 가사에 따라서 실성통곡을 하기 시작한다.

1. 고향이 그리워도 못가는 신세
    저 하늘 저산 아래 아득한 천리
    언제나 외로워라 타향에서 우는 몸
    꿈에 본 내 고향이 마냥 그리워.
2. 고향을 떠나 온지 몇몇 해던가
    타관 땅 돌고 돌아 헤매는 이 몸

내 부모 내 형제를 그 언제나 만나리
꿈에 본 내 고향을 차마 못 잊어.

실로 애절하고 절절하고 처절하게 순간순간 애간장을 후벼 파고 드는 노랫소리에 김순옥 집사가 숫제 가슴을 쥐어뜯는다. 이것이 바로 예술의 힘이요 노래의 극치가 아닐까 싶었다. 김순옥 집사가 연속부절 눈물 콧물 짠물을 짜면서 거의 실신상태로 환호작약 유감없이 박수를 처댄다. 더불어 공연장 안이 으레 우렁찬 박수 소리와 여기저기서 큰 소리로 외치는 우렛소리 같은 함성 및 환호성에 정신이 하나도 없다.
이러한 가운데 두 번째 노래가 이어진다.

1. 오늘도 걷는 다 마는 정처 없는 이발길
   지나온 자욱마다 눈물 고였네
   선창가 고동소리 옛 님이 그리워도
   나그네 흐를 길은 한이 없어라.
2. 타관 땅 밟아서 돈지 십년 넘어 반평생
   남녀의 가슴속엔 한이 서린다
   황혼이 찾아들면 고향도 그리워져
   눈물로 꿈을 불러 찾아도 보네.
3. 낯익은 거리마다 이국보다 차거워
   가야 할 지평선엔 태양도 없어……

계속 자기 한 사람만을 향해 불러주고 있는 듯한 노래같다. 이로 인하여 도리어 그 어느 순간 노랫소리가 하나도 들리지 않는 것이었다. 벌써 오래 전부터 친엄마, 진짜 엄마로 살고 있는 극성팬 김순옥 집사가 그만 넋을 잃고 마는 것이었다. 돌연 유구무언 엉뚱한 세계로 빠져들고 있었다. 점점 더 심각하게 변하여 가는 얼굴로 연속부절 그 무어라고 중얼거리기 시작한다. 분명 자기 나름대로 절대 확신 속에서 중얼거리고 있는 것이리라. 아예 자기만의 실내음악에 갇혀 독백을 하고 있나 싶다. 어디까지나 실낱같은 확신이 아니라 역시 절대로 움직일 수 없는 자기만의 절대 확신이 이렇게 만들고 있었다.

그런데 과연 확신이라는 게 뭘까? 사실 여부를 확실히 알아볼 것도 없다고 스스로 인정하며, 이어 확대해석에 확대 재생산까지 하게 만들며, 결국 확신에 찬 목소리로 확성기까지 들고 떠들게 만드는 등, 끝내 육적으로 영적으로 확신범 및 도덕적으로 종교적으로 정신이상자로까지 만들 수 있는 게 확신이리라.

그런데 벌써부터 그런 상태를 보이기 시작했단 말인가?

「난데없이 친부모란 이들이 나타났다? 좌우간 이런 얘기를 듣게 될 경우, 우리 새끼가, 그 얼마나 놀랄까? 과연 그 눈빛 어떠할까? 그리고 저쪽 부모님들의 눈빛은 또 어떠할까? 아예 놀라 기절을 해버리고 말겠지? 경위야 어찌되었든 간에. 결론적으로. 유괴범들로서. 폐일언하고. 그러나 저러나 맨 끝에 가선 단 한 마디도 할 말이 없겠지? 그 입이 백 개라도? 한마디로 말해서? 아니 으레 똥 뀐 놈이 성낸다고, 도리어 더 큰소리를 치게 되겠지? 진짜 너무도 황당해서 할 말이 없다고 말하면서? 진짜 어이가 없다고 말하면서? 진짜 그 그 터무니없는 소리 좀 그만하라고 화를 버럭버럭 내면서? 그렇게 극구 온갖 말을 다하면서? 도리어? 오히려? 진짜 거꾸로 고래고래 소리까지 치면서? 그러나 저러나 결국 그런 그 혼란스러운 상황 가운데 서게 될 우리 새끼! 과연 그때 그 심정 어떠할까? 불문곡직하고 너무도 기가 막혀 내내 아무 말도 못하고 있겠지? 그저 속으로만 이게 도대체 왠 난리냐고 생각하면서? 허나 그쪽 부모님들은 연속부절 더 큰 소리로 화를 내되 불문곡절하고 두 손을 가로 저으면서, 그 말도 씨도 안 되는 소리 좀 작작하라며 연방 두 눈을 무섭게 부라리겠지? 내내 눈을 부릅뜨고 노려보면서? 끝내 부들부들 떨기까지 하면서? 진짜 그 천부당만

부당한 소리 좀 그만하라면서? 아예 입에 게거품을 물고? 그런데 이런 얘기가 방송가에까지 옮겨 붙게 된다? 그땐 또 이 극성팬들의 반응은, 이 열렬한 팬들의 반응은, 그 어떠할까? 한마디로 상명지통!? 아니, 사랑하는 자식을 잃어버린 이 친부모, 이 진짜 부모의 슬픔, 그간의 그 많은 고통을 헤아려 알 리 없는 팬들로서는 대번 우리 부부를 향해 진짜 미친 것들이 따로 없다며, 진짜 웃기는 인간들이라는 말만 앞세우게 되겠지? 심지어 잃어버린 딸을 가지고 돈이나 노리는 인간들, 바로 그렇고 그런 인간 말종들, 한마디로 더없이 추악한 인간들로 취급을 하면서 온갖 말을 다하게 되겠지? 그래저래 딸을 잃어버린 우리 부부로서는, 무괴어심! 진짜 모든 언행 심사 간 마음에 조금도 부끄러울 것이 없는 우리 부부로서는, 더 더 미칠 수밖엔 없겠지? 그러한 우리 부부를 향해 하기 좋은 말로, 미친년! 미친놈! 언행이 정상적인 상태에서 완전히 벗어난 미치광이들! 그렇게 말하는 이들도 많겠지? 그래저래 결국에 가선 짧은 해프닝으로 끝날 수밖엔 없다? 그러나 저러나 이런 얘기가 결국 방송가에 알려지게 되면, 그땐 과연 우리 새끼가 그 어떤 입장으로 그 어느 쪽에 서서 그 무어라고 말하게 될까? 분명 우리 쪽을 향해 안 좋은 말만 하게 되겠지? 시종 황당하게 여기면서? 너무도 어처구니가 없다면서? 허나 그보다 더 중요한 것은, 역시 그런 우리 새끼를 향해 안 좋은 소리만 하게 될 그런 사람들에 대한 것이라! 그게 더 무섭다고! 실은 말여! 정말 그렇든 저렇든 간에 말여. 틀림없이 그런 이들도 나올 수 있을 테니까 말여. 그리하여 더 더 무서운 결론은, 결국 우리 새끼와 영영 이별? 다시는 만나 볼 기회마저 잃어버리게 될 것이다? 실로 그리 될 게 뻔하다! 오! 처음 잃어버렸을 때, 바로 그날부터, 내 머릿속에, 내 가슴속에, 내 심령 속에, 내가 속한 내 모든 삶속에, 내 가정 속에, 악마들이 우글거리는 실로 참담한 지옥이 시작되었었는데, 또다시 지옥이 시작되고 있나 싶구나! 이제야말로 진짜 진짜 내 새끼를 바로 눈앞에 놓고서 이 모양 이 꼴로 애만 태우면서, 진짜 처음 잃어버렸을 그때보다도 더 더 크고 더 더 깊고 더 더 참혹한 지옥 맛을 보고 있나 싶구나! 각설하고, 행여 이런저런 일들이 생길까 봐 다시금 입을 봉하고 만다? 또다시 이렇게 하루하루가 흘러가야만 된다? 오- 우리 주현미! 오- 우리 주현미! 오- 내 새끼! 오- 꿈에도 잊어본 적이 없었던 내 새끼! 오- 단 하루도 단 한 시도 잊어본 적이 없었던 내 새끼! 오- 내 온몸으로 내 온 맘으로 내 온 삶으로 일향 단 한 번도 잊어본 적이 없었던 내 새끼 내 새끼! 허나 그 언젠가는, 그 언제부터이든, 이 방송국 저 방송국 그 모든 방송국의 문턱이 죄다 닳아 없어질 때까지 무한 년 찾아 다니 게 되겠지? 허나 가수 주현미 쪽에서 매번 몹시 난감해 한다? 끝까지 묵묵부답, 아예 입을 일 자로 꼭 다문 채 아무 대답도 하지 않는다? 특히 저쪽 부모님들이 점점 더 차가운 얼굴로 보고도 못 본 체 듣고도 못 들은 체한다? 좌우간 그 어떠한 경우에도 전혀 문제 될 게 없다는 식으로 모든 의견이나 제언을 보다 더 완강하게 묵살하고 만다? 역시 그렇게 그렇게 나오겠지? 그러한 가운데 천하제일의 황조 우리 주현미 노래가 매일 사방팔방에서 쉼 없이 들려온다? 그리하여 우리 부부는 또다시 몸져눕고 만다? 다시금 식음을 전폐하다시피 한다? 그러나 그러한 가운데서까지, 그야말로 무섭게 상승하는 기세를 몰아, 계속 상승 가도를 달리게 될 황조 우리 주현미 노래가, 왠지 나를, 우리 부부를, 밤낮없이, 그 모든 언행심사 간에, 몽둥이세례며 몽둥이찜질을 하게 될 것이다? 그러한 가운데 연일 눈물을 주체하지 못하게 될 것이다? 그런 모습 그런 상태로 연일 황조 우리 주현미의 노래가 TV에서 흘러나올 때마다 으레 몸가짐을 새롭게 하며 마치 신에게 예를 다하듯 그리하게 될 것이다? 아마도 그런 상태로 연일 넋을 잃고 바라보게 될 것이다? 연해연방 눈물을 주체할 길이 없다는 듯 그렇게 눈물을 줄줄 흘리면서 그 무어라고 중얼거리게 될 것이다? 저게, 저게, 제 친엄마도 몰라보고서! 몸도 맘도 가눌 길이 없는 제 엄마를 몰라보고서? 다시금 몸져누운 채 눈물로 하는 소리라. 저게 진짜 우리 주현미가 아니라면, 진짜 우리 주현미가 그어디에 있단 말야? 주현미의 노래가 울려 퍼진다. 저 목소리도, 저 음성도, 저 음색도 다 나를 꼭 닮았다고 말들 하건만, 유독 저것 혼자서만 나를 모르고 있다니? 진짜 제 친에미를? 그래저래 우리 부부가 끝까지 황조 우리 주현미의 노래가 울려 퍼질 때마다 그저 가슴이나 쥐어짜며, 그저 입술이나 물어뜯으며, 그저 못 살아 못 살아! 하며, 그저 울부짖는 길밖엔 없단 말인가? 그래저래 결국 이 일이 유야무야 되고 만다? 아이고 아이고! 저걸 잃어버린 바로 그 순간부터 지옥이 시작되었었는데. 저게 바로 내 딸이다!라는 확신을 갖게 된 순간, 저게 바로 내 새끼다!라는 확신을 갖게 된 순간, 비로소 지옥이 물러가고 천국이 찾아왔었는데. 이젠 아예 내 새끼를, 내 딸을, 우리 주현미를, 바로 코앞에 놓고서도, 정녕 찾을 길이 막막할 뿐이다? 아— 더 큰 지옥이 점점 더 깊어질 뿐이로구나! 온 세상이 온통 극한 생지옥으로 변해버리고 마는구나! 온 세상이 온통 극한 생지옥으로 변해버리고 마는구나! 어쩜 숨을 쉴 수 없는 아주 자그마한 통 속에 갇혀버린 듯 숨이 콱콱 막히는구나! 금방 가슴이 터질 것만 같구나! 그런데도 줄곧 이러한 삶으로 하루하루를 살아야만 된단 말인가? 그래도 어떻게 해. 설령 이에미가 천 번 만 번 죽어도 좋지만, 그래도, 그래도, 만에 하나 우리 딸에게 해가 될 일만은, 만에 하나 우리 새끼에게 해가 될 일만은, 절대로 절대로 해선 안 될 판이고!? 그래 그래! 자식을 위해선 천 번 만 번 포기할 수도! 죽을 수도! 희생할 수도 있지! 그게 부모인데. 그래 그래 그게 부모인데. 더구나 하나밖에 없는 자식인데. 그런 자식의 가수 활동에 만에 하나나마 큰 지장을 주면 되겠느냐고. 안되지. 지금 한참 잘 나가고 있는 이 판국에. 그래 그래. 이렇든 저렇든 거치적거리는 장애물이 되면 쓰겠느냐고. 추후도 안 되지. 절대로 저 저 인기 몰이에 흉기노릇을 하면 못쓴다고. 저런 저 무대 위에서 흉기를 휘두르며 깽판을 치는 식으로 행여 대형 사고를 치면 어떻게 되겠느냐고. 만에 하나

정상 가도에 큰 함정을 파면되겠느냐고. 그러한 가운데 발을 걸면 되겠느냐고. 난데없는 태클이라니. 그래 그래. 끝까지 나 하나만 참으면 만사 오 케이인데. 그런데 내 욕심을 채우자고, 세상에 세상에 사랑하는 딸년을 여론 지옥으로 몰아넣고 극구 처형을 한다? 그렇게 저렇게 정신을 헷갈리게 한다? 정신을 못 차리게 한다? 갈피를 못 잡게 한다? 그래 그래. 정신을 차리자고! 이런 때 자식을 찾겠다는 건 순전히 손에 총 칼을 들고 자식을 죽이려 드는 거나 마찬가지라고. 그런즉 이 무모한 짓 그만 하자고. 자식을 위해! 자칫 잘못하면 자식과 평생 원수밖에 더 되겠냐고. 그러기 전에, 그래 그래. 뒤에 숨어서 기도로 기도로 도와주는 게 최고라고. 만에 하나 난데없이 얼굴을 쑥 내밀었다간, 냅다 머리채나 잡히는 등, 분명 큰 싸움에 큰 봉변이나 당할 수밖에 없을 것이니까. 진짜 도발을 일삼다가 끝내 괴한으로 몰려 경찰서에서 오라 가라 하면 더 큰 문제이고. 역시 우세 살 일을 멈추는 게 양쪽 다 잘되는 길이고. 아이고 아이고, 딸을 찾아 놓고서도!? 아이고 아이고 그래 그래! 딸을 완전히 내 것으로 만들어 버리고 말겠다는 욕심이, 결국 큰 화를 불러오게 될 것이라고. 그래 그래. 그러니까 지금껏 했던 대로 공연 때마다 선물 주고, 정 주고, 박수 주고, 사랑 주고, 눈물 주고, 그러면서 살아 보자고. 사진 한 장만 찍어다 놓고. 내 새끼에게 만에 하나 눈곱만한 불통이라도 튀면 안 되니까. 죽어도 내 새끼가 맞으니까. 누가 뭐라도 저건 내 새끼가 맞다고! 그래 그래! 그리고 감히 예수님께서 대신 죽어주신 그 큰 사랑과 그 큰 은혜와는 극에 하나도 비교할 순 없지만, 나도 이젠 딸을 위해 죽어주자고. 이제 그만 딸을 기어이 차지하되 완전히 차지하고 말겠다는 생각과 욕심과 집착과 집요함을 버리고. 오오− 딸을 포기하고. 오오− 다만 딸의 더 큰 성공과 더 큰 행복을 위하여. 오오− 당연지사 나와 전혀 상관없는 애로 놓아주는 게 좋겠지? 오− 내 사랑하는 딸에게, 이 에미로 말미암아, 진짜 털끝만한 흠집만 생겨도 안 되니까. 죽어도 죽어도. 그리고 딸년의 심령을 혼란스럽게

만들어도 안 되고. 폐일언하고, 그래서 진짜로 잘될 일도 없고. 무위이
화! 정말 잘될 일은 공들이지 아니해도 스스로 알아서 잘 되게 되어있
다고!? 그러나저러나 이 사랑이란 게 뭘까? 특히 부모로서 자식을 사
랑하는 이 애자지정이란 게 뭘까? 매우 사랑하며, 더 소중히, 더 더 소
중히 여기는 애지중지?! 늘 자기 몸같이 사랑하는 애인여기?! 이럴 때
마다 힘에 겨운 일을 이루려고 온 힘을 다하여 보는 애면글면?! 이 애
달픈 사랑이야기?! 연속부절 애달프게 울어 대는 소쩍새의 울음?! 내
내 애달아 어쩔 줄을 모름?! 결국 이처럼 이루지 못할 사랑에 밤낮 애
처롭게 우는 눈물?! 오— 하나님 아버지! 그래도 그래도 그저 그저 내
새끼 하나만 잘 되게 해 주세요!」

　이렇게 저렇게 말하면서, 자칭 주현미 양의 친엄마가 되어버린 김순
옥 집사가 필경 비관론자가 되어 연속적으로 이야기 속에 이야기가 나
오는 액자소설과, 자기 나름대로 독립된 몇 개의 이야기를 모아 어떤
계통을 세운 피카레스크소설을 쓰는 등, 연속부절 눈물로 개인 비극영
화를 만들고 있었다.

　이러한 가운데 어느덧 공연이 거의 다 끝나가고 있었다.

　집에 도착한 아내에게 남편이 묻는다.

　「오늘도 잘 보고 왔어? 오늘은 어땠어? 오늘도 울고만 왔어?」

　「왜, 울고만 있다가 왔으면 좋겠어요? 좌우간 가면 갈수록 더 난리
더라고요! 그런데 오늘 우리 집 손님은 어땠어요?」

　「뭘 어때. 그런 대로였지. 그런데 오늘은 그 가지고 갔던 선물은 어
떻게 됐어? 오늘은 받아? 오늘은 그 선물을 받더냐고?」

　「뭘요! 오늘도 전과 마찬가지로 선물 절대 사절이더라고요. 그래서.」

　「그래서?」

　「그래서는 뭘 그래서요. 그래서 이번엔 손수건 한 장에다가, 다음 공
연장에서 우리 함께 사진 한 장만 찍어요. 천청만촉 제 간절한 소원이
에요. 정말 그 사진을 저희 집안의 가보처럼 여기면서 홀에 걸어두고

싶어서랍니다요. 그런데 설마 이것마저 이런 이유 저런 이유를 대면서 한사코 거절은 못하시겠지요? 사실 우리 하나님 아버지께 천 번도 만 번도 더 기도한 다음에 이렇게 겨우 부탁하는 것이랍니다요. 그럼 다음 공연장에서 또 만나요. 중궁전에서 매 공연장마다 빠짐없이 찾아다니면서 죽어라고 박수를 쳐대는 최고 극성 팬 김순옥 아줌마가. 이렇게 미리 써 가지고 간 편지 한 장만 주고 왔지요.」

「그래도 가지고 간 그 김치 통을 그 공연장 준비실에 놓고 오지 그랬어? 이번에는?」

「그렇지 않아도 이번에는 나도 그렇게 하고 왔다고요. 누가 갖다 먹든지 말든지 말예요.」

「잘했네 잘했어. 잘했다고! 그래야지.」

「그나지나 그게 이 중궁전에서 극성 팬 김순옥 아줌마 라고 쓴 그 뜻이 그 무슨 의미인 줄이나 알까 모르겠어요?」

「모르지 뭘 알아!」

「그래요 그래요. 그리고 실지로 전혀 모르는 것만 같더라고요. 그런 즉 왜 그렇게 썼는지 조차도 모르겠지요? 혹시나 하고 써 봤지만 말 예요?」

「그러게 말일세. 백 프로 천 프로 만 프로 틀림없이 우리 딸이 맞는데 말이야.」

「누가 아니래요. 좌우간 이 다음에는 좋은 산삼이나 한 뿌리 사다 주고 싶어요. 그 지치지 않도록요.」

「그 값이 얼만데?! 아니 그리고 그 산삼을 어디서 구해?」

「그래도 내 새끼니까 한번 먹여보고 싶다고요.」

「아, 그거야 두말할 것도 없지!」

「좌우간 우리 새끼를 찾은 바로 그 주간부터 복권 사던 일을 끊었었으니, 벌써 그 돈만해도 그 얼마나 많겠냐고요? 큰돈이 아니겠느냐고요? 그 돈으로 산삼 몇 뿌리만 사 보자고요!」

「아, 알았어 알았어! 알아서 혀. 알아서 허라고. 우리 새끼한테 그 산삼 몇 뿌리가 문제여. 온 천하 모든 것을 다 줘도 아깝지 않을 이짜 판국에. 진짜로 진짜로. 그러니 알아서 하라고. 그렇게.」

「고마워요 여보! 아무튼 우리 새끼가 우리보다 더 건강해야만 되니까요. 그래야만 더 높이 올라갈 수도 있을 거고요.」

「그려 그려.」

이렇게 저렇게 하루하루를 더하던 중 벌써 또 몇 달이 흘러가고 있었다.

시장통고유중화요리중궁전에 찾아온 손님들이 묻는 말이다.

「그러나 저러나 저 벽에 걸려있는 저 사진이 그 누구 사진이여?」

「그리고 왜 이 중궁전에서는 맨날 주현미 노래밖에 안 나오는 거고? 나도 주현미 노래밖엔 모르지만 말여.」

사실이었다. 이 시장통 중궁전에서는 늘 주현미 노래만 흘러나오고 있었다.

「그런데 주인아줌마. 설마 아니 가수 주현미와 무슨 특별한 관계가 있는 건 아니시겠지요?」

「아이고 아이고, 그게 지금 무슨 소리대요! 아예 아예 아무런 관계도 없다마다요!진짜로요.」

「그런데 왜 늘 주현미 노래만 틀어놓고?」

「아이고 아이고, 그거야 목소리가 너무너무 아름다워서지요! 손님들을 위해서요. 순전히요. 그 외에 무슨 특별한 관계가 있겠느냐고요.」

「허긴 그렇겠지요만, 그래도 너무 한다 싶어서요. 좌우간 목소리 하면 역시 주현미 목소리가 최고라.」

「아이고 그거야 그러므니요 그러므니요! 그거야 두말할 것도 없지요!」

「아, 그리고 보니까 저 목소리까지도!? 진짜 그 목소리까지 비슷한게, 아 정말 이상하네?」

「아이고 아이고, 저러다가 큰일 나겠네 정말! 그 무슨 놈의 목소리까지요! 진짜 아무런 관계도 없는 남남일 뿐인데요! 정말 큰일날 소리를!」

「아니 아니!? 저 저 사진까지 보라고! 저게 분명 가수 주현미와 주인 아줌마가 아니냐고? 저 함께 찍어놓은 사진 말야!?」

「아, 벌써 딱 봐도 그렇구먼!」

「그런데 지금 내 말은, 저 두 얼굴이, 그 어딘가 모르게 타긴 구석이 많지 않냐 그런 말이지.」

「아— 그리고 보니까 진짜 그런 것도 같네. 진짜로 두 사람의 얼굴이 꽤 많이 닮았다고. 그것도 아주 많이. 그렇다고 해서 친엄마 친딸도 아 닐 테고. 아예.」

순간 자칭 주현미 엄마로 살아온 주인아줌마가 부러 큰 소리로 부인 한다.

「호호, 그러므니요! 무슨 엄마 딸! 정말 큰일 나겠네. 진짜 큰일 날 소 리를 하고 계신다고요! 그렇지 않아도, 주현미와 하도 많이 닮았다고들 해서, 부러 한 장 찍어다 놓은 것 뿐인데요! 아예 다른 뜻은 없고요!」

그러나 바로 옆자리에 합석한 듯 앉아있는 손님들이 거들고 나선다.

「아니야 아니야! 저 주현미와 우리 주인아줌마와 그 무슨 관계가 있 는 게 틀림없다고! 진짜 저 얼굴하며 저 저 왠지 모르게 너무너무, 진 짜 너무너무 닮은 곳이 많아 보이고요! 내 눈에도요. 진짜로요. 그 어 딘지 모르게? 안 그려요들?」

「그러게 말여! 그리고 보니까 진짜로 진짜로 그렇게만 보이네. 저 코 며 저 입이며 저 눈 두덩이에 저 눈맵시 등 거의 다. 완전히 말여.」

「아— 그리고 저 눈 꼬리까지! 아 죄다 영락없다니까! 특별히 저 보조 개가 더! 좌우간 저 보조개가 있는 곳을 한 번 더 봐 보라고. 내 참! 세 상 살다 살다 별놈의 꼴을 다 보겠네 그려!」

「아, 누가 아니래.」

「아, 틀림없이 닮았다니까! 아! 틀림없이 친엄마와 친딸이라니까. 친!」

「그려 그려. 세상에 닮았네 닮았네 해도 저렇게까지 닮을 수는 없다

고! 그것도 아주 아주 많이 많이! 저 구석구석 죄다 말야. 진짜 친모녀
지간이 아니고서야.」

자칭 주현미 엄마가 다시금 큰 소리로 부정하고 나선다.

「아이고, 그만들 하세요! 그러다가 정말 큰일 나겠다고요! 그리고 친
엄마는 무슨 놈의 친엄마예요! 그 말도씨도 안 되는 말씀들을!」

「좌우간 그렇든 저렇든 자못 닮은 구석이 너무너무 많은 것만은 틀
림없다고요! 둘 다 녹빈홍안은 아니지만 말입니다.」

옆 사람이 끼어든다.

「왜! 둘 다 녹빈홍안이지! 저 정도면! 더구나 그 노래를 부를 때 보
면, 정말 녹빈홍안보다 한층 더 아름답고 한층 더 고상하고 한층 더 고
고하고 한층 더 고묘하고. 하여간 노래를 부를 때 보면 그 뭔가 신비스
러움까지 배어나오는 등 말야.」

「허긴 또 그래. 진짜 그 노래를 부를 때 보면, 한마디로 꽃 속에 꽃이
라고 말해주는 게 옳겠지.」

「그래! 정말로 그렇다니까! 하여간 노래를 부를 때 보면, 진짜 그 아
름다운 모습이 자못 신비롭게까지 보이는 등, 진짜 화중신선이 따로
없다고. 한마디로 말해서.」

「그래 그래. 그건 진짜 그래. 좌우간 노래를 부를 때마다 웃는 그 모
습하며 우는 듯한 그 모습 등이 그 얼마나 아름다운지, 그야말로 절세
미인 중의 절세미인이 따로 없더라고.」

「아, 그렇다니까!」

이상 김순옥 집사가 이런 말 저런 말에 내심 말로다 형언할 수 없이
행복해 한다. 속으로 중얼거린다. 답답해 죽겠다는 말이다.

「그런데 이런 사실을 그 어떻게 알릴 순 없을까? 하여간 주현미 그
멍청한 것이, 지미도 몰라보고. 다른 사람들은 다 알아보는데. 참 멍청
하기 짝이 없어가지고서. 진짜 멍청한 것이 따로 없다더니. 세상 천지
에 멍청멍청해도 저 저 저렇게까지 멍청한 멍텅구리는 없을 것이라고.

아예 말여. 진짜 생김새는 그렇게 안 생겨가지고서. 아이고 내 새끼가 천하에 없는 멍청이라니!? 진짜 지미도 몰라보는 멍텅구리.」

그런데 요즘 들어 웬일일까? 돌연 수토불복 곧 물이나 풍토가 몸에 맞지 않아 위장이 나빠진 것인지, 아니면 또 다른 병에 걸려 깊이 앓고 있는 중인지, 그처럼 얼굴이 부쩍 수척해 보이는 것이었다.

며칠 후 가요무대를 통해서 가수 주현미 노래를 들으면서 부부가 주고받는 말이다.

「머리카락 몇 가닥만 있으면, 당장 디 엔 에이 검사를 해 볼 수가 있을 텐데? 그 DNA 검사만 해보면 이 모든 문제가 확 풀리고도 남을 수 있을 판이고! 한꺼번에.」

아내가 남편의 말에 한숨을 푹푹 몰아쉬면서 하는 말이다.

「그러니까 말예요!」

「허나 그 머리카락을 어떻게 구하냐고?」

「왜요. 공연장에 가서, 공연이 끝난 뒤, 미소를 지며 다가가, 전번에 찍은 그 사진 한 장에 이어 머리카락 몇 가닥을 영원히 간직하고 싶어서 그런즉, 어떻게 그 머리카락 대여섯 가닥만 뽑아 줄 수 없겠느냐고 말하면, 돌연 크게 놀란 가슴으로, 머리카락까지요!? 하며 기이하게 웃다가, 결국 미소를 지으면서 흔쾌히 뽑아주지 않겠느냐고요? 내 생각에는 그럴 것 같은데요?」

「그럴까?」

「바로 그 머리카락으로 DNA 검사를 해보면 되는 건데, 그게 뭐 그리 어렵겠느냐고요.」

남편이 깊은 생각에 잠겨들며 말한다.

「그러다가, 그러다가, 그 머리카락까지 구해왔다 손치더라도, 막상 또 아니면? 그 막상 말여?」

아내가 큰 소리로 그렇지 않다고 부정한다.

「아이고ㅡ! 그게 지금, 그게 지금 그 뭔 소리다요?! 저 하는 소리마다!」

「아니!」

「안이고 밖이고 간에, 아 우리 딸이 맞다고요! 가수 주현미가! 백 프로요! 내 딸이라고요! 백이 백 마디를 하고 만이 만 마디를 해도요!」

「그건 그려. 그건 백 번 맞지. 허나 만에 하나나마 그 DNA 검사를 했다가, 막상 아니면 해서 내가 지금 이러는 거지. 지금 내가.」

「그럼 어쩌자고요? 이제 와서?」

「그럼 이유 없이 일단 한번 해 보자고. 그 DNA 검사를.」

「그래요! 백 프로 우리 딸이 틀림없으니까요! 그 DNA 검사를 하고 안하고 간에요.」

「그래 그래. 당신 말마따나 그 얼굴 모습하며 그 보조개까지 다 우리 딸이 맞으니까! 허나 지금 내 말은, 그 DNA 검사까지는 좀 더 생각해 보는 게 어떻겠느냐는 말이지. 지금 내 말은. 달리 더 좋은 방법을 찾아 볼 때까지.」

「그래요, 그럼. 저도 실은 그 DNA 검사까지는 너무도 두렵고 떨리고 그러니까요. 왠지 말예요. 막상 말예요. 오죽하면 제가 죽은 다음에나 해 보든지 말든지 하는 게 좋겠다 싶은 생각까지 들겠어요. 솔직히요. 실은 저도 지금요.」

「역시 그렇지?」

「그렇다니까요!」

이날 밤 잠자리에 들었다.

남편이 꿈속에서 가수 주현미와 주고받는 말이다.

「내가 어머니라고 불러주는 순간, 바로 그 순간부터, 그 잃어버린 진짜 주현미를 놓고 밤낮없이 기도하되, 우리 주현미! 오늘도 동서남북 그 어디에 있든지 눈동자처럼 지켜 주옵소서! 점점 유명한 가수, 아예 유일무이한 황조가 되게 하여 주옵소서!라고 기도하고 있는 그 기도가 중단될까봐서, 실은 그게 너무너무 무서워서요. 실은 기도처럼 중요한 게 없는데요. 그래서 제가 지금 이렇게 망설이고 있는 거고요.」

「오오 듣고 보니 딴은 그렇기도 하겠구나! 허나 딸이라고 말해 주면, 전날 잃어버린 그 딸로 말미암은 그간의 그 많고 많은 고통과 슬픔에서 완전히 벗어난 내 아내가, 자못 감사하는 맘, 감사하는 삶을 살면서, 다시금 건강을 되찾을 수 있지 않을까 싶어서라. 실은 이 죽을 병에서. 그래서 내가 지금 이렇게 간곡히 부탁하는 거고.」

「예에!? 죽을 병이요?! 아 예예. 그럼 잘 알겠습니다. 정 그러시다면, 그 감사하는 맘, 그 감사하는 삶을 위하여, 제가 한 번쯤 어머니라고 불러드리도록 하겠습니다. 제가 진짜 딸인지 아닌지 그건 저로서도 잘 모를 일이지만 말입니다.」

남편이 꿈속에서 깨어나 자리에서 벌떡 일어난다.

그러나 이내 꿈속에서 꿈속으로 계속 이어진다.

「이게 도대체 무슨 소리야!? 이게 도대체 무슨 꿈이냐고? 그럼 가수 주현미가 우리 딸이 아니라는 거야? 아니, 진짜 딸인지 아닌지 모를 일이라니? 그게 도대체 무슨 말이냐고? 그리고 아내가 죽을 병이라니!?」

이때 어느 한 백발노인이 나타난다. 두 번 세 번 홀현홀몰을 반복하던 끝에 이윽고 의미심장한 미소를 띠면서 말을 한다.

「의학적으로 접근해 보도록 하여라. 진짜인지 가짜인지 한번 DNA 검사를 해보라 그런 말이니라.」

「디엔에이 검사요?! 그 무엇으로요?」

「주현미 머리카락으로!」

「어떻게요?」

「아내가 죽을병이 들어서, 내가 아내 대신 왔노라고 말한 뒤, 아내가 황조의 머리카락만 만져도 금방 병이 나을 것만 같다고 말하기에 이렇게 왔으니, 어떻게 그 머리카락 대여섯 가닥만 뽑아 주실 수 없겠느냐고 간곡히 호소하면, 끝내 마지못해 하면서도 그 머리카락 대여섯 가닥쯤 뽑아주지 않겠느냐. 아주 몹쓸 종자 망종이 아닌 이상 말이니라.

아무튼 제 아내를 살려줄 겸. 제 아내를 살려주는 셈치고. 죽은 자의 소원도 풀어준다는 말이 있다면서 그리 천정만촉해보라고. 그리하여 얻은 그 머리카락으로 DNA 검산가 뭔가를 한번 해보란 말이니라.」

「아, 예예. 알겠습니다요! 말씀하신 대로 해 보겠나이다!」

백발노인이 홀연히 사라진다.

꿈에서 깨어난 남편이 중얼거린다.

「이게 도대체 무슨 꿈이야? 아내가 죽을병이 들어서라니?」

다음 날 아내가 몸져눕고 만다. 벌써 몇 달 전부터 왠지 몸이 안 좋다고 말했었다. 그러했던 아내가 힘없이 몸져눕고 만 것이다.

부랴부랴 병원으로 달려갔다. 병원 발 당장 입원수속부터 밟으라는 것이었다.

그런데 이게 도대체 무슨 청천벽력 같은 소리란 말인가. 청천벽력도 유분수지, 이게 정작 그 무슨 날벼락이란 말인가. 아닌 밤중에 홍두깨라더니, 이게 바로 그런 홍두깨란 말인가.

「폐암 말기요?! 아니 담배도 안 피우는 교인인데요?!」

의사가 대답한다.

「그럼 옆에서 대신 담배연기를 열심히 뿜어준 사람이 있었겠지요. 아마도요.」

순간 남편의 얼굴이 홍당무가 되고 만다.

「그러고 보니 내가 바로 그 죽일 놈이었었구나! 아이고 아이고, 이 일을 어쩌면 좋단 말인가? 담배?! 담배!?」

그렇다. 일생동안 담배를 피워 물던 남편이었다. 딸을 잃어버린 뒤 더욱 심했다.

의사의 청천벽력 같은 소리에 돌연 하얗게 질려있는 남편에게 의사가 좀 더 조심스럽게 말한다.

「앞으로 잘해 줄 수 있는 시간이 고작 삼사 개월밖엔 없을 것 같으니, 오늘 이 시간부터라도 잘해 보도록 하십시오. 환자가 소원하는 대로 다 들어주면서. 그 무슨 소원을 얘기하든지 말입니다.」

「소원하는 대로요?」

남편이 눈물을 하염없이 흘린다. 하염없는 시름에 잠긴다. 하염없이 창 너머 먼 산만 바라본다. 한숨을 푹푹 몰아쉰다. 한숨밖엔 안 나오는 모양이다.

병원에서 퇴원하여 집으로 돌아왔다. 만사휴의! 병원에서는 이제 더 이상 손 쓸 방도가 없다는 데서, 이미 모든 상황이 다 끝장났다는 데서, 그야말로 무슨 수를 쓴다 해도 도무지 가망이 없다는 데서, 그냥 손 한번 써 보지도 못한 채, 그냥 모든 것을 포기한 채, 그냥 집으로 돌아올 수밖에는 없었다.

남편이 하는 말이다.

「다음 공연이 그 언제 어디서 있게 될지, 그건 아직 잘 모르겠지만, 좌우간 그때 갔다 온 뒤 그 DNA 검사를 해볼테니까, 그때까지 잘 버텨보라고. 절대로 그러기 전에 죽으면 안 되니까. 내 말 알겠어? 내가 그만 담배도 완전히 끊을 테니까.」

남편이 담배를 완전히 끊겠다는 말에 아내가 웃는다.

「고마워요 여보. 그래요 여보. 그리고 교회도 내 대신 한 번씩 나가 보시고요.」

「알았어, 알았어. 약속할게.」

교회에서 목사님은 물론 장로님 권사님 집사님들이 줄지어 찾아온다.

몸져 누워있는 자칭 주현미 엄마에게 할머니 권사님이 하는 말이다.

「집사님. 우리 주현미가 아주 어렸을 때, 우리 교회 유치부에서, 나에게 예수님에 대해서 배우곤 했었는데, 바로 그때 그 주현미를 만나보고 싶거들랑, 어서 빨리 자리를 툭툭 털고 일어나 보라고요. 죽어도 그 딸을 만나 본 뒤에 죽어야지요. 오- 예수님! 예수님! 예수님!」

예수님! 예수님! 예수님! 하면서 계속 한숨을 푹푹 내쉰다.

자칭 주현미 엄마가 두 눈에 흥건하게 고여 있는 눈물을 툼벙툼벙 떨어뜨리면서 아멘! 아멘! 한다.

그런데 며칠 후 숨을 거둘 때까지의 삶은 과연 그 어떠할까?

「예수님! 예수님! 우리 주현미! 우리 주현미! 우리 주현미! 끝까지 잘 좀 보살펴 주시옵소서. 끝까지, 끝까지, 끝까지 책임져 주세요!」

가수 주현미와 함께 찍은 사진을 바라보면서 하는 말이다.

「각처 공연장마다 찾아다니되, 단 한 번도 빠짐없이 찾아다니면서 찍어 놓은 사진인데. 오오 진짜 내 새끼 한 번 예쁘다! 진짜 진짜 너무 너무 예쁘다! 그런데 이젠 더 이상, 더 이상, 더 이상, 같이, 같이, 사진을 찍을 수가 없다니……?! 같이 사진 한 장만 찍어 봤으면, 죽어도! 죽어도! 정말 죽어도 소원이 없겠다며 천청만촉 함으로 겨우 저 귀한 사진 한 장 찍을 수가 있었는데……?!」

눈물이 비 오 듯 쏟아진다.

「하여간 내가 건강해서, 아주 귀한 산삼 한 뿌리라도 먹여주고 싶었었는데……!? 그 누구에게도 주지 말고 혼자서 다 먹으라며, 산삼, 산삼, 산삼 몇 뿌리를 사다주고 싶었었는데……!? 오- 천하에 둘도 없는 가수 만고절창 황작! 오- 천하제일의 미인 가수 만고절색 황앵! 오- 천년에 하나 나올동말동 하다는 가수 중의 가수 만고불멸의 황조! 오- 저런 내 새끼에게 산삼 한 뿌리도 못 사 먹이고 가다니……! 오- 이런 게 에미라고! 이런 게 에미라고! 이런 게……!」

시장통고유중화요리중궁전에서 마치 애틋한 사랑가를 말해주듯이 가수 주현미 양의 노래가 계속 흘러나온다.

「그나지나 언제 어떻게 우리 새끼를 데려갔을까? 그날 분명 방 안에 있었는데? 허긴 그때 네 살배기였으니까, 돌연 밖으로 나갔을 수도 있었겠지만? 좌우간 저렇게까지, 저렇게까지 훌륭한, 저렇게까지 아름다운, 오- 진짜 꽃 중의 꽃 화중화! 꽃 중의 왕 화중왕! 꽃 중의 신선 화중신선! 으로 키워주신 저쪽 부모님들께 고맙다고 해야만 되겠지?

오— 저저 만고불멸의 만고절창! 진짜 저토록 아름답게 길러주신 우리 만고절창의 저쪽 부모님들과 원수를 맺을 수도 없고……? 아니, 아예 감옥으로 확 보내버릴 수도 없고……? 아니, 또 그래봤자 우리 새끼에게 좋을 것도 없고! 진짜 그래봤자 더 안 좋은 영향, 더 안 좋은 결과밖엔 없을 게 뻔하고? 그래저래 이 모든 사실을 확 까 벌릴 수도 없고? 그렇다고 또 그 언제까지 쥐 죽은 듯이 조용조용히 보고만 있을 수도 없고? 하여간 전날에는 순간순간 이빨을 뽀드득뽀드득 갈아 부치면서 진짜 저런 인간들은 부모도 아니까, 그냥저냥 저 감옥으로 보내버리는 게 대원칙이라고! 줄곧 그렇게만 말했었는데? 세상에 남의 자식을 훔쳐간 사람처럼 악한 사람은 없다고 말하면서. 허나, 실은 그쪽에서 훔쳐갔는지, 실은 우리 쪽에서 잃어버렸는지, 그것만은 아직도 모를 일이고. 실은 네 살배기를 혼자 있게 해 둔 게 더 큰 잘못 이였으니까. 오— 그러나저러나 그때 이 에미를 잃어버린 뒤, 내 새끼가, 내 새끼가, 그 얼마나 울었을까? 밤낮 한도 끝도 없이, 정말 한도 끝도 없이 울기만 했었겠지? 오— 허긴 그래서 목소리가 저렇게까지 아름다워 질 수 있었겠고? 오— 내 새끼! 오— 내 새끼를!?」

재차 피눈물을 줄줄 쏟는다.

「하여간 유괴범들은 가차 없이 다 죽여 버려야만 된다고 생각하며 울부짖곤 했었는데? 그거야 물론 그래야만 된다고 했었었는데? 허나 오늘 날 인기가 하늘 높이 치솟아 저 최정상에까지 올라가 있는데? 이런 판국에, 소위 부모란 것들이 끼어들어 만에 하나 재를 뿌릴 수도 없고? 절대로 그럴 수는 없고? 좌우간 그리되면 다 허사라. 좌우간 그리되면 절대로 안 될 판이라. 그런즉 좀 더 조용히 때를 기다려 보자? 지금까지도 잘 참았으니까? 그래 그래 좀 더 꾹 참아보자고. 돌이켜 보면, 지금껏 꾹 참았던 게 우리 새끼에게도 좋았던 것 같고. 그래 그래. 지금껏 잘 참았던 게 진짜 잘한 셈이었던 것 같다고. 그리고 이제부턴, 내 새끼를 그 누구보다도 더 훌륭하게 잘 키워주신 저쪽 부모님

들께 고마움을 표하면서, 위하여 기도해 주는 게 인간사 도리겠지? 그
래 그래. 오- 내 새끼! 오- 내 새끼! 오- 내 새끼를, 지금이라도 기어
이 찾고 말겠다며 앞으로 나설 경우, 당장 저 노래를 부르는데 큰 방해
물, 큰 방해꾼, 큰 방해죄나 짓게 될게 뻔할 뿐이고. 그밖에 더 좋을 게
또 그 뭐가 있겠냐고. 방장부절! 역시 한창 잘 자라는 초목은 꺾지 않
는 법. 진짜 장래성이 무한한 내 새끼에게 헤살을 놓지 않는 게 최고라
고. 그래 그래. 큰 방해요인만은 절대 절대 절대로 되지 말자고. 오-
내 새끼! 오- 내 새끼! 그러나저러나 죽기 전에, 죽기 전에, 단 한 번
만이라도 직접 만나, 오붓이, 오순도순, 그렇게 이런 얘기 저런 얘기
를 원 없이 나눠 보고 싶건만, 진짜 그럴 수 있는 방법은 없을까? 없겠
지? 아예!? 내 지금껏 피눈물로 살아온 내 모든 얘기를 하나도 빠짐없
이 죄다 들려주고 싶은데 말야. 진짜 쥐도 새도 모르 게. 허나 그러다
가 결국 저쪽 분들과 크게 다툴 수도 있는 법. 그러다가 우리 저 죄 없
는 새끼에게까지 큰 불똥이 튈 수도 있는 법. 실은 그게 더 무섭고. 그
언제나 마찬가지로. 그래 그래. 그런즉 어차피 참은 것, 좀 더 좀 더 참
아 보자고. 진짜 더 좋은 방법을 찾을 때까지. 진짜 쥐도 새도 모르게
만나 볼 수 있을 대까지. 그래 그래.」

눈을 감는다. 눈언저리에서 눈물이 배어나온다. 눈물이 툼벙툼벙 떨
어진다. 잇대어 온몸으로 눈물바다에 깊이 잠기고 만다.

삼일 후, 산 좋고 물 좋고 특히 공기가 너무너무 좋은 산속으로 자리
를 옮겨간다. 다시 말해서 주현미 노래 가사와 비슷한 곳에다가 부러
오막 집을 한 채 지었던 바, 곧 후일에 주현미 직계 가족이 놀다 올 수
있도록 몇 년 전에 준비해 두었던 바로 그 집으로 마지막 간병인 남편
과 함께 잠자리를 옮겨온 것이다.

가수 주현미 양의 노래가 마치 이 깊고 깊은 심심산천을 시로 읊어
주듯 더없이 아름다운 목소리로 감미롭게 울려 퍼진다.

1. 굽이굽이 물 따라 굽이굽이 산 따라 물속에 비봉 잠들고 내 님은 청풍에 취하네. 이리 봐도 산적적수잔잔 저리 봐도 산적적수잔잔 가만가만 바람이 잔물결을 깨우며 피는 꽃 지는 꽃 분간도 없이 온 세상 온 세상에 자욱히 퍼지는 물안개 일망무제로가 청풍 호. 사과 밭에 이장님 매운탕 집 아저씨 활짝 웃고 계시네. 아 청풍명월이로다.

2. 어젯밤엔 안개도 어지간히 젓더니 고운 얼굴 말갛게 씻고 달님은 덩실 떠오르네. 돌고 도는 물길은 돌돌돌 산과 산은 겹겹이 겹 겹 겹. 알 듯 말 듯 내 사랑 될 듯 말 듯 내 사랑. 내 님과 밤새도록 밀고 당겨도 달님은 관심이 없네. 바람이 풀잎을 눕히네. 눕는 건 풀잎만 아니네. 속살대는 귓속 말 밀려오는 꽃물결 우리 서로 얽히니 아 청풍명월이로다. 아 청풍명월이로다.

녹음기에서 주현미 노래가 계속 흘러나온다. 특별히 선별하여 새로 녹음기에 실어 놓은 몇 곡의 노래가 이어지고 있었다.

1. 정든 님 사랑에 우는 마음 모르시나 모르시나요
   무정한 당신이 내 마음 아실 때는 땅을 치며 후회하련만
   어차피 가신다면 이름마저 잊으리
   정주고 내가 우네 너무나도 사랑했기에.

2. 정든 님 모습을 행여나 잊을 때는 잊을 때는
   무정한 당신이 내 마음 꾸짖으니 야속하고 우울하지만
   괴로움 남기시고 그대 어이 가려하오
   첫사랑 고백하던 그 말씀을 잊으셨나요.

자칭 주현미 엄마가 되어버린 김순옥 여사가 마치 자기 가슴을 후벼

파듯 보다 더 애절하게 흘러나오는 주현미 양의 노래 소리에 연속부절 가슴을 쥐어짠다. 다시 말해서 잃어버린 딸의 옛 삶을 상상해 보면서 말이다. 속절없이 실성통곡을 한다.

1. 고향이 그리워도 못가는 신세
   저 하늘 저산 아래 아득한 천리
   언제나 외로워라 타향에서 우는 몸
   꿈에 본 내 고향이 마냥 그리워
2. 고향을 떠나 온지 몇몇 해던가
   타관 땅 돌고 돌아 헤매는 이 몸
   내 부모 내 형제를 그 언제나 만나리
   꿈에 본 내 고향을 차마 못 잊어.

노랫말에 따라 연방 가슴을 쥐어뜯는다. 모름지기 옛 6·25전쟁 후 그렇게 그렇게 살았던 그때 그 자신의 삶이 주마등처럼 스쳐 가는 모양이다. 연하여 이번에는 딸의 처절한 절규에 절골지통 곧 뼈가 부러지는 아픔과 실로 견디기 어려운 고통을 말해주듯 하는 얼굴로 어찌할 바를 모른다.

1. 어머님 아버지 왜 나를 버렸나요
   한도 많은 세상길에 눈물만 흐릅니다
   동서남북 방방곡곡 구름은 흘러가도
   생일 없는 어린 넋은 어디메가 고향이요
2. 어머님 아버지 왜 말이 없습니까
   모진 것이 목숨이라 그러나 살겠어요
   그리워라 우리부모 어드메 계시 온지
   꿈에라도 다시 한 번 그 얼굴을 비춰주오

이 노래 가사에 의하여 한 번 더 지옥 고통 속으로 빠져들어 다시금 실성통곡을 한다. 마치 간악무도한 대적에게 짓밟히고 있나 싶다.

「현미야! 현미야! 미안하다! 미안혀! 이 에미가 잘못했어! 이 에미가. 이 에미가.」

끝내 실신을 하고 만다. 이게 벌써 몇 번째일까.

잠시 밖에 나가 있던 남편이 들어온다.

「여보! 너무 아파? 너무 힘들어?」

아내가 깨어난다.

남편이 묻는다.

「녹음기 꺼줄까?」

「그대로 놔두세요.」

「알았어. 그 대신 그만 좀 울고!」

「알았어요. 그런즉 당신은 또 나가 풀이나 깎아요. 우리 현미 식구들이 와서……!」

「아 글쎄, 알았으니까! 정신 차리고!」

주현미 양의 노래가 계속 울려 퍼진다.

이번에는 자신의 옛 처지와 딸의 옛 처지를 한 번 더 뒤돌아보라는 듯한 노랫말이 이어진다.

1. 그 누가 꺾었나 한 송이 외로운 꽃
   시들은 꽃송이가 애처롭게 울고 있네
   부질없이 꺾었으면 버리지를 말아야지
   시들어 흐느낄 줄 왜 몰랐을까
   싸늘한 하늘 밑에서.
2. 그 누가 버렸나 한 송이 외로운 꽃
   시들은 꽃송이가 애처롭게 울고 있네
   부질없이 꺾었으면 버리지를 말아야지

시들어 흐느낄 줄 왜 몰랐을까
싸늘한 하늘 밑에서.

처절하게 울고 있다는 것이 바로 이런 것일까. 이래저래 모진 세상살이에 병들고 상한 채 더할 나위 없이 시달리고 쪼들린 병풍상서의 그 처절한 삶, 바로 그러한 삶으로 살아온 듯한 자신을 노래해 주고 있나 싶은 모양이다. 끝내 만단정회 곧 그 온갖 정과 회포를 쏟아내듯 중얼거린다.

「오─ 사랑! 정! 그러나 그러나 만고풍상! 온갖 시험! 그 처절한 삶의 주인공! 그 참혹한 노래의 주인공! 그 끔찍한 밑바닥 인생사! 처참한 찌꺼기 신세로 울고 웃던 과거사! 그 그지없이 큰 슬픔! 아─ 아직까지 그 망극지통이 계속되고 있단 말인가? 반면 간혹 천참만륙을 당하는 듯한 그 고통 그 아픔 그 슬픔으로 작사 작곡을 하곤 했던, 과연 내 자작곡 내 자작극 내 자작시 내 자작자필은 어떠했던가? 온갖 만감이 교차하는 이 착잡한 심정에, 아─ 이윽고 만가로 이어지는가 싶구나!」

이렇게 말한 뒤 평생 딸 주현미에게 써 주고 싶었던 그 자작 노랫말을 말해주기 시작한다.

1. 너 없이도 살 수 있을 것이라 믿었더냐
   너 없는 저 복원 무릉도원도 지옥이라
   너 없는 이 세상 모든 곳곳이 지옥이다
   그 언제쯤 만나볼 수 있을까 만나보자.
2. 너 없이도 살 수 있을 것이라 여겼더냐
   너 없는 저 복원 지상낙원도 지옥이라
   너 없는 이 세상 모든 처처가 지옥이다
   그 언제쯤 만나 볼 수 있을까 보고 싶다.

이어 다른 노랫말을 들려준다.

1. 사랑 사랑 내 사랑
    단 하루도 너를 너를
    잊어본 적이 없었다.
    너 어느 곳에 있느냐
    나 지금껏 너를 찾아
    밤낮없이 달려왔노라.
2. 사랑 사랑 내 사랑
    단 한 번도 너의 손을
    놓쳐본 적이 없었다.
    너 어느 곳에 있느냐
    나 지금도 너를 찾아
    밤낮없이 헤매이노라.

또 다른 자작곡으로 이어진다.

1. 너 어디로 가버렸나
    네 사는 곳 말해다오
    네 곁에서 살고 싶다
    네 삶으로 살고 싶다.
2. 네 모든 걸 사랑했다
    네 전부를 사랑 한다
    네 사는 곳 말해다오
    네 노예로 살고 싶다.

숨을 거두기 직전의 눈물일까. 흥건히 고여 흐르는 눈물을 손등으로 두 번 세 번 닦아낸다. 속절없이 흐르는 눈물이 벌써 베갯머리를 흥건히 적시고 있었다.

허나 지금껏 살아온 인생사 전체를 고백하듯 자작시 자작곡이 계속 이어진다.

1. 사랑 내 사랑아
   전날 내 너와 함께 있었을 때엔
   너와 함께 있었음이 행복인 줄 몰랐었노라.
2. 사랑 내 행복아
   지금 그 어디에서 살고 있느냐
   너와 함께 살고 싶다 네가 나의 행복이란다.
3. 행복 내 행복아
   다시 만나게 되어 행복 하구나
   이젠 내 목숨 다하여 너를 위해 살아보리라.

1. 너처럼 사랑스런 사람이 그 어디에 있을까
   너처럼 아름다운 얼굴이 그 어디에 있을까
   네 얼굴 네 모습이 날마다 너무 보고 싶구나
   그런데 길을 몰라 못 오나 길을 잃어 못 오나.
2. 너처럼 아름다운 꽃봉이 그 어디에 있을까
   너처럼 향기로운 꽃잎이 그 어디에 있을까
   네 손길 네 발길이 날마다 너무 그리웁구나
   아직도 길을 몰라 못오나 길이 막혀 못오나.

1. 목숨 내 목숨보다 더 귀한
   너와 단둘이 함께 있을 땐
   행복 행복이 넘쳐흐르고

낙원 낙원이 따로 없었다.

2. 목숨 내 목숨보다 더 귀한
   너를 잃은 뒤 잃어버린 뒤
   행복 행복도 떠나 버리고
   낙원 낙원도 떠나버렸다.

3. 목숨 내 목숨보다 더 귀한
   너를 찾은 뒤 다시 찾은 뒤
   행복 행복을 되찾았으며
   천국 노래도 알게 되었다.

1. 너와 함께 있는 곳이 천국이요
   너와 멀리 있는 곳이 지옥이라
   나와 한평생을 함께 있어다오
   임을 찾아가는 사랑 끝이 없네.

2. 너와 함께 있는 날이 천국이요
   너와 이별하는 날이 지옥이라
   나와 한평생을 함께 살아다오
   임을 잃은 슬픔 사랑 끝이 없네.

뒤이어 아마도 마지막 자작곡을 부르고 있나 싶다.

1. 널 잃고 눈물로 헤맨 세월 몇몇 해인가
   널 찾아 눈물로 지샌 세월 몇몇 경인가
   널 잃고 날마다 울어 밤을 지새웠노라
   오늘도 네 얼굴 보고 싶어 울고 있노라

2. 널 잃고 눈물로 보낸 세월 몇몇 해인가
   널 찾아 눈물로 보낸 세월 몇몇 극인가

둥근달 휘영청 밝은 밤엔 더 하였노라
지금도 네 모습 보고 싶어 울고 있노라.

과연 눈물바다란 게 이런 것일까.

남편이 밖에서 들어와 눈시울을 적시면서 아내의 동정 및 상태를 살펴본다. 남의 불행이나 슬픔 따위를 자기 일처럼 가슴 아파하며 동정하는 그 따뜻한 동정의 손길이 바로 이런 것일까? 남편이 눈물 바람을 하며 아내의 눈물을 닦아 준다.

그런데 이즈음 아내의 마지막 말은 어떠했던가? 여천 곧 죽음에 가까울 때, 곧 금방 끊어질 듯이 숨을 몰아쉬면서 겨우겨우 하는 말이다. 다시 말해서 아직 채 죽지 못하고, 그야말로 겨우 붙어 있는 목숨으로 죽을힘을 다하여 말하고 있는바로 그 마지막 유언이라고나 할까?

「오– 우리 주현미! 우리 주현미! 나 그간 너 때문에 행복했었노라!」

그러나 그 옛날 엄마 아빠를 잃고 소위 전쟁고아로 차마 말로 다 형언할 수 없을 정도로 헐벗고 굶주렸던 그 주연배우의 역할을 유감없이 연기했던 그때 그 과거사가 돌연 주마간간 곧 이것저것을 천천히 살펴볼 틈도 없이 너무도 바삐 서둘러 대강대강 보면서 스쳐 지나치듯 그렇게 주마등처럼 스쳐가고 있다는 눈빛으로 눈물을 보인다.

남편이 손을 잡아준다.

임종을 지켜보고 있는 남편을 힐끗힐끗 올려다본다. 왠지 너무너무 힘이 든다는 상태로나마 그간 수 없이 배우고 익히고 외운 듯한 진리를 한 번 더 외워 보겠다는 뜻일까. 갑자기 특유한 음색으로 변한 보다 더 또렷한 음성으로 힘주어 또박또박 말을 해주겠다는 눈빛이다. 먼저 자신에게 그 무어라 말해주고 있나 싶다. 어쩜 배우고 익힌 것을 한 번 더 외워보고 있나 싶다.

「지옥, 어떤 곳인가
구더기도 죽지 않고 불도 꺼지지 아니하는 곳이다.

지옥, 어떤 곳인가

사람마다 불로써 소금 치듯 함을 받는 곳이다.

지옥, 어떤 곳인가

우상에게 경배하는 자들이 유황불 붙은 못에 산 채로

던져 저 세세토록 죽지 못하고 울부짖는 곳이다.

지옥, 어떤 곳인가

미혹의 영 마귀와 함께 유황 불 못에 던져져 세세토록 밤낮 괴로움을 받는 곳이다.

지옥, 어떤 곳인가

우상숭배자들이 들어가 극한 어둠속에서 세세토록 솟구쳐 오르는 고난의 연기로 인하여 세세토록 밤낮 쉼을 얻지 못하는 곳이다.

지옥, 어떤 곳인가

세세토록 불로 태움에 사람들이 혀를 깨물며 세세토록 고난을 받는 곳이다.

지옥, 어떤 곳인가

믿음에 관하여 파선을 당하여 그 증거로 하나님을 향해, 하나님 너 까불지마! 까불면 나한테 죽어! 이렇게 까불까불 까불대며 신성을 모독하는 등, 성도들의 피와 예수님의 증인들의 피에 취한 그때 그 마귀 새끼들이 들어가서 세세토록 불과 유황으로 타는 불 못 그 나락 그 무저갱에 빠져 세세토록 죽지 못하고 세세토록 고난을 받는 곳이다.

지옥, 어떤 곳인가

죽을 때까지 예수님을 부인하는 사람들이 들어가는 곳이다.」

한숨을, 숨이 몹시 찬다는 듯 두 번 세 번 푹푹 몰아쉰다. 마치 천 길 만 길 그 놓고 높은 고갯길을 단숨에 달려온 듯 숨이 차오르는 모양이다.

「오− 하나님 아버지! 창세전에, 너는 내 것이다!라고 이 추악한 짐 승을 택하여 주시어, 오늘 날 우리 주 예수님을 절대 구세주로 믿게 해

주신 은혜, 너무 너무 너무 감사합니다. 잠시 후, 이 모든 눈물을 제 눈에서 닦아 주시며, 연하여, 잇대어, 다시는 사망이 없고, 애통하는 것이나, 곡하는 것이나, 아픈 것이 다시 있지 아니하는 새 하늘 새 땅에서, 다시 저주가 없으며, 다시 밤이 없겠고, 등불과 햇빛이 쓸데없는 저 좋은 천국에서, 세세토록 왕 노릇 하면서 살게 된다! 오— 바로 그 성지, 바로 그 하늘나라를 향하여, 비로소 성지순례를 떠나가게 되었다니, 오— 마냥 가슴이 설렐 뿐이옵니다! 지금 마음이 들떠 가라앉지를 않고 있습니다! 오— 천국! 천국! 천국! 그러나, 그러나, 이와 달리, 지옥, 그 어떠한 곳인가? 그 누구도 가면 안 될 흑암 불바다라. 그런즉 우리 황조 주현미! 오— 내 새끼야! 부디 예수님을 절대 구세주로 믿길 바란다. 이는 이 에미의 마지막 유언이란다.」

잠시 후 애호체읍 곧 슬피 울부짖듯 눈물을 흘리면서 말을 잇는다.

「그리고 우리 남편 나리! 내 고마운 나리께서도, 이제 그만 그 모든 고집을 버리고, 어서 속히 우리 주 예수님을 절대 구세주로 영접하사, 지금껏 내가 기도했던 그 자리에 앉아, 참으로 신령과 진정으로 예배 드리는, 그런 예배 자가 되어 주소서.」

잠시 말을 멈춘 뒤 애휼 곧 남편을 불쌍히 여기어 그야말로 남편에게 마지막 은혜를 베푸는 듯한 심정으로 말을 다시 잇는다.

「그리고 여보! 내가 죽으면, 나를, 우리 교회 옛 성도들이 묻혀있는 그 부활동산에다가 묻어줘요. 그리고 당신도, 교회를 다니되, 그 누구보다도 더 더 열심히 다니다가, 죽으면, 그때 그리고 와 줘요. 보고 싶을 테니까요. 사랑하니까요. 그리고 평생 밥을 굶지 않게 해주셔서 감사해요. 특별히 우리 주현미를 낳게 해주신 것 더 더 더 고맙고요.」

남편이 실성통곡을 하면서 이쯤에서 미리 준비해 두었던 주현미 양의 노래를 다시 틀어준다.

노래가 흘러나오자, 아내가 이내 생의 마지막 눈물을 쏟기 시작한다. 주현미 양의 노래가 귓속으로 들어가 마치 눈물의 땜 그 수문을 활짝 열어 제치고 있나 싶다.

> 1. 사랑 그 사랑이 정말 좋았네
>   세월 그 세월이 가는 줄도 모르고
>   불타던 두 가슴에 그 정을 새기면서
>   사랑을 주고 사랑을 받고
>   사랑 그 사랑이 정말 좋았네.
> 2. 사랑 그 사랑이 정말 좋았네
>   이별 그 이별이 오는 줄도 모르고
>   푸르던 두 가슴에 참 사랑 새기면서
>   마음을 주고 마음을 받고
>   사랑 그 사랑이 정말 좋았네
>   정말 좋았네.

이 노래와 더불어 마치 본성을 잃어버린 듯한 얼굴로 눈물을 쏟음과 동시에 숨소리가 점점 더 거칠어지는가 싶다. 분명 애간장을 녹이는 듯한 노랫소리가 이렇게 만들고 있었다. 다시 말해서 시종 이루지 못할 슬픈 사랑을 말해주듯 마냥 애달프게 울어 대는 소쩍새 소리는 저리가라 할 정도로 애련하게 불러주는 선곡 레퍼토리에 호흡이 점점 더 거칠어지고 있었다.

> 1. 불러 봐도 울어 봐도 못 오실 어머님을
>   원통해 불러보고 땅을 치며 통곡해요
>   다시 못 올 어머니여 불초한 이 자식은
>   생전에 지은 죄를 엎드려 빕니다.
> 2. 손발이 터지도록 피땀을 흘리시며
>   못 믿을 이 자식의 금의환향 바라시고

고생하신 어머니여 드디어 이 세상을
눈물로 가셨나요 그리운 어머님.
3. 북망산 가시는 길 그리도 급하셔서
이국에 우는 자식 내 몰라라하셨나요
그리워라 어머님을 끝끝내 못 뵈옵고
산소에 어푸러져 한없이 웁니다.

계속 이어지는 황조 주현미 양의 노래를 음미하되, 온갖 감정 이입
및 온갖 감응과 온갖 고통과 온갖 정신과 온갖 병증을 다 동원하여 음
미하며, 마침내 감응 정신병에 걸린 상태로 몰입하여 이쯤 마지막 골
목에 남아있던 그 모든 슬픔까지 다 쏟아내고 있나 싶다. 한마디로 노
래의 무아지경에 빠져들고 있다는 게 바로 이런 것인가 싶었다.

1. 처음 만났던 그 순간부터 우린 서로 마음이 끌려
하얀 가슴에 오색 무지개 곱게 곱게 그렸었지.
우리는 진정 사랑했기에 그려야 할 그림도 많아
여백도 없이 빼곡 빼곡 가슴 가득 채워놓았지.
언제부터인가 우리 사이에 바람처럼 스며든 공간
가슴앓이 속에 이 순간이 사랑의 여백인가요.
바람 부는데 구름 가는데 내 마음도 흘러가는데
언제쯤일까 어디쯤일까 우리 사랑 여백의 끝은.
2. 언제부터인가 우리 사이에 바람처럼 스며든 공간
가슴앓이 속에 이 순간이 사랑의 여백 인가요.
바람 부는데 구름 가는데 내 마음도 흘러가는데
언제쯤일까 어디쯤일까 우리 사랑 여백의 끝은
언제쯤일까 어디쯤일까 우리 사랑 여백의 끝은.

이젠 더 이상 호흡을 할 수가 없단 말인가. 급기야 숨을 거두기 직전에 다다랐나 싶다.

이쯤에서 남편이, 황조 주현미 양의 노래가 담겨있는 중형 녹음기를 부랴부랴 끄고, 마지막으로 찬송가가 담겨있는 대형 녹음기를 새로운 몸가짐으로 급히 틀어준다.

「여보! 당신이 이쯤에서 틀어 달라고 했던 찬송가야!」

그런데 맞게 틀었느냐는 눈빛으로 아내를 바라본다.

호흡이 금방 멎을 것만 같다. 남편이 아내의 손을 잡는다. 함께 찬송가를 듣기 시작한다.

그런데 여천 곧 죽음이 가까운 때 곧 금방 끊어질 듯 겨우 붙어 있는 목숨으로 듣기 시작한 찬송가의 위력은 어떠할까?

찬송가가 울려 퍼지기 시작한다. 이내 찬송가에 몰입한다. 동시에 찬송가의 무아지경 속으로 끝도 없이 빠져든다. 돌연 얼굴빛이 밝아진다. 환해진다. 과연 미의 화신이란 게 바로 이러할까? 숫제 꽃의 중심에 서 있는 그 어느 화중신선처럼 보인다. 뜻밖에 화천월지 곧 꽃이 피고 달이 밝은 그 어느 낙원에 무아도취된 상태를 보인다. 마침내 화조풍월에 화촉을 밝히며 만왕의 왕과 화촉동방을 하게 되었단 말인가? 도대체 화조월석에 사로잡힌 듯한 두 눈에 그 뭐가 보이고 있단 말인가? 거리가 환하다? 앞이 탁 틔어서 막힌 데가 없다? 매우 밝은 길이 환하게 뚫려있다? 일의 내막이 환하게 들여다보인다? 정작 이 환한 미소의 의미가 뭘까? 지금 입에 박하사탕이라도 물었단 말인가? 그야말로 세상 온갖 슬픔이 다 사라지고 감사와 기쁨과 평안함과 소망과 천은망극한 은혜가 얼굴 전체에 충만히 출렁이고 있는 것만 같다. 여음여소 곧 우는 것 같기도 하고 웃는 것 같기도 하고 그 무언가 천청만촉 하소연하는 것 같기도 한 얼굴로 여유자작 찬송가를 읊조리며 따라 부르기 시작한다.

1. 지금까지 지내온 것 주의 크신 은혜라
    한이 없는 주의 사랑 어찌 이루 말하랴
    자나 깨나 주의 손이 항상 살펴주시고
    모든 일을 주 안에서 형통하게 하시네.

2. 몸도 맘도 연약하나 새 힘 받아 살았네
    물 붓듯이 부으시는 주의 은혜 족하다
    사랑 없는 거리에나 험한 산길 헤맬 때
    주의 손을 굳게 잡고 찬송하며 가리라.

3. 주님 다시 뵈올 날이 날로 날로 다가와
    무거운 짐 주께 맡겨 벗을 날도 멀잖네
    나를 위해 예비하신 고향집에 돌아가
    아버지의 품 안에서 영원토록 살리라.

아직 숨이 남아 있다.

그러나 숨 쉴 사이도 없이 숨이 턱까지 턱턱 차오르는 모양이다. 진짜 가쁜 숨이 숨 돌릴 짬도 주지 않고 몰아세우는 모양이다. 숨넘어가는 소리가 숨구멍을 통하여 쇳소리를 낸다.

그런데 과연 찬송가란 뭘까. 한 곡 더 이어지는 찬송가를 통하여 은중태산 곧 은혜가 태산같이 큼을 비로소 알겠다는 얼굴이다. 더불어 은산덕해 곧 산같이 큰 은혜와 바다 같이 너른 은혜의 파도산맥을 은혜로운 심령으로 너울너울 넘어가고 있다는 듯 찬송 한 곡을 더 따라 부른다.

1. 하늘 가는 밝은 길이 내 앞에 있으니
    슬픈 일을 많이 보고 늘 고생하여도
    하늘 영광 밝음이 어둔 그늘 헤치니
    예수 공로 의지하여 항상 빛을 보도다.

2. 내가 염려하는 일이 세상에 많은 중
   속에 근심 밖에 걱정 늘 시험하여도
   예수 보배로운 피 모든 것을 이기니
   예수 공로 의지하여 항상 이기리로다.

3. 내가 천성 바라보고 가까이 왔으니
   아버지의 영광 집에 나 쉬고 싶도다
   나는 부족하여도 영접하실 터이니
   영광나라 계신 임금 우리 구주 예수라.

이게 웬일일까. 이 찬송이 끝나면서 마침내 천사의 품에 평안이 안기는 듯 그렇게 평온을 되찾은 얼굴로 고요히 숨을 거두고 마는 것이었다. 그야말로 평생토록 숨을 쉬되 너무도 힘들고 어렵게 숨을 쉬던 그 숨쉬기가 드디어 막을 내리는가 싶었다.

그런데 이후 이십여 년이 흐른 오늘날까지 그 DNA 검사는? 그리고 현 나이 90세 노인이 되었을 법한 남편의 생사 여부는?

각설하고, 그런데 이곳 시장 골목 중궁전에 오늘 날 그 누가 드나들며 살고 있었던가? 다름 아닌 그 옛날 잃어버렸던 진짜 딸 곧 가수 주현미가 아닌 진짜 딸 주현미가 찾아와 목멘 소리로 드나들며 살고 있었다.

그렇다면 그 옛날 그 어떻게 집을 떠나 길을 잃어버리게 되었던가? 과연 그 전말 및 그 자초지종은 어떠했던가? 한 가지 분명한 사실은, 당시 네 살배기 아이가, 당시 집에서 키우고 있던 그 강아지를 따라서 집 밖으로 나갔다가, 그 길로 그만 길을 영 잃어버리게 되었다는 얘기였다.

그 후 자초지종은 잘 모르겠으나, 그중 하나쯤은, 아마도 정신 기운이 좀 안 좋은 그 어떤 사람과 단 며칠간이나마 함께 먹고 자고 했던 것같은 생각이 든다.

그러다가 그 어느 귀신 들린 고녀 곧 그 어느 눈 먼 여자 소경 점쟁이의 길동무로 걸려들었던 게 아니었던가 싶다.

그러나 그 귀신 들린 고녀 점쟁이와는 더 이상 함께 살 수가 없다 싶어 끝내 돈 몇 푼을 훔쳐가지고 도망친 뒤, 여공 17명이 일하고 있던 공장에 취직을 했다. 그곳에서 두 친구와 함께 야간 중학교를 다녔다. 그 후 나이 28세가 되던 해에 중학교 때 친구였던 사나이와 결혼을 했다. 그리하여 두 아이의 엄마가 된 것이다.

허나 단 하루도 추억 속에 담겨있는 옛 고향집을 잊을 길이 없었다. 시간이 가면 갈수록 점점 더 부모님들이 그립고 보고 싶었다. 그리하여 결국 시간만 나면 남편과 함께 옛 집을 찾아 전국 각지의 시장 골목을 다 뒤지고 다니기 시작했다. 그러던 중 실로 오랜 세월이 흐른 뒤에야 겨우 잃어버린 옛 고향집을 이렇게 찾을 수 있었던 것이다.

「오-! 오-!」

그 옛날 자신이 먹고 자고 했던 추억속의 그 방과 그 방 안에 놓여있는 책상과 사진 등을 보고 그 얼마나 울었던가.

「오- 엄마! 오- 아빠! 오- 어디 갔어?」

어쩜 아빠 얼굴을, 아니 분명 엄마보다도 아빠 얼굴을 더 많이 쏙 빼닮은 진짜 딸이, 이른 새벽, 예배당 안에서, 옛날 엄마에 뒤이어 아빠가 앉아 울면서 기도했던 바로 그 의자에 앉아, 역시 울면서 기도를 하고 있었다.

포스터 인물

포스터 인물

　교육부장관이라는 말과 교육방송이라는 말까지 듣곤 하는 대형 마트 사장이 오늘도 마트 직원들에게 교육을 시키고 있었다.

　그런데 왜 교육방송이라는 말까지 듣게 될 정도로 교육을 좋아할까?

　교육을 안 하는 것보다 교육을 하는 게 훨씬 더 좋고, 교육을 안 받는 날보다 교육을 받는 날이 훨씬 더 좋다. 그런즉 죽는 순간까지 피교육자의 반열에 서라!는 그만의 교육철학 때문이었다.

　그렇다면 과연 그만의 교육 방법은 어떠했던가? 교육 대상의 연령과 수준에 맞게 교육하라. 어디까지나 피교육자들의 삶의 현장에 맞는 내용으로 교육하고 측정하고 평가하라. 특별히 시대에 맞게, 상황에 맞게, 그 인물 수준에 맞게 때맞추어 교육하라. 그 무엇보다도 미움의 교수대, 책망의 교수대, 절망의 교수대를 세우지 말고, 그 누가 뭐라 하든 시종 믿음 소망 사랑을 심어주는 교육을 하라. 그 중에서도 모든 인생사에 가장 크고 첫째 되는 진리 곧 원수까지 사랑하라!는 진리를 최우선적으로 교육하라. 다시 말해서 원수까지 사랑하되 마음을 다하고 뜻을 다하고 정성을 다하고 지혜를 다하고 힘을 다하고 목숨을 다하여 사랑할 수 있도록 부지런히 교육하라. 특별히 자기 자신에게 원수까지 사랑할 수 있도록, 집에 앉아 있을 때에든지 길을 갈 때에든지 누워있을 때에든지 일어날 때에든지 연속부절 교육하라. 그렇게 원수까지 사랑할 수 있는 그런 그 사랑을 마음에 새기고 손목에 매어 기호를 삼으며 미간에 붙여 표로 삼고 집 문설주와 바깥문에 기록하면서 살아보라. 거기에 모든 문제의 해법이 있고 낙원으로 가는 길이 있으리라!라고 교육했다.

　그런데 이런 교육을 받고 있던 직원 중에 내심 어떠한 반응을 보이는 이들이 있었던가? 벌써 몇 달 전부터, 악하기 그지없는 채귀, 그야 말로 극악무도한 악귀, 그런 악덕 사채업자들에게 걸려들어, 당장 무 슨 대형 사고라도 치고 말 것처럼 그런 인귀상반의 몰골로 내내 극단 적인 심정과 극단적인 생각을 앞세우면서 연속부절 생지옥을 헤매고 있는 두 사나이가 있었다. 이들이 서로를 바라보면서 작은 소리로 하 는 말이다.

「진짜 자기 삶속에 원수가 등장했을 경우에도 저렇게 교육을 할 수 있을까? 원수를 사랑하되, 마음을 다하고 뜻을 다하고 지혜를 다하고 힘을 다하고 목숨을 다하여 사랑하라? 막상 그렇게는 안 되겠지? 다 시 말해서 하루에도 몇 번씩의 천참만륙에 몇 번씩의 초상을 치르곤 하는 그런 악덕 사채업자에게 으뜸 사랑을 해 보라! 그런 말씀인데, 그 게 어디 가당키나 하는 말야. 결론적으로 말해서 그런 사랑보다 당장 돈이 있어야만 이 극단적인 상황과 이 극단적인 상태와 이 극단적인 심정과 이 극단적인 생각과 이 극단적인 지옥에서 벗어날 수 있다고.」

「그렇든 저렇든 우리 마트 손님들에게, 여하간 사랑하는 마음으로 최선을 다하여 보라 그런 뜻이겠지.」

그런데 사장님이 채귀 곧 악덕 사채업자들에 의하여 현재 생지옥의 삶을 살고 있음을 알고 있단 말인가? 한 주 뒤 이들의 어려운 형편과 사정을 잘 알고 있다는 듯이 이런 교육까지 한다.

과연 채귀에 대한 교육 내용은 어떠한가?

「돈 빌려드립니다. 아무것도 묻지도 않고 아무것도 따지지도 않고 돈을 빌려드립니다. 그러면서, 급한 불 꺼드립니다. 비밀보장. 무담보. 무보증. 그러나 목숨 담보를 숨기고 있는 그런 악덕 사채업자들을 조 심하라. 악덕 사채업자들은 폐일언하고 목숨을 담보물로 삼는다. 바로 그런 악덕 사채업자들을 귀신보다 백 배나 천 배나 더 무서운 채귀로 여기라. 그런데 그런 악덕 채귀 사채업자에게 한 번 걸려들면 결국 어 떻게 될까? 어젯밤 뉴스 시간에 본 바 두 식구가 자살로 생을 마감하고 말았다. 그런즉 사랑하는 아들딸들에게 채귀 곧 악덕 사채업자들을 조심하라고 교육하라!」

그런데 오늘은 왜 다름 아닌 대형마트 사장님으로서 이런 말까지 하는 걸까?

「인생 모두는 빈손으로 왔다가 빈손으로 가는 법. 이 절대 법칙에 따라서 손을 잘 놀리는 게 복이라 하겠습니다. 복 있는 손은 어디까지나 삶의 절제로부터 시작된다고 하겠습니다. 그런데 삶의 절제를 잃어버릴 경우 어찌될까? 결국 큰 화를 당할 수밖엔 없을 것입니다. 고로 돈이 없을 때엔 더 절제해 보라는 것입니다. 단 하나 받은바 은혜를 갚기 위한 돈만 있으면 감사하라는 것입니다.」

그런데 우선 당장 최우선적으로 해야만 될 교육 내용은 무엇일까? 이점을 모르고 있는 아빠가 아빠의 자격으로 밥상머리에 앉아 7대 독자 어린 아들에게 밥을 떠먹이면서 교육한다.

「우리 아들! 엄마 아빠 외엔, 그 누구도 따라가면 안돼!? 내 말 알겠어?」

「그런 얘기는 만날!」

그러나 이보다 훨씬 더 중요한 교육을 지금껏 단 한 번도 시켜본 적이 없었다.

「아들! 그 아무에게나 저 현관문을 열어주면 안 돼!? 그 누군가가 초인종을 눌러 놓고 일부러 얼굴을 보이지 않거나 숨기면, 그 사람은 분명 이상한 사람이거나 수상한 사람인즉, 그런 사람에겐 현관문을 열어주면 안 된다고? 절대로!? 열어주면 큰일 나니까? 내 말 알겠어?」

바로 이러한 교육을 단 한 번도 받아본 적이 없었던 7대 독자가, 돌연 감쪽같이 사라지고만 것이다. 행방이 오리무중이라. 그 어디에 가 있는지 진짜 찾을 길이 막연했다.

휴대폰으로 아내와 주고받는 말이다.

「뭣이!?」

「글쎄 우리 사랑이가 온 데 간 데 없다고요!」

「글쎄 우리 사랑이가 어떻게 없어졌다는 거여? 언제, 어데서, 어쩌다가?」

「아이고, 그걸 알면 벌써 찾았게요!」

「아이고, 저게 뭔 소리여?! 칠대 독자라고!」

「그러니까 빨리 와 봐요! 오리무중이니까요!」

「아 알았다고!」

전 날, 섬김을 최고 덕으로 아는 사람들이 가득한 곳은 천국이요 반대로 섬김을 받고자 하는 사람들로 가득한 곳은 내심 서로에게 지옥이다라고 교육을 했던 사장에겐 현재 아들을 잃어버린 바로 이 세상이 지옥이었다.

손에 휴대폰을 들고 사장실에서 정신없이 뛰어나오면서 하는 말이다.

「내 새끼가 없어졌다니? 도대체 어떤 놈이 어떻게 했다는 거야? 아이고 아이고 오리무중이라니!? 그 어떤 놈이 정말!」

며칠 전, 마귀는 은혜를 원수로 갚도록 꾀는 피조물이요 천사는 은혜를 베풀며 은혜를 갚도록 간섭하는 피조물이다라고 교육을 했던 사장에겐 현 세상이 곧 마귀들로 꽉차있는 듯 보였다. 아내와 전화상으로 주고받는 말이다.

「그나저나 경찰서엔 알렸어?」

「어디가요!」

「경찰서엔 알렸냐고?」

「언제요!」

「아이고- 저 멍청한! 저저 멍청한!」

저 멍청한? 저저 멍청한? 이는 분명 초등학교도 졸업하지 못한 아내를 향해 하는 말이었다. 이게 바로 남편의 평소 말버릇이었다. 그런데 그 어떻게 결혼을 했단 말인가? 한마디로 말해서 가정 형편과 학벌

등이야 어떻든 간에 여하간 아내의 얼굴이 너무너무 예쁘다는 데서 죽기 살기로 매달리며 끝내 결혼까지 할 수 있었던 것이다. 당시 시부모들 역시 6대 독자가 장가를 가는 데 있어서 학벌이야 어떻든 단 하나 많은 아들을 쑥쑥 잘 낳아 줄 것만 같다는 데서 대환영이었다. 더 바랄 게 없다는 식이었다.

그런데 실로 몇 년 만에 얻은 7대 독자까지 잃어버렸다?

「지금 오고 있어요?」

「오– 한얼 님! 가고 있다고!」

전화상으로 남편 역시 아내처럼 울고불고 난리도 아니다.

「오– 한얼 님! 오– 한얼 님!」

한얼 님? 이 말은 곧 대종교에서 우주를 이르는 말이라고 한다.

「우리 사랑이를!? 우리 사랑이를!?」

사랑하는 7대 독자를 잃어버린 사장이 어찌할 바를 모른 채 벌써 온 우주를 떠돌기 시작한다.

「오– 한얼 님. 찾아야만 된다고요! 칠대 독자라고요!」

부모의 심정으로 연거푸 한사? 한사결단! 허리를 두 번 세 번 졸라맨다. 단단한 각오로 임하여 보겠다는 얼굴이다. 그러나 태풍보다 천 배나 만 배나 더 위력적인 허리케인에 휩쓸린 키 큰 나무가 마구 휘청거리듯 한다. 연속부절 허리케인에 떠밀리는 듯한 발걸음으로 뛰고 뛴다. 사랑하는 자식 일이 이처럼 앞뒤 분간 못하고 허둥대게 만드는 것이었다. 허기평심 곧 기를 가라앉히고 마음의 평정을 가지는 일을 했던 그 상태를 벌써 몇 천 년 전에 잃어버린 것만 같다. 벌써부터 허깨비가 자꾸만 보인다는 눈빛이다. 허망한 소리가 여기저기서 들려오는 것만 같다는 얼굴이다. 고개를 좌우로 마구 흔든다. 온 세상이 온통 캄캄할 뿐이라는 뜻이다. 앞이 막막할 뿐이라는 표현이다. 세상 천지에 오리무중밖에 없다는 얘기다. 숨이 턱턱 막히고 마냥 답답할 뿐이라는 언행심사다. 한숨에 한숨을 연거푸 두 번 세 번 몰아쉰다. 한시바삐,

좀 더 빨리, 그렇게 빨리 찾아야만 된다는 조급함밖에 없다. 이런저런 조급한 생각이 연거푸 한숨을 두 번 세 번 몰아쉬게 만든다.

「유괴범!? 돈?!」

유괴범이 돈을 달라면 그 얼마든지 주겠다는 생각부터 앞세운다.

「좌우간 내 아들만! 좌우간 우리 사랑이만!」

유괴범이 혹여 부모의 목숨까지 달라면 목숨까지 흔쾌히 주겠다는 생각까지 해본다.

「좌우간 살려만 달라고! 살려만 달라고! 우리 사랑이를!」

그러나 하늘을 봐도 땅을 봐도 동서남북 그 어디를 봐도 온통 죽음의 세계만 보일 뿐이다.

「돈! 돈? 그까짓 돈 다 주께!」

돈에 미친 유괴범들이 눈앞에서 오락가락 한다.

까악-! 까악-! 실로 불결한 소리만 들려올 뿐이다. 시종 죽음의 소리만 들려올 뿐이다. 아예 아름다운 소리란 게 없다. 엉엉 운다.

「오- 한얼 님! 오- 한얼 님! 결혼 15년 만에 겨우 얻은 7대 독자라고요! 그러니, 좌우간 찾아야만 된다고요! 좌우간 찾을 수 있을 때까지 도와 달라고요! 절대로 절대로 잘못되면 안 되니까요!」

그러나 온 세상이 백 번 천 번 뒤집히는 것만 같다. 그 거대한 우주 안에 무서운 살인귀들이 가득 차 있는 것만 같다. 더 악랄하게 살아 움직이는 것만 같다.

돌연 가는 방망이에 오는 홍두깨라는 속담이 떠오른다. 그래저래 이 세상 천지에 생지옥뿐 평화로운 게 하나도 없는 것만 같다. 그 어떠한 위로의 말도 다만 생지옥을 말해줄 뿐 단 하나도 좋을 게 없을 것만 같다. 진짜 아들을 잃어버린 현재 진행 완료형 상태가 그야말로 지옥에 갇혀 그 지옥 그 검은 연기로 숨을 쉬며 내내 지옥 그 유황 불 못에서 이리저리 헤 매이는 삶을 살고 있는 것만 같다고나 할까.

이렇게 하루하루가 흘러가고 한 주 한 주가 흘러간다?

「도대체 그 어디로 갔단 말인가? 도대체 그 어떤 인간들이 데려갔단 말인가?」

아빠 사장으로서는 도무지 알 길이 없었다. 그러나 등잔 밑이 어둡다고 했던가. 역시 범인들은 멀리 있는 게 아니었다. 바로 옆에 있었다. 다시 말해서 이미 앞서 밝힌바 소위 채귀 곧 그런 그 악덕 사채업자들에게 걸려들어 죽음의 생지옥을 헤매고 있는바로 그 마트 직원 두 사람이 짜고 한 짓이었다.

다시 말해서 황금도 씨와 나인성 씨, 이 두 사람이 바로 그들이었다.

따라서 확실히는 알 수 없다 싶었지만, 그래도 그 어딘지 모르게 하는 수작이 영 의심쩍다 싶은 점이 실지로 한두 가지가 아니었다.

그러나 그들을 공연히 의심하거나 그처럼 의심스러운 눈빛으로 바라보는 사람은 아무도 없었다. 허긴 왜 괜한 사람들을 의심의 눈초리로 바라보겠는가.

따라서 이 일이 계속 오리무중일 뿐, 이 모든 사실을 그 누구도 알 길이 없었다.

그래서 실성한 사람처럼 살 수밖에 없는 게 엄마 아빠의 삶이 아닐 수 없었으며, 그래서 한숨만 푹푹 몰아 쉴 수밖에 없는 게 엄마 아빠의 삶이 아닌가 싶었다.

「우리 사랑이를!? 우리 사랑이! 우리 한사랑! 우리 한사랑?!」

백 프로 실성한 사람처럼 되어버린 엄마 아빠의 울부짖음과 실성통곡은 밤낮이 따로 없었다. 이미 뼈만 앙상하게 걸려있는 몰골로 식음을 전폐한지도 오래다.

남편이 소리친다. 내내 의식 불명에 빠져 있다가 겨우 깨어난 상태로 소리를 치는 것만 같다.

「여보! 우리 이러다가, 우리 사랑이를 찾기도 전에, 우리가 먼저 죽겠다. 진짜로 그리되면 우리 불쌍한 사랑이 혼자서 그 어떻게 되겠느냐고. 이 험한 세상에서. 역시 우리 사랑이를 찾을 때까진, 정말이지 절대로 절대로 죽으면 안 된다고. 절대로 말야. 그러니까 지금부턴 울어도 먹으면서 울자고. 나도 그럴 테니까.」

이 같은 남편의 말에 아내가 몸져 누워있던 자리에서 몸을 벌떡 일으켜 세운다. 머리카락을 훔치면서 말한다.

「내 새끼! 내 새끼! 그래요. 내 새끼가 혼자되면 안 되지요. 그나저나 우리 새끼를 그 어떤 인간이 데려간 거냐고요? 이 찾을 길이 막연하게. 오─ 내 새끼의 행방이 묘연하다니? 오리무중이라니? 그 어린 것이 저 혼자서 그 얼마나 떨고 있을꼬? 오늘도 울다 지쳐서……!? 엄마 아빠를 부르다가 지쳐서……!? 아이고 아이고 나 죽어! 나 나 나!」

다시금 자리에 앓아눕듯 쓰러지고 만다. 남편이 소리친다.

「찾을 때까지! 정신! 정신 차리라고! 힘내라고! 반드시, 반드시, 찾아야만 되니까! 우리 사랑이를!」

그러나 동서남북 그 어디에서도 잃어버린 사랑이를 찾을 길이 없었다. 동서남북 그 어디를 보나 그저 막막할 뿐이었다. 한사 곧 목숨을 걸고, 죽음을 각오하며 나서 봐도 그저 행방이 묘연할 뿐 전혀 알 길이 없었다. 이렇게 한평생 헤 매이다가 죽을 것만 같았다. 시종 실시연성 곧 망원경 등으로 온 우주 그 궤도 운동을 관측할 수 있는 그 모든 연성 및 그 모든 기능을 닮은 듯한 두 눈으로 밤낮 천리만리 그 너머까지 샅샅이 꿰뚫어 본다. 그러나 아무리 봐도 아무 소용없는 일이었다. 역시 유괴 당한 자식을 찾는 일엔 실전의 경험도 그에 따른 실전담도 일절 있을 수 없는 모양이었다. 날마다 막연한 기대 및 실오라기 같은 소망의 끈을 부여잡고 몸부림치며 실시간 절망의 나락으로 떨어지는 삶이 반복될 뿐 그 어떠한 방법으로도 찾을 길이 막연했다. 사람 도둑. 유괴범. 실시간 그로 말미암은 근심 걱정이 거대한 산맥을 이룰 뿐이었다. 자나 깨나 흉악한 인간들이 우굴 거리는 생지옥에 홀로 서서 온몸으로 벌벌 떨고 있을 자식!? 그를 향한 두 눈으로 거대 망원경 노릇만 해보고 있을 뿐이었다.

「오- 내 새끼가 그 어디에 있단 말인가? 오- 내 새끼를 그 어디로 가면 찾을 수 있단 말인가? 오- 내 새끼가 날이 날마다 엄마 아빠를 찾으면서 그 얼마나 울고불고 난리를 칠까? 그저 울고불고 난리도 아닐 텐데. 지금 쯤 뼈만 앙상하게 걸려있을 판인데. 앙상하게! 오- 내 새끼를!? 오- 내 새끼야! 그래도 저래도 살아만다오. 끝까지 살아만다오. 이 아빠가 반드시 찾아 줄 테니까. 그때까진 죽으면 안 된다고. 절대로 절대로 죽으면 안 된다고. 진짜 이 아빠가 반드시, 반드시 찾아 줄 테니까. 그 어떠한 수를 써서라도. 오- 그런데 그 어떻게 해야만 찾을 수 있단 말인가? 과연 찾을 수 있는 방법이 뭐란 말인가? 아이고 아이고! 도대체 그 어떤 놈이 데려갔단 말여? 적실인심! 내 그간 남에게 못할 짓을 하거나 인심 잃을 짓을 특별히 특별히 한 적이 없었을 판인데? 그리고 돈이 필요하면 극구 온갖 말을 다하여 이러니저러니 할 것도 없이, 그냥 돈을 좀 달라고 할 것이지. 그래도 내 얼마든지 줄 수 있었을 판인데, 말야.」

과연 돈이란 게 그 뭘까?

전날 돈에 대하여 마트 직원들에게 그 뭐라고 교육을 했었던가?

마귀는 불평하는 사람에게 접근한다. 마귀는 의심하는 사람에게 끼어든다. 마귀는 미워하는 사람을 붙잡아 칼질을 하게 만든다. 특별히 마귀는 돈으로 말미암아 내심 죽음의 나락에 빠진 사람을 앞세워 사고를 치게 만든다. 과연 그게 맞는 말이었을까? 이게 도대체 무슨 말인가? 실로 너무너무도 오래간만에 전화가 걸려왔다.

「아들은 내가 잘 데리고 있음. 허나 섣불리 행동하면 그걸로 끝장남. 다시 말해서 어설프게 경찰관에게 알리는 순간, 그야말로 다 끝장이 나고 만다는 말이 되겠음. 그런즉 매사에 조심하길 바람. 그리고 돈만 가져다 놓으면 됨. 돈 액수는 일억 이천만 원. 다시 말해줌. 아들을 살리고 싶다면 처음부터 끝까지 비밀 보장. 달리 나를 감옥으로 보내는 게 목적이라면 섣불리 행동해도 좋겠음. 이미 사람 하나 쯤 죽이고 감옥에 갈 각오가 되어 있으니까 말임. 지금껏 경찰관들과 수시로 내통하고 있음을 잘 알고 있음. 이상 변조된 목소리임. 변조! 그리고 대포폰임을 밝혀줌.」

전화를 받고 있던 아버지가 펄쩍펄쩍 뛴다. 진짜 절호의 기회를 놓칠까 봐 어쩔 줄을 모른다. 마지막 운명의 갈림길에 서 있는 듯 말한다.

「아 알겠습니다! 아 알겠습니다! 아 절대로 절대로 조심하겠습니다! 아들을! 우리 아들을! 천이 천 말 만이 만 말을 해도, 역시 살리는 게 목적이니까요! 예예! 그런즉 살려만 주십시오! 예예! 돈은 그 얼마든지 바로 챙겨 드리겠습니다. 아니, 아예 그 일억에 일억을 더 보태드리겠습니다! 그래서 이억 이천만 원으로 하겠습니다!」

아내가 옆에서 보다 더 큰 소리로 예 예 예!를 한다. 울음을 꾹꾹 참으면서 숨넘어가는 소리로 애원한다.

「우리 사랑이! 우리 사랑이의 목소리! 우리 사랑이의 목소리 좀 들려주세요! 단 한 번만이라도 좋으니까! 제발, 제발, 제발로요!」

「아, 들려주겠음. 사랑아! 엄마 아빠 불러봐.」

「그래, 사랑아! 엄마야! 말해봐!」

「엄마! 아빠!」

「오오 내 새끼야! 그래 그래 그간 잘 있었어?」

「엄마! 아빠! 보고 싶어!」

「오오, 알았어! 알았어! 금방 찾아 줄게!」

「아들 목소리가 맞겠음?」

「예예, 맞아요, 맞아!」

「그럼 이만 전화를 끊겠음. 다시 경고함. 섣불리 행동하지 말 것임. 그리고 돈 전달 방법은 이후 그쪽 동태를 감시하며 살펴 본 뒤 말해주겠음. 아들은 책임지고 잘 보살펴 주겠음. 이만 안녕.」

전화가 끊기고 만다. 순간 천국이 휙 하고 날아가 버리고 만다. 동시에 뇌고 곧 몸과 마음이 지옥으로 떨어진 듯 몹시 괴로워하며 마치 가새주리 형벌을 당하고 있는 죄인처럼 그 고통스러운 모습으로 돌변하고 만다. 어찌할 바를 모른다.

아내가 기도하는 자세로 손을 모으며 눈을 감은 채 숨을 제대로 못 쉰다. 남편 역시 벌 벌 벌 떨뿐 차마 휴대폰 뚜껑을 쉬 덮지 못한다.

아내가 숨 넘어 가는 소리로 다그친다.

「여보. 제발 저 사람이 시키는 대로 해보자고요! 경찰서고 뭐고 간에요. 천하없어도, 우리 아들 목숨이 더 더 더 중요하니까요!」

「아 그래 그래. 한 번 속는 셈 치고라도 그래 보자고. 진짜 천금을 주고도 바꿀 수 없는 우리 새끼의 목숨이 걸려있는 일이니까.」

「그러므니요, 그러므니요! 칠대 독자라고요.」

그러나 이로부터 얼마를 더 기다려야만 했던가. 실로 몹시 애를 태우며 목과 눈이 빠지도록 기다린다는 게 바로 이런 것일까. 삼 일 간 마귀에게 목덜미를 잡힌 채 온갖 고난을 당하는 듯 단 한숨도 눈을 붙일 길이 없었다. 더불어 저 깊은 심령 속에서 별의 별 인물들이 연속부절 오락가락 할 뿐이었다. 완전히 충혈 된 두 눈에 온갖 악마들만 보일 뿐이었다. 시종 홀홀단신, 혈혈단신, 혈혈고종, 혈혈무의 별의별 생각에 별의별 후회만 점점 더하여 가는 게 전부일 뿐이었다. 시쳇말로 다 죽은 몰골로 쓴 웃음을 앞세우면서 중얼거린다. 옆에 앓아 누워있는 아내를 위로하기 위한 말인 듯싶다.

「아니야 아니야. 돈에 걸려든 요미걸련이 그만 둘리 없어. 틀림없이 전화가 또 걸려올 것이라고. 한번 두고 보라고. 내 말이 틀리는가. 그런즉 좀 더 기다려 보자고. 돈 벼락! 돈 방석! 돈 더미! 돈 다발! 돈 주머니! 그 미소망상의 무염지옥! 그 일기지욕의 검은 손! 그 끊을 내야 끊을 수 없는 돈의 등록망촉! 좌우간 돈이 우리 사랑이를 찾게 만들어 줄 마수 요물단지가 되어 줄 것이라고!」

「제발 제발요!」

아닌 게 아니라 바로 이날 오후 전화가 걸려왔다. 그야말로 총살형과 달리 초지일관 두들겨 패면서 죽이는 그 초주검이 된 뒤에야 걸려온 전화였다고나 할까.

전번 그 유괴범의 목소리가 틀림없었다.

「바로 옆에 있는 인산인해교회 편지함에 실천 강령을 집어놓고 왔음. 편지함이 개봉되어 있었음. 아무쪼록 아들의 목숨이 걸려있는 일인즉, 언행 심사 간 매우 조심하면서 실행에 옮기시길. 이것도 대포폰임. 그리고 아직도 CCTV 설치 중요성을 모르는 기관들이 많음도 알려드림. 끝!」

「아이고 아이고, 우리 아들 목소리를 한 번만 더 듣고요!」

「예예!」

「그래. 이번까지만 들려주겠음. 사랑아! 아빠 엄마 불러봐.」

대번에 울며불며 부른다.

「아빠-! 엄마-! 보고 싶어!」

이내 전화가 끊기고 만다.

그러나저러나 CCTV란 게 그 뭘까. 사랑이를 잃어버리기 전 아파트 현관에 CCTV만 설치되어 있었어도 역시 문제해결 및 사건의 실마리가 좀 더 쉽게 풀릴 수가 있지 않았을까 싶다. 그게 없었던 탓에 지금껏 단서 하나도 찾지 못하고 있는 것이다.

「인산인해교회? 혹시 인산인해교회와 무슨 연관이라도 있단 말인가? 혹시 전도지를 나눠줄 때, 우리가 그 전도지를 찢어 버린 적이 있었나?」

「어디가요! 그런 적은 없었지요!」

「그렇지?」

「그러믄요! 목사님 얼굴도 아는데요!」

「아이고 아이고-! 좌우간 내 새끼 목소리를 듣고 나니, 돌연 두 다리가 후들후들 떨리는 게, 더 더 더 죽겠네! 이놈의 가슴이 벌렁벌렁 뛰고.」

「나는 아예 죽을 것만 같아요! 마치 벼락을 맞은 것처럼 이요. 가슴속이 텅 빈 것 같고요. 아니, 가슴속에 불이라도 붙은 듯 정신이 하나도 없다고요. 감정이 격해질 대로 격해져 안정이 잘 안되고요. 정말로요.」

「아— 이게 바로 엄마 아빠의 가슴팍이 아니겠어. 진짜 불속에 갇힌 듯 숨이 막혀 죽겠네.」

「나도요! 며칠간 온몸을 칭칭 감고 있던 그 수천 수만 마리의 뱀들이 다 풀려 나간 것만 같고, 그러면서도요.」

「좌우간 정신부터 차리고. 우리 자식을 찾아야만 되니까!」

「예예, 알았어요!」

그러나 아직도 끝없이 뒤얽혀 있는 가시밭길이 계속되는 것만 같다. 벌써 첩첩산중의 가시덤불을 헤치며 달려가듯 교회를 향해 달려간다.

「여보! 나 혼자 갔다 올게. 따라오지 마! 만에 하나 누가 보면, 만에 하나 무슨 첩보망에 걸려들면, 그땐 정말 큰일이니까.」

「알았어요. 진짜 경찰관들이 볼까 두렵네요.」

아내가 뒤돌아 선다. 허나 이매망량 곧 사람을 해치는 온갖 귀신들이 여기저기서 고개를 쑥쑥 내밀고 있는 것만 같다.

「그래. 조심조심!」

일단 정지를 벌써 몇 번이나 했을까. 연해연방 사방을 두리번거리면서 하는 말이다.

「아무튼, 이번에는 꼭 찾아야만 된다고. 진짜 이번 기회를 놓치면, 큰일이라고. 기회가 또 있는 게 아니라고. 아무튼 아무에게도 들키지 않도록. 그래 그래 그래.」

백난지중 곧 온갖 고난을 겪는 언행심사 간에도 잃어버린 자식을 찾고 말겠다는 일념 하나만은 절대로 움직일 수 없다는 그런 그 눈빛으로 발걸음을 옮긴다.

「유괴범? 유괴범! 말해 봤자 소용없는 그 언지무익! 그만의! 그 언행일치! 역시 백리지재 곧 사방 백 리쯤 되는 땅을 다스릴 만한 권세와 재주가 있을 지라도 모름지기 이럴 때엔 그저 유괴범의 명령에 절대

순종하는 게 최고라. 이외에 아무런 수단도 방법도 없다고.」

이런 마음가짐으로 계속 조심조심하며 발걸음을 옮긴다.

이와 달리 혈혈단신 집으로 돌아온 아내가 연속부절 가슴을 조이면서 안절부절 못한다. 몹시 초조하고 불안한 눈빛으로 어쩔 줄을 모른다. 현관을 오고가며 중얼거린다.

「우리 사랑이! 우리 사랑이! 제발 아무도 보는 이가 없어야만 될 텐데? 아무도. 아무도!」

그러니까 아내는 집 안에서, 남편은 집 밖에서, 각각 언행심사 간 살얼음판을 걷고 있는 것이다.

「오오, 내 새끼! 오오, 내 새끼를? 어떻든 잘 다녀와야만 될 판인데? 오오, 내 새끼가, 이렇게까지 보고 싶다니!」

「오오, 내 새끼! 오오, 내 새끼! 조금만 참으라고. 아빠가 지금 막 달려가고 있으니까. 조금 있다가 만나자고. 돈도 다 챙겨 놓았으니까.」

남편과 아내가 밖에서 안에서 연거푸 눈물을 훔친다.

그런데 정녕 부부에게 딸린 자식이란 게 그 어떤 존재일까. 백년해락 곧 부부가 되어 한평생을 즐겁게 살아보겠다고 생각했던 그 꿈? 역시 유괴 당한 아들과 함께 잃어버린 지 벌써 오래다(?) 백년해로 곧 부부가 되어 서로 사이좋게 보다 더 화락하게 함께 늙어보자고 다짐했던 그 노래? 역시 잃어버린 아들과 함께 이미 온데 간 데 없다(?) 다만 싸늘한 하늘 아래에서 갑자기 폭삭 늙고 병들어 끝내 완전히 시들어 버린듯하다(?) 백만장자 곧 재산이 매우 많은 큰 부자가 되어 그 전 재산을 자식에게 몽땅 넘겨주겠다고 생각했던 그 삶? 역시 각처 방방곡곡에서 연일연야 밤낮없이 들려오는 어린 자식의 울음소리에 그만 갈기갈기 찢겨져 벌써 거의 흔적조차 찾아 볼 수 없을 정도로 소멸되어 버리고 말았다(?) 그러했던 차에 이윽고 다시 찾아온 온갖 꿈이라니, 정작 이로 말미암아 온 세상이 온통 아슬아슬한 살얼음판처럼 여겨지는 게 당연하지 않겠는가. 이 심정 백 번 이해가 된다.

「오오, 내 새끼를, 한시라도 빨리 찾아야만 될 판인데? 정작 그 어떻게 하면 좀 더 빨리 찾을 수 있을까?」

반사적으로 사방팔방을 휘휘 둘러 본 뒤 이내 인산인해교회 편지함 앞으로 다가선다. 역시 편지함이 개봉되어 있다.

「오오, 여기 있구나!」

순간 자식을 품 안에 안 듯 유괴범의 서신을 품속에 집어넣는다.

「됐어 됐어! 가자고!」

곧장 집으로 달려온다.

「한번 뜯어보자고!」

유괴범이 보내준 서신을 아내와 함께 읽어본다. 연거푸 두 번 세 번 읽어 본다.

자꾸만 눈물이 앞을 가린다.

「이젠 됐어! 이대로만 하면 되는 거야.」

「그래요 그래요 여보! 그대로만 해요.」

「알았어 알았어.」

이로부터 네 시간 후 유괴범의 지시대로 돈을 보냈다.

「이젠 우리 사랑이를 찾게 됐다고. 드디어. 드디어!」

「그래요 그래요, 여보! 그런데 언제쯤 보내 줄까요? 설마 안 보내 주는 건 아니겠지요?」

「에잇! 그 그 재수 없는 소리를, 왜 해?! 돈까지 보내 줬는데! 더군다나 일억이나 더!」

「오오, 그래요 그래요 여보. 오오 내 새끼 내 새끼!」

부부 공히 가슴을 쓸어내린다. 과연 한시름 놓는다는 게 바로 이런 것일까.

「여보. 이 모든 게 꿈만 같아요.」

「나도 나도. 그리고 이젠 우리 새끼를 맞이할 준비나 해보자고. 방도 깨끗이 치우고. 그 이불도 새것으로 깔아놓고. 그리고 다시는 잃어버릴 일이 없도록 해보자고. 교육도 철저히 시키고. 오- 그토록 목을 빼고 학수고대했던 내 새끼를, 드디어 만나 볼 수 있게 됐다니……! 오- 한얼 님! 오- 한얼 님 감사합니다!」

그러나 또다시 감감무소식이다? 그래저래 다시금 방성대곡, 방성통곡을 하게 됐다?

「이게 정말 어쩌자는 거야? 이게 정말 어찌된 거냐고? 왜 계속 감감무소식이냐고? 아이고 아이고 이놈 숨넘어가 죽겠네!」

「글쎄 말예요, 글쎄 말예요. 왜 무엇 때문에, 하루가 가고 이틀이 가도 감감무소식이냐고요? 정말이지 우리를 죽이려고 작정했단가요?」

「허나 바로 앞전에도 삼일 걸렸었으니까, 하루만 더 기다려 보자고. 오- 한얼 님! 오- 한얼 님!」

그러나저러나 감감무소식이란 게 정말 이렇게까지 잔인한 것이란 말인가? 바로 이런 잔인함이 하루하루를 더해 갈수록 으레 잔인박행 및 잔인무도한 칼날로 바뀌면서 그야말로 온몸을 난도질하는 등 연해연방 천참만륙의 고통을 안겨주는 것이었다.

「오오, 벌써 며칠 째냐고요!? 오오 벌써 우리 새끼 방도 깨끗이 꾸며 놓았는데요? 아이고 아이고 그 미친놈들이!?」

「그러니까 말일세. 벌써 열흘째가 넘어가고 있는데도 영 감감무소식이니? 진짜 학철부어라더니. 진짜 마른땅의 수레바퀴 자국에 괸 물에 붕어새끼라더니, 이젠 정말 목이 타 죽겠네!」

과연 몸과 맘이 지칠 대로 지친다는 게 바로 이런 것일까? 그야말로 하루하루가 백고천난 곧 온갖 고난, 온갖 고통이 될 뿐이었다. 실로 하루하루가 백공천창 곧 백의 구멍, 천의 부스럼, 온갖 상처투성이, 갖가지 폐단 등으로 다가와 삶을 엉망진창으로 만들 될 뿐이었다. 매양 백사불성 곧 여러 가지 일이 하나도 마음대로 이루어지는 게 없었다. 하는 일마다 허사가 될 뿐인가 싶었다.

「오- 그래도, 그래도 포기할 순 없다고. 그 어떠한 경우에도. 그 어떻게 해서든 우리 새끼를 기어이 기어이 찾아야만 된다고. 진짜 찾을 수 있는 방법과 수단을 다 다 동원해 볼 뿐, 절대로 절대로 포기란 건 있을 수 없다고. 불쌍한 내 새끼를 위해선. 밤낮없이 울고불고할 내 새끼를 위해선. 그렇게 울고불고 난리도 아닐 내 새낄 찾기 위해선. 좌우간 찾을 수 있는 방법이 있을 것이라고. 분명, 분명, 찾을 수 있는 방법이 있다고.」

이 무렵 뜻밖에 인산인해교회 목사님이 찾아왔다. 그러나 사랑이 엄마 아빠가 현재 몹시 어려운 처지에 처해 있는 사람답게 말도 하지 아니하고 웃지도 아니하는 등 불언불소의 몰골로 목사님을 겨우 맞이해 준다.

응접실에 앉아 주고받는 말이다. 전날 목사님의 말이라면 별로 관심이 없다는 듯 그렇게 한쪽 귀로 듣고 한쪽 귀로 흘러버리면서 그저 웃어넘기기 일쑤였었다. 그러나그때와는 달리 보다 더 적극적인 태도로 임한다.

「그나저나 우리 목사님께서, 그간 우리 사랑이를 찾을 수 있게 해달라고 그 새벽마다 쭈욱 기도를 하고 계신다는 말을 전해 듣고, 정말 저희들이 그 얼마나 울었는지 모른답니다. 이제라도 고맙다는 말씀을 드리겠습니다. 그리고 또 한 가지 더, 그 편지함 때문에 조사를 받게 했던 죄, 그 죄에 대해서도 한 번 더 용서를 구하겠습니다. 용서해 주십시오. 목사님.」

이에 목사님이 돌연 힘을 얻고 난언지지 곧 말하기 어려운 처지임에도 불구하고 방언고론 곧 아무 거리낌 없이 드러내 놓고 마치 큰 소리로 말하듯 한다.

「그래서 제가 실은 이렇게 찾아뵙게 됐답니다. 그간 제가 특별히 기도하던 중 이런 생각이 천 번 만 번 자꾸만 들어서 말입니다.」

반면지분 곧 얼굴만 겨우 알뿐 교제가 아직 두텁지 못한 사이임에도 불구하고 어느새 언청계용 곧 남을 깊이 믿어 그 상대방이 하자는 대로 한번 다 해보겠다는 눈빛으로 부부가 임한다.

「무슨 생각이 그렇게까지 드셨는데요? 그 천 번 만 번이나요!?」

「예예, 목사님!?」

목사님이 말하기 어렵다는 얼굴로 말을 한다.

「언지무익이라는 말이 있지요? 다시 말해서 말해 봤자 소용이 없다는 말, 말입니다.」

사랑이 아빠가 아예 펄쩍펄쩍 뛰는 식으로 임한다.

「아이고 아이고, 그게 무슨 말씀입니까, 목사님! 아이고 아이고, 아닙니다 아닙니다! 더구나 기도까지 하고 오셨는데 왜 말해 봤자 소용이 없겠습니까? 예예, 목사님!」

사랑이 엄마도 거들고 나선다.

「예예, 목사님! 도대체 그런 말씀이 그 어디에 있답니까요? 더군다나 어젯밤 꿈에 뵈었던 그 분이 바로 목사님일까 싶기까지 한 판인데요! 지금요!」

「예예, 목사님. 실은 오늘 그 어떤 분이 찾아오실까 하는 얘기까지 했었답니다. 깜박 잊고 있었었지만 말입니다요.」

아예 목을 매달고 나서는 사랑이 엄마 아빠에게 목사님이 말한다.

「하긴 우리 사랑이를 찾는 일에 있어서 그 무슨 수단 방법을 가리면 아니 되겠지요?」

「아이고— 그러므니요 그러므니요 목사님! 아 예예 그거야 두말할 것도 없지요! 그런데 정말 무슨 좋은 방법이라도 있답니까요?」

「예예, 목사님! 진짜 우리 사랑이를 찾을 수 있는 방법만 있다면, 이젠 정말 그 무슨 방법이든 다 해보겠다고요!」

「예예, 목사님! 그런즉 어서 말씀이나 해보시라고요.」

목사님이 제풀에 속속들이 푹 녹아들기를 바라는 심정으로 잔뜩 뜸을 들이다가 결코 쓸모없는 말이 아니요 결코 이치에 어긋난 말이 아니라는 얼굴로 말을 시작한다.

「그러니까 우리 사랑이를 찾기 위하여, 저희 교회에서 전도지를 만들어 뿌리듯이, 요는 우리 사랑이를 찾기 위한 전단지를 만들어 사람들에게 돌리거나 눈에 잘 띄는 곳에 붙이거나 하는 방법 하나가 있고요. 또 하나는 아예 포스터 곧 대중을 상대로 해서 간략한 그림이나 도표 및 실물 사진 등으로 포스터를 만들어 동서남북 이 골목 저 골목 이 거리 저 거리마다에 붙이는 방법이 있겠고요. 또 하나는 전국을 커버하는 신문 매체나 방송 매체를 통해서 아예 전국 방방곡곡을 향해 방언고론 곧 아무 거리낌 없이 드러내 놓고 보다 더 큰 소리로 애원하면서 찾아보는 방법이 있는데, 한번 이 방법을 써보면 어떻겠느냐는 얘기입니다. 다시 말해서 분명 신문 매체를 통해서 찾고자 하면 너무도 큰돈이 들어갈 것인즉, 보다 효과적이면서도 별로 큰돈이 들지 아니할 방송 매체를 통해서 보다 적극적으로 찾아보자는 것이지요. 제 말은요. 그리고 지금껏 단 한 번도 방송 매체를 통해서 찾아보신 적은 없지 않으셨습니까?」

「물론 그건 그랬었지요. 허나 저희 같은 사람들이 그 어떻게, 방송 매체로까지요? 감히요? 할 수만 있다면 백 번이라도 해봐야 되겠지만요? 당장 지금부터라도요.」

목사님이 이쯤에서 웃으면서 답해 준다. 예상했던 대로 말이 잘 먹힌다는 뜻이리라.

「좌우간 각 교회에서 설교를 하기 위하여 오르는 강단을 두고 소강단 및 작은 마이크라고 말하며, 보다 널리 말씀을 전파하기 위하여 오르는 기독교방송매체를 두고는 대강단 및 큰 마이크라고 말한답니다. 바로 그 대강단, 바로 그 큰 마이크, 바로 그 매스컴, 바로 그 기독교방송을 통해서, 잃어버린 아들을 찾되, 한번 백방으로 찾아보자는 것입니다. 방송매체를 통해서, 한번 말입니다.」

「예예, 그건 알겠다니까요. 그런데 목사님. 그 기독교 방송국의 그 큰 도움을 그 어떻게 받을 수 있겠느냐고요? 더구나 저희 같은 사람들이요? 아예 그런 길이 없지 않겠느냐고요? 저희들에겐 아예요.」

「아닙니다. 길이 있습니다. 얼마든지요. 그중 하나, 이제 부터라도 저희 교회에 출석을 하시면서, 곧바로 우리 기독교 방송 선교헌금에 동참하시면야, 그 얼마든지, 그 얼마든지, 우리 기독교 방송국의 도움을 받아, 잃어버린 우리 아들 찾기 운동을 현하구변 그 이상으로 해 볼 수 있을 것입니다.」

「그럼 당장 그렇게 한번 해볼 수 있도록 다리를 놓아주십시요. 그럼 보다 적극적으로 협력해 보겠습니다. 이유 없어요. 그 어떻게든 이요. 좌우간이요. 좌우간 저희에겐 우리 아들을 찾는 게 삶의 목적이요 삶의 전부이니까요. 예예 목사님, 정말로요.」

「아아, 좋습니다. 그럼 그렇게 한번 해 보십시다.」

「예예, 목사님, 감사합니다.」

「아이고 아이고. 감사는 제가 해야지요.」

「아이고 아이고. 목사님도 참! 그런데 목사님. 방금 방송국에 먼 돈을 내야 한다고 말씀하셨지요?」

「돈이요? 아아 방송선교헌금?」

「아, 예예, 그 방송선교헌금!? 방송선교헌금? 그런데 목사님. 그 방송선교헌금은 그 어느 정도씩이나 내면 된답니까? 매달이요?」

「아, 그거야 저마다 형편에 따라서 다 다르답니다. 어떤 성도는 매월 만 원씩, 어떤 성도는 매월 십만 원씩, 어떤 성도는 큰돈으로 선교헌금에 동참 하시는 경우도 있지만 말입니다요. 좌우간 자기 형편에 따라서 하시면 되는 거랍니다.」

「아, 예예, 그렇군요. 아 예예 잘 알겠습니다. 그럼 저 같은 경우엔 매달 백만 원씩만 해도 될까요?」

「백만 원씩이나요!?」

「아, 그래봤자 1년에 천이백만 원밖엔 안 되는데요. 더구나, 그 무엇보다도, 잃어버린 저희 칠대 독자를 찾는 일에 있어서요. 그것도 좀 그렇지만요.」

「하하하. 그렇게까지 생각하신 담사, 더 말할 것도 없이 감사하지요. 진짜로요.」

「아이고 아이고 목사님도 참!」

「좋습니다! 그럼 바로 이번 주일날에는 저희 교회에 나오시고, 그 다음 주일에는 방송국에 들러 방송 본부장님을 만나 뵙도록 하십시다.」

「아, 예예, 알겠습니다, 목사님.」

이리하여 교회를 다니게 된 것이다. 목사님이 새 신자 등록카드를 높이 들어 올리며 전 교인들에게 부탁한다.

「그간 저와 여러분들이 함께 기도했던 우리 사랑이 엄마 아빠가 드디어 오늘부터 우리 교회에 다니게 되었습니다. 따라서 모든 성도 여러분들에게 부탁하되, 보다 더 더 간곡히 부탁하겠습니다. 어떻든 우리 사랑이가, 우리 사랑이가, 살아서 돌아올 수 있도록, 살아서 돌아오되 반드시 살아서 돌아올 수 있도록, 우리 하나님께 기도해 주시기 바랍니다. 부디 살아 돌아올 수 있게 해달라고요! 단 한분도 빠짐없이요! 다 부모님의 심정으로요! 다 내 자식처럼 여기면서요! 시종 눈물로요! 그러할 때, 우리 하나님께서, 살아 돌아올 수 있도록 역사해 주실 줄 믿습니다!」

모든 교인들이 보다 큰 소리로 아멘! 아멘! 한다. 이에 감동을 받은 사랑이 엄마 아빠가 실성통곡을 하며 눈물을 주체하지 못한다. 그런데 만에 하나 막상 살아 돌아오지 못할 경우, 그땐 어떻게 될까? 다음다음 날 방송국에 들려 방송 본부장을 만나고 돌아오는 길에, 자가용 안에서 목사님에게 묻는 말이다.

「그런데 목사님. 다음 주에 방송을 해보자고 하셨는데, 그 뭐라고 해야만 된답니까?」

「아, 그거야 물론, 유괴범을 감옥에 보내는 게 목적이 아니요, 어디까지나 아들을 찾는 게 목적인즉, 아무쪼록 우리 아들 사랑이를 살려 보내 달라고 해야만 되겠지요. 그리하시면 원수까지 사랑하라는 말씀대로 사랑하는 것은 물론이요, 아예 아들을 살려 보내주신 그 큰 은혜에 보다 크게 보답하도록 하겠다는 말씀까지 덧붙이시면 더 좋겠고요.」

「아, 예예. 역시 그래야만 되겠지요, 목사님? 만에 하나 원수를 갚겠다면, 그걸로 모든 게 끝장나고 말판이니까요?」

「그러므니요 그러므니요! 좌우간 선한 말끝엔 복이 있고, 반대로 악한 말끝엔 화밖엔 없을 테니까요.」

그간 모든 삶이 아들 찾는 방법이 되고 모든 생각이 아들 찾는 수단이 되곤 했던 아버지에게 있어선 이보다 더 좋은 방법은 없지 않나 싶었다.

그런데 과연 사랑하는 아들을 그 언제쯤에나 찾을 수 있을까?

방송을 한 지 몇 주 후 목사님이 또 찾아왔다. 약 5개월 후에 있게 될 국회의원 보궐선거를 앞두고 찾아온 것이다. 이번에는 마트 사장실로 찾아온 것이다.

「목사님께서!?」

사장실 문이 활짝 열린다.

「아이고 목사님 어서 오십시요! 이 어인 일로 여기까지!? 갑자기요?」

「갑자기는 아니고요.」

「아, 예예, 물론 그러시겠지요. 좌우간 안으로 들어가시지요. 예예 이쪽으로 오셔서 앉으세요.」

사장실 응접실에 마주 앉는다. 목사님이 먼저 대화의 요지를 꺼내든다.

「제가 찾아온 것은, 다름 아닌 곧 국회의원 선거에 한번 출마해 보시면 어떨까 해서요, 국회의원이 될 만한 자격도 충분하고 해서요.」

사장이 예상했던 대로 깜짝 놀란다.

「예에!? 제가요?! 뜬금없이 그 무슨 말씀이랍니까! 아니, 저처럼 요 요무문인 사람한테 국회의원이라니요? 아니 진짜, 명예도 명성도 미

미하여 남에게 알려지지도 아니한 이 요요무문한 사람보고 국회의원
이라니요?」

「아니지요. 우리 기독교 방송을 통해서 이미 유명인사가 된 거나 진
배없답니다.」

「아이고 아이고— 목사님도 참.」

「하여간 제 말은, 그 국회의원이 되고자 하는 데 목적을 두자는 게
아니고요, 어디까지나 우리 아들 사랑이를 찾고자 하는 방편으로 국회
의원 보궐선거에 한번 출마해 보자는 것이랍니다. 다시 말해서 국회
의원 보궐선거에 뛰어들어, 우리 사랑이 사진을 넣은 포스터를 제작하
여, 온 고을 여기저기 그 모든 골목마다에 붙여보자는 얘기지요. 그러
니까 지금처럼 한편으로는 방송매체로, 또 다른 한편으로는 선거 벽보
매체로, 잃어버린 우리 사랑이를 찾아보는 등, 좌우간 할 수 있는 한
백방천계 곧 기타 여러 가지 모든 방법과 온갖 계책을 다 동원해 보자
는 것이지요. 지금 제 말은요.」

이 말에, 진짜 마구 흔들어도 전혀 움직이지 않을 것처럼 보이던 그
요지부동의 자세가 금방 흔들리고 만다.

「아, 예예. 딴은 목사님의 말씀을 듣고 보니, 역시 그 또한 방법이
되겠네요. 그러니까 아들을 찾는 방법 중 하나로, 이번 보궐 선거판에
뛰어 들어, 한번 선거 포스터를 만들어 뿌려 보자, 지금 그런 말씀이
시지요?」

「예예. 선거 벽보 포스터에 우리 사랑이의 사진까지 넣고 말입니다.」

「아, 예예, 알겠습니다, 목사님! 그럼 그렇게 한번 해보겠습니다.」

「당연히 그러셔야지요. 진짜 아버지시라면 말씀입니다.」

「아, 예예, 목사님. 진짜 뜬금없는 소리, 진짜 뜬금없는 짓 같지만,
그래도 한번 나서 보겠습니다. 우리 사랑이를 찾을 수 있는 방법이 될
것 같으니까요.」

「그런데 우리 사랑이 사진을 넣는 등, 선거 포스터를 잘 만들 수 있

는 사람이 있을까요?」

「아아, 목사님. 그거라면 조금도 걱정하지 마십시오. 현재 저희 마트 직원들 중, 아예 홍보팀이 있으니까요. 황금도 씨와 나인성 씨라고 말입니다. 둘 다 전문가들이니까요.」

「아, 역시 그렇군요.」

「예예, 목사님. 현재 황씨 나씨 그 두 사람이 홍보 담당 및 수행비서 겸 운전기사로까지 일해 주고 있고요.」

「아, 그럼 이번 선거판에서도 그분들이 전적으로 앞장서서 뛰어주면 되겠군요?」

「예예, 목사님. 아무래도 그러는 수밖엔 없겠지요.」

진짜 이렇게밖엔 할 수 없단 말인가? 그 하고많은 중에 하필 유괴범 황금도 씨와 나인성 씨라니?! 그간 삶의 온몸과 온 맘에 피하일혈 곧 심한 타박 따위로 혈관이 터져 살가죽 밑에서 피가 나오며 심지어 영혼에까지 피멍이 들게 만든 그 유괴범들에게 좀 더 가까이 좀 더 바싹 다가붙어 보다 더 중한 일을 맡겨 수행하도록 해준다? 그리하여 이젠 아예 함께 하는 피부호흡에 피붙이 노릇까지 하게끔 한다? 정작 피맺힌 원한을 만들어준 이 유괴범들과 필승을 다짐하며 필두에 서서 피치를 올리며 도리어 피흉추길 곧 흉한 길을 피하고 길한 길로 피할 수 있도록 해 주겠다? 이게 어디 말이나 될법한가? 이들이 지금껏 사장의 최 근접 인물들로 사장과 함께 피부호흡을 하듯 하며 사장의 일거수일투족을 속속들이 체크하면서 살고 있지 않았었던가. 바로 이러한 유괴범들로 하여금 이번 선거판에까지 끼어들게 만든다? 아무리 이렇게 저렇게 얽히고설키는 세상사라 하지만 이건 해도 해도 너무하지 않는가? 목사님이 돌아가신 뒤 유괴범들 곧 홍보팀 황금도 씨와 나인성 씨가 사장님과 머리를 맞대고 앉아있었다. 아 정말 세상사 요지경이라더니, 아 정말 세상사 뭐가 뭔지 도무지 이해할 수가 없도다!

「과연 포스터를 어떻게 만들면 좋을지, 나도 생각해 볼 테니까, 나보다도 황! 나! 자네들이 더 깊이 있게 생각들 해보라고.」

「예, 알겠습니다, 사장님!」

「하여간 저희들이 최선을 다해 보겠습니다, 사장님!」

이날 밤 사장 아버지는 잃어버린 아들 사랑이를 생각하면서, 마치 누에가 흰 실을 뽑아 작은 우주 곧 누에고치를 만들 듯 선거 포스터를 만들어 보고 있었다. 백문이 불여일견이라는 듯 손수 이렇게 저렇게 제작해 본다. 백면선생 곧 글만 읽고 세상일에 전혀 경험이 없는 사람처럼, 역시 선거에 관한 한 아예 전무한 백지상태였던 몸으로 만든 포스터는 어떠했을까?

홍보팀 황금도 씨와 나인성 씨와 함께 며칠 밤을 지새운 가운데 드디어 완성된 선거 포스터는 이러했다.

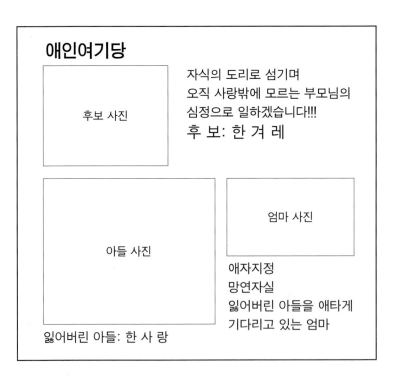

어느새 선거공보가 유권자에게 배부되고, 선거 관리위원회의 활동 및 후보자들의 선거운동이 시작되고 있었다.

그런데 각 세대의 반응은 어떠했던가?

먼저 십 대 이십 대에 속한 유권자들이 주고받는 대화를 들어본다.

「보궐선거에 나선 국회의원이라면 몰라도, 저 시의원이나 도의원은 뭐야? 왜 나온 거야?」

「그래 그래. 그리고 누가 투표하겠어? 더구나 이런 날에? 혹시 후보자와 무슨 특별한 관계라도 있으면 몰라도. 진짜 그런 그 일가친척들이라면 몰라도 말야.」

아예 관심이 없다는 반응이다.

심하게는 부모님의 심정이고 뭐고 간에 다 관심 밖이라는 식으로 말을 주고받는 젊은이도 보인다.

「부모의 심정? 저게 선거 벽보에 나올 얘기야?」

「그러니까 말야. 우선 당장 취직도 안 되는 이 판국에. 진짜 먹고 살기도 힘든 이 판국에, 그 무슨 놈의 선거냐고.」

충분히 이해가 되고도 남을 만한 말이 아닐까 싶었다.

「좌우간 선거고 뭐고 간에 다 귀찮다고.」

「아― 그리고 솔직히 말해서 그 어느 놈이 되든 말든 그게 나와 무슨 상관이냐고.」

이게 바로 현실세계가 아닐까 싶었다.

또 다른 젊은이들이 주고받는 말이다.

「저 공약들 좀 보라고. 더구나 아직 자식을 낳아 본 적이 없는 우리 같은 세대들에게 저 부모님의 심정이고 뭐 고가 통하겠느냐고.」

「그건 그려. 진짜 시집 장가도 못 가게 생긴 이 판국에 말야. 진짜 저런 말들이 우리들의 피부에 와 닿겠느냐고. 아예 죽으라고 해! 현잰 그게 최고 공약일 테니까.」

한마디로 이번 선거판에 이처럼 전혀 상관없는 이들도 꽤 많아 보였다.

「좌우간 내겐 벽보를 봐 줄만한 여유도 없다고.」

개중에는 이런 말 저런 말을 하면서 PC방을 향해서 발걸음을 옮기고 있었다.

그럼 이와 달리 삼사십 대의 반응은 어떠할까? 역시 아이를 낳아 본 세대라, 뭔가 조금은 다르지 않을까?

세 사람의 대화를 들어 본다.

「이 얘기도 저 얘기도 만날 들어본 얘기 아냐. 그리고 저런 얘기는 제발 좀 그만들 하라고 해.」

「사실 별로 새로울 것도 없는 얘기들이지?」

「그려 그려. 사실 저런 얘기들을 가지고서야.」

「특별히 저 얘기 좀 보라고. 정치가 어디 저까짓 감성에 그 발목이 잡혀가지고서야. 노골적으로 까놓고 말해서 말야. 좌우간 정치를 하려면 저런 것 다 접어두고 하는 게 좋을 거라고. 한 손에 칼은 못 들어도 말야. 한 손에 창은 못 들어도 말야.」

듣고 있던 한 사람이 끼어든다.

「역시 그건 그래도! 저 잃어버린 아들만은 꼭 찾는 게 좋지 않겠느냐고? 내 생각엔. 그리고 저런 포스터는 처음 보는 포스터고.」

「아, 그거야 두말할 것도 없지만.」

「하여간 내가 우리 수연이를 잃어버렸다? 아이고, 생각만 해도 눈앞이 캄캄한 게 정말?」

「아, 그거야 나도 마찬가지겠지.」

「하여간 잃어버린 저 아들 사진이나 한 번 더 눈여겨 봐 두자고. 혹시 또 모를 일이니까.」

「아, 그건 그려.」

「그나저나 다시 보니까, 이 선거 벽보 한번 특이하긴 특이하구만. 잃어버린 아들 대형 사진에, 입후보 중형 사진과 엄마 소형 사진으로 구성한 게 말야.」

「하여간 잃어버린 저 아들이 이 선거 벽보를 보고 찾아올 수 있을까? 그리된다면 그 얼마나 좋을까?」

「그나저나 저 사람을 찍어주려고?」

「글쎄?」

그렇다면 이와 달리 오륙십 대의 반응은 어떠했던가?

「오직 사랑밖에 모른 부모님의 심정으로 정치를 해 보겠다? 왕고내금. 고왕금래. 옛날부터 지금까지, 진짜 이런 사람은 처음 보는 것 같다고.」

「그러니까 말야.」

「그런데 정말 저 잃어버린 아들을 찾아도, 내내 부모님의 심정으로 정치를 하게 될까?」

「그러니까 말야.」

「그렇든 저렇든 간에, 하여간 저 잃어버린 아들을 찾을 수 있도록 우리들만이라도 함구무언하지 말고, 일구이언하지 말고, 불필재언! 불필다언! 힘이 닿는대로 협력을 해주는 게 인간 최소한의 도리가 아니겠느냐고?」

「그러니까 말야.」

「이유 불문하고 저 잃어버린 아들을 찾을 수 있도록, 우리들만이라도 한번 협력을 해줘 보자고. 그게 안 좋겠느냐고?」

「그러니까 말야.」

「좌우간 다른 사람들이야 어떻든 간에, 우리 한 표 한 표가 중요하니까.」

「그러니까 말야.」

「그려! 좌우간 우리의 정치 참여 역시 저 잃어버린 아들을 찾게 해주는데 있으면 좋겠다고. 안 그려?」

「그러니까 말야.」

「그려! 사실 국회의원이야 그 어느 사람이 되든 다 거기가 거길 테고. 다는 아니겠지만 말야.」

「그러니까 말야.」

연하여 과연 칠팔십 대의 반응은 어떠할까? 페일언하고 욕설부터 앞세운다.

「쳐 죽일 놈들. 저런 쳐 죽일 놈들이 어디에 있을까? 그 어디 할 짓이 없어서 사람을 다 훔쳐가. 정말 그 어디 할 짓이 없어서 남의 자식을 훔쳐 가냐고.」

「좌우간 저런 놈들은 용가마에 삶은 개개 멍멍 짖듯 주리를 틀어 죽여야만 된다고.」

「아, 아예 천참만륙을 해야만 될 거라고. 저런 놈들은 가차 없이 말여.」

「허긴 그려 그려. 좌우간 저런 놈들은 저 지옥에까지라도 쫓아가서 죽어야만 될 판이니까. 반드시 말여.」

「아, 그건 그려. 이 세상천지가 제 아무리 돈 돈 돈에 미쳐 돌아가는 요지경 속이라고 해도 그렇지. 그 어떻게 부모를 실신상태로 살게 만들 수가 있느냐고.」

「좌우간 저런 놈들에겐 그 무슨 종교도 없는 모양이지?」

「아, 없으니까 그런 짓을 하겠지. 신을 모시는 제주의 정성이 없어서. 그런 믿음이 없어서.」

「역시 그렇겠지? 좌우간 신에게 크게 감동을 받지 못해서 그럴 거라고.」

「한마디로 말해서, 복채만 노리는 식으로 사는 놈들이 다 그런 놈들이 아니겠느냐고?」

「그건 그려. 그런데 하나님은 다 뭐하고 계시는가 모르겠어. 좌우간 저런 유괴범들부터 잡아가야만 될 판인데 말여. 우리보다 먼저 말여.」

「누가 아니란가!」

「좌우간 잃어버린 아들을 찾기 위해서 정치판에까지 뛰어든 건 아무래도 좀 그런 것 같여? 안 그려?」

「그건 그려.」

「그렇든 저렇든 좌우간 우리라도 찍어주고 보자고. 자식들에게도 부탁하고?」

「그건 그려. 잃어버린 아들을 찾겠다는데 말여.」

「그나지나 선거 날 투표소에나 나갈 수 있을지 모르겠어? 좌우간 몸이 이래 가지고서 말여.」

「그건 그려.」

「좌우간 나갈 수 있을 때 한 표 찍어줘 보자는 거야. 나갈 수 없을 땐 나도 그만이고. 그 자식이고 뭐고 간에. 솔직히 우리 자식이라면 몰라도 말여. 좌우간 몸이 조그만 아파도 못나가니까.」

「그건 그려.」

「그런데 그 부모님의 심정이란 게 뭘까? 그 뭔지나 알고서 그 부모님의 심정을 운운했을까?」

「아, 그거야 알겠지 뭐! 다른 사람도 아니고. 사랑하는 자식을 잃어버린 부모로서 말여. 좌우간 잘 알 것 같고.」

「역시 그건 그렇겠지?」

「그려! 그런데 정말 그 부모님의 심정이란 게 뭘까?」

「아, 요 며칠 전에 그 어느 신문에서 읽어본바, 오 남매 중 막내로 태어난 자식. 다른 형제들과 달리 10대 때부터 나쁜 손버릇으로 빈집이나 식당 등을 터는 그런저런 절도 전과가 다수 있었던 자식. 성인이 돼서도 일정한 직업을 갖니 못했던 자식. 일이 없을 땐 술을 자주 마시되, 일주일에 평균 네 차례 이상 술을 마시곤 하는 자식. 그런 자식을 향해 칠순 노모가 심히 걱정스러운 눈빛으로 바라보며, 어떻게 좀 먹고 살 방도를 찾아보라!라고 말하자, 그런 잔소리를 한다는 이유로, 어머니를 의자로 일곱 차례나 내리치고, 그것도 모자라서 아예 흉기를 들고 와서 어머니의 목 부위를 두 차례나 찔러댄 자식. 허나 그런 자식을 향해 노모는 피를 줄줄 흘리면서 신음하는 소리로 그저 자식의 앞날을 걱정하며 말씀하시기를, 어서 그 피 묻은 옷을 갈아입고 도망쳐! 도망치라고! 어서 빨리! 잡히면 안 되니까!라고 소리쳤다고 하지 않았어. 그게 바로 부모님의 언행심사요 부모님의 심정이라. 그리하여 자식이 열두 살 먹은 지 딸의 손을 잡고 황급히 집을 떠나갔다(?) 그 뒤 어머니는 자기 생명이 다하는 그 순간까지 자식의 앞날을 걱정하며, 아무도 없는 그 빈집에서 계속 피를 흘리면서 신음하다가, 이틀 뒤 숨진 채로 발견되었다고 했으니……!? 좌우간 마지막 숨을 거둘 때까지 오직 하나 자식 걱정을 하셨을 그 어머니의 마음. 그게 바로 부모님의 심정이 아니겠는가 말일세.」

「그려 그려. 그게 바로 진짜 부모님의 심정이겠지.」

「좌우간 부모님의 심정은 그런 그 악마 같은 자식의 심정과 정반대쪽에 있는 심정일 거라.」

「그려 그려.」

「그리고 우리가 교회는 안 다니지만, 그래도 우리 노틀들의 먹고 대학 곧 교회 노인대학에서 들은 바, 역시 부모님의 심정은?」

「아아, 그 교회노인대학에서 들었던 바로 그 얘기?」

「아, 그려! 자식이, 아버지 다윗 왕을 죽이려고 했으니……!? 자신이 왕이 되겠다면서!? 결국 군사 일만 이천 명을 이끌고 대반역자로 둔갑했던 아들 압살롬 얘기. 다시 말해서 아버지 다윗 왕의 뒤를 추적 추격하여 죽이겠다고 앞장섰던 반역자 아들 압살롬. 그런데 그런 반역자, 마침내 그런 자식과의 최후 일전을 앞두고, 아버지 다윗 왕이 군 지휘관들에게 그 뭐라고 부탁했었던가? 나를 위하여 젊은 압살롬을 너그러이 대우하라!고 간곡히 명령했었다? 좌우간 다윗 왕이 원수 대적으로 돌변한 아들 수괴 압살롬을 위하여 모든 군 지휘관들에게 명령하되, 그 목소리가 어찌나 컸던지, 그때 그 명령하는 목소리를 백성들까지 다 들을 수 있었다고 했던가. 그게 바로 부모님의 언행심사요 부모님의 말씀이라. 그러나 그날 그 전쟁마당에서 아들 압살롬의 군대가 패하여 전사자가 많아 이만 명에 이르렀다고 했던가. 그때 아들 압살롬이 노새를 타고 도망치다가 그 긴 머리가 상수리나무에 걸려 공중에 대롱대롱 매달리는 신세가 되고 말았다고 했던가. 그리하여 다윗 왕의 군대 요압 장군이, 한 병사에게, 당장 죽이라! 고 명령했던가. 그러나 다윗 왕의 군사 중 한 사람이었던 그가 대답하기를, 내가 내 손에 은 천 개를 받았다 할지라도, 나의 왕의 아들 압살롬에게 손을 대지 아니하겠나이다. 우리가 들었거니와, 다윗 왕이 당신 요압과 아비새와 잇대에게 명령하여 이르시기를, 삼가 누구든지 젊은 압살롬을 해하지 말라!라고 명령하셨기 때문 이옵나이다!라고 대답하자, 요압이 이르되 나는 너와 같이 지체할 수 없다! 하고 손에 작은 창 셋을 가지고 달려가서, 아직 살아 있는 압살롬의 심장을 찔러 죽였다고 했던가. 그게 바로 부모님의 심정을 모르는 군 지휘관 요압의 마음이요 또한 오늘날의 유괴범들이라고 말할 수 있겠지. 뒤이어 다윗 왕이 전쟁터에서 달려오는 파수꾼에게 묻되, 원수 대적이 되어버린 아들을 놓고, 젊은 압살롬은 잘 있느냐? 고 물었겠다. 그게 바로 부모님이라. 좌우간 파수꾼이 아니라고 대답하자, 아버지 다윗 왕이 마음이 심히 아파 위층으로 올라가 울되, 내 아들 압살롬아! 내 아들, 내 아들 압살롬아! 차라리 내가 너를 대신하여 죽었더면, 압살롬 내 아들아! 내 아들아! 계속하여 얼굴을 가리고 큰 소리로 울며 슬퍼하되, 오─ 내 아들 압살롬아! 압살롬아! 내 아들아! 내 아들아! 하며 계속 대성통곡을 했다고 했던가. 그게 바로 부모님의 언행심사라. 다시 말해서 다윗 왕 자신의 생명은 물론, 다른 자식들의 생명과 자신의 처첩과 비빈들의 생명까지 노리던 자식. 다윗 왕 자신이 젊었을 때부터 지금까지 당했던 그 모든 화보다 더 큰 화며 더욱 심한 화를 안겨주겠다고 소리치며 반역을 꾀했던 자식. 바로 그런 자식의 죽음을 그토록 심히 애통해 했던 것이라. 그게 바로 부모님의 심정이라는 거였고.」

「그려 그려. 그게 맞는 말이지. 그게 바로 부모님의 심정일 거라고. 그러나저러나 그 어떻게 그런 얘기까지 죄다 줄줄 욀 수 있는 거여? 진짜 줄줄이 말여?」

「아, 그거야, 아, 내 교회는 안 다녀도, 역시 그 얘기가 들어있는 사무엘하 18장과 19장을 수 없이 읽어 본 까닭이겠지 뭐.」

「그려 그려.」

「그리고 어디 부모님의 심정이 그뿐이겠냐고. 역시 교회 노인대학에서 들은바, 부모님 중에 그 어느 부모가 아들이 떡을 달라하는데 돌을 주며, 생선을 달라 하는데 뱀을 줄 부모가 있겠느냐는 말씀도 있었고. 그날 계속 들은 말씀 중 눈은 눈으로 이는 이로 갚지 못하는 게 부모요, 또 오른편 뺨을 치는 자식에게 왼편까지 돌려 댈 수 있는 게 부모요, 또 고발하여 속옷을 가지고자 하는 자식에게 더 값진 겉옷까지라도 다 벗어 줄 수 있는 게 부모님이요, 또 억지로 오 리를 가게 하는 자식에게 아예 십 리라도 동행해 줄 수 있는 게 부모님이요, 구하는 자식에게 끝없이 주고자 하며 구하는 자식에게 시종일관 거절하지 못하는 게 부모님이요, 그게 바로 모두 부모님들의 심정이라고 말했었고. 뿐 아니라 자식이 원수로 변해도 그저 안쓰럽게 여기면서 마냥 사랑에 사랑을 더할 뿐, 달리 어찌하지를 못하는 게 부모님들이라는 말도 했었고. 바로 그런 마음 같음으로 정치를 해보겠다는 말이 아니겠느냐고. 사랑하는 자식을 잃어버린 그 부모님의 심정으로 말여. 좌우간 자식을 잃어버린 그 심정 어떠하겠느냐고. 그런즉 우리라도 나서서 한 표 찍어줘 보자고. 몸만 안 아프면 말여.」

「그려 그려. 그렇게 한번 해보자고. 그런데 만에 하나 부모님이 악마에게 사로잡히게 된다면, 그땐 또 그 심정 그 어떻게 될까?」

「아, 그것도 들어봤지 않았어. 부모가 악마의 심정에 사로잡히게 되면, 하나님이 아닌 곧 죽은 거짓 신에게 복을 받아 보겠다며, 심지어 사랑하는 자식까지 불태워 제물로 드리는 등, 실로 극악무도한 짓까지 하게 될 것이라고 말여. 그런 부모들은 부모도 아니라고 말여.」

「아, 그랬었지?」

「그래!」

「그나저나 자네의 그 총기 하나만은 정말 놀랄 노자여. 앞으로 10년 20년 후에도 끄떡없겠다고. 정말이지 치매 걸릴 일도 없을 것 같고. 안 그려?」

「그건 모르지. 아직 내 나이 90! 100! 이 안되어 봤으니까 말여.」

「허긴 그려. 치매는 그려. 그 노인성치매.」

「아, 그리고 그 노인대학에서 벌써 몇 년째, 적어도 1년에 한두 번 정도, 더는 그 이상씩, 그 부모님의 심정으로 세상을 바라보고, 그 부모님의 심정으로 살아보라!는 뜻으로, 그 부모님의 심정에 대해서 누누이 듣고 배운 게 그 얼마인데. 따라서 그 총기가 안 좋은 사람이래도 다 알고 있을 얘기라고.」

「허긴 그려. 허나 단 하나 나 같은 사람에겐 그게 아니라고. 실제로 나 같은 사람들도 많을 거고. 무슨 얘기를 듣던, 그 듣는 순간 그 언제 그 무슨 얘기를 들었느냐는 듯, 아예 그 모든 얘기를 까마득하게 다 잊어버리곤 하는 사람들. 진짜 자네 같은 노익장은 몰라도 말여.」

「그래도 선거일만은 잊지 말자고.」

「그려 그려.」

「그 부모님의 심정으로!」

「아, 그려 그려!」

「좌우간 유괴범들이나 폭력배들을 완전히 일망타진해 버리겠다고 말하는 정치인들이 없으니…….」

「그려 그려. 그건 정말 그려.」

두 노인네와 더불어 십여 명의 노인들이 건물 밖으로 빠져 나온다.

그런데 선거 결과는 어떠했던가?

예상외로 꼴찌로 낙선했다? 그 무엇보다도 자식에 대한 소식이 계속 감감무소식이라? 크게 실망할 수밖에 없었다? 역시 아들을 잃어버렸다는 방언고론까지도 남들에겐 한낱 관심 밖의 일일 뿐이었다? 진짜 그런저런 그 고고지성마저 한낱 남의 비극일 뿐이었다? 세상사 누가 장애물에 걸려 넘어졌든 말든, 누가 참혹하게 살해를 당했든 말든, 다 잠시 듣고 넘어갈 일일 뿐이다? 유괴를 당한 어린 아이가 고통스러운 삶을 살다가 그 어린 나이로 원통하게 죽임을 당한다 해도 다 당사자 홀로 장탄식 곧 긴 한숨을 내쉬며 크게 탄식할 일일 뿐이라는 얘기였다?

낙선? 그것도 꼴찌? 장태평 곧 늘 아무런 근심 걱정 없이 태평하게 살아보고 싶었던 가정에 한 번 더 큰 비절참절이 찾아든 것이다? 그리하여 잦감 곧 소망의 밀물이 다 빠져나간 뒤 절망으로 잦아진 상태에 처한 듯 그리되고 말았다? 그리하여 아들을 잃어버린 엄마는 벌써 장출혈까지 하고 있었다? 그리하여 얼굴에 핏기가 한 점도 없다? 말하자면 장 천공 곧 창자에 구멍이 뚫린 것이다? 좌우간 온몸이 피가 터지도록 곤장을 맞은 것처럼 무겁기만 하다?

그러나 이대로 주저앉을 수 없는 게 부모의 삶이라! 허긴 자고이래로 백사여의 곧 모든 일이 뜻한바 대로 다 이루어지는 그런 세상은 아예 없다? 역시 백사불성 곧 세상사 모든 일이 하나도 이루어지지 않으며, 여러 가지로 하는 일마다 다 실패로 끝날 수도 있다? 이게 바로 이 세상이다?

허나 너무 감사하게 이게 아니었다? 예상밖에 대 선방을 한 것이다. 그야말로 겨우 33표 차로 낙선을 한 것이다. 하여 다시 한 번 더 백방으로 손을 써 볼 수 있는 힘을 얻게 된 것이다. 아— 다시 한 번 더 백방으로 수소문의 손길을 뻗쳐 볼 수 있는 소망을 갖게 되었다는 게 그 어딘가. 다시금 자리를 툭툭 털고 일어설 새 힘을 얻게 되었다는 게 그 어딘가. 이게 바로 자식을 잃어버린 부모님이 아닐까 싶었다.

한겨레 후보가 새벽예배가 끝나고 나서 목사님을 찾아 나선다. 목사님이 반짝이는 눈으로 반가이 반기어 준다.

「오— 어서 오십시요! 아— 33표 차로 떨어지다니!?」

「죄송합니다, 목사님!」

「하여간 이번에 대 기염만장을 토하셨습니다. 생각 밖의 놀라운 기적에, 아마 저쪽 분들이 끝까지 조마조마했을 것입니다. 하여간 밤새도록 잠을 단 한숨도 못 주무셨을 판인데, 이 새벽예배에도 나오시고!」

「목사님께서도 밤새도록 못 주무셨을 판인데, 새벽 재단의 설교까지 하시고. 정말 대단하세요, 목사님.」

「기도하십시다.」

당회실 의자에 앉은 채 눈을 감는다.

「하나님 아버지, 감사합니다! 가면 갈수록 더 크게 더 크게 감사하며 살 수 있도록 도와주시옵소서. 특별히 아직도 오리무중인 우리 사랑이를 속히 찾을 수 있도록 도와주시옵소서. 하여간 이번 기회를 통해서도 우리 사랑이를 찾지 못했지만, 그러나 그 언젠가는 하나님의 도우심으로 반드시! 반드시! 찾게 될 줄로 믿습니다. 이미 기장지무! 이미 벌어진 춤! 이미 시작된 일! 중간에 그만둘 수 없는 큰 일! 앞으로도 계속 백방천계! 여러 가지 방법과 온갖 계책을 다 세워가면서 실천에 옮겨 보겠습니다. 그때마다 기적으로! 이적으로! 표적으로! 역사하여 주옵시사, 결국 좋은 결과를 얻게 하여 주시옵소서. 좌우간 살아서 돌아오는 우리 사랑이! 살아서 돌아오는 우리 사랑이! 그날까지, 날마다, 하나님 아버지의 절대적인 사랑으로 보호하여 주시옵시며, 주 예수님의 절대적인 은혜로 감싸 주시옵시며, 보혜사 성령님의 절대적인 교통하심으로 함께 하여 주시옵소서. 반드시! 살아서! 살아서! 살아서! 돌아올 수 있도록, 날마다, 날마다, 눈동자처럼 보호하여 주실 줄 믿습니다. 하소연하여 구원받을 데가 없는 어린아이, 부모 잃은 무고지민입니다. 그런즉, 도와주시옵소서. 하여간 찾아 주실 줄 믿사옵고, 우리 주 예수 그리스도의 이름으로 기도하옵나이다. 아멘!」

한겨레 사장이 주체할 수 없을 정도로 줄줄 쏟아지는 눈물을 연방 훔친다. 당회실에서 빠져나온 사장이 마트를 향하여 발걸음을 옮긴다. 사장이 입장하자 기다리고 있던 마트 직원들이 일제히 박수를 치고 난 리도 아니다. 겨우 33표 차로 낙선할 정도로 대 기염을 토했다는데 대한 박수인 것이다.

「다 여러분들이 하나 같이, 부러 이 모양 저 모양으로 힘써 주신 덕분입니다. 감사합니다.」

직원들 중 몇몇이 화답하는 말이다.

「사장님! 우리 사랑이를, 우리 사랑이를, 그 언제라도 찾을 수 있을 테니까, 그때까진, 절대로 절대로 포기하지 마시자고요! 우리 모두, 모든 수단과 모든 수를 다 동원해 보시자고요! 이번 33표 차가 바로 그런 뜻일 테니까요!」

「예예, 사장님! 우리 사랑이를 찾을 때까지, 우리 모두 절대로 절대로 포기하지 말고, 더 더 힘써 보게요!」

「예예, 사장님! 33표! 절대 불가능이란 있을 수 없다는 뜻이라고요. 33표 차! 결코 예사롭지 않은 신의 예시라고요! 앞으로 우리 사랑이를 찾는 일에 관한 한 말입니다요!」

사장이 순간 눈물바람을 하며 대답한다.

「아 예예, 백무소성! 하는 일마다 아무것도 이루어지는 것이 없다 해도, 역시 내겐! 우리들에겐! 아니겠지요?! 결코! 결코! 결코 말입니다. 아무튼 여러분 감사 감사합니다!」

모두 다시금 박수로 화답한다. 사장이 한 번 더 손을 흔들어주면서 이층 사장실로 향한다.

사장실로 뒤따라 올라온 금번 선거대책 본부장 겸 비서 및 운전 담당까지 도맡아 총괄했던 유괴범 황금도 씨와 나인성 씨에게 사장이 웃으면서 말한다.

「아무튼 이번에 황! 나! 자네들이 수고했어! 자아, 받아!」

사장이 두툼한 봉투 하나씩을 건네준다. 봉투를 넙죽넙죽 받아 든다. 그러면서 하는 말이다.

「사장님! 좌우간 끝까지 끝까지 끝까지 잘 해보게요.」

「예예, 사장님. 좌우간 끝까지 끝까지 끝까지가 중요하니까요.」

「그래 그래. 끝까지 찾아보자고. 우리 사랑이를! 그리고 모든 직원들과 한번 회식할 수 있는 시간도 마련해 보고.」

「예예, 사장님! 알겠습니다! 다 우리 사랑이 때문에 가슴 아파들 하니까요.」

그러나 이렇게 또 하루가 지나가고 한 달이 지나가고 일 년이 흘러간다. 이처럼 정처 없이 흘러가는 나날 속에서, 7대 독자를 잃어버린 엄마가 창가에 서서 하는 말이다.

「내 새끼가 내후년이면 학교에 갈 나이인데?! 그런데?」

하염없이 흘러내리는 눈물을 닦는다. 하염없이 먼 산을 바라본다. 하염없이 깊은 시름에 잠긴다.

「어쩌다가 내 새끼가!? 엄마 아빠가 그리워도 못 보는 신세가 되었을꼬? 저 하늘 아래 그 어디쯤에 살고 있을까? 언제나 외로워서, 타관 땅 그 어느 아득한 천리에서, 밤낮 우는 몸으로 살고 있을게 뻔한데……. 꿈에 본 내 새끼가 마냥 그립기만 하구나! 오- 이 엄마 품을 떠난 지가 벌써 몇몇 해인가. 타관 땅 돌고 돌아 밤낮 정처 없이 헤매이고 있을 내 새끼야. 그래저래 피투성이가 되어있을지도 모를 내 새끼!? 그런 내 새끼를, 그 언제쯤에나 만나 볼 수 있을꼬? 차마 못 잊어 시부렁시부렁 한다는 게 바로 이런 것이란 말인가?」

다음 날 아침 아이들이 학교에 가는 것을 보면서 또 시부렁거린다. 시름없는 얼굴로 한숨을 두 번 세 번 몰아쉬면서 하는 말이다.

「다른 아이들은 학교에 다니는데…… 내 새끼도 내년이면 학교 다닐 나이인데…… 다른 사람들은 학구열이 대단한데…… 다른 사람들은 다 학부모회에 참여하는데…… 그러면서 학부형이 어쩌고저쩌고 하는

데…… 책가방이 어쩌고저쩌고 하는데…… 좀 더 크면 학생복이 어쩌고저쩌고 할 판인데…… 학생모가 어쩌고저쩌고 할 판인데…… 성적표를 가지고서 만날 이러고저러고 할 판인데…… 오- 학수고대하며 살고 있건만, 영 소식이 없으니……」

오늘도 어제와 마찬가지로 창가에 서서 피눈물을 줄줄 쏟는다.

이렇게 또 몇 달이 지난 뒤, 한입골수 곧 그 뭔가 원한이 뼈에 사무친다는 얼굴로 한숨을 푹푹 내쉬면서 또 중얼거린다.

「몇 년간 실의에 빠져 시름시름 앓는 나날 속에서, 우리 사랑이! 우리 사랑이! 우리 사랑이? 하시다가 돌아가신 어먼님의 뒤를 이어, 아번님 마저, 그 건강하셨던 아번님마저, 한사랑! 한사랑! 한사랑? 오- 내 새끼! 오 내 새끼! 오 내 새끼가?! 오- 내가 죽어서라도 찾겠노라! 하시다가 돌아가시고 마셨다니, 오- 아번님, 아번님! 용서해 주세요! 제가 그만 아번님의 7대 독자를 잃어버려가지고서! 오- 아번님, 용서해 주세요! 오- 아번님, 아번님! 오- 아번님, 제가 꼭 찾아 드릴게요! 제가 꼭 찾아 드릴게요! 제가 꼭, 제가 꼭, 제가 꼭, 꼭이요!」

그러나 역시 찾을 길이 묘연했다.

그런데 이와 달리 세상은 무슨 소리로 출렁거리고 있었던가? 벌써 모든 방송가에서 연일 대통령 선거를 앞두고 여러 인물들에 대하여 줄곧 온갖 말을 다하고 있었다.

목사님이 사장실로 찾아왔다.

유괴범 황금도 씨와 나인성 씨가 공손히 보다 예의 바르게 인사를 하며 맞이해 준다.

공산명월 곧 사람이 없는 적적한 산에 외로이 비치는 밝은 달을 벗 삼아 그 무언가를 깊이 생각하며 누워 있는 듯 했던 사장이 안쪽에서 등장한다. 그러나 곧장 비몽사몽간에 곧 꿈속 같기도 하고 생시 같기도 한 그 어렴풋한 상태로 목사님을 맞이한다. 분명 꿈속을 헤매기 시작하는 것만 같다.

「목사님!? 어서 오십시요! 그런데 목사님, 무슨 일로?」

목사님이 웃으면서 의자에 앉는다.

「예. 군말이나 허두를 다 빼고, 단도직입적으로 곧장 요지부터 말씀드리겠습니다. 이번 참에 아예 대통령 선거에 한번 출마해 보자는 것입니다. 그리하여 우리 사랑이 사진이 들어간 대통령 선거 벽보를 만들어 가지고서 전국 각지 사방팔방에다가 여한 없이 몽땅 붙여보자는 것입니다. 이보다 더 좋은 기회가 없을 테니까 말입니다. 좌우간 이보다 더 좋은 기회를 놓치지 말자는 것입니다. 그러다 보면 우리 사랑이를 찾을 수가 있을 테니까 말입니다. 좌우간 이번이 기회 중의 기회입니다. 이런 기회를 놓치지 아니함이 최고 지혜이고요. 분명코 말입니다.」

사장이 웃으면서 대답한다.

「예, 목사님. 우리 사랑이를 찾는 일이라면, 진짜 그런 기회중의 기회라면, 예예 한번 해보겠습니다. 그렇지 않아도 지금껏 기도해온바 말입니다요. 우리 사랑이 사진이 들어가 있는 선거 벽보를 만들어 전국 각처에 붙여본다는 목적 하나만 가지고서요. 대통령이야 다른 분이 되더라도 말입니다.」

「예. 그렇게 결정해 주시니 감사합니다. 예예 잘 생각하셨습니다. 기회 중의 기회이니까요. 실제로 대통령 선거에 출마하지 않고서는, 그야말로 우리 사랑이 사진이 들어간 그런 벽보를, 전국 각지에 빠짐없이 붙일 길도 없을 거고요. 아예요. 전혀요.」

「그건 그렇겠지요 목사님?」

목사님이 황금도 씨와 나인성 씨를 향하여 말한다.

「이번 큰일에, 이번 대사에, 우리 한 번 더 수고해 보십시다들!」

「아, 예. 목사님!」

「아, 예예. 저희들이야말로 죽기 살기로 해보겠습니다! 한번요.」

사장이 목사님께 묻는다.

「그런데 목사님. 제게 딱 한 가지 걸리는 게 있답니다. 자꾸만요.」

「뭔데요?」

「예, 목사님. 실은 목사님께서 누누이 말씀하시기를, 언제 어디서, 그 무슨 일을 크게 한번 도모해 보고 싶다면, 먼저 온전한 십일조 생활부터 시작 해보라고 말씀하셨던 바, 바로 그 말씀이 자꾸만 걸리곤 해서요.」

「아, 그 십일조요?」

「예예, 목사님. 그런데 과연 그 십일조란 게 그 뭔가 해서요?」

「예, 말씀드리지요. 십일조란? 세상 모든 것을 창조하신 창조주 하나님께서, 우리 성경전서를 통해서 말씀해 주시기를, 모든 수입의 십분의 일은 하나님의 것인즉, 아홉은 네가 쓰고, 그 십분의 일은, 하나님께 아낌없이, 정성을 다하여, 온갖 힘을 다하여, 마치 자기 목숨을 바치듯, 그런 심정으로 온전히 바치라!고 명령하셨습니다. 그게 바로 하나님께 바쳐야만 될 십일조라는 것입니다. 바로 그 십일조만은 절대로 떼어먹거나 도둑질하지 말라는 것입니다. 그런데 어떤 성도는 내 것도 내 것이고, 하나님의 것도 내 것이라는 식으로, 그 십일조마저 가로채고 있다는 것입니다. 바로 그처럼 상종 못할 인생 바로 그러한 도둑 인생, 바로바로 그처럼 몰염치한 인생만은 되지 말라는 것입니다. 다시 말해서 십일조만은 하나님의 것인즉, 그 어떠한 경우에도, 이유 불문하고, 하나님께 온전히 바치라는 것입니다. 우리 인생은 그 누구 누구 할 것 없이 다, 절대 지주가 되시는 창조주 하나님 앞에서, 소작료를 내면서 살아야만 될 소작 인생들이기 때문이라는 것입니다. 그런데 소작료마저 떼어 먹겠다? 그러면 지주가 어떻게 나오시겠습니까? 다 빼앗아 버리지 않겠습니까? 그런즉 여하간 소작제도에 의한 소작 쟁의만은, 곧 소작 문제로 싸우고 다투는 일만은 절대로 하지 말라는 것입니다. 그러면서 더 많은 소작권에 더 많은 소작지에 더 많은 씨앗을 심고 뿌려 보라는 것입니다. 그리할 때 일립만배! 곧 한 알의 곡식을 심으면 만 알이 된다는 뜻으로, 바로 그러한 복을 받을 수 있을 것이라는 것입니다. 그런즉 이미 생각하고 계셨었다면, 아예 이번 기회에 그런 그 십일조 생활부터 시작해 보겠다! 그러면서 이번 대사에 임해 보심이 어떨까 싶네요. 일립만배!」

「예, 목사님. 알겠습니다! 그렇지 않아도 이미 그런 생각을 하고 있었던 판 이였었으니까요. 순종하겠습니다! 도둑질만은 않겠습니다. 우리 사랑이를 훔쳐간 그런 그 도둑놈들처럼 말입니다!」

「예예. 그 어떠한 경우에도 그러셔야만 되겠지요. 세상에 도둑질이라니요……!? 더구나 우리 인생들의 생사화복과 흥망성쇠를 홀로 주장하시는 하나님의 것까지를요.」

이 말이 끝난 뒤 목사님이 유괴범 황금도 씨와 나인성 씨를 사장님 곁으로 불러 앉힌다.

「그럼 이만 기도로 마무리하고자 하오니, 그쪽 두 분께서도 다 이리 오셔서, 우리 사장님 곁에 앉으시지요.」

사장님이 한 번 더 손짓해 준다.

「그래. 우리 목사님께서 기도해 주신다고 하시니, 황! 나! 이쪽으로 와서 앉아.」

곧바로 목사님의 기도가 시작된다.

「더 좋게, 더 복되게, 더 행복하게, 더 크게 감사할 수 있도록 역사해 주시는 하나님 아버지! 이번 기회에 십일조 생활을 시작하면서, 금번 이 나라의 가장 큰 대사 대통령 선거에 직접 뛰어들어 보고자 하오니, 이 고난의 길, 돌연 반대 방향의 길로 가는듯한 이 역로에서, 끝까지 쓰러지지 않도록 도와주시옵소서. 나아가 십일조 생활로 말미암은 일립만배는 물론이요, 특별히 이번 기회에 천하보다 귀한 우리 사랑이를 찾을 수 있도록 도와주시옵소서. 그리고 앞서 누누이 밝힌 바, 그 유괴범들을 감옥에 보내기 위해서, 그렇게 원수를 갚기 위해서, 우리 사랑이를 찾고자 함이 아니요, 그 어디까지나, 우리 주 예수 그리스도의 심장으로, 그 원수들을 용서하고 사랑하며, 이미 꽤 많은 돈을 은행에 불입한 적금 등, 그 많은 물질로까지 보답하고자 하오며, 그러면서 그 유괴범들과 친형제처럼 살아보고자 하여, 우리 사랑이를, 천하보다 귀한 우리 사랑이를, 고아처럼 살고 있을 우리 사랑이를, 그 불쌍한 우리 사랑이를, 이런 방법 저런 방법으로 찾고자 하오니, 아무쪼록 이같은 사실이, 이 같은 소문이, 금번 대통령 선거 기간 동안, 보다 더 적극적 홍보, 보다 더 적극적인 판촉 활동 등, 연일 계속 될 대통령 선거 방송을 통해서, 전국 방방곡곡으로 널리널리 퍼져나가게 하여 주옵시며, 더불어 전국 각처 그 모든 골목마다에, 단 한 곳도 빠짐없이 붙여지게 될 그 많은 대통령 포스터를 통해서, 속속들이 알려지게 하여 주옵소서. 그리하여 그 유괴범들을 용서하며 사랑하며 돕고자 한다는 이 사실이, 이 소문이, 그 유괴범들을 감화 감동시키사, 제발 불쌍한 우리 사랑이를 살려 보내 줄 수 있도록, 더 강하게, 보다 더 강하게 간섭하여 주시옵소서. 시종일관 전지전능하신 하나님 아버지의 손길만 믿습니다! 그리고 전번 선거에서의 그 33표 차엔 아예 여념하지 않겠습니다. 대신, 오직 하나, 우리 사랑이 하나만 찾을 수 잇도록 도와주시옵소서. 폐일언하고 아무것도 염려하지 말고 다만 모든 일에 기도와 간구로 너희 구할 것을 감사함으로 하나님께 아뢰라. 그리하면 모든 지각에 뛰어나신 하나님께서 응답하사, 그 모든 문제를 해결하여 주시리라!라고 약속해주신 그 말씀을 굳게 믿습니다. 나아가 십일조 생활로 시작하는 이번 기회에, 보다 더 큰 기적으로 응답하여 주실 줄 믿습니다. 그리고 이곳에 있는 저희들 모두가, 우리 사랑이를 찾고자 하는 금번 일에 최선을 다하여 협력할 수 있도록 간섭하여 주시옵소서. 믿사옵고, 우리 주 예수 그리스도의 이름으로 기도하옵나이다. 아멘!」

기도가 끝나고 목사님과 헤어진 뒤 사장 홀로 사장실에 갇혀 연속부절 서성거리면서 중얼거린다.

「어릴 때 잃어버린 내 새끼. 단 하루도 잊어본 적이 없는 내 새끼. 그지없이 큰 슬픔, 연일 그 망극지통을 알려준 내 새끼. 그리하여 날마다

처첨한 삶, 처절한 노래까지 알게 해 준 내 새끼. 자나 깨나 참혹한 천참만륙의 고통으로 피를 토하면서 연속부절 지옥을 헤매이게 하는 내 새끼. 어찌 되었건 내 새끼를 찾기 위해선, 적덕수인 곧 더 많이 덕을 쌓고, 어진 일을 더 많이 하는 길 밖에. 이밖에도 더 많은 진리를 알려 준 내 새끼. 오오 이런 내 새끼를, 이번 기회엔 꼭 만나 볼 수 있겠지?」

며칠 밤을 지새운다. 또다시 며칠 밤을 더 지새운다. 또다시 며칠 밤을 더 지새운다.

「그런데 이번 선거 벽보는 어떻게 제작한담? 역시 전번처럼, 우리 사랑이 대형 사진과 더불어 내 중형 사진과 엄마 소형 사진을 집어넣는 게 좋겠지?」

이를 놓고 또 뜬눈으로 며칠 밤을 더 지새운다. 이래저래 어느 사이에 선거일이 코 앞에 다가와 있었다.

그런데 과연 대통령 후보로 등록한 인물들은 모두 몇 명이나 되었던가? 각당 곧 세 정당에서 1명씩, 연예계에서 유머 왕 코미디언 1명, 농어촌계에서 유아독존 농부 1명, 그리고 남을 자기 몸같이 아끼고 사랑한다는 뜻을 가진 애인여기당 이라는 당명으로 출마한 한겨레 후보 등, 모두 6명이 출사표를 던져놓고 있었다.

그렇다면 이들 중 한겨레 후보의 선거 벽보는 어떤 형식 어떤 내용으로 구성되어 있었던가? 역시 아들 대형 사진. 중형 후보 사진. 소형 엄마 사진이 담겨 있었으며, 더불어 이러한 내용이 담겨 있었다.

잃어버린 7대 독자를 찾아 나선 나그네!
모쪼록 잃어버린 아들을 찾을 수 있도록
누나 형! 아빠 엄마! 할머니 할아버지!
제발 제발 사랑으로 도와주세요!
시종일관 사랑밖에 모르는 부모님의 심정으로
일하겠습니다!

뿐 아니라 벼락출세를 위해 구밀복검을 앞세우는

　　그런 벼슬아치도 배격하겠습니다!

　　오직 남을 내 몸같이 아끼고 사랑하고자 하는

　　애인여기당 후보: 한겨레.

　이상 다른 후보들의 벽보와 완전히 차별화하기 위하여 부단히 노력한 흔적이 보이는 벽보가 아닌가 싶었다. 다시 말해서 한번 눈 여겨 보실 분만 눈 여겨 보라는 뜻이 아닌가 싶었다.

　그런데 과연 후보 6명 중 단연 제 1호 화제인물은 그 누구였던가? 두말할 것도 없이 일단, 잃어버린 7대 독자를 찾아 나선 나그네! 시종일관 사랑밖에 모르는 부모님의 심정으로 일하겠습니다! 뿐 아니라 벼락출세를 위해 구밀복검을 앞세우는 그런 벼슬아치도 배격하겠습니다! 남을 내 몸과 같이 아끼고 사랑하는 애인여기당 등등이 가십거리 및 화젯거리였다.

　이를 놓고 정당인 후보 3인들만 출연한 모 방송국 선거 방송 중, 어느 후보가, 현재 여론 조사 상 4위로 밀려나 있는 모 정당 후보에게 질문한다.

　「현 여론 조사 상, 소위 애인여기당 이란 이름으로 출마한 무소속 한겨레 후보가 한 정당 대표까지 제치고 현재 3위로까지 급부상하고 있는데, 과연 이점에 대해서 그 어떻게 생각하고 계시는지, 한번 답변해 주시지요.」

　이 같은 질문에 순간 얼굴을 확 붉히면서 웃는다. 연하여 어험! 어험! 하며 헛기침까지 한다. 내심 자존심이 상한 얼굴로, 그러나 짐짓 아무렇지 않다는 얼굴로 어험스레 보이려고 애쓴다. 그러나 위엄이 있어 보이거나 의젓하게 보이는 것은 고사하고 도리어 헤헤! 헤헤! 하는 소리만 나오게 만들 뿐이었다. 허나 일단 크게 상처를 입고 돌연 퍼렇게 멍든 눈두덩이의 어혈을 풀 듯 그처럼 사나운 눈빛으로 상대방을 무섭게 노려보면서 대답한다. 으레 네가 그 무슨 억하심정으로 그런 질문을 하느냐는 말투다. 독한 비판에 비판을 더하기 한다.

「어디 우리 대통령의 할 일이, 그 무슨 유괴범이나 잡아야만 될 그렇고 그런 일 정도쯤으로 알았던가 보지요? 그게 아니라면, 감히 그 어떻게, 그 잃어버린 아들이나 찾아보겠다는 생각, 그렇고 그런 생각으로, 언감생심 이 대통령 선거에까지 뛰어들 수 있었겠습니까. 좌우간 우리 대통령이란 자리가, 어디 잃어버린 아들이나 찾는 자리, 그렇게 한가한 자리가 아니라는 것입니다. 따라서 번지수를 잘못 짚어도 한참 잘못 짚으셨다고 하겠습니다. 완전히 말입니다. 바로 그런 인물들 때문에, 우리 대통령 후보의 격이 확 떨어지게 되어있고요!」

비판? 실로 독했다. 잔인했다. 아예 인정사정 볼 것 없다는 식이였다. 어쩜 철천지원수를 때려잡듯 하는 것이었다. 분명 원수대적에게 치명적인 독침을 쏘는 것만 같았다.

그런데 이런 선거 방송을 보고 있는 시청자들의 반응은 어떠할까?

「그려 그려! 저 말이 맞아.」

이런 반응을 보이는 시청자 및 유권자도 있었지만, 동시에 이와는 정반대로 그 무슨 억하심정으로 저렇게까지 도를 넘은 독설 및 저렇게까지 독한 비판에 비판을 더하는지 전혀 호응할 수 없다면서 도리어 동정적인 반응을 보이는 유권자들도 꽤 많았다.

「아무리 대통령이 되고 싶어도 그렇지. 어떻게 그 잃어버린 자식을 찾아보겠다고 나선 사람에게 저 저 저렇게까지 나올 수가 있느냐고. 해도 해도 너무하는구먼. 그러니까 4위밖에 못하지. 저 욱하는 말투부터 새로 공부하는 게 우선일 거라.」

「그러게 말야. 진짜 그너므 권력이 뭣이기에. 진짜 권력지향이 독한 사람을 만든다더니, 진짜 그런가 보구먼. 저렇게 독설을 퍼붓는 걸 보면 말야.」

「하여간 저렇게 막가는 사람에게 큰 상을 차려주면, 바로 그 순간부터 확 돌변하여, 한낱 우리 같은 사람 정도는 아예 똥파리 정도로 취급할 게 뻔하다고. 계속 독침을 쏘는 식으로. 좌우간 대통령 후보가 되려면 긍휼. 사람을 소중히 여기고 가난한 백성을 불쌍히 여길 줄 아는 애인휼민부터 배워야지.」

「그럼 그럼! 진짜 저런 사람이 큰 권세에 큰 돈더미에까지 올라앉았다 치면, 그땐 아예 눈에 보이는 게 없을 것이라고. TV에서 본 바 가이드를 주먹으로 내리치던 그 어느 기초의원처럼 말야. 하여간 대통령이 되기 전에, 그 부모님의 심정까지는 몰라도, 백성을 긍휼히 여길 줄 알며, 특별히 어려움에 처한 사람들을 불쌍히 여길 줄 아는 애인휼민이 그 밑바탕에 깔려 있어야만 된다고! 그런데 막말부터 배웠다니, 아나! 너는 벌써 글렀다!」

「그러게 말야.」

「에라이—! 너는 벌써 틀렸다고! 그 4위도 과분하다고! 아들을 잃어버린 슬픔! 그 상명지통도 모르고서.」

「그러게 말야.」

「그리고 그 누가 대통령이 되든, 진짜 그 부모님의 심정으로 줄을 서게 될 그 많은 인물들 중에서, 좌우간 장차관만 잘 골라 쓰면 될 거라고.」

「허긴 그려. 진짜 치국평천하는 혼자서 할 수 있는 게 아니니까 말야. 안 그려?」

「그려!」

「아이구, 저 어험! 어험! 헛기침만 하면 되는 줄 알고.」

「하여간 어린 손녀를 데리고 병원에 가서, 그 피검사를 할 때, 간호사님이 말하기를, 자아— 손을 내미세요. 손을 쭈욱 펴세요. 자아— 주먹을 쥐세요. 꽉 쥐세요. 힘 빼지 마세요. 자아— 다른 데를 보면 안 무서워요. 눈 감으세요. 자아— 하나도 안 아파요. 한번 따끔하고 말아요. 그런즉 자아— 마음의 준비를 하시고요. 마음의 준비를 하셨지요? 자아—

시작하겠어요. 자아— 이제 주먹을 펴셔요. 자아— 온몸에서 힘을 빼는 게 좋아요. 온몸에서 힘을 빼셨지요? 자아— 아직 다 안 뺐어요. 조그만 더 참으세요. 자아—다 끝났어요. 참 잘해냈어요. 감사해요. 자아— 꼭 눌러주고 계세요.라고 말을 하면서, 손녀의 손에서 피를 뽑는 전 과정만 보고 있을래도, 으레 눈이 절로 감기는 등, 차마 눈을 제대로 못 뜨겠더구먼. 하물며 그 칠대 독자를 잃어버렸다니, 그 어린 것이 낯설고 물 설은 타향객지로 끌려가, 낯선 유괴범들의 낯빛을 보며 밤낮 없어 그 생지옥에 갇혀 살고 있을 것을 생각하면, 차마 저런 말이 안 나올 것이라고. 그 심정 어떠하겠느냐고?! 그것도 모르고서, 대통령 출마?」

「에라이—!」

허나 이러한 반응만 있는 게 아니었다. 좀 더 멀리 가서 곧 산 설고 물 설은 타향객지에서의 반응 또한 각양각색이었다.

「그런데 한겨레 후보는 왜 기독교방송에서만 특별방송을 하는지 모르겠어?」

「아, 벌써 오래 됐지 않아. 그리고 일반 방송국에서는 각 정당 후보들만 가지고 이러쿵 저러쿵 하니까 그렇고.」

「허긴 그려. 그런데 정말 유괴범들이, 그 잃어버린 아들을 데려다 주면, 수차에 걸쳐 누누이 밝힌바 그대로, 진짜 용서와 사랑은 물론, 이미 준비해 두었다는 그 물질까지로 보답하는 등, 진짜 부모님의 심정으로 안아주며, 진짜 자기 자신의 그 파란만장한 인생여정의 대 스승으로 모시고, 만에 하나 대통령 선거 공약 중 하나로 아예 장관 자리까지 안겨주고자 하는 심정으로 그야말로 친형제처럼 그렇게 함께 살고 싶다고 했는데, 진짜로 그럴 수 있을까? 진짜로 그럴 수 있겠느냐고? 보통 사람들은 거의 다 억강부약 곧 강한 자를 누르고 약한 자를 도와주는 게 아니라, 억약부강 곧 강한 자를 돕고 약한 자를 누르기 마련이며, 심지어 남의 약점을 노리다가 돌연 남의 약점을 잡았다 싶으면, 곧장 그 약점을 집요하게 붙잡고 늘어지는 등, 시시각각 안면부지의 사람으로 돌변하면서 마치 악귀라도 된 듯 그렇게 계속 그 약점을 후벼 파며 그 약점을 놓고 악설 및 악선전까지 하게 되어 있는데 말야. 실지로 매양 그렇게 죽이려는 이들도 많고. 더는 남의 약점을 가지고 그를 인질로 삼아 재물까지 빼앗는 약취강도 및 약취유괴들도 있고 말야.」

「그나저나 부모님의 심정으로 나랏일을 해보겠다고 하나, 먼저 가정을 잘 다스리는 자가 나라도 잘 다스릴 수 있다고 했는데, 실은 그 가정 하나도 잘못 다스린 자가 우리 나랏일까지는 왠지 영 그렇지 않아? 안 그려?」

「아, 그거야 유괴범들 때문이었지! 그게 어디 저 사람 때문이었어. 사실 지금의 나랏님이라도, 그런 그 유괴범들에겐 그 어떻게 해 볼 수가 없을 것이고.」

「허긴 그려. 헌데 현 대통령이, 만약 자기 손자를 유괴 당했다면 그 어떻게 나올까?」

「아, 그야 그런 난리 난리가 없겠지.」

「역시 그렇겠지? 그리고 그 유괴범을 잡으면, 당장에 죽여 버리고 말 것이고? 진짜로? 예외 없이?」

「물론 그렇게 나올 수밖에. 허나 실제론 잃어버린 손자를 찾는 게 더 중요하니까, 제 아무리 큰 소리를 칠 수 있는 대통령이래도 일단 굽실 굽실 하는 수밖엔 없을 것이라고. 안 그려?」

「허긴 그려. 간혹 예외란 것도 있겠지만 말야.」

「아, 더 얘기할 거도 없다니까! 대통령도 백 프로 그 유괴범 앞에서만은, 저 한겨레 후보처럼 큰소리는 하여지간에 그저 두 손을 싹싹 빌면서, 그저 우리 손자 하나만 무사히 돌려보내 주신다면, 요구하는 그 돈 액수보다도 열 배 백 배 더 많은 돈을 드리겠습니다라고 말하면서, 내 하늘을 두고 맹세하는데, 이 모든 일에 관한 한 전혀 없었던 일처럼 그렇게 극비밀리에 마무리해 주겠습니다!라고까지 말하는 등, 결국 그렇게 그렇게 나올 수밖엔 없을 것이라고.」

「그려 그려. 대통령이 아니라 대통령 할애비래도 그렇게밖엔 달리 나올 수 있는 길이 없겠지? 만약 그 일이 남의 일 같으면 야, 위불위간 그 일이 이렇게 되든 저렇게 되든, 그 일이 잘되건 잘못되건 상관없이, 당장 가만 두지 않겠다며 큰 소리부터 치게 될 게 뻔하겠지만 말야. 허나 자기 친손자 일이라면, 만에 하나 자기 손자를 죽일까봐 연속부절 벌벌 떨뿐, 아예 막나가는 식으로 떠들어 대진 못할 것이라고. 진짜 할애비 같으면 말야.」

「그려 그려. 미친부모가 아닌 이상, 그 잃어버린 자식을 아예 포기해 버린 부모가 아닌 이상, 감히 그 유괴범들을 향해 큰소리를 칠 수 있는 부모는, 이 세상천지 그 어디에도 없을 것이라고. 아예 말야. 어째? 내 말이 틀렸어?」

「아, 아니지! 아 아니라고! 그럼 그럼! 다 맞다고. 두말할 것도 없이 말야.」

「그나저나 대통령이 그 요구액보다 열 배 백 배 더 주겠다며, 그 모든 일들을 극비밀리에 붙이는 등 그렇게 전혀 아무런 일도 없었던 것처럼 잘 마무리해 주겠다면, 과연 그 유괴범들이 어떻게 나올까? 내 생각에는 다 속임수일 뿐이라며, 아예 응하지 않을 것만 같은데 말야?」

「그건 내 생각에도! 허나 결국 대통령의 말에 대한 믿음이 있느냐 없느냐에 따라서, 그 반응 및 그 결과까지 백팔십도 달라질 수 있겠지.」

「그건 또 그려. 허나 다 반신반의, 곧 반쯤은 믿고 반쯤은 의심하면서, 결국 극비밀리에 쥐도 새도 모르게 죽여 버리고 말 것이라고. 지금 내 생각에는 말야.」

「그러니까 계속 믿음을 심어 주는 게 그 무엇보다도 중요하다고. 그 뭐니 뭐니 해도 말야. 반자지명! 곧 아들이나 다름없이 여겨 주겠다는 말까지 하는 등 말야.」

「그래 그래. 역시 그런 식으로 반신반의부터 없애 주는 게 중요하겠지? 그럴라매 한결 같아야만 될 것이라고. 만에 하나 반복소인이나 반복무상 등 언행이 이랬다 저랬다 하며 도무지 종잡을 수 없는 상태를 보여주게 된다면, 그땐 그 모든 게 그것으로 끝장나고 말 판이니까. 진짜 정치인 대통령 할애비랍시고 그러면 말야.」

「그나저나 이번에는 그 반복소인 그 반복무상이 없는 사람이 대통령이 되어야만 할 텐데. 솔직히 한겨레 같은 사람도 좋고 말야.」

「그건 그려. 무소속이라 좀 안됐지만 말야.」

왜일까? 이번에는 전혀 예상외로 반응이 좋았다. 진짜 의외였다. 특별히 엄마며 할머니들의 반응이 생각 밖이었다. 과연 의외란 게 바로 이런 것일까? 그야말로 전날 국회의원 보궐 선거에 출마했을 때와는 분위기가 사뭇 달랐으며 내심 동주상구 곧 한 배를 탄 사람은 배가 전복될 때 서로 힘을 모아 구조한다는 뜻으로 역시 이해를 함께하는 사람들은 서로 돕게 되어있다는 듯한 동정의 손길 등이 판이하게 달랐다. 아예 처음부터 일반 언론의 동향 및 동정과는 달리 엄마 할머니들만은 그저 남의 불행이나 슬픔 따위를 자기 일처럼 생각하며 내내 가슴 아파하는 등, 심지어 눈물로까지 힘내라며 위로해 주는 것이었다. 설령 반상낙하 곧 처음에는 정성껏 도와주다가 중도에 그만두어 버린다고 해도 그저 고맙고 감사할 뿐이었다. 반목질시 곧 서로 미워하며 시기하는 눈빛으로 흘겨보기 일쑤인 이 선거철에 말이다. 반면지분 곧 얼굴만 겨우 알 뿐 교제가 아직 두텁지 못한 사이에 돌연 한패가 되어 상대편을 마구 찍어 내리면서 마구 찢어발기는 이 살벌한 선거판에서 말이다.

그러나 한 치라도 더 잘나간다 싶은 사람에게 더 많은 사람들이 협력해주기 마련이라는 사실을 보다 더 확실히 증명해 주고 있는 세계가 바로 이 선거판이 아닌가 싶었다.

이래저래 선거 분위기가 하루가 다르게 화끈화끈 달아오르고 있었다.

그런데 이게 도대체 그 어찌된 일인가? 각 3개 정당 후보 3명과 무소속 3명 중 단숨에 네 후보를 제치고 제2위 후보까지 넘볼 수 있을 정도로 위로 위로 치고 올라가는 것이었다. 그야말로 여론 조사 상 1위와의 격차가 겨우 13%밖에 안 날 정도로 기염을 토하고 있나 싶었다. 점점 더 빠른 속도로 과속도가 붙고 있었다.

과연 기염만장이라는 게 바로 이런 것인가 싶었다.

많은 사람들이 이구동성으로 하는 말이다.

「참 별놈의 꼴을 다 보겠네!」

「누가 아니랴. 진짜 기세가 굉장하다고 말할 수밖엔 없질 않냐고. 2위까지 넘보고 말야. 저 1위와 13% 차로 따라 붙고 말야. 저러다간 진짜 남을 내 몸같이 아끼고 사랑한다는 저 애인여기당까지 생겨나게 되는 게 아닐까? 다음 총선에선 국회의원들까지 막 생겨날지도 모르겠고. 애인여기당 소속 국회의원들. 분위기가 확연히 다른 게 말야.」

「그러니까 말일세. 진짜 이대로 나가다간, 진짜 이런 속도로 나가다간, 진짜 2위 자리까지 탈환할지도 모르겠다고. 와! 그리되면 다음 총선 판도까지 확 달라질지도 모르겠고. 와— 벌써 따라다니는 인물들도 꽤 많고. 진짜 처음과는 완전히 다른 양상이 말야. 와— 인산인해라! 와— 바로 저걸 보고 인성만성 이라고 말하는가 보지?」

「와— 그러니까 말야!」

그런데 과연 이렇게까지 대선 판도가 흔들리고 있는 이유가 뭘까?

아무래도 아내가 7대 독자를 잃어버린 뒤 그저 눈물로 세월을 보내고 있다는 소문에 결국 어머니들과 많은 할머니들이 긍휼히 여기되 한 없이 긍휼히 여기는 그런 그 마음들과, 더불어 자식의 도리를 중히 여기면서 그저 부모님의 심정으로 일해 보겠다는 말에, 그렇지 않아도 평소 이런 점에 대해서 내심 한이 많았던 노인들의 호의적인 호응 및 바로 그런 그 서글픈 대화 덕분이 아닐까 싶었다.

그러나 이와 달리 아내는 어찌하고 있었던가? 아들을 잃어버린 뒤, 아름다운 여자는 운명이 기박하거나 기구한 경우가 많다라는 미인박

명 및 홍안박명 등, 온갖 의기소침 곧 내심 기운을 잃을 소리, 의욕을 잃을 소리, 기가 꺾일 소리, 풀이 죽을 소리 등등 그런저런 소리를 듣곤 했던 그야말로 진짜 절세미인으로, 그 언제 어디서나 후보 남편 곁에 서서 그저 처음부터 끝까지 울고만 있었다. 허나 이같은 절세미인의 눈물이 도리어 표심을 크게 자극하고 있나 싶었다. 특히 눈물에 약한, 보다 더 자식들에게 약한 엄마들과 할머니들의 심금을 울리는데 크게 작용을 하고 있는 게 분명했다. 역시 눈물이 많은 어르신네들 쪽에서 더 좋은 반응을 보여주고 있었다. 이 모든 게 역시 아내의 덕분이 아닐까 싶었다. 결국 이러한 덕분에 4인 출연 TV 토론회에까지 참여할 수 있게 된 것이다.

상대방의 질문이다.

「그간 기독교방송에 자주 출연하곤 했는데, 과연 그게 그 어떻게 된 것인지, 이쯤에서 그 연유를 한번 밝혀보시지요. 듣고 싶습니다.」

「아, 그거요? 허나 그게 무슨 문제가 되겠습니까? 그건 결코 아닙니다! 그리고 그건 그렇습니다. 제 아내가 사랑하는 어린 자식을 집에 홀로 두고, 잠깐 집을 비운 사이에, 그만, 그만, 아무 표도 없이, 아무 흔적도 없이, 그렇게 감쪽같이 사라져 버리고 말았는데……. 그리하여 제 아내가, 자식이 속히 돌아오기만을 초조하게 기다리는 어머니의 심정, 바로 그런 그 의려지정! 의려지망! 의문이망!으로, 하루하루를 겨우 겨우 버티면서, 그 있는 힘을 다하여 죽어라고 죽어라고 버티면서, 연일 백방으로 찾을 수 있는 방법을 찾고 있었던 차에…… 제게 특별전도 장문편지 한 통이 날아 왔습니다. 다름 아닌 저희 아파트근처에 있는 그 인산인해교회에서 목회를 하고 계시는 아주 젊은 목사님께서, 잃어버린 저희 사랑이를 찾기 위해, 저희 교회에서도 새벽마다 눈물로 기도하고 있습니다!라는 내용이 담겨있는 특별전도 장문편지 한 통을 보내 주셨던 것입니다. 그 후 친히 찾아오셔서 말씀하시기를, 돈이 많으면 많은 만큼 돈이 없으면 없는 만큼 우리 기독교방송 선교헌금에 동참해 보면서, 우리 기독교방송에 출연해 보는 등, 시간이 있으면 전국 각지에 있는 여러 교회를 찾아다니면서, 소위 부모님의 심정에 대한 특별 간증집회를 하는 등등, 잃어버린 아들을 보다 적극적으로 찾아 봄이 어떻겠느냐는 얘기였습니다. 그러다보면 도랑치고 가재 잡고 꿩 먹고 알 먹는 기적까지 생길 수도 있고, 그러다보면 어느 사이에 새 힘을 얻고 새사람이 된 삶을 살 수도 있을 것이며, 그러다보면 믿음의 거목! 믿음의 거인! 이 될 수도 있을 것이며, 그러다보면 결국 잃어버린 아들까지 찾을 수 있는 그런 그 기적의 복까지 체험할 수 있을 것이라는 말씀이었습니다. 그런즉 잠재적인 믿음의 거인이 되어 보자! 가자! 가장 낮은 곳에서. 가자! 가장 높은 곳에서. 그리하여 한없이 높고 끝없이 드넓은 세상을 만들어, 한없이 자유로운 날개를 펴고, 신비로운 삶으로, 더 높이 더 멀리 더 넓게 날아가 보자! 부모님의 심정으로! 사랑을 찾아! 그런 저런 말씀에 왠지 제 귀와 제 이 두 눈이 확 열리더라구요. 일종의 영적 변화였던 것입니다. 그 길로 곧장 우리 목사님을 따라서 교회를 다니기 시작했으며, 뒤이어 기독교방송에까지 자주 출현할 수 있었다고 말씀드릴 수가 있겠습니다. 그런데 그게 무슨 문제가 됩니까? 그래저래 한땐 고정 출연자로까지 출연할 수가 있었는데 말입니다?」

아무도 반론이 없다. 계속 말한다.

「어디까지나 기독교방송 권한 중 하나인 자율편성에 의하여 말입니다. 폐일언하고, 어찌 보면 제가 감히 대통령 후보로까지 뛰어들어, 언감생심 지금 이 자리에 앉아있게 된 것도, 순전히 저희 교회 목사님의 언설 및 그 강권발동 때문이었다고 말씀드릴 수가 있겠습니다. 뿐 아니라 제가 그간 부모님의 심정에 대한 간증집회를 했던 전국 각지에 계신 그 많은 교회 권속들의 성원에 힘입은 덕분이라고도 말씀드릴 수가 있겠지요. 따라서 지금 이 시간 이 자리를 빌어 우리 목사님과 전국 교회 앞에 감사만만 감사천만, 정말 감사무지를 표하고 싶습니다. 그리고 이 모든 사설을 끝까지 참고 잘 들어주신 후보님들께도 진심으로 감사를 표합니다. 역시 이점 하나만 가지고서도 우리 후보님들께서야말로 백번 천번 더없이 훌륭하신 대통령감들이 아니실까 싶고요.」

그러나 계속 눈물을 줄줄 쏟는다. 이 눈물이 이 선거방송을 점점 더 뜨겁게 달구고 있나 싶었다.

며칠 후 또 다른 TV토론 시간이다.

상대편 후보의 질문이다.

「요즘 들어 인기가 대단하신 것 같은데, 아무리 그래도 혈혈단신 무소속으로 출마하신바, 일개 국회의원이라면 몰라도, 그 어디까지나 치국평천하엔, 그야말로 옆에서 도와 줄 장차관들이 많이많이 필요한데, 그 점을 어떻게 극복하실 수 있을지? 실로 제 눈앞이 다 캄캄해서 이렇게 묻고 있는데요? 허기야 홀홀단신 무소속으로 출마하신바 천에 하나 만에 하나 아예 대통령으로 당선될 일도 없을 터, 따라서 애시당초 물어볼 필요도 없었지만 말입니다. 좌우간 가상소설로나마, 만에 하나 대통령으로 당선된다면, 막상 그 많은 장차관들을 그 어디에서 찾아 등용할 것인지? 그 무슨 재주로 치국평천하를 이룰 것인지? 설령 당선이 된다 해도, 그저 하나에서 열까지 다 걱정이 돼서, 제가 지금 국민을 대표해서 이렇게 묻고 있는바, 이 점에 대해서 한 번 답변해보시지요.」

「아, 예예. 그 점 말씀 말입니까? 아 그 문제라면 조금도 걱정하지 마십시오. 저는 저를 위해 기도해 주신 분들 외엔 그 누구에게도 빚진 게 없는 사람이랍니다. 따라서 지금 저와 함께 하시겠다는 분들과 더불어, 인재등용? 각계각층에서며, 심지어 야당 여당 할 것 없이, 도리어 인재를 더 널리 등용할 수 있다 하겠습니다. 좌우간 인재!? 당장 이 서울 장안에만 해도 수수만 명이 계시고요, 우리 각 지방에도 수수만 명이 계시는바, 진짜 그 점 하나만은 아예 조금도 걱정할 게 없다고 하겠습니다. 그 누가 대통령이 되든 간에 말씀입니다. 단 하나 그 많은 인재들 가운데, 그저 자식의 도리를 알며, 그저 부모님들의 심정을 아는 그런 그 인물들을 앞세워, 치국평천하를 꾀하도록 하면 될 테니까 말씀입니다.」

이 말에 수많은 시청자들이 고개를 끄덕여 준다. 특히 자칭 인재에 속한다고 생각하는 시청자들이 더 크게 고개를 끄덕여 준다.

더욱 놀라운 사실은 바로 다음 날부터 자칭 인재다 싶은 인물들이 동서남북 여기저기에서 좋아! 좋아! 하는 식으로 손에 손을 맞잡고 전심갈력 곧 마음과 힘을 다하여 협력해주기 시작하는 것이었다. 한마디로 방송의 위력은 가히 대단했다. 이미 기독교방송을 통해서 열 번 백번 체험한바 있었지만 말이다.

이후 또 다른 방송국에서 역시 4인 TV토론이 이어진다.

상대방의 질문이다.

「잃어버린 아들을 찾기 위해, 전번 국회의원 보궐 선거에 이어 이번 대통령 선거까지 뛰어들었는데, 그간 그 무슨 좋은 소식이라도 혹 있었는지요? 저도 좋은 소식이 있기만을 간절히 바라고 있습니다만 말입니다.」

「아, 예예. 정말 감사합니다. 그리고 감사하게도, 어제까지 총 일곱 명을 극비밀리에 데려다 놓고 갔답니다. 그 일곱 명 중, 너무너무도 감사하게 세 명이 자기 친부모님들을 만날 수 있었답니다. 그리하여 현재 네 명이 남아 있는데, 역시 친부모님들을 찾아 줄 수 있을 때까지 제 친자식의 생명처럼 여기면서 최선을 다해 볼까 합니다. 허나 끝까지 친부모님을 찾지 못할 시엔, 제가 진짜 친부모님의 심정으로 양육을 해 볼까 합니다. 현재 저희 집 근처에 있는 교회 유치원에 잘 다니고 있는데, 좌우간 이 세상을 어린 아이들의 낙원! 즐거움과 안락함 외에 고난과 슬픔 따위를 느낄 수 없는 낙원! 바로 그런 낙원을 우리 어린이들에게 만들어 주고 싶을 뿐이랍니다.」

눈물을 줄줄 쏟는다. 내내 눈물을 주체하지 못한다.

잃어버린 아들 생각에 더 많은 눈물을 펑펑 쏟고 있는 것이리라.

눈물을 주체하지 못한 채 말을 서둘러 잇는다.

「그리고 지금 이 시간, 제 간절한 소원 같아서는, 현재 저희 집에 머물러 있는 네 명의 사진을 약 1분 정도 만이래도 한번 보여주실 수 있었으면, 그 얼마나 좋을까 싶은데요? 물론 너무도 무리한 요구사안인 줄 알지만 말입니다. 그래도 어떻게 단 한 번쯤? 이도저도 정 안 되겠다 싶으시면, 예예, 이 토론회가 끝난 뒤에라도 한 번쯤 보여주실 수 있다면 소원이 없겠습니다. 진짜 부모님들의 심정으로! 대신 제게 주어진 시간대에서 한 팀에 해당되는 시간을 그쪽으로 계산하며 활용해 주셔도 너무너무 감사하겠고요. 현재 천길 죽음의 바다에 빠져 밤낮 허우적거리고 있을 기타 그 어린 생명들을 위해서라도 말입니다.」

그러나 상대방 후보들이 돌연 이게 웬 말이냐는 듯한 얼굴들로 몹시 난감해한다.

「아, 예예. 그렇게 한번 해 보십시다!」

라고 대답했다가는 당장 방송 대형 사고를 칠 게 뻔하기 때문이리라. 따라서 모두 약 일이 초간 웃기만 한다. 그러다가 현재 여론 조사 상 1, 2위를 달리고 있는 두 후보가 한번 크게 인심을 쓰듯 동의해 준다.

「예예. 그렇게 하십시다. 대신 자신에게 주어진 그 시간까지 감안해 주시겠다니.」

「예예. 앞서 미리미리 준비가 되어 있었다면 한번 그렇게 해 보십시다.」

그러나 이후로는 이처럼 무례한 요구 따위가 없길 바란다는 눈빛으로 한 번 더 바라본다. 말하자면 이 귀중한 시간에 뭐하는 짓이냐는 눈빛들이라고나 할까. 아니면 여론조사 1, 2위의 여유라고나 할까. 허나 다른 한 후보도 감히 반대를 못한다. 만에 하나 반대를 했다가는 순간 많은 유권자들로부터 몰매를 맞으며 뭇 발길질을 당한 뒤 아예 저만치 내동댕이쳐질 게 너무도 뻔하기 때문이었다. 그래서 감히 반대를 못하고 있는 것이리라.

시청자들이 웃고 있는 가운데 한겨레 후보가 한 번 더 감사 표시를 한다.

「감사합니다! 감사합니다! 후보님들 정말 너무너무 감사합니다! 허나 천하보다 귀하신 전국 모든 유권자님께, 너무도 부족한 제가, 돌연 너무도 무리한 요구를 하게 된 점, 한 번 더 용서해 주십시오. 용서해 주십시오! 부모님의 심정으로!」

이리하여 대통령 TV 토론 중 느닷없이 부모님을 잃어버린 아이들 4명의 사진이 연거푸 두 번 방영된다. 그러나 시간은 단 일 분도 채 안 걸린 게 아닐까 싶다.

「감사합니다! 감사합니다!」

한겨레 후보가 다시금 눈물을 줄줄 쏟는다. 돌연 눈물을 주체하지 못한다.

그런데 바로 이 시간 전국 각지의 유권자들의 반응은 어떠한가? 동서남북 여기저기서 박수 소리가 터져 나오고 있는 것만 같다. 특히 정이 많은 할머니들 가운데 또 다른 감동이요 또 다른 눈물이요 또 다른 오 케이(OK)였다. 허나 스스로 지식층에 속한다고 생각하는 유권자들 쪽의 반응은 대체로 이게 아니었다.

「저건 아닌데? 저건 아닌데? 아무리 그래도 저건 아니라고! 아무리 생각해 봐도 저건 아니라고! 진짜 저건 아니라고 봐.」

그런데 이 같은 방송 토론이 끝난 뒷얘기는 어떠했던가? 과연 무슨 얘기 무슨 일이 있었던가? 네 명의 아이들이 방송을 탄 뒤 두 아이 곧 인내라는 아이는 이혼한 엄마를 만나볼 수 있었으며, 또 다른 아이 곧 엄마 아빠 없이 할머니 품에서 자란 낙원이라는 아이는 바로 그 친할머니를 만나 뵐 수 있었다.

그러나 형편이 너무 어려운 탓에 둘 다 한겨레 후보가 양육하기로 했다는 얘기였다. 바로 이런 이야기까지 금방 전국 각지로 보다 널리 퍼져나가고 있었다.

이리하여 2위와의 격차까지 좀 더 좁혀지는가 싶었다.

그런데 이때 쯤 전국 각지에서 주로 주고받는 또 다른 관심사는 어떠했던가?

「그러나저러나 그 잃어버린 아들을 찾을 수 있을까? 그 유괴범들이 그 아들을 돌려보내 줄 수 있겠느냐고?」

「글씨 말여. 한겨레 후보가 자신을 두고 말하기를, 내 인생 자체가 타락한 세상이요, 내 인생 자체가 부패한 세상이요, 내 인생 자체가 죄를 심고 죄를 뿌리며 죄를 가꾸며 죄를 거두어 드리는 세상이요, 내 인생 자체가 죄를 생산하며 죄를 재생산하는 세상이라. 한마디로 내 인생 자체가 백 번 죽어 마땅한 짐승으로 살고 있는데, 감히 그 누구를 향해 따지고 자시며 돌을 던질 수 있겠느냐며, 고로 그 유괴범들의 죄? 그 얼마든지 용서할 수 있으며, 그 얼마든지 사랑으로 감싸줄 수 있다고 누누이 밝혀주곤 했었으니까, 어쩜 보내 줄 수도 있을 것만 같고. 하여간 한번 두고 보자고. 아직 살아 있다면 말야. 그 어느 순간 쥐도 새도 모르게 데려다 주고 갈 수도 있을 것만 같은 게…….」

「그건 그려.」

또 다른 방송에서 TV토론이 이어지고 있었다.

무소속의 반란!? 과연 이 반란이 그 어디까지 갈 수 있을까? 이런 관심사와 더불어 토론회 끝 무렵에 이르러 한겨레 후보가 이런 말을 하고 있었다. 마무리 발언인가 싶었다.

「한사랑! 제 집안의 7대 독자! 제 어린 자식을 데리고 계실 그 분께, 다시 한 번 더 간곡히 말씀드리겠습니다. 좌우간 제 목숨보다 더 사랑하는 우리 사랑이를 데리고 나타나 주신다면, 그땐 정말 부모님들의 심정으로 천번 만번 그렇게 끝없이 용서해 주는 것은 물론이요, 더나아가 부모님들의 심정으로 정말 끝없이 사랑해 주면서, 아예 장관의 자리에까지 앉혀 주고자 하는 심정으로 모시고, 진짜 내 파란만장한 인생 여정의 최고 스승으로 모시면서, 그렇게 살아보도록 하겠습니다. 이는 분명 전국 각지의 유권자님들 앞에서 한 번 더 수신과 제가에 해당되는 약속인바, 추호도 추호도 거짓이 아님을 밝혀드립니다. 이는 분명 제 목숨을 걸고 약속하는바, 반복무상! 반복소인! 곧 언행이 이랬다저랬다 하여 도통 종잡을 수 없는 사람, 그런 그 변변치 못한 사람, 반복무상! 정말 배반했다 복종했다 하여 그 태도가 한결같지 아니한 사람, 그런 사람의 약속이 아니라는 점을, 이 고성대규의 눈물로 밝혀드립니다. 그런즉 이쯤에서 도와주십시오. 그리고 저의 이 같은 부모님들의 심정으로 국민 여러분들을 모시고 살면서, 치국과 평천하를 이루어 보고자 최선을 다하겠습니다. 도와주십시오. 함께하여 주십시오. 감사합니다.」

연방 눈물을 줄줄 쏟는다. 절로 줄줄 흘러내리는 눈물이다. 그 언제 어디서건 역시 자식 얘기만 나오면 절로 눈물이 앞을 가리는 모양이다.

동시에 토론을 지켜보고 있던 유권자들도 덩달아 눈물을 훔친다.

어느 유권자의 말이다.

「그래 그래. 기자쟁선! 바둑에선 살 가망이 없는 돌은 빨리 버리고 속히 선수를 잡을 수 있는 수를 생각해 보라는 말이 있지만, 역시 자식만은 절대로 절대로 버릴 수 없는 돌이라.」

「아, 그럼 그럼! 자식을 어떻게 버려! 죽어도 버릴 수 없는 게 자식이지. 잘났든 못났든! 있는 가정에서든 없는 가정에서든! 그저 잘 되기만을 바랄 뿐. 간혹 자식들 가운데, 잘되면 제 탓 못되면 조상 탓을 하곤 하지만 말야.」

기자감식! 굶주린 사람은 음식을 가리지 않고 달게 받아 먹는다는 뜻으로, 역시 유권자들 가운데 꽤나 많은 분들이 매번 눈물을 줄줄 쏟으면서 말하곤 하는 한겨레 후보의 말을 잘도 받아먹고 있는 게 아닌가 싶었다. 한마디로 눈물의 역사였다.

그러나 부모님 심정을 앞세우면서 눈물을 쏟고 하는 한겨레 후보를 향해 상대방 후보가 매우 무섭게 꾸짖듯 자못 공격적으로 질문한다.

「그러나저러나 거의 매시간 부모님의 심정 부모님의 심정 하시는데, 그러다가 자칫 아주 작은 인정에 이끌려 거의 무의식적으로 불법행위를 하고 있는 것을 보면서도 눈을 감아주는 등, 그러면서 자칫 법을 어길 수도 있다는 점, 그러면서 자칫 불법천지 및 무법천지까지 만들 수도 있다는 점, 그 점을 한 번쯤 생각해 보신 적은 없으셨습니까? 이를 염려하는 분들도 꽤나 계시는 것 같은데 말입니다.」

「아, 예예. 그 점 말씀입니까? 물론 천사만고! 천사만량! 천사만려! 곧 여러 가지로 생각하며 여러 가지로 헤아리며 여러 가지로 걱정하는 등등, 그야말로 온갖 천사만려가 꼬리에 꼬리를 물고 나서는 이 세상에서 그렇게 생각하실 분들도 없지 않으시겠어요. 그분들의 심정도 백 번 이해합니다. 허나 부모님들의 심정이라는 게 한낱 불법행위까지 방조하며 조장하는 심정 정도밖엔 안 되겠습니까. 그야말로 부모님들의 심정으로 살고 계시는 어머니 아버지 할머니 할아버지들께서는, 매일 아이들의 등하교 시간마다 그 뭐라고 말씀하십니까? 역시 부모님들의 심정으로 두 번 세 번 강조하며 주입시키시기를, 절대로 절대로 신호를 어기면 안 된다!? 좌우간 파란불이 켜져 있을 때에만 길을 건너라고! 내 말 알아들었어? 빨간불이 켜져 있을 때엔 절대로 절대로 길을 건너면 안 된다고! 내 말 잘 알아들었느냐고?라고 말씀하시면서, 행여 만에 하나 단 한 발짝이나마 법을 어길까봐 밤낮 노심초사하시며 살고 계시는 분들이라. 그게 바로 우리네 부모님들이시라는 겁니다. 그런 부모님들을 향해 만에 하나나마 불법 운운하시면 정말 곤란하시지요. 좌우간 천에 하나 만에 하나 행여 잘못하여 저 감옥 같은 데로 끌려갈까 봐 밤낮 노심초사 하시며 살고 계시는 분들이 곧 우리 부모님들이시오 우리 부모님들의 심정이라고 말할 수 있을 것입니다. 그런 부모님들의 심정을 행여 욕되게 생각하시면 정말 곤란하다는 얘기지요. 하여간 이 세상엔 부모님의 심정이 최고 참이요 최고 도요 최고 길이요 최고 사랑이요 최고 생명이요라고 말씀드릴 수가 있겠습니다.」

그런데 이때 유괴범 황금도 씨와 나인성 씨의 대화는 어떠했던가?

「정말 우리들이 사랑이를 데려다주면, 진짜 사장님과 사모님이, 진짜 진짜 그 부모님의 심정으로 우리들을 용서해 주실까? 진짜 장관의 자리에까지 앉혀주고자 하는심정으로? 진짜 누누이 말씀하신바 그 파란만장한 인생 여정의 최고 스승으로까지 모셔주면서? 우리를?」

「내 생각에는 틀림없이 그럴 것만 같은데, 혹시 또…… 그 속마음까지는 전혀 알 길이 없으니……. 더구나 백 번 천 번 변할 수 있는 게 인간 마음이라서 말야.」

「진짜 그런 생각이 자꾸만 들곤 하는 게 더 이상하지? 지금껏 그 열 번도 백 번도 더 그 눈물바람까지 하면서 약속을 했지만 말야?」

「그러니까 말야. 그러나 저러나 사랑이가 우리 얼굴을 알까? 모르겠지? 우리 목소리까지는 몰라도?」

「아니야. 우리 목소리까지도 잘 모를 거라고. 우리가 부러 변성으로 말을 하곤 했으니까. 또 얼굴에는 마스크며 눈엔 검은 썬 글라스까지 쓰고 있었으니까. 좌우간 우리의 진짜 얼굴과 진짜 목소리 등등, 실은 우리에 대해서 아무것도 모르고 있을 것이라고. 사실 전번에 승열이도 그랬고, 동력이도 그랬듯이 말야. 그리고 그땐 돈을 받고 곧바로 돌려보내 주는바람에 더.」

「허긴 그래. 그런데 이번에는 그 어떻게 돌려 보내냐고? 워낙 보는 눈이 많아져서 말야? 워낙 판이 커져서 말야? 대통령 선거 벽보로까지 난리를 쳐 놓아서 말야?」

「그렇다고 죽일 수는 없지 않아?」

「그러니까 말야. 그렇다고 해서 우리가 또 죽을 수도 없고. 진짜로. 지금껏 살아 보자고 한 짓 이였는데 말야. 다 말야.」

「그건 그려. 맞는 말이라고. 그 누가 뭐래도 우선 우리부터 살고 봐야 되니까. 무슨 수가 있어도. 그 다음에 가서 사랑이고.」

「아, 그야 물론이지! 두말하면 잔소리고. 그런데 목사님한테 데려다

주는 수밖엔 없을까?」

「허지만 그것도 한 번 더 생각해 볼 일이라고. 좀 더 말야.」

「그려 그려.」

「그리고 목사님한테 데려다줄 수 있는 용기도 필요하고. 설령 사장님의 약속을 백 프로 다 믿는다고 해도 말야.」

「그래 그래. 우리에겐 역시 믿음과 용기가 필요하지? 절대로 믿는 믿음과 용기!? 더 이상 사랑이를 데리고 있을 수도 없고. 아니면 죽이는 수밖엔 없고. 좌우간 사랑이를 데려다 주면, 최소한 살려는 주겠지? 그 돈이야 어떠하든 간에?」

「글쎄 말야.」

「좌우간 기독교 방송을 통해서 누누이 말씀하시기를, 내 인생 자체가 타락한 세상이요, 내 인생 자체가 부패한 세상이요, 내 인생 자체가 싫증이 나지 아니하는 욕심과 물릴 줄 모르는 욕심 등 그런저런 무염지욕이 가득 차 있는 세상이요, 내 인생 자체가 돈이 없이는 아무것도 이루어지지 않는다는 그런 그 무물불성이 가득 차 있는 세상이요, 그래저래 내 인생 자체가 늘 죄를 심고 죄를 뿌리며 밤낮 죄를 가꾸고 죄를 거두어 드리는 세상이요, 내 인생 자체가 만날 죄를 생산하고 죄를 재생산하는 세상이요, 그래저래 날마다 백 번 천 번 죽어 마땅한 게 바로바로 내 인생인데, 이러한 죄인이, 감히 그 누구를 향해 죄를 운운하며 돌을 던질 수가 있겠느냐고 말씀 하셨은즉, 그저 내 아들 하나만 살려 보내주면, 평생 그 은혜에 보답만 하면서 살겠다고 말씀 하셨은즉, 진짜로 사랑이 하나만 돌려 보내주면 되지 않겠느냐고? 내 생각엔 말야.」

「글쎄 말야. 진짜로 그렇게만 된다면야 그 얼마나 좋겠느냐고.」

역시 이들에겐 천사만고! 천사만량! 천사만려! 곧 여러 가지로 생각하며 여러 가지로 헤아리며 여러 가지로 걱정하는 등 그야말로 천사만려가 꼬리에 꼬리를 물고 나서는 모양이었다.

「좌우간 사랑이 손으로 직접 편지를 받아쓰게 하되, 곧, 엄마 아빠!

나에게 국어 공부, 산수 공부, 영어 공부까지 가르쳐 준 뒤, 나를 이렇게 살려 보내주신 유괴범들을 용서해 주세요. 살아 돌아온 사랑이가. 이런 손 편지를 써서, 아무래도 경계심이 없고 경계선 밖에 있을법한 교회 목사님 쪽으로 보내주는 게 어떨까 싶다고. 그러면 살려줄 것도 같고? 목사님 때문에라도.」

「글쎄 말야.」

「아니면 죽이는 수밖에 없다고.」

「그건 아니고!」

「그럼 그 어떻게 하자는 거야?」

이들에겐 역시 경경함 곧 말이나 행동에 있어서 시종 신중하지 못하고 아주 경솔함이란 게 없었다.

그러나 이들 유괴범들의 말에 대답이라도 해주듯 함부로덤부로 말하는 어른들도 있었다.

「그러나 저러나 그 아들만 데려다 주면, 평생 그 은혜에 보답 보답 보답만 하면서 살겠다고 했는데, 그렇게 말했다고 해서, 그 유괴범들이, 그 아들을 데려다주게 될까? 내 생각엔 아닐 것만 같은데?」

「그건 내 생각에도 마찬가지라고!」

「좌우간 그런 놈들에 관한 한 다 죽여 버려야만 된다고! 모조리 말야. 이유 없이 말야. 이유 불문하고 말야.」

「그건 내 생각에도 마찬가지라고!」

「아니, 그 어디 할 짓이 없어서 남의 자식을 훔쳐가? 그래놓고서 또 돈? 진짜 그런 놈들은 그저 그냥 천 번이고 만 번이고 다 죽여 마땅한데? 아예 천참만륙!」

「그게 바로 내 생각이라니까!」

「진짜 그렇지?」

「그려!」

「내 말이 어디 틀렸냐고? 진짜로?」

「아니지! 그 용서고 뭐고 간에.」

「좌우간 사랑하는 7대 독자를 유괴 당한 뒤, 그 경경고침! 그 온갖 근심에 싸여 있었을 그 외로운 잠자리가 그 어떠했겠으며, 그 경경불매! 그 마음에 점점 더 많이 쌓이는 염려 근심은 물론 그래저래 연일연야 신음하며 잊지 못하고 시종 잠을 이루지 못했을 그 한 많은 나날의 고통이 그 얼마나 컷겠으며, 그 경경열열! 그 슬픔으로 목메어 울기를 그 얼마나 많이 했겠느냐고? 좌우간 남의 눈에서 피눈물을 뺀 그런 그 천인공노! 그 신인공노! 그런 짓을 저지른 그 그 그런 놈들은 그냥! 좌우간 용서할 수 없는 그 큰 망사지죄며, 하늘이 몹쓸 사람을 미워하여 반드시 벌할 그 천필염지에 해당되는 그 그 그런 놈들은 그냥 다!」

「그건 그려!」

「좌우간 그런 놈들은 다 쳐 죽여 버려야만 된다고!」

「그려 그려! 그 용서고 뭐고 간에, 다 쳐 죽이는 게 옳겠지.」

「그려 그려! 어린 아이들의 지상낙원을 만들기 위해서라도.」

「그려 그려. 그런데 그런 놈들일수록 천사처럼 가장하는바람에! 한 번 웃을 걸 두 번 세 번 웃고, 한번 굽실거릴 걸 열 번 백 번 굽실거리는 등 말여.」

사실 이 모든 게 맞는 말 이었다. 유괴범 황금도 씨와 나인성 씨가 마치 한겨레 후보의 입안의 혀처럼 거의 자동적으로 놀아주는 것이었으며, 시종 간에 붙었다가 쓸개에 붙었다가 그야말로 보통이 아니었다. 이런 삶을 아주 자유자재로 구사하며, 그 눈치 보기 또한 거의 천부적으로 타고난 재능을 갖추고 있지 않나 싶었다.

「그나지나 후보자들 가운데, 범죄자들을 모조리 소탕해 버리겠다고 말한 사람은 단 한 사람도 없는가 봐?」

「아, 그거야 물론, 아 그렇게 말했다간, 단 한 표가 됐든 단 열 표가 됐든, 으레껏 그 표만 날아갈 판인데, 누가 감히 그렇게 말할 수 있겠어. 당선이 된 뒤에는 몰라도. 허긴 당선이 된 뒤에도 그런 말을 하는 순간 저항이 보통 아닐거고. 우선 나부터라도. 양심적으로 걸리는 게 많으니까. 그런 나를 죽이겠다면, 내가 표를 찍어주겠느냐고. 그런즉 죄 죄 하는 얘기만은 안 하는 게 좋을 거라고. 안 그려?」

「그려.」

「내 말이 맞지? 단 한 표가 새로운 판국에 말여.」

「허긴 그려!」

「그나저나 저 한겨레 후보. 정치인 치곤 왠지 너무 선한 것만 같지 않아? 정치인 하면, 그 어딘가 모르게 좀 권모술수가 있어 보이기 마련인데 말야. 사사건건 자기 유익을 위하여 무혈입성을 꿈꾸는 듯한 모습. 때론 천사인양 얼굴을 확 바꾸면서 돌연 전지전능하신 하나님이라도 된 듯 자하달상 곧 아래로부터 위에까지 미치지 않는 데가 없다는 자화자천에 자칭천자를 더하기 하면서, 그 자행자지를 앞세우는 거드름 등등 말야. 그런데 저 한겨레 후보에겐 그런 게 영 안 보인다고. 정치 세계에선 저게 아닌데 말야.」

「아아, 꼭 그런 것만도 아니지! 실은 또 그런 정치꾼들이 나라를 망치고! 치국평천하를 앞에 놓고 꼬리를 흔드는 개. 그런 선도미후지미들 때문에 나라가 망한다고. 더는 자신을 두고 전지전능한 신으로 소개하는 사기꾼들 역시 절대로 절대로 찍어주면 안되고. 그런 자들은 백 프로 사기꾼들이니까. 진짜 누가 들어도 다 알 수 있는 괴변을 늘어놓는 등, 좌우간 그런 후보 그런 사기꾼 그런 잡놈들만은 여당이건 야당이건 내 편이건 네 편이건 다 안 찍어주는 게 치국평천하라고. 왜 내 말이 틀렸어? 맞제?」

「아, 맞제!」

「그려! 그리고 바로 저런 사람이 대통령이 되어야만 한다고. 그 누구 누구 할 것도 없이 말여. 그밖에도 좋은 정치인들이 많지만 말여.」

「그려, 그려.」

「좌우간 그 누구 누구 할 것 없이, 그저 그 온유함이 지면의 모든 사람보다 더하므로 전지전능하신 창조주의 손에 붙들려 천하 만민 중에 가장 큰 인물로 쓰임을 받았다는 모세! 바로 그 모세 같은 사람이 왕좌에 앉아야만 된다고. 처음엔 뭘 모르고, 저 놈이야말로 진짜 진짜 미친놈이라며, 저 한겨레에게 욕을 퍼붓는 사람들도 많았었지만, 지금은 어디 그러냐고. 지금이야 그게 아니지 않냐고? 그 잃어버린 아들을 찾기 위해 국회의원 재 보궐 선거에 이어 이번엔 대통령 후보로까지 나서서. 아들 대형 사진에 후보 자신의 중형 사진과 아내 소형 사진이 들어간 선거 벽보를 만들어 가지고 전국 각지에 붙이는 등, 온갖 노력을 다하고 있는 저 한겨레 후보, 저런 사람이 좋다고. 좌우간 겸손과 온유함이 지면의 모든 사람보다 더하다 싶은 인물이 대통령이 되어야만 으레 하늘이 도와 수신과 제가와 치국과 평천하를 이룰 수도 있고 말여. 어때, 내 말이 틀렸어?」

「아, 맞제!」

「맞제?」

「맞아!」

「맞제?」

「좌우간 대통령이 되면, 자식의 도리! 부모님들의 심정! 그런 도리와 그런 심령으로 온 백성을 섬기면서 대통령 노릇을 하겠다니, 그 얼마나 좋냐고. 좋지?」

「좋아.」

「그려! 좌우간 우리 부모님들의 심정으로 나랏일을 해보겠다니, 우리라도 한 표 콱콱 찍어줄 수밖에. 안 그려?」

「그려.」

「그려! 그것도 모르고서, 정치에 그 무슨 놈의 부모님의 심정이냐며 욕을 해댔었으니, 내가도. 그 권모술수가 있어 보여야 된다는 등.」

「아 그거야, 아 처음엔 나도 마찬가지였었지. 그러기에 좀 더 잘 알아본 다음에 말을 해도 늦지 않다는 말이 있겠고.」

「그려 그려. 좌우간 처음엔 거의 다 미친놈 취급을 하면서 그 욕부터 했던 것 같여. 나부터 말여.」

「하긴 다 그랬었다고 봐야 되겠지. 두 말할 것도 없이.」

「좌우간 그 잃어버린 아들도 찾을 겸, 저런 사람이 대통령이 되면 그 얼마나 좋을까? 만에 하나 그 잃어버린 아들을 찾지 못할 경우, 그땐 진짜 범죄와의 전쟁도 할 수 있을거고. 안 그려?」

「아 그려! 그리고 공부도 할 만큼 한 것 같고.」

「아 특별히 영어에 능통하다고 하지 않던가! 그러니 그 얼마나 좋냐고. 대통령이 된 뒤, 세계 각국 대통령들과 대화하기도 좀 수월스럴 것 같고.」

「그러나저러나 대통령이 될 수 있을까? 우리 같은 늙은이들이 찍어 준다고 해서? 아무래도 이번에는 어렵겠지? 다음엔 몰라도? 국회의원들을 대동하고 나서기 전엔?」

「아무래도 그렇겠지? 한번 2위보다 0.4프로 앞선 적도 있었지만 말여.」

「그건 그려! 하여간 아들을 찾는 건 몰라도, 이번에는 아니야.」

TV 토론회의 끝마무리 발언이다.

「지금껏 이 모양 저 모양으로 함께 해주신 국민 어르신들께 진심으로 감사하며 마음을 다하여 큰 절을 올립니다.」

순간 또 눈물을 주체하지 못한다. 내심 내 새끼의 소식이 그 언제쯤에나 올까 하는 생각에 그만 눈물이 울컥 솟구쳐 오르는 모양이라. 시간에 쫓겨 서둘러 다음 얘기를 한다.

「앞으로 남은 며칠 동안에도, 그저 부모님의 심정으로 더 더 더 좋은 말씀만 나누어 주신다면 한없이 감사하겠습니다. 그리고 천하보다 귀한 우리 어린 생명들을, 우리 어린 생명들을! 행여 집에 홀로 두는 일이 없으시길 바랍니다. 우리 사랑이를, 우리 사랑이를! 잠깐 집에 홀로 있게 했다가, 그만 잃어버리고 말았었으니까요. 그 누군가가 초인종을 누르자, 그만 아무 생각 없이 아파트 문을 열어주었겠지요. 그런즉 우리 어린 생명들에게, 잘 모르는 사람이 초인종을 누르면, 문을, 문을 열어주지 말라고 가르쳐 주시기 바랍니다. 좌우간 집 밖은 물론, 집 안도 다 무서운 세상이 아닌가 싶습니다. 이런 세상을 그 어떻게 하면, 낙원, 어린이들의 낙원, 어르신네들의 낙원으로 만들 수 있을까요? 모두 다 부모님의 심정을 가지고 살면 되지 않을까 싶습니다. 국민 여러분! 우리 모두, 부모님의 심정으로 손에 손을 맞잡고, 이 세상을 지상 낙원으로 만들어 보십시다. 어찌되든 부모님들의 심정으로 섬기면서 살고 싶습니다. 제 이 소원을 이루어 주십시오. 그간 감사했습니다. 앞으로 더 크게 감사하며 살 수 있도록 도와주십시오. 사랑아 보고 싶다! 우리 어린이들이 마음 놓고 살 수 있는 어린이 낙원을 만들어 볼게! 기다려!」

　더 이상 말을 잇지 못하고 이내 펑펑 울어 부침으로 끝을 맺는다. 어느 사이에 선거일이 코앞에 다가와 있었다. 벌써 여론조사 공표도 더 이상 할 수 없는 가운데 실로 깜깜히 선거가 계속 이어지고 있었다.

　두 유괴범 곧 황금도 씨와 나인성 씨가 주고받는 말이다.

　「지금껏 후보 6명 중 2위에까지 오른 여론조사도 두어 번 있었는데, 과연 끝에 가선 어떻게 될까?」

　「글쎄 말야.」

　「그런데 왜 이쪽 포장마차에는 손님들이 줄을 서 있는데, 왜 저쪽 포장마차에는 손님들이 썰렁할까? 저것 보라고.」

　「아 그야, 저쪽 포장마차 주인은 돈을 좀 더 많이 벌어 보겠다는데 목적을 둔 채 저 포장마차를 하고 있을 거고, 이쪽 포장마차 주인은 손님에게 좀 더 대접을 잘해 보겠다는 데 목적을 두고 저 포장마차를 하고 있는 거겠지. 분명 그 차이일 거라고.」

　「허긴 그래. 역시 목적을 어디에 두고 일을 하느냐가 그만큼 중요하니까.」

잠시 후 포장마차에서 들려오는 소리다.

「누가 뭐래도 한겨레 대통령! 이름부터가 좋지 않아?」

「아 그래. 한겨레 대통령! 역시 부르기도 좋고!」

황금도 씨와 나인성 씨가 부러 이런 말을 하면서 포장마차에서 빠져 나오고 있었다. 한 끼 식사를 이런 식으로 땜질을 하는가 싶었다.

그러나 이런 말 저런 말이 전국 각지에서도 이구동성으로 퍼져나가 있었다.

「아무튼 저 한겨레 후보 말야. 이제 겨우 오십 줄에 저 저 너무 팍 늙어 보이지 않아?」

「아 왜. 그야 그럴 수밖에. 그 결혼 15여 년 만에 겨우 얻은 그 7대 독자를 잃어버렸으니. 그리하여 어머니 아버지마저 자나 깨나 우리 손주 사랑이! 우리 손주 사랑이! 하다가 돌아가셨다니, 그 어찌 금방 팍 늙어버리지 않을 재주가 있었겠느냐고? 그야말로 금방 팍 늙어 버릴 수밖에. 그나마 저렇게 안 죽고 살아있다는 것만으로도 어딘 디. 기적 이지. 한마디로 그 삶, 그 하루하루가 오죽했겠느냐? 한 마디로 그 유괴범 때문에, 아들도 잃고. 부모도 잃고!」

「좌우간 돌아가신 부모님들이야 더 이상 어쩔 수 없는 일 이다지만, 그 중 그 잃어버린 아들만이라도 찾을 수 있도록, 저 한겨레 후보가 당 선이 되면 참 좋겠는데? 왠지 말야.」

「누가 아니랴. 대통령이 되면, 이 나라 국민들에게는 물론, 그 잃어 버린 아들을 데리고 있을 그 유괴범들에게까지 보다 더 큰 행복 및 그 런 삶의 자리를 마련해 주겠다고 누누이 밝힌 바도 있고 말야.」

「허나 당선까지는 그렇지? 아무래도?」

「아 그건 아직 모를 일이고! 마지막 여론 조사 2등에, 그 추세로 봐 선 말야. 그 여론 조사가 그 어디로 가겠느냐고?.」

「그건 그려. 허나 막상 대통령으로 당선된다 해도 큰 걱정이라.」

「아 그것도 걱정할 것 없다니까. 만에 하나 대통령으로 당선만 됐다하면, 그 길로 당장 여기저기서 수많은 인재들이 줄을 대며 줄을 서게 될 테니까 말야.」

「허긴 그려! 진짜로 그럴 거야.」

「그려 그려! 그러니까 그건 조금도 걱정하지 말라고. 그리고 무조건 당선만 시켜보자고. 아 부모님들의 심정으로 정치를 하겠다니, 그 얼마나 좋냐고.」

「그려 그려. 허지만 저 사람이, 실은 저쪽 지역 사람이래서. 그런데도 우리 쪽에 도움이 될까?」

「그건 그려. 허나, 어제 우리 쪽 국회의원 출신, 시장 출신 등, 전국 각지에서 판사 출신, 교수 출신 등등, 우선 33명이 애인여기당원들로 정치를 해보겠다고 선언을 하며, 발기인 발대식을 가진 뒤 맨 선두에 서겠다고 선포까지 했으니까, 믿어도 될 거라.」

「그건 그려.」

「그려!」

이상 한겨레 사장이 사뭇 꿈속에서 꿈속으로 이어지는 대통령선거판에 관한 실로 긴긴 꿈속에서 깨어나고 있었다.

「아— 이게 다 무슨 꿈이야? 진짜 꿈속에서 들은 얘기며 그 주고받던 얘기가 다 뭐냐고? 그간 현실 속에서 다 주고받던 얘기가 아닌가? 분명 그간 수도 없이 주고받던 얘기들이 틀림없다고. 심지어 꿈속에서 목사님과 주고받던 얘기도 다 사실이고. 그중에서도 특별히 대통령선거가 있을 경우, 내가 직접 대통령선거판에 뛰어들어 우리 사랑이를 찾아보겠다고 생각하며 결심했던 소원 등 그에 대한 얘기는 더 말할 것도 없고 말야. 그렇다면 과연 꿈이란 게 그 뭘까? 역시 꿈이란 게 전혀 생각지도 안 해본 세계며, 전혀 상상해본 적도 없었던 얘기며, 전혀 예측하지 못할 일 등, 전혀 생각조차 해본 적이 없었던 예상 밖의 문제 해결까지, 그와 달리 현실 속에서 늘상, 혹은 간혹 주고받던 그 모든 이야기들을 소재로 해서, 그야말로 잠자는 동안에, 그야말로 여러

가지 현상으로, 진짜 생시처럼 보고 듣고 느끼며 생각했던 방향으로 행동하는 등등, 참으로 그렇게 저렇게 꿀 수 있는게 꿈이더란 말인가? 아니 그렇다면, 단 하나, 과연 황금도와 나인성이 유괴범으로 오락가락했던 그 얘기는 도대체 그 무슨 얘기란 말인가? 도대체 그게 그 무슨 얘기냐고? 역시 그냥 꿈일 뿐이라는 거야? 아― 아니지 아니지! 그건 진짜 아니라고. 아아 그럼 그럼. 허나 또 우리 사랑이를 데려간 그 유괴범들이, 다름아닌 황금도와 나인성이란 건 더더욱 말이 안 되고? 에잇, 설마하니! 그래 그래. 설마하니 그런 일은 없었을 거라고. 내가 그렇게까지 잘 해주었는데 말야. 그래 그래. 절대로 그럴 리가 없어. 그래 그래. 이건 어디까지나 평소 내 삶에 의한 꿈일 뿐이야. 언제 어디서나 그 누구 하나도 빠짐없이 의심해보곤 했던 내 삶에 의한 꿈. 진짜 설마하니 말이야. 허나 또? 그래 그래. 그래도 이쯤 더 의심해 보는 것도 그리 나쁜 일은 아니니까. 너무도 당연할 뿐. 아무리 생각해봐도 진짜 진짜 보통 꿈이 아닌 것 같고 말야. 하여간 오늘부터 유심히 지켜보자고. 그래 그래.」

꿈속에서 깨어난 아침, 특별히 잘 알고 지내던 지방신문 모 기자와 함께 해장국을 먹으면서 그간 준비해온 얘기를 한 번 더 기사화 한다.

이날 밤 유괴범 나인성이 석간신문을 들고 뛰어든다.

신문을 황금도에게 들이 민다.

「너도 이 신문 봤지?」

「봤지. 우리 마트 입구에 수북이 쌓여 있었으니까.」

「그래도 한 번 더 봐봐. 우리 사장님이 앞으로 국회의원이나 더는 대통령으로 당선될 경우, 우리 유괴범들에 대해서 어떻게 할까 하는 기사니까 말야. 바로 바로 여기 여기에! 우리 유괴범들을 잡을 경우, 우리 유괴범들을 죽이게 될까? 아니다! 왜냐? 보다 더 아름다운 스토리에, 한층 더 감동적인 이야기를 만들어, 국회의원, 아니 대통령의 천은 망극한 이미지를 한층 더 높여, 그렇게 온 세상에 널리널리 알리기 위해, 그저 천은망극 및 애인휼민만 부각시킬 뿐, 절대로 죽이지 못할 것이라고 써 있지 않냐고. 다시 말해서 원한이 뼈에 사무치는 그 한입골수마저 속으로 꿀꺽 삼킨 뒤, 지독지정 곧 어미 소가 송아지를 핥아주며 귀여워해주듯 그렇게 지극한 사랑으로 온 정을 다 쏟아 주게 될 것이라고 써 있다고. 한마디로 말해서 더 좋은 스토리를 만들기 위해서.」

「허지만 우리들이 잘 쓰는 말 중에 여측이심이란 말이 있다고. 곧 뒷간에 갈 적 마음 다르고 나올 적 마음 다르다는 말. 게다가 구밀복검이란 말도 있고. 다시 말해서 입으로는 달콤한 말을 하면서 속으로는 칼을 지니고 다닌다는 말. 그리고 진짜로 사람들의 그 변화무쌍한 그 깊은 속내를 그 어떻게 다 알 수 있겠느냐고. 아무도 모르지. 매번 속으로는 헤칠 생각을 하면서 살고 있는 사람이 그 얼마나 많은데. 좌우간 외친내소! 겉으로는 가깝거나 친한 체하면서 속으로는 멀리할게 뻔하다고. 그 지독지정이고 뭐고 간에 말야.」

「그렇게 말하기로 듬사, 내 할 말이 없고. 허나 내 생각엔 그게 아닐 것 같다고. 옛날 그 능지처참! 옛날 그 대역 죄인에게 내리던 극형. 다시 말해서 머리, 몸, 손, 팔다리를 도막 쳐서 죽이던 그 능지, 그 천참만륙! 그런 그 독한 마음까지 꿀꺽 삼킨 뒤, 그저 통개옥문 곧 죄의 경중을 묻지 않고 옥문을 활짝 열어놓고 모든 죄인을 다 놓아주고 싶은 심정으로, 통개중문! 곧 겹겹이 닫혀 있는 문들까지 죄다 활짝 활짝 열어 주면서 그렇게 살고 싶다고 써 있지 않느냐고? 이 정도로까지 말했으면 믿을 수 있지 않겠냐고?」

「하지만 한 번만 더 생각해 보자고. 고도 그 지옥에 홀로 떨어져 있었던 것 같은 그 고도지옥의 고통 등, 밤마다 눈물로 베개를 적시며 그 쓸쓸한 하늘을 벗 삼아 연속부절 피눈물을 흘리곤 했을 그 고침한등의 사모님. 그런 삶을 살았을 우리 사모님께서까지 우리를 용서해 주시겠느냐고? 사장님은 몰라도.」

「그럼 어떻게 하자고? 사랑이를 어떻게 하자고?」

「그러니까?」

「그러니까 이젠 믿는 길밖엔 없다고. 다른 도리가 없다고.」

「그건 그런데?」

「그리고 그 밑에 뭐라고까지 써 있느냐고? 우리 유괴범들을 향해!? 고굉지신! 곧 다리와 팔같이 중요한 신하. 임금이 가장 믿고 중히 여기는 그런 그 신하처럼 여기면서 함께 살아보고 싶다고 써 있지 않느냐고. 우리 유괴범과 함께 말야. 그러니까 좌우간 다 믿어보자고. 진짜 국회의원이나 대통령으로 당선되기만을 바라는 한, 더없이 아름답고 더없이 감동적인 스토리를 만들기 위해서라도, 쓰나 다나 우리 유괴범들을 절대로 죽이지 못할 것이라고. 분명 그 신문 기사처럼 말야.」

「그럼 훗날 국회의원이나 대통령으로 당선되지 못했을 경우엔?」

「아, 그 얘기도 거기에 써 있지 않느냐고, 국회의원 및 대통령으로 당선되지 못했을 경우에도, 역시 우리 유괴범들을 죽이지 못할 것이라고. 역시 더 감동적인 스토리를 만들어 다음 차차기를 노려보기 위해서라도 말야. 틀림없는 말 같다고. 그 신문 기사. 내 생각엔. 진짜 내 생각엔!」

「아, 알았어. 알았다고!」

「그럼 이젠 용기를 내자고. 데려다 줄 수 있는 용기! 목사님을 만나러 갈 수 있는 용기!」

「그래! 그래 용기!」

이내 자리에서 벌떡 일어선다.

나인성 씨가 말한다.

「지금껏 백 번 천 번 생각해 봐도, 역시 이 일을 성공적으로 잘 마무리 해 주실 수 있는 분은, 오직 한 분, 목사님밖엔 없을 것 같다고. 그리고 목사님의 얘기가 없었다면, 이미 사랑이도 이 세상 사람이 아니었을 것이고.」

「그건 그래. 그런데 지금 이 시간 목사님을 만나 뵈러 가자?」

「바로 그 용기가 필요하다니까! 그리고 다 못 믿어도, 목사님만은 믿을 수 있을 것만 같고. 지금껏 사장님께 했던 그 모든 얘기를 생각해보면 말야.」

「그건 그래. 우리가 엿들은 얘기 중, 그때 그 사장실에서 목사님이 우리 사장님에게 했던 얘기 등 말야.」

「그래! 사실 그 어떤 목사님이, 유괴범들이 사랑이를 데려다 주면, 그에 보답할 돈을 미리미리 준비해 두는 게 좋겠다고 말하겠어. 그것도 적은 돈도 아니고. 큰 아파트 단지 내에 있을 그런 그 마트 하나씩 차려줄 수 있을 정도의 돈을 말야. 그때 엿들은 바, 사장님이 그 뭐라고 대답하셨냐고?」

「대형 아파트 단지 내에 마트 하나씩 차려 줄려면, 적어도 돈이 10억 이상씩은 필요할 것이라고 하시면서. 그래도 아들을 찾는 일이라면 그렇게 한번 해보겠다고 답변하셨었지 뭐.」

「그래! 그때 그러셨다고! 그리고 그 많은 돈을 이미 은행에 다 불입해 놓은 상태고. 만기가 된지도 벌써 몇 달 째냐고? 그런데도 계속 더 많은 돈이 되도록 불입하고 계시고 말야. 마치 우리 유괴범들에게 채무이행을 실천하시듯 말야. 우리가 채귀 노릇, 악귀 노릇을 안 하는데도 말야.」

「그건 그래. 원한이 뼈에 사무칠 그 한입골수를 뒤로한 채, 도리어 적덕! 적덕누인! 은혜를 더 많이 베풀기 위하여, 덕을 더 많이 쌓기 위하여, 선행을 더 많이 하기 위하여, 어진 일을 계속 더하기 하고 계시는 거라.」

「그래! 그게 다, 목사님께서 그 모든 일이 그렇게 되도록, 보다 적극적으로 사사건건 믿음과 소망과 사랑이 듬뿍 담긴 메시지를 앞세우면서 시종 앞장서 주셨던 까닭이라고. 이미 방송도 몇 번 탔고.」

「그래 그래. 그럼 오늘 밤에 찾아뵙자고, 목사님을. 그 대신 그 언행심사 간 더더 조심하면서. 나도 그럴 테니까.」

「아, 알았어. 알았다고! 전화 걸어!」

이날 밤 유괴범 황금도와 나인성이 목사님을 극비밀리에 찾아뵙고 있었다.

전화 통화가 끝나자마자 곧장 약속 장소로 출발한다.

목사님이 먼저 나와 기다리고 계셨다.

「어서들 오십시오.」

「목사님!」

「목사님!」

황금도 씨와 나인성 씨가 굽실굽실하면서 마치 목사님께 매달리듯 악수를 한다.

「제 깊은 골방으로 가십시다, 극비밀리에 하실 말씀이 뭔지 말입니다.」

자그마한 골방으로 인도를 한다.

「들어오십시오. 이 골방은 그 언제나 나 혼자서만 드나드는 기도실이니까요.」

목사님과 마주보고 앉는다.

「그런데 이 늦은 밤에 웬일로? 갑자기요? 무슨 극비밀이 있다고.」

황금도 씨가 거의 무의식적으로 주위를 두리번 두리번 둘러보다가 한 번 더 둘러본다. 허나 장소가 장소인 만큼 아무도 없다.

「조금도 걱정하지 마십시오. 이 골방은 진짜 골방이니까요.」

처음부터 연속부절 두리번거리기를 계속했던 유괴범 황금도 씨와 나인성 씨가 비로소 웃으면서 두리번거림을 멈춘다.

황금도 씨가 말한다.

「우리 목사님께서야 말로, 그 누구보다도 비밀을 잘 지켜주실 주실 수 있으리라 믿고, 저희가 이렇게 극비밀리에 찾아뵙게 되었답니다.」

「극비밀리에? 그럼 진짜로 극비밀리에 할 말이 있단 말입니까?」

「예에. 따라서 업무상 비밀 누설죄가 성립될 수도 있겠으며, 더불어 남의 비밀을 침해하는 비밀침해죄라는 것까지 성립될 수 있겠습니다.

하하하 목사님. 하하하.」

「아이고, 이 골방에서 비밀침해죄라? 아 진짜 무섭습니다.」

나인성 씨가 끼어든다.

「그러니까 목사님께서야말로, 극비밀리에 저희의 해결사가 되어 주셔야만 되겠습니다. 능히 그러하실 수 있으리라 믿고, 지금 이렇게 찾아뵙게 되었으니까 말입니다. 진짜 해결사로 믿고요.」

목사님이 재차 놀란다.

「해결사로 믿고요!? 저를요?!」

「예, 목사님!」

「아이고 아이고! 그 무슨 얘기를 그렇게까지 하십니까? 해결사라니요! 해결사는? 오직 한분! 전지전능하신 하나님, 곧 사랑이 많으신 하나님 한분밖엔 없답니다. 다시 말해서 해결사는 역시 전지전능하신 사랑의 하나님밖엔 없다 그런 말씀이 되겠습니다. 그런데 어디 저 같은 것을 놓고 감히 해결사라니요!」

「아무튼 하나님의 전지전능하신 그 사랑의 손에 붙들려 살고 계시는 목사님이니까, 적어도 그 두 번째 해결사는 되지 않겠습니까. 그래서 저희가 용기를 가지고 이렇게 찾아뵙게 되었고요.」

「아이고 아이고, 나 정말 큰일 났네! 아무튼 무슨 비밀인지? 말씀들이나 해보시지요.」

「예예, 목사님. 말씀 드리겠습니다 목사님. 자못 생각보다 훨씬 더 소스라치게 놀랄 일이 될 것입니다. 순간 크게 당황하실 일이요, 순간 깜짝 놀랄 일일 것입니다요. 어쩜 너무도 큰 충격에 그만 멍한 상태로, 한동안 정신을 멍하니 놓고 있을 수도 있을 것입니다. 한마디로 망연자실 하실 수밖에 없을테니까요.」

「아— 도대체 무슨 얘기를 하자는 건지? 벌써 내 온몸 구석구석에서까지 진땀이 다 나네 그려. 이 골방에서.」

나인성 씨에 이어 황금도 씨가 말을 잇는다.

「좌우간 목사님. 한마디로 저희는 인간쓰레기들이랍니다. 속물 중의 속물, 악인 중의 악인, 말종 중의 말종들이라고 하겠습니다.」

목사님이 재차 놀란다.

「갑자기 왜 그렇게까지 말씀하십니까? 목사인 저 역시 전적으로 타락한 인간이요, 전적으로 부패한 인간이요, 그래저래 속물중의 속물이요, 쓰레기 중의 쓰레기일 뿐이랍니다. 다만 예수님의 은혜로 이렇게 살고 있는 것뿐이고요.」

「아이고 아이고, 목사님 참! 저희는 그런 쓰레기하곤 완전히 다르다고요! 따라서 저희의 청천벽력 같은 소식에, 그만 철퇴로 뒤통수를 한 대 얻어맞은 듯, 그렇게 순간 정신을 잃을 수도 있을 것이라고요.」

「아― 점점 궁금한 게, 이젠 정말 답답해서 못살겠네 그려! 도대체 그게 다 무슨 얘긴지? 도대체 무슨 얘기를 하자는 건지?!」

「예예, 목사님. 그럼 대답해 드리겠습니다. 한마디로 저희들은, 죽어 마땅한 죄인들이랍니다. 사람을 도둑질한 인간 도둑놈들!」

그래도 목사님으로서는 도통 무슨 얘긴지 모르겠다는 눈빛으로 바라볼 뿐이다. 전혀 이해가 안 된다는 눈빛으로 계속 바라본다.

끝내 황금도 씨가 눈물을 살짝 비친다.

「다시 말해서 목사님. 저희가 바로 그 유괴범들이란 말입니다! 지금 이 시간, 목사님께, 유괴범들이 찾아온 것이라고요!」

그래도 목사님이 영 감이 안 잡힌다는 표정으로 묻는다.

「도대체 유괴범들이라뇨?! 갑자기 무슨 말씀입니까? 그게?」

「글쎄, 저희들이 바로, 한사랑! 한사랑! 한 사랑이의 유괴범들이라고요!」

다음 순간 황금도 씨와 나인성 씨가 목사님을 끌어안고 실성통곡을 하기 시작한다. 실성통곡을 하면서 황금도 씨가 겨우 겨우 말을 잇는다.

「좌우간 목사님. 사람 하나를 살려 보자고 생각하다 보니, 저희들의 낯짝이, 이렇게까지 두꺼워질 수밖엔 없었답니다.」

겨우 제 정신을 찾게 된 목사님이 두 사람의 등을 다독이면서 말한다.

「아, 좌우간 잘하셨습니다! 아— 잘하셨습니다! 오오 잘 오셨다고요!」

「목사님 용서해 주십시오! 저희들을, 저희들을!」

「예예, 목사님!」

「아이고 아이고! 제가 용서하고 말고 할 것까지는 없고요. 전혀요.」

「그래도요, 그래도요!」

「좌우간 이렇게 찾아올 수 있었던 용기! 바로 바로 그 용기가, 지금 껏 해온 그 천인공노할 만행을 물리치고, 그에 따른 온갖 신음소리를 물리치고, 비로소 새롭게 시작되는 천지개벽에, 새로운 봄날의 천지만 엽으로, 새로운 천은망극의 춤결 아래, 새로운 노래로 새로운 신접살 이를 할 수 있게 만들어 주었다고 하겠습니다 그려. 그런데 그런 그 용 기가 그 어디에서 생겨났답니까들? 이렇게 찾아올 수 있었던 용기야 말로 새로운 믿음과 새로운 소망과 새로운 사랑과 새로운 행복을 만들 어주고도 남을만한 용기인데 말입니다들.」

「아, 예예, 목사님, 그건 어디까지나 목사님께서 늘 저희 유괴범들 편에 서서, 미움 아닌 사랑을 앞세우면서, 그저 더 좋은 방법을 위해, 실로 악한 얘기 아닌 선한 얘기, 나쁜 얘기 아닌 좋은 얘기만을, 우리 사장님께 제시해 주시곤 했던 바로 그 천종지성 때문이었답니다. 그래 서 우리가 사랑이를 죽이지 않고, 결국 사랑이를 이후에 데려올 수 있 는 용기까지 생겨나게 해 주셨던 거고요.」

「그러니까 저를 찾아오실 수 있었던 게?」

「예예, 목사님. 보다 구체적으로 한 일예를 들어 말씀드리자면, 그 언젠가 우리 마트 사장실에서, 우리 사장님을 향해. 목사님께서 말씀 하시던 그 말씀을 엿들어 볼 수가 있었답니다.」

「그때 제가 그 무슨 말을 했었는데요?」

「왜, 생각이 안 나세요? 저희들의 귀엔 아직도 그 말씀이 생생하게 남아 있는데요?」

「글쎄 그때 그 무슨 말을 했었는지?」

「그러니까 목사님께서, 그때 저희 사장님을 향해 말씀하시기를, 앞으로 유괴범들이 우리 사랑이를 데려다 주면, 큰 대형 마트는 아닐지라도, 대형 아파트 단지 내에 있는 그런 그 마트 하나씩이라도 마련해주겠다고 방송을 해보자고 제시하셨던…… 바로 그런 그 얘기까지 말입니다.」

「아아− 그 얘기!? 바로바로 그 얘기?」

「예예, 목사님. 그때 저희 사장님께서 답변해 주시기를, 큰 아파트 내에 마트 하나씩 차려 주려면 적어도 10억 이상씩은 필요 할 텐데, 아− 그래도 아들을 찾는 일이라면 그 뭐든 한번 해보겠습니다!라고 답변 하셨고요. 바로 바로 그런 얘기 등등 말씀입니다.」

「아아, 그러니까? 아아 예예.」

「예예, 바로 바로 그렇게까지 앞장서 주셨던 목사님이셨기에, 예예 저희들이 믿고, 이렇게 찾아 뵐 수 있는 용기가 생겨났던 것이랍니다. 그 돈이야 어떻게 되는 말든 간에 말씀입니다.」

「아아 예예. 그럼 저에 대한 그 믿음과 용기가 없었다면? 앞으로 우리 사랑이를 데리고 올 그 용기도 없었다?」

「예예, 목사님. 하여간 목사님에 대한 믿음이 용기를 갖게 해주었으며, 그 용기가 이렇게 사람을 살리는 길로 들어서게 해주었다는 얘기가 되겠습니다.」

「아, 그래요 그래요. 그런데 나에게 찾아올 수 있는 그 용기가 없었다면?」

나인성 씨가 한입골수 곧 원한이 뼈에 사무칠 이 일을 어찌하면 좋겠느냐는 듯 눈물을 훔치면서 대답한다. 제 인생사에 이보다 더 큰 전쟁이 또 그 어디에 있겠느냐는 듯 한숨을 두 번 세 번 몰아쉰다.

「그땐 분명, 그땐 결국, 유괴범에 살인마로까지! 예예. 예예. 결국엔 그리 될 수밖엔 없었겠지요. 진짜 목사님을 향한 믿음과 용기가 없었다면요.」

「그러니까 믿음에 따른 용기가 사람 하나를 살려낼 수 있겠 됐다?」

「예예, 목사님. 하여간 목사님을 찾아뵐 수 있는 믿음과 용기를 주셔서 정말 정말 감사합니다! 정말로 정말로요.」

「아이고 아이고! 그런데 어쩌다가 우리 그 사랑이를 유괴하게 됐답니까? 유괴란게, 결코 쉬운 일이 아니었을판인데요?」

황금도 씨가 재차 한숨을 두 번 세 번 몰아쉬면서 눈물을 훔친다.

「그놈의 채귀! 그 몹시 조르는 빚쟁이! 그 악덕 사채업자! 그 눈덩이처럼 불어나는 이자! 그 무서운 이자로 목을 죄는 악귀들! 결국 그 인귀상반들 때문에 그만! 여기 나인성 씨도 저와 마찬가지로요.」

「역시 그런 일들이 있었었군요. 아이구—그 웬수 놈의 돈이 뭔지 참!」

목사님이 한참동안 수마가 할퀴고 지나간 자국을 바라보듯 황금도 씨와 나인성 씨를 바라본다.

「아무튼 아무것도 묻지도 않으며 아무것도 따지지도 않으며 절대 비밀보장에 무담보 무보증 무조건 당일 대출, 급한 불부터 끌 수 있는 돈! 빌려드립니다!라는 그 채귀들에게 걸려들지 않는 게 최곤데, 어쩌다가, 그 무슨 일로, 그 채귀들에게, 목숨까지 담보로 걸었답니까?」

나인성 씨가 먼저 대답한다. 자신이 생각하기에도 너무도 어처구니가 없다는 표정으로 헛웃음을 치면서 대답한다.

「제가 3대 독자로, 계속 아기가 안 생기자, 기다리다 못한 저의 아버지가, 그 어딘가로 특효 명약을 지으러 가시다가 그만. 그놈의 뺑소니차에 그만. 그때 그 연미지액! 진짜 눈썹에 불이 붙은 듯 아주 절박하게 닥친 그 큰 재앙에 그만. 진짜 급전이필요한 판국이 되었지만, 진짜 모아 놓은 돈은 없었고. 결국 앞뒤 가리지 않고 그만. 그 무서운 채귀의 돈을 쓰게 되었었답니다. 당장 다른 방법이 없다 싶어서요. 실은 살능력, 살 방법을 몰라서였지요. 3대 독자로 크다보니까요.」

「아— 그래요 그래요. 그럼 우리 황금도 씨는 또?」

「예예, 목사님. 저는 어린 아들이 갑자기 병원에 입원할 수밖에 없었는데요, 저 역시 급전이 필요해서 그만. 그날 마침 급한 불 꺼드립니다!라는 명함 전단지 한 장을 들고 있었는데, 나인성 씨처럼 말입니다. 그게 그만, 그게 결국, 죄 없는 사랑이를 유괴하게 된 원인이 되었다고나 할까요. 결국 제 아들은 죽고요. 그러니까 내 자식 살려 보자고, 남의 자식에 그만 손을 댔던 거지요.」

「역시 일이 그리들 되었었군요. 급한 일이. 어려운 일이. 하여간 급한 일들이 채귀에 걸려드는 등 가슴 아픈 일들을 만들었다?」

황금도 씨가 한숨을 두어 번 더 몰아쉰다.

「허나 목사님. 아직 일이 다 끝난 게아니라, 만에 하나, 이 일마저 잘못되어, 우리가 막상 사랑이를 데려다 주지 못할 경우, 그땐 또 어떻게 하시겠습니까? 그때에도 이 모든 비밀만은 잘 지켜 주셔야만 될 판인데 말씀입니다.」

「새삼스럽게 !? 이제 와서 그게 또 무슨 말씀이랍니까?」

「만에 하나 이 일이, 도중에 잘못될 수도 있을까 봐서요. 아니 만에 하나 이 일이 그리되면, 저희는 물론, 목사님의 생명에까지 위협이 될까봐 심히 걱정이 돼서요. 그래서 제가 지금 이렇게 떨리는 맘으로 묻고 있는 것이랍니다. 진짜 저희들은 인간도 아니래서요. 진짜 진짜 저희들은 엉뚱하기 짝이 없는 악인들 이래서요.」

「아이고 아이고— 그 말도 씨도 안 되는 소릴랑 이제 그만들 하십시다! 다 다 다 잘될 판이니까 말입니다! 그 돈 문제도요! 앗사리 말해서요. 좌우간 제가 끝까지 끝까지 끝까지 다 책임져 드리겠습니다! 제가 있는 힘을 다하여 역투를 한번 해 보겠다 그 말입니다. 진짜 이 일에 있어서만은 제 목숨을 걸고 역투 끝에 완봉승을 거두어 보겠다는 것입니다. 진짜로 책임짓고 말입니다. 진짜 역지사지의 심정으로 말입니다. 진짜 만에 하나 이 일이 잘못되면, 목사 제가 먼저 어떻게 하겠습니다. 허나 그런 일은 하나도 하나도 없을 것입니다. 그래서 제가 지금 이렇게까지 말하는 거고요. 아이고 아이고, 목사가 다 이런 말까지 하고!?」

역시 역지개연, 역시 사람은 누구나 지위나 경우에 따라서 그 의견이나 행동이 달라질 수 있으며, 일이 너무 급하게 돌변해도 돌연 처지를 서로 바꾸어 놓으면서까지 극구 의견이나 행동이 달라질 수 있으며, 일이 더 급하게 돌변하면 돌연 처지를 서로 바꾸어 놓으면서까지 상대편의 의견이나 행동에 스스로 이해하려 들며 끝내 의견의 천차만별을 물리친 뒤 순간 천진협사 언동이 같아질 수도 있다 했던가.

「예예. 그럼 목사님 한 분만 믿겠습니다. 믿고, 사랑이를 목사님께 데려다 줄게요. 극비밀리요. 허기야 이젠 이미 비밀이랄 것도 없게 됐지만 말씀입니다.」

「감사합니다, 감사합니다! 우리 끝까지 잘 한번 해보십시다. 끝까지 끝까지요! 정말 이 일이 잘못되지 않도록 보다 더 지혜롭게요! 여러분들의 말마따나, 제 목숨이! 여러분들의 목숨이! 특별히 우리 사랑이의 목숨이! 죄다 걸려있는 일인즉 말입니다. 아무튼 믿음! 다시 한 번 더 믿음! 뒤이어 우리 사랑이를 데려 올 수 있는 용기! 허나 만에 하나 그 용기를 잃어버리게 되면, 다 끝장이요 다 큰일이라. 그런데도 만에 하나 그 용기, 우리 사랑이를 데리고 올 용기, 그 용기를 잃어 버렸다? 그리되면 이 일이 그 어떻게 되겠습니까? 도리어? 다시 말할 것도 없이, 오늘 우리 모두 다 끝장이 나고 말 것입니다. 실 예를 하나 들어보겠습니다. 우리 성경 사무엘상 13장과 14장에서 보면, 이스라엘과 블레셋의 전쟁사가 기록되어 있습니다. 그런데 과연 담대함을 잃어버리고 동시에 공포에 떨며 겁을 먹고 용기를 잃어버린 결과는 어떠했던가? 먼저 사무엘상 13장에서 보면, 이스라엘 사람들이, 해변의 모래알같이 많은 적군 블레셋 군대를 보고, 용기를 잃어버린 바 이내 겁쟁이들이 되고 말았다고 되어 있습니다. 그리하여 마치 고양이 앞의 겁먹은 쥐새끼들처럼 슬슬 기면서 굴속으로 기어들어 숨고, 수풀에 숨고,

바위틈에 숨고, 은밀한 곳에 숨고, 웅덩이에 숨어들어 벌벌 떨면서, 그야말로 다 죽은 목숨들처럼 되고 말았다고 되어 있습니다. 그러나 14장으로 넘어가서는, 전쟁의 승패는 사람 수의 많고 적음에 달려있는 게 아니요 오직 전쟁에 능하신 하나님의 손에 달려 있다!라고 말하면서, 그야말로 용기 백 배 앞으로 나서는 이스라엘 사람들 앞에서, 이번에는 블레셋 사람들이 용기를 잃고, 공포심에 젖어 떨었고 떨었으며 크게 떨었더라. 그리하여 블레셋 사람들의 진영이 크게 무너지며 공포심에 의한 소동이 점점 더하더라. 그리하여 끝내 블레셋 군대가 눈이 뒤집혀 각각 칼로 자기 동무들을 치므로 크게 혼란하여 스스로 생지옥을 만들어 그 생지옥에 빠지더라. 다시 말해서 앞서 이스라엘 사람들에 이어, 이번에는 블레셋 군대가 용기를 잃어버린 결과, 미친 사람들, 곧 정신병자들이 되어, 자기들끼리 치고받고 싸우는 등, 그야말로 완전히 미친 짓들을 하면서 생지옥을 만들고 있더라고 되어 있습니다. 그런즉 회개 할 수 있는 용기, 용서받을 수 있는 용기, 감사한 일을 계속 할 수 있는 용기, 잘못된 삶을 포기할 수 있는 용기, 문제를 해결할 수 있는 용기, 목숨을 걸 수 있는 용기, 전쟁에 뛰어들 수 있는 용기, 남들을 죽음의 옥에서 해방시켜 줄 수 있는 용기, 복된 일을 계속 할 수 있는 용기 등을 앞세워 보자는 것입니다. 좌우간 저를 찾아올 수 있었던 그 용기가 있었기에, 우리 모두가 살게 되고 우리 모두가 승리자가 될 수 있으며 우리 모두가 이렇게 웃게 된 게 아니겠습니까?」

「아, 예예, 알겠습니다, 목사님.」

「그래요 그래요. 용기! 그런즉 용기! 용기!」

「허나 단 한 가지만 더 묻고 싶습니다.」

「뭘 또요?」

「과연 목사님께서는 그 어떠한 분이신지 묻고 싶어서요.」

「저요? 두말할 것도 없이 저에게 찾아오신 성도님들이 하나님의 말씀을 보다 더 맛있게 드실 수 있도록 늘 끼어 매양 절절히 기도하면서 살고 있는 목사지요.」

「허나 목이 터져라 기도를 하시되, 설교 시간에 떡을 달라하는 성도들에게 도무지 먹을 수 없는 돌을 던져주며, 맛있는 생선을 달라하는 성도들에게 징그러운 뱀을 던져주는 목사님들도 계시지 않습니까? 차라리 기도를 아니 하셔도, 역시 말씀을 듣고 있는 성도들에게 뱀 아닌 맛있는 생선을 주면서 맛있게 발라 먹으라하심이 백배나 더 나을 판인데 말입니다. 좌우간 우리 목사님께서만은, 저희에게 맛있는 생선과 떡을 주실 수 있으시리라 믿겠습니다. 돈 같은 거야 어떻게 되든 간에 말씀입니다.」

「아무튼 이것이고 저것이고 간에 다 걱정들 하지 마십시오. 다만 하나 우리 사랑이를 살려 보시자고요들. 믿음과 용기로요.」

「알겠습니다. 그럼 이만 가 보겠습니다.」

다음 날 밤 두 유괴범들이 사랑이가 갇혀 사는 집 안으로 뛰어든다. 나인성 씨가 말한다.

「사랑아! 너 집에 데려다 줄까?」

순간 사랑이가 울컥한다. 벌써 울상이 되어 한번 주의를 훑어보며 울먹울먹 한다. 그간 훈련이 그 얼마나 잘되어 있었던지 두 눈에 눈물이 글썽글썽 넘칠 뿐 차마 울음소리를 내지 못한다. 가슴이 답답해죽겠다는 듯 한 손으로 가슴을 긁적긁적 하면서도 말이다. 긁적긁적하는 손이 부들부들 떨린다.

입술에 젖어든 눈물을 아랫입술로 닦아 먹는다. 황금도 씨의 말이 이어진다.

「사랑아! 너 이제 그만 집에 데려다 주면 좋겠지?」

뜻밖의 이 반가운 소리에 그만 정신이 번쩍 들며 동시에 귀가 번쩍 뜨이고 반사적으로 입이 딱 벌어질 정도의 이 한 가락 피리소리와 같은 일성호가에도 내내 눈만 끄먹끄먹 하면서 그저 눈물만 흘릴 뿐이다. 그야말로 입단속 훈련이 너무도 잘되어 있었던 것이다. 따라서 계속 울먹울먹 하다가 겨우 말을 하기 시작한다.

「그래요! 그래요! 그런데 언제요?」

「오늘 밤에!」

「정말로요!? 정말로 우리 엄마 아빠한테요? 이번에는 다른 데로 안 데려가고요?」

「그건, 그간 두어 번 이사를 했었던 때의 일이고.」

「오— 엄마 아빠! 너무너무 보고 싶어! 그런즉 제발 빨리 데려다 주세요! 오— 엄마 아빠!」

　끝내 울음을 터뜨린다. 곧바로 경고를 받는다.

「뚝! 그쳐! 어디서 지금 울어! 그렇게 시끄럽게 울고불고 하면 안 데려다 줄 테니까. 아무도 모르게 데려다 줘야만 되니까. 알았어?」

　사랑이가 재빨리 손을 쓴다. 거의 반사적으로 제 손바닥으로 제 입을 힘 있게 눌러 막는다. 그러면서 울음소리를 뚝 그친다. 다시금 눈물만 뚝뚝 떨어뜨린다.

「안 울 게요! 다시는요! 절대로요! 그러니 데려다만 주세요! 우리 엄마 아빠한테요! 보고 싶어요! 정말 너무너무 보고 싶으니까요! 정말 정말 지금 당장 보고 싶어 죽겠으니까요! 이렇게 제 손으로 입을 꼭 막고 갈 테니까요!」

「알았어! 그럼 밖으로 나가서 차를 타자. 너 어렸을 때 교회 가봤었지? 집 옆에 있는 교회?」

「예에!」

「허나 또 울면 안돼? 그땐 다시 이곳으로 데려오고 말테니까?」

「이렇게 입을 계속 계속 힘 있게 꽉 막고 갈게요. 절대로 안 울고요. 그러니까 데려다만 주세요. 정말 우리 엄마 아빠가 너무너무 보고 싶어 죽겠으니까요.」

「그래, 알았어. 그런데 사랑아.」

「예에!」

「우리가 왜 너를 지금 네 엄마 아빠에게 데려다 주는 줄 알아?」

「내가 보고 싶어 하니까요. 우리 엄마 아빠를요. 날마다요. 때론 밥도 잘 안 먹고 울기만 하면서요.」

「그게 아니야. 네 엄마 아빠가 너무 좋으신 분들이래서야. 게다가 너희 아빠가 방송을 통해서 다 좋게 해주시겠다고 누누이 말씀해 주셨고. 방송국이, 특별히 기독교방송국에서 더 크게 열 몫 백 몫을 담당해 준 탓이었다고. 특별히 요 며칠 전에 모 신문을 통해 아주 결정적인 얘기를 해 준 게 더 크고. 실은 말야. 그렇지, 절대로 네가 엄마 아빠를 보고 싶어 해서가 아니라고. 사실 사랑이 네가 그간 날이 날마다 엄마 아빠 보고 싶다고 쓴 편지가 그 얼마나 많았느냐고. 그래도 안 데려다줬었지 않았느냐고. 아무튼 그간 날마다 써 놓은 편지가 몇 천 장 되지?」

「예에, 몇 천 장도 더 돼요.」

「그래 그래. 그렇게 많겠지.」

사랑이를 태운 자가용이 약 십여 분 만에 도청 소재지가 내려다보이는 고갯길로 접어든다. 벌써 세상은 깊은 잠에 빠져 있었다. 계속 쏟아 붓는 소나기에 가로등도 빛을 잃은 채 서 있다. 드디어 교회 근처에서 차가 멈춘다.

「사랑아. 여기서 내려주면, 곧장 저 교회로 뛰어가서, 목사님을 불러? 그러면 목사님이 집으로 데려다 줄 테니까. 사랑아. 네가 다녔던 교회 맞지?」

「예, 맞아요!」

「잘 할 수 있겠지?」

「예, 내려만 주시면요.」

「단 한 가지, 우리가 사라지고 없으면 목사님을 불러?」

「예, 알았어요.」

「그럼 내려가. 우리한테 고맙다고 인사하고.」

「고맙습니다! 고맙습니다!」

「됐어. 그럼 내려가.」

사랑이가 자리에서 벌떡 일어선다. 차 문이 열린다. 사랑이가 빗속으로 뛰어간다. 손바닥으로 입을 꽉 틀어막고 내내 꾹 참고 있었던 눈물을 줄줄 쏟는다. 어린 것이 실성통곡을 하면서 교회 쪽으로 달려간다. 달려가다 말고 뒤를 한번 돌아본다. 차가 안 보인다. 그래도 사랑이가 금방 목사님을 못 부른다. 생전 않던 짓 곧 바지에다가 오줌까지 절인다. 비로소 오줌통이 제 정신을 차린 모양이었다. 울먹이면서 목사님을 부른다.

「목사님ー! 목사님ー!」

현관 안과 밖에 불이 켜진다. 어느 겨를에 목사님이 담요로 울먹이는 사랑이를 감싸 안는다.

「오ー 사랑아 사랑아! 들어가자 들어가자! 어서어서, 안으로 안으로!」

현관 안으로 들어선다. 사모님이 사랑이의 머리와 얼굴을 닦아준다.

「세상에 세상에! 우리 사랑이가 돌아오다니! 살아서 돌아오다니! 안 죽고 돌아오다니! 오ー 사랑아 사랑아. 이 옷으로 갈아입자.」

목사님이 전화를 건다. 유괴범 황금도와 약속했던 대로 한겨레 사장에게 비로소 알리는 것이다.

「집사님 놀라지 마세요. 지금 사랑이를 데리고 갈 테니까요. 누가 방금 우리 사랑이를 교회다가 데려다 놓고 갔으니까요. 방금이요. 지금 바로 가겠습니다?」

잠시 후 목사님 앞에서의 모자 상봉 장면이다.

「엄마 아빠ー! 나왔어! 사랑이ー! 나ー!」

기다리고 있던 엄마가 사랑이를 미친 듯이 와락 끌어안는다. 정신이 상자들은 저리 가라다. 목사님 정도는 눈에 안 보이는 모양이다. 심한 정신착란증상을 보여주고 있는 것만 같다.

「아이고 아이고 내 새끼야! 아이고 아이고 내 새끼야! 오ー내 새끼! 오 내 새끼, 내 새끼야!」

연거푸 볼에 입을 맞춘다. 그러면서 이게 진짜 꿈인가 생시인가 싶어 얼굴을 바라보고 또 바라본다.

또다시 정신병자처럼 울고불고 한다.

「아이고 아이고, 이게 진짜 내 새끼 맞아?! 내 새끼가 맞냐고?! 아이고 아이고 내 새끼야, 내 새끼야! 이게 얼마만이냐고?」

재차 이게 진짜 내 새끼가 맞느냐는 식으로 또 바라보고 또 바라본다. 모자간에 마치 천국에 입성한 듯 너무 좋아 어쩔 줄을 모른다. 입맞춤이 계속된다.

이쯤에서 아버지가 겨우 한 몸이 된 채 말할 수 있는 틈을 얻는다.

「오— 결국 내 새끼가 돌아왔구나! 살아서 돌아왔어! 고맙게도! 감사하게도! 오— 하나님 감사합니다! 오— 하나님! 오 하나님! 약속했던 대로, 우리 사랑이를 이렇게 살려 보내준 그 유괴범들에게도, 아니 그 생명의 은인들에게도, 반드시 반드시 은혜를 갚겠습니다. 약속했던 대로. 약속했던 대로요! 오— 내 새끼! 오— 내 새끼가 그간 많이 컷구나! 그간! 그간! 오— 벌써 3년째가 되었으니……!」

이 말을, 문 밖에 서 있던 두 유괴범 황금도 씨와 나인성 씨가 다 듣고 있었다. 목사님과 함께 두 눈이 빨갛게 충혈 될 정도로 울고 있었다. 정신문명 세계가 바로 이러이러한 것이란 말인가?

모두 시간이 조금 흐른 뒤에야 비로소 제 정신을 차리고 비교적 정상적인 상태로 접어드는가 싶었다.

그러나 아내는 계속 사랑이만 끌어안고 있다. 대신 남편이 제자리를 찾으면서 말한다.

「아무튼 목사님 감사합니다! 이 모든 게 다 목사님의 각본대로 된 은혜입니다! 그런데 목사님. 그 유괴범들을 어떻게 하면 만나, 이 은혜를 갚을 수 있답니까요?」

목사님이 문 밖에 서 있는 유괴범들을 바라보면서 웃기만 한다.

이때 유괴범들이 실성통곡을 하면서 자리를 뜬다.

그런데 계속 이어지는 대화 내용은 어떠했던가.

엄마가 묻는다. 그간 가장 궁금했던 문제에 대해서 묻고 있는 것이다. 거의 밤마다 정신병자가 될 정도로, 아니 정신이 나갈 정도로, 때론 심장의 박동이 불규칙하게 뛸 정도로, 그렇게 저렇게 비정상적인 사람이 될 정도로 걱정하곤 했던 그 문제의 답변을 요하고 있는 것이다.

「사랑아. 그 사람들이 때리고 그랬어?」

「아니. 그런 적은 없었어. 단 한 번도. 다만 내가 울면 제발 울지 말라고 큰 소리를 치곤했어도. 그 뿐이야. 그리고 그 엄마가 내가 울면 업어주고 그랬어. 늘. 아무튼 그 엄마도 좋은 사람이었어.」

다시금 눈물을 줄줄 쏟는다. 그러면서 웃는다.

「아이고 아이고, 내 새끼야! 아이고 아이고, 그랬어?」

이때 큰 침실에서 자고 있던 네 아이들이 문을 조금 열고 그 문틈으로 이 모든 광경을 계속 지켜보고 있었다. 특별히 사랑이의 얼굴 및 그 말 한마디 한마디에 깊은 관심을 가진 채 엿보고 있었다. 사랑이 말이 계속된다.

「그리고 그 엄마가 먹을 것도 많이 주고. 마치 우리 마트에서 최고로 맛있는 것만 갖다 주듯이 말야.」

「아이고 아이고, 그랬어, 그랬어!? 아빠도 나도, 늘 유리걸식! 그렇게 정처 없이 떠돌아다니면서 빌어먹고 있지나 않나 싶어 늘 죽어 걱정 했었는데.」

「아니야! 그리고 산수도 백까지 셀 수 있도록 가르쳐 주었고. 구구단도 다 욀 수 있도록 가르쳐 줬고.」

「오오 내 새끼가 구구단도! 오오 벌써 다아? 아직 학교에도 안 갔는데?」

「그뿐만 아니라, 동화책도 다 읽을 수 있다고. 줄줄. 그 엄마가 가르쳐 줘서. 동화책을 벌써 몇 백 권 읽었다고. 라푼젤! 백설공주! 유리구두가 나오는 신데렐라! 그 계모에게 학대받는 얘기까지!」

「아이고 아이고, 그 신데렐라 얘기까지!?」

「으응. 아무튼 다 줄줄! 벌써 영어도 많이 배웠고!」

「아이고 아이고, 내 새끼! 그래 그래. 그런데 이 진짜 엄마가 안 보고 싶었었어? 내가 진짜 엄만디?」

「아, 그야 두말할 것도 없었지!」

「언제?」

「늘!」

「그 얼마나?」

「하늘만큼 땅만큼! 진짜 죽어라고!」

엄마가 또 눈물을 줄줄 쏟는다.

「썩어죽일! 아니 그럼! 이 엄마한테 데려다 달라고 그러지 그랬어?」

「그거야 날마다 그랬었지! 밤엔 더! 엄마 젖을 만지고 싶어서. 정말 정말 엄마 젖통이 그리워서! 정말 정말 엄마 젖가슴이 그리웠었다고! 정말 정말 죽어라고!」

「썩어죽일! 썩어죽일! 아이고 아이고! 아빠 말마따나 정보과학, 정보 망, 정보부대, 정보원들은 다 다 어디로 가버리고. 정말 그런 내 새끼 하나를 못 찾고. 늘 코만 석자나 빠뜨리고 있게끔 말여. 아니 데려다 달라는데 왜 안 데려다 주었냐고?! 그 썩어죽일! 그 썩어죽일!」

「하여간 데려다 달라면, 늘 말로만 금방 데려다 주겠다고 했었어. 또 또 그러면서 안 데려다 줬다고.」

「아이고 아이고, 그 썩어죽일! 그 썩어죽일! 아이고— 그래 그래 그랬 었겠지.」

「그래!」

이쯤에서 목사님도 조용히 발걸음을 돌리고 있었다. 아무도 눈치 채 는 사람이 없어 보였다. 정황상 조용히 물러가 주는 게 도리였다.

다음날 아침, 이 기쁜 소식이 지방신문에 대서특필 및 특별히 기독 교방송을 통해서, 아직 범인의 행방에 대해선 오리무중이라는 소식과 함께 대대적으로 전파되고 있었다. 이 말에 목사님과 황금도 씨와 나인성 씨가 웃고 있었다.

그런데 사랑이와 함께 새 아침을 맞은 가정에서는 아침부터 그 무슨 교통정리를 하고 있었던가. 엄마가 형 동생 줄 세우기를 하고 있었다.

「너희들 전부 이리와! 밥도 먹고 했으니까. 당장 할 일이 있으니까.」

아들 다서 명이 한 자리에 모인다.

「너희들. 지금까지 했던 대로, 키 큰 순서대로 형 동생 순을 정하도록 하겠는데, 다들 이유 없지?」

모두 한목소리로 예! 하고 대답한다.

「그럼 지금껏 우리 네 명 중 키가 가장 컸던 우리 믿음이와 우리 사랑이의 키를 한번 재 보자. 과연 사랑이 키가 더 클지 믿음이 키가 더 클지? 믿음이 너부터 이 키 재기 벽에 딱 붙어서 봐.」

키 재기가 금방 끝난다. 엄마가 말한다. 모두 최고의 관심사요 최고로 높은 관심거리라는 듯 귀를 쫑긋이 세운다. 너나없이 눈을 끄먹끄먹하며 결과물을 기다린다. 그런데 이렇게까지 심혈을 기울이는 이유가 뭘까?

「골백번 재 봐도 아직은 똑같을 터. 그래도 골상이 조금 위로 올라가나 싶은 우리 사랑이가 제일 큰 형이 되기로 하자. 특별히 책도 잃을 줄 알고, 구구단도 욀 줄 알고. 그래서 동생들에게 국어도 가르쳐 주고, 산수도 가르쳐 주고, 영어도 가르쳐주고. 그럼 됐지? 특별히 믿음이 너도?」

모두 눈치껏 박수를 치면서 예예 한다. 와와 하면서 환호성까지 지른다. 그러나 믿음이는 웃기만 한다.

그래도 엄마의 결정문이 이어진다.

「그럼 이제부터, 첫째 사랑이, 둘째 믿음이, 셋째 소망이, 넷째 인내, 다섯째 낙원이, 이 순서대로 우리 모두 형 동생 하면서, 특별히 믿음으로 사랑하면서, 너도! 너도! 너도! 너도! 너도! 죄다 잘 커야 한다? 그럼 모두 얼싸 안아봐!」

모두 예 하고 얼싸안는다.

그런데 이게 뭔 말인가. 소망이가 묻는다.

「그럼 엄마. 앞으로도 키 큰 순서대로 형 동생이 바뀔 수 있는 거예요?」

「아이고— 그건 아니지!」

「에잇—!」

「왜 에잇이야?」

「믿음이 형이, 형이라고 우리를 괴롭히니까! 내가 믿음이 형보다 더 클려고 그랬지!」

「아이고 아이고, 그래도 그건 안돼. 이제부턴 죽는 날까지 이대로 쭈욱 형 동생으로 사는 거야. 그래도 밥을 많이 먹고 쑥쑥 크라고. 밥은 이 엄마가 책임져 줄테니까. 모두 알았어?」

모두 예 예 하며 다시금 사랑이를 얼싸안는다.

그런데 이날 정오 뉴스 시간엔 그 무슨 얘기가 전파되고 있었던가? 정리해 보자면, 수사관들이 곧바로 유괴범들을 뒤쫓기 시작했다는 얘기. 유괴범들의 동선을 수사관들이 극비밀리에 파악하고 있다는 얘기. 예외 없이 집 근처 골목마다에 CCTV가 촘촘히 매달려 있다는 얘기. 사랑이를 태우고 온 차량을 금방 찾아낼 수 있을 것이라는 얘기. 차 번호판을 가렸지만 그래도 유괴범들의 차를 찾는 데엔 별 어려움이 없을 것이라는 얘기 등등.

이 모든 게 사실이었다.

허나 한겨레 사장이 다름 아닌 소위 당사자로서의 특별권지 곧 특별히 권하여 그만두게 하는 등, 연거푸 더 이상 범인들을 뒤쫓지 말아 달라고 보다 더 간곡히 부탁했다는 얘기. 그리하여 일단 본 사건의 수사를 종결하게 되었다는 얘기까지 널리널리 전파되고 있었다.

그런데 정작 일이 이렇게 전개될 경우, 이에 대한 전국 유권자들의 반응은 어떻게 될까? 진짜 진짜 대통령감이다(!)라는 반응 하나와, 달리 이젠 대통령이고 뭐고 간에 그 잃어버린 아들까지 찾았으니 더 이상 바랄 게 뭐가 더 있겠는가(?)라는 반응으로 양분될 것이다? 어쩜 천하를 양분한다는 게 바로 그런 것일까(?)

그러나 저러나 일이 이렇게 전개될 경우, 과연 이러한 두 반응에 의한 선거 결과는 또 그 어떻게 나오게 될까?

실질적으로 현재 진행되고 있는 대통령선거 개표방송이 어느새 시작되고 있었다.

과연 출구조사의 당락 결과는 어떠할까?

으레 마지막 여론조사 공표상에 비해 무려 2등에서 4등으로까지 밀려나 있게 될 것이다(?)

이유가 뭘까? 원인이 뭘까?

아마도 잃어버린 7대 독자를 찾았다는 대대적인 뉴스에 그만, 그러니까 그간 잃어버린 아들로 말미암은 보다 큰 관심과 더불어 그 커다란 동정심 등이 그야말로 큰 돌풍을 일으키며 금번 선거 기간 동안 자못 큰 기둥을 이루고 있었는데, 바로 그 주역에 해당되는 어머니 할머니들의 그 수많은 동정표가 일시에 등을 돌리며 날아가 버린데 그 원인이 있을 것이다(?)

또 하나 보다 더 큰 원인 중에는, 역시 여론의 힘보다 각 정당마다의 조직력의 힘이 더 월등했을 것이다(?) 역시 조직력의 힘을 뛰어넘을 수 있는 여론의 힘은 없는 모양이다(?) 과연 조직력에 의한 역부족이라는 게 바로 그런 것인가 싶을 것이다(?) 개표방송은 너무도 싱겁게 막바지에 이르고 있었다(?)

결론적으로 4등으로 밀려나지 아니한 것만으로도 큰 기적이 아닐 수 없었다고 말해두는 게 좋을 것이다(?)

그런데 진짜 대통령 선거가 끝난 직후 한겨레 사장은 그 무슨 일들을 하고 있었던가?

먼저 아파트 단지 후문 길 건너편에 자리 잡고 있는 파출소 바로 옆에 붙어있는 거의 다 썩어 내려앉은 고가 네 채를 싸구려로 사드려 대지 321평 위에 바닥 평수 88평의 단층 주택을 새로 짓고 있었다. 집 구조는 간단했다. 창이 다섯 개가 나 있는 벽 쪽으로 애인홀민 제1호로부터 시작하여 아이들의 소형 공부방 다섯 개와, 아이들의 침대 다섯 개가 놓여있는 일명 애인여기 대형 침실 하나와, 안방 하나와, 아주 넓은 응접실에 식당 및 세 개의 화장실이 전부였다.

오늘이 바로 그 입주하는 날이다.

점심 식사를 하기 전 먼저 간단한 간식 참에 이어 입주 감사예배가 끝난 뒤 곧바로 큰절하기가 시작된다.

한겨레 사장이 말한다.

「우리 황금도 사장님과 나인성 사장님과 우리 목사님 내외분께서는 저희들의 큰절을 받아 주십시오. 황! 나! 두 사장님들께서 우리 사랑이를 살려 보내주신 그 큰 은혜에 보답하기 위한 큰절이 되겠습니다.」

순간 유괴범 황금도 씨와 나인성 씨는 물론 그 아내들까지 몸둘바를 모른다. 돌연 눈물을 두 번 세 번 훔친다. 세상에 이런 법 이런 경우가 그 어디에 있느냐는 태도들이다.

이쯤 이러한 분위기를 바꾸기 위하여 한겨레 사장의 아내가 앞으로 나선다.

「어서 어서 우리 목사님과 사모님과 우리 황사장님과 나사장님 모두 이 아랫목 쪽으로 앉으시지요! 그리고 여보. 나도 이 큰절을 받는 쪽에 앉고 싶네요.」

한겨레 사장이 그게 도대체 무슨 말이냐는 듯 아내를 바라본다. 그러다가 말한다.

「왜? 당신이 왜? 당신까지 왜냐고?」

「나는 우리 황사장님과 나사장님에 앞서 우리 사랑이를 잃어버린 그 죗값으로요. 그래저래 세상을 떠나신 어머님 아번님을 병들게 한 죗값 등등으로요.」

아내가 돌아가신 시부모님을 생각하면서 눈물을 훔친다. 이에 황금도 씨와 나인성 씨가 아예 눈을 감고 만다.

역시 이러한 분위기를 바꾸고자 한겨레 사장이 나선다.

「그럼 여보. 우리 목사님께서는 그 무슨죄가 있어서?」

「호호호 목사님은요? 목사님께서는 설교 시간마다 죄 죄 하시니까 당연히 저희들과 함께 앉아 큰절을 받으실만한 자격이 계시지요. 호호호.」

「그럼 여보 사모님은?」

「사모님은 목사님과 일심동체니까 똑같지요. 목사님을 잘못 가르치신 죄가 더 크고요! 왜 목사님으로 하여금 죄죄 하시도록 가만 두시느냐고요? 호호호. 안 그래요 사모님?」

모두 크게 웃는다.

한겨레 사장이 결론을 내린다.

「그럼 내 아들 다섯 명과, 황 작은 엄마와 나 작은 엄마와 내가 큰절을 올리도록 하겠습니다. 자아— 큰절 시작! 몸과 맘을 다하여!」

모두 큰절을 올린다. 아니 모두 큰절을 주고받는다.

한겨레 사장이 대표로 말한다.

「우리 모두, 천국을 향하여! 믿음으로 믿음으로 믿음의 행진을 하면서! 사랑으로 사랑으로 사랑의 행진을 하면서! 때론 여리고성을 함께 돌면서! 친형제들처럼 살아 보십시다! 사랑이 많으신 전지전능하신 하나님과 함께! 목사님 앞에서. 우리 모두 서로들 앞에서!」

모두 큰 소리로 아멘! 아멘! 한다.

「그런데 사랑이 너. 너를 키워준 이 황 엄마한테 할 말 없어?」

「왜! 황 엄마가 딸기도 먹여주고, 참외도 깎아주고, 수박도 썰어주고, 복숭아도 깎아주고, 사과고 깎아주고, 하여간 맛있는 것은 다 먹여주었었는데. 그리고 늘 나를 없어 주고, 간혹 나를 등에 업고 울기도 많이 했고. 그래저래 할 말이 많지. 좌우간 사랑해 엄마! 사랑한다고!」

순간 황금도 씨 아내가 눈물을 펑펑 쏟는다.

「사랑아! 이 엄마 등에, 한 번만 더 업혀 볼래?」

사랑이가 달려가 등에 업힌다. 등에 업히자마자 묻는다.

「그런데 엄마. 지금은 아니고. 지금은 말고. 나중 나중에 가서, 엄마 집에 다시 한번 더 가 봐도 돼?」

「오 그럼 그럼! 열 번이고 백 번이고! 지금 당장이래도!」

「아니! 지금 당장은 말고! 나중 나중에 가서 한번 더 가 봐도 되냐고?」

「아 글쎄 그 언제라도!」

「그럼 나중 나중에 한번 더 가 볼게.」

「오 그래 그래! 제발 제발! 오오 내 새끼야!」

갇혀 살다 싶이 했던 감옥이래도 한번 더 가보고 싶은 그리움이 발동하는 모양이었다. 역시 갇혀 살던 감옥살이도 그리운 때가 있는 법이라고 했던가.

「그럼 이쪽 나 엄마한텐?」

「나 엄마는, 그쪽 집에 올 때마다, 우리, 우리 집에 가서 나랑 같이 안 살래?하며 내 꼬막손을 사랑스럽게 어루만져주곤 했었다고. 내 볼에 뽀뽀까지 해주면서. 고마워 엄마. 나를 늘 그렇게 많이 사랑해 줘서.」

모두 눈물을 훔친다.

이러한 분위기를 바꾸기 위하여 진짜 사랑이 엄마가 역시 눈물을 훔치면서 소리친다.

「그럼 이제 우리 모두 식사 준비를 마저 하십시다!」

곧바로 매우 걸판지고 푸짐한 대 잔칫상이 준비된다. 거의 다 되었다 싶을 즈음에 사랑이 엄마가 목사님을 향해 말한다.

「목사님. 찌개와 밥을 가져다 놓기 전에, 기도부터 해 주시지요. 목사님과 우리 황사장님과 나사장님과 당신은 저쪽 상으로 가서 앉으시고. 사모님과 저희들은 이 가운데 상에. 그리고 우리 새끼들은, 우리 천사들은, 이쪽 상으로 삥잉 둘러앉으세요.」

자리가 정돈 되자마자 곧바로 기도가 시작된다. 아무래도 때가 때인

만큼 기도 내용이 좀 복잡하고 길지 않을까 생각된다.

「범죄한 천사들을 용서하지 아니하시고, 지옥에 던져, 그 어두운 구덩이에 두어, 심판 때까지 지키시겠다고 말씀하신 하나님 아버지! 그러나, 그러나, 그 범죄한 천사들과 달리, 우리 사람들에 대해서만은, 너무너무 감사하게도, 언제, 어디서, 무엇으로, 정녕 어떻게 하시옵나이까?」

이때쯤 아이들이 벌써 눈을 떴다 감았다 한다. 눈 감으면 코 베어가는 세상이라는 듯, 아니 눈 깜빡할 사이에 도둑맞는다는 듯, 아니 눈뜨고 도둑맞는다는 듯, 눈을 떴다 감았다 하고 있는 것이다. 그러나 기도만은 계속 이어진다.

「우리 개개인들의 죄, 그 모든 죄를 단 한 가지도 빠짐없이 속속들이 다 알고 계시는바, 참으로 모든 불의 추악 탐욕 악의가 가득한 자요, 시기 살인 분쟁 사기 악독이 가득한 자요, 수군수군하는 자요, 비방하는 자요, 하나님을 미워했던 자요, 능욕하는 자요, 교만한 자요, 자랑하는 자요, 악을 도모하는 자요, 부모를 거역하는 자요, 우매한 자요, 배약한 자요, 무정한 자요, 무자비한 자요, 그래저래 의인은 없나니 하나도 없고, 선을 행하는 자도 없나니 하나도 없으며, 그래저래 다 치우쳐 함께 무익하게 되고, 그래저래 모든 이들의 목구멍은 열린 무덤이요 그 혀로는 속임을 일삼으며, 그 입술에는 독사의 독이 있고, 그 입에는 저주와 악독이 가득하고, 그래저래 그 모든 이들의 혀는 곧 불이요 불의의 세계라. 그러한 혀가 우리 지체 중에서 우리 온몸을 더럽히고, 삶의 수레바퀴를 불사르나니, 그 사르는 것이 지옥 불에서 나며, 여러 종류의 짐승과 새와 벌레와 바다의 생물은 다 길들일 수 있고 길들여 왔으나, 다만 우리 사람들의 혀만은 능히 길들일 사람이 없나니 쉬지 아니하는 악이요 죽이는 독이 가득한 것이라. 그래저래 그 발은 피 흘리는데 빠르며, 파멸과 고생이 그 길에 있어 평강을 알지 못하고, 그들의 눈앞에 하나님을 두려워함이 없나니, 한마디로 다 사형에 해당되는 자들이라. 그러나 바로 이러한 사실을 너무너무도 잘 알고 계시면서도, 반드시 지옥에 던져 어두운 구덩이에 두어 심판 때까지 지키며 용서하지 아니하시겠다고 말씀하신 그 범죄한 천사들과 달리, 내 속에 악마가 있도다라고 고백할 수밖에 없는 우리네 사람들, 은밀한 곳에서 거룩한 자가 참 도인이요 참 복인이요 참 승리자요라고 말씀하신 것과 달리, 도리어 은밀한 곳에서 연속부절 죄를 지으며 연해연방 피를 먹고 마시면서 살고 있는 죄인들, 그런 우리 인간들에 대하여서만은, 특별한 은혜와 용서와 사랑과 교통하심과 오래 참으심으로 아무도 멸망하지 아니하고 다 회개하기에 이르기를 원하시며, 그 연장선에서 오늘 우리들을 이처럼 영생구원의 반열에 세워주신 하나님 아버지! 이 시간 이처럼 원수를 사랑할 수 있는 참 도와 참 믿음으로 보다 더 큰 행복을 맛보게 해주시니 참으로 감사합니다」

이쯤에서 아이들이 아예 몸져눕고 만다. 그래도 기도는 계속된다. 모두 기도 훈련을 받고 있는 것이다.

「앞으로 우리 모두가 예수 그리스도 안에서 한 몸 한 맘 한 뜻이 되어, 저 백운동 그 깊은 계곡의 그 많은 나무들이 향기로운 꽃을 피우듯, 그 많은 나무들이 향기로운 꽃내음으로 호흡하듯, 그 많은 나무들이 향기로운 꽃내음으로 호흡하며 보다 더 맑은 산소를 토해내듯, 그런 그 숲속 여기저기에서 온갖 새들이 보다 더 아름다운 목소리로 노래하듯, 그렇게 그렇게 신령한 시와 신령한 노래들로 서로 화답하며, 계속 믿음의 소리, 소망의 춤, 사랑의 향기를 풍기면서, 한층 더 복되게 한층 더 아름답게 살 수 있도록 도와주시옵소서. 특별히 요 며칠 전에 문을 연 황금꽃마트와 나인꽃마트가 다 다 다 너무너무 잘되도록 도와주시옵소서. 끝으로 온 정성과 온 힘을 다하여 그저 감사의 눈물로 이처럼 진수성찬을 베풀어 주신 이 가정 위에 복으로 복으로, 더 큰 복으로 함께 하여 주시옵소서. 먹고 마실 때마다, 모든 이름위에 뛰어나신 절대 전지전능하신 우리 주 예수 그리스도 이름으로 기도하옵나이다. 아멘!」

아이들이 아멘 아멘 하면서도 진탕 기합을 받았다는 듯 몸살을 친다. 이를 보고 모두 웃는다.

「자자 이제 드십시다!」

목사님의 이 같은 말에 모두 숟가락을 든다.

「자! 자!」

너도 나도 수륙진미 곧 너무도 맛있는 산해진미로 그간 온갖 수마가 할퀴고 지나간 듯한 그 많은 상처 자국들을 이렇게 저렇게 땜질한다. 벌써 수로만리를 다 지나온 듯한 얼굴들이다. 사랑이 아빠 곧 한겨레 사장이 행복을 삼키면서 말한다.

「지금 우리와 함께 식사를 하고 계시는 우리 목사님의 소원은? 역시 우리 모두가, 그 누구보다도, 교회를 열심히 다녀주는 것이랍니다. 모두 그렇게 해주실 수 있겠지요?」

특별히 황금도 씨와 나인성 씨가 굽실굽실 한다.

「하나 더, 황금꽃마트와 나인꽃마트를 통해서, 십일조를 철저히 하면서, 모쪼록 십일조 거부들이 되었으면 소원이 없겠습니다.」

역시 굽실굽실 한다. 모두 아멘 아멘 한다.

「딱 한 마디만 더. 우리 모두 부모님들의 심정으로 살아보십시다.」

모두 아멘 아멘 한다.

추천사

고성대호 ㅣ 김호운(한국소설가협회 이사장)
할머니 ㅣ 김선주(한국소설가협회 부이사장)
황조 ㅣ 이영철(한국소설가협회 부이사장)
포스터인물 ㅣ 김영두(한국소설가협회 부이사장)

고성대호

김호운(한국소설가협회 이사장)

장자의 「호접몽」이 문득 떠오른다. 장자가 오늘날까지 회자되는 건 인간의 삶과 자연을 명제로 선택했기 때문이다. 인간이 존재하는 한 우리는 이 명제에서 자유로울 수 없다. 그러함에도 『장자』는 여전히 어렵다. 두 가지 이유에서다. '너무 쉽거나' '너무 어려워서다' 자연과 인간을 천착하는 일이 그렇게 어렵다는 의미도 된다.

이병선의 「고성대호」를 읽고 난 뒤의 느낌은, 솔직하게 말해 '어렵다'이다. 이 말은 좋은 의미가 될 수도 있고, 부정적인 의미일 수도 있다. 마치 『장자』를 놓고 얼마나 이해하는가를 시험하는 것과 같다. 주인공의 누나 고한나와 고모 고마리아의 이름에서 강한 알레고리가 느껴진다. 알레고리는 너무 강해서도 약해서도 안 된다. 작가와 작품과의 거리에 혼란이 일기 때문이다. 이 작품에서 알레고리는 절묘하다고 느끼면서도 뭔가 숙제를 남긴다. 장자의 「호접몽」에서 마주치는 그런 느낌일 것이다. 아는 것 같기도 하고, 모르는 것 같기도 한 모호한 기분. 이 작품에서 독자들은 이 '모호함'의 정체를 파악하는 즐거움에 빠져보기 바란다. 어려운 때 작품집을 출간하는 작가에게 박수를 보낸다.

할머니

김선주(한국소설가협회 부이사장)

　이병선의 할머니를 읽으면, '한 여자는 약하나 어머니는 강하고, 할머니는 더 위대하다'라는 말이 떠오른다. 결혼하여 아들 셋, 딸 둘을 낳은 여인은 젊은 나이에 남편과 사별한 청상과부이다. 그녀의 어깨에 매달린 자식들을 혼자서 기른다는 것은 몹시 힘들고 벅찬 일이 아닐 수 없다. 그렇게 지난한 날들을 보낸 할머니의 일대기가 정통 소설의 형식보다 구성진 판소리처럼 만단설화의 형식으로 펼쳐진다. 다소 낯선 구성으로 쓴 파란만장한 할머니의 이야기가 독자들의 가슴을 울리며 주인공의 사연 속으로 빠져들게 한다. 이 모든 인생사가 결국은 창조주 하나님으로부터 받은 것이라는 생각을 해본다. 하늘나라에 도달할 수 있는 길은 태고순민만이 도달할 수 있다는 말을 하고 싶었던 것이 아니었을까? 작가 이병선은 믿음의 세계를 향해 한편의 설화처럼 이야기를 구성지게 끌고 가는 솜씨가 유려해서 끝까지 읽게 하는 힘이 있다.

　이병선 작가와 목사의 길에 하나님의 은총이 햇살처럼 내리기를 바란다.

황조
−혼돈의 질서

이영철(한국소설가협회 부이사장)

전업 소설가를 제외하고는 작가들의 직업이 다양한데, 이병선 작가는 전주에 거주하고 있는 목사이다. 통화를 할 때면 뭐가 그리 좋은지 별 것 아닌 것으로도 늘 큰소리로 환하게 웃는다. 상대방을 기분 좋게 만드는 매력이 있다. 큰 장점이다.

그의 작품 「황조」 전반에 '장식미'가 아닌 '관념미'를 담았으면…, 나비를 쫓다가 길을 잃은 아이 같다는 느낌을 받았다. 하지만 한 작가의 작품세계는 우주처럼 혼돈스러우면서도 보이지 않는 질서가 있다고 봤을 때, 그 혼돈마저도 또 다른 질서가 아닐까 하는 생각도 들었다. 우리가 늘 보아왔던 익숙했던 소설작법이라는 틀에서의 벗어남조차도…

세상의 허무 속에서도 긍정을 노래하는 작가의 목소리가 더 호탕하게 들리기를 기대한다.

포스터인물

김영두(한국소설가협회 부이사장)

소설 「포스터 인물」의 주인공은 투철한 교육철학을 가진 대형마트 사장입니다. 그는 마트 직원들에게 모든 인생사에 가장 크고 첫째 되는 진리, '원수까지 사랑하라'를 최우선적으로 실천하라고 교육합니다. 다시 말해서 원수까지 사랑하되 마음을 다하고 뜻을 다하고 정성을 다하고 지혜를 다하고 힘을 다하고 목숨을 다하여 사랑하라. 거기에 모든 문제의 해법이 있고 낙원으로 가는 길이 있다고 교육합니다. 그런데 이런 교육을 받은 직원들이, 사채를 갚기 위해 주인공의 7대독자 외아들을 유괴 감금합니다.

소설이란 사실 또는 작가의 상상력에 바탕을 두고 꾸민 허구적 이야기입니다. 문학 양식이란 틀 안에 배경과 등장인물의 행동, 사상, 심리 따위를 묘사하여 인간과 사회를 독자에게 보여줍니다. 이런 의미에서 「포스터 인물」은 기독교 사상을 기저에 깐 독자적인 색깔을 가진 진정 감동을 주는 소설입니다.

만만찮은 필력으로 입심 좋게 주제를 끌고 나가는 집필솜씨에 몰입되었습니다. 정독을 하며, 악(惡)의 승리나 권선징악(勸善懲惡)으로 싱겁게 막을 내리는 것은 아닐까, 하는 우려를 했습니다. 하지만 우리의 주인공은 '원수를 사랑하라'는 교훈적 주제를 성공적으로 실행합니다. '원수'를 '용서와 사랑'으로 감싸 안은 주인공, 다름 아닌 작가의 '사랑'에 존경을 보냅니다.

작가이기 전에 성직자인 이병선 목사님, 이 소설의 사회적 의미와 파장은 엄청날 것으로 사료됩니다.

포스터 인물

이병선 지음

발행처 · 도서출판 **청어**
발행인 · 이영철
영 업 · 이동호
홍 보 · 천성래
기 획 · 남기환
편 집 · 방세화
디자인 · 이수빈 | 김영은
제작이사 · 공병한
인 쇄 · 두리터

등 록 · 1999년 5월 3일
(제321-3210000251001999000063호)

1판 1쇄 발행 · 2020년 10월 10일

주 소 · 서울특별시 서초구 남부순환로 364길 8-15 동일빌딩 2층
대표전화 · 02-586-0477
팩시밀리 · 0303-0942-0478

홈페이지 · www.chungeobook.com
E-mail · ppi20@hanmail.net
I S B N · 979-11-5860-878-1(03810)

이 도서의 국립중앙도서관 출판시도서목록(CIP)은 서지정보유통지원시스템 홈페이지
(http://seoji.nl.go.kr)와 국가자료공동목록시스템(http://www.nl.go.kr/kolisnet)에서 이용
하실 수 있습니다.(CIP제어번호: CIP2020032791)